Pheromon
Sie riechen dich

RAINER WEKWERTH
THARIOT

SIE
RIECHEN
DICH

DER MOMENT

»Wir werden noch eine Chance kriegen«, sagte Jake und stieß seinen Freund mit dem Ellenbogen an. Alan saß mit hängendem Kopf neben ihm auf der Bank, während um sie herum das Stadion tobte. Ganz Vernon Hill schien sich hier versammelt zu haben, um das für die State Finals entscheidende Highschool-Footballspiel gegen Sycamore mitzuerleben.

Kurz vor Ende des letzten Quarters stand es 36:30 für Sycamore, die auch jetzt wieder im Ballbesitz waren und die Chance hatten, den Sack endgültig zuzumachen. Bisher lief es nicht gut für Vernon High. Weder Alan noch er waren in Topform.

An den Fans lag es nicht. Um sie herum wütete ein Orkan aus Anfeuerungsrufen für die eigene Defense, die unbedingt den gegnerischen Angriff stoppen musste, wenn es für Jakes Team noch eine Möglichkeit geben sollte, das Blatt zu wenden.

Ein heißer Wind wehte durchs Stadion, es war August, Sommer in Illinois. Schweiß lief Jake über die Stirn, er schwitzte wie verrückt. Da half auch alles Abwischen mit dem Handtuch nicht. Dabei hatte er heute nur wenige Einsätze gehabt, denn Trainer Sanchez hatte bei den meisten Spielzügen auf Steve Miller als Tight End in der Angriffsformation gesetzt.

Steve war okay, aber nicht unbedingt besser als er. Er hatte allerdings einen entscheidenden Vorteil – er trug keine Kontaktlinsen, die ständig durch den Schweiß verschmierten, der ihm in die Augen tropfte.

Während Jake beobachtete, wie sein Team von Sycamore vorgeführt wurde, hatte er eigentlich das Gefühl, dass heute ein besonderer Tag war. Irgendetwas war anders als sonst. Trotz der Aufregung, die ihn erfasst hatte, funktionierten seine Sinne ungewöhnlich gut. Er hörte einzelne Stimmen der Zuschauer aus dem Sturm der Anfeuerung heraus. Selbst der Geschmack des Kaugummis, den er von einer Seite des Mundes in die andere schob, war intensiver. Nur mit dem Sehen war es wie immer. Leider.

Auf dem Spielfeld wurde es ernst. Gerade nahm die Defense Aufstellung und positionierte sich der Angriffslinie von Sycamore gegenüber.

»Wir schaffen das!«, sagte Jake noch einmal. »Wir werden den Ball bekommen!« Er wollte nicht aufgeben. Nicht heute!

Alan nahm die Hände vom Gesicht. »Und dann?«

»Dann haben wir die Chance, die wir brauchen!«

»Beide Wide Receiver sind verletzt, wir haben keinen Ersatz, und egal wo wir den Ball bekommen, für ein Laufspiel wird es zu weit sein.« Alan fehlte eindeutig die Zuversicht.

»Und darum wirfst du auf mich. Wie viel Sekunden haben wir noch?« Jake spürte das Feuer in sich, er würde es schaffen. Alan brauchte den Ball bloß auf ihn zu werfen.

Sein Kumpel wandte sich ihm zu. Unglauben spiegelte sich auf seinem Gesicht. »Du siehst nicht mal die verdammte Stadionuhr und willst, dass ich einen Pass auf dich werfe?«

»Sind die Kontaktlinsen. Durch den Schweiß beschlagen … das legt sich beim Laufen. Also, wie lange noch?«

»Achtzehn Sekunden.«

Auf dem Feld ging das Spiel weiter. Sycamore in der Offense. Dritter Versuch, knapp hinter der Mittellinie und zehn Yards zu gehen. Der gegnerische Quarterback hatte den Ball in der Hand und wollte ihn an seinen Running Back übergeben, aber der kam ins Stolpern und ließ ihn fallen. Sofort stürzte sich ein Verteidiger darauf und sicherte ihn.

Das Stadion explodierte. Die Leute drehten vollkommen durch. Vernon Hill am Limit. Alle waren von ihren Sitzen aufgesprungen und brüllten, was das Zeug hielt. Jake hatte das Gefühl, sich im Auge des Sturms zu befinden, während um ihn herum ein Hurrikan brandete. Sein Team hatte nun die Chance, alles zu wenden. Es fehlte ihnen nur ein Touchdown.

»Was ist jetzt, Alan? Setzt du mich ein?«

»Kann ich mich auf dich verlassen?«

»Zu einhundert Prozent. Ich werde den Ball fangen und bis in die Endzone marschieren.«

»Mann, wehe, das klappt nicht.«

»Vertrau mir.«

»Sanchez wird mir den Kopf abreißen. Der will bestimmt was anderes.« Alan blickte zu ihrem Coach.

»Wenn wir gewinnen, klopft er uns auf die Schultern. Wir werden verdammte Helden sein.« Jake glaubte an das Team, an sich.

»Oh Gott, worauf lasse ich mich da bloß ein?«, meinte Alan und schüttelte den Kopf, dann boxte er Jake in die Seite. »Tu es einfach!«

Der Trainer nahm inzwischen seine letzte Auszeit und kam zu Alan und Jake herübergehastet. Um sie herum gruppierte sich die gesamte Offense.

Sanchez hatte ein Klemmbrett in der Hand und kritzelte den nächsten Spielzug darauf. Ein Laufspiel. Er plante, den Fullback durch die gegnerische Reihe brechen zu lassen, und hoffte, dass Eric Dickerson es bis ins Endfeld schaffte.

»Coach, das wird nicht klappen«, sagte Alan, der als Einziger im Team dem Trainer widersprechen durfte. »Wir haben nur einen Versuch, und Dicky humpelt seit dem zweiten Quarter.«

Sanchez blickte Dickerson an. Der untersetzte Junge mit den breiten Schultern und den blonden Haaren grinste gequält. »Ich pack das schon.«

»Dann machen wir es so«, sagte der Coach, der Jake noch nicht einmal angesehen hatte.

Der Schiedsrichter pfiff und rief beide Mannschaften wieder aufs Feld. Als das Team sich in Angriffsformation stellte, gab Alan die codierte Ansage, dass er einen anderen Spielzug gewählt hatte. Er würde einen langen Ball auf den Tight End werfen. Seine Offensive Line sollte ihm die Zeit verschaffen, die er brauchte, um den Wurf anzubringen.

Hanley, der Center, drehte sich zu ihm um. »Ist das dein Ernst?«

»Ja, und jetzt wirf mir den verdammten Ball zu.«

Jake hatte jedes Wort gehört. Er stand links außen an der Line of Scrimmage, direkt neben Robertson, dem schwarzen Offensive Tackle, der sich nach unten beugte, um sich bereitzumachen, ihn aber ernst anblickte.

»Warum schnaufst du so?«, fragte er. »Man kann dich im ganzen Stadion hören.«

»Heuschnupfen«, antwortete Jake. »Ist heute besonders schlimm.«

»Fang bloß den Ball«, knurrte er. »Ich will ins Final.«

Jake antwortete nicht. Alan stand jetzt bereit. Die Uhr tickte. Noch fünf Sekunden.

Im Stadion wurde es totenstill. Keine Rufe, keine Anfeuerung. Alle wussten, worum es ging. Dies war der letztmögliche Spielzug des Heimteams. Entweder sie erzielten einen Touchdown und fuhren ins Finale der Staatsmeisterschaft, oder ein ganzes Jahr harter Arbeit wäre umsonst gewesen.

Alans Kommandos schallten über den Platz. Beim dritten Ruf warf Hanley den Ball zwischen seinen Beinen hindurch nach hinten.

Jake sah, wie Alan ihn fing und sich nach hinten bewegte, um mehr Freiraum zu bekommen. Die Offensive Line drängte sich den gegnerischen Verteidigern entgegen, versuchte, ihren Quarterback zu schützen. Jake rannte los. Jetzt war er dran.

Jake täuschte den Defensive End und spurtete an der Außenlinie entlang. Er keuchte, während er stur nach vorne schaute. Er musste dreißig Yards zurücklegen, bevor er ins Halbfeld abbiegen, sich umdrehen und den Pass annehmen konnte.

Der rechte Linebacker von Sycamore hatte sich an seine Fersen gehängt, war aber nicht schnell genug, um seinen Laufweg zu stören.

Jake erreichte das Halbfeld. Aus dem Augenwinkel sah er den Free Safety des anderen Teams heranstürmen. Um den musste er sich kümmern, sobald er den Ball von Alan gefangen hatte, denn mit Sicherheit würde sich der Typ sofort auf ihn stürzen. Jake plante eine Bewegung nach vorn, würde aber seitlich ausweichen und so vielleicht den Verteidiger täuschen.

Er stoppte den Lauf an der gegnerischen Zwanzig-Yard-

Linie und drehte sich um. Wie aus dem Nichts kam der Ball auf ihn zugeflogen, perfekt von Alan geworfen. Weder zu hoch noch zu kurz. Es war der vollkommene Pass.

Jake streckte dem Ball seine Hände entgegen. Sein Herz raste. Fast konnte er ihn schon in seinen Händen spüren. Sie würden gewinnen. Der Safety rannte auf ihn zu, aber er würde zu spät kommen und den Fang nicht verhindern können.

Direkt aus dem Himmel herab kam der Ball auf ihn zu. Gleich würde er ihn fangen. Das Stadion tobte. Sie würden gewinnen. Ein Sonnenstrahl fiel auf seine Augen. Alles wurde weiß. Die Kontaktlinsen wurden für einen Bruchteil undurchsichtig. Nicht jetzt! Jake stöhnte auf. Stille. Der Ball prallte gegen seine Fingerspitzen, flog von dort davon und fiel zu Boden. Der Safety rannte ihn trotzdem über den Haufen. Jake wollte sterben.

Incomplete.

Der Pfiff des Schiedsrichters ertönte. Das Spiel war aus. Sie hatten verloren.

Sycamore hatte sie besiegt.

»Das war echt Mist«, knurrte Alan, als Jake die Umkleidekabine betrat.

Keiner von den anderen sah ihn an. Seine Teamkameraden schauten auf den Boden oder hatten sich abgewandt.

Jake wusste, er hatte die Sache vermasselt. Er ganz allein. Nicht nur, dass er Alan dazu überredet hatte, einen langen Pass auf ihn zu werfen und sich damit den Anordnungen des Coaches zu widersetzen, er war es, der dem Team die einzige Chance geraubt hatte, das Finale der Staatsmeisterschaft zu erreichen. Vielleicht hätte es Dickerson mit einem Lauf bis ins Endfeld geschafft, aber das würde er nun nie erfahren. Er hatte es versaut!

Hochmut, Stolz und grenzenlose Dummheit hatten ihn dazu verleitet, sich selbst zu überschätzen.

»Es tut mir wirklich leid«, meinte Jake, der wusste, dass die Entschuldigung nicht genügte.

»Das macht es jetzt auch nicht besser. Sanchez hat mir den Arsch aufgerissen. Er überlegt sich, ob er mich in der nächsten Saison noch als Quarterback einsetzen will. Meinte, er könne sich keinen Teamkapitän leisten, der den Anordnungen des Trainers nicht folgt und sein eigenes Ding durchzieht. Wortwörtlich hat er gesagt: ›Das ist ein Teamsport, ein Mannschaftsspiel, da haben Egoisten wie du und Merdon nichts verloren.‹«

»Sind wir aus dem Team geflogen?«

»Nein, aber es fehlt nicht mehr viel! Wir haben noch das Benefizspiel gegen Deerfield, da kann er bei den vielen Verletzten, die wir haben, kaum auf uns verzichten.«

Auf ihn konnte er sicher verzichten. Alan sagte zwar *wir*, meinte aber sich. »Ich dachte wirklich, ich bringe das.«

»Und ich dachte, Suzi Hastel will was von mir. Jetzt ist sie mit Greg zusammen. Manchmal täuscht man sich.«

»Dass du Ärger mit dem Trainer hast, tut mir leid.«

Alan legte ihm die Hand auf die Schulter. »Jake, du bist mein bester Freund, aber hör mit dem Gequatsche auf. Wir haben es versaut. Punkt. Aus. Ende.«

Hanley kam aus der Dusche. Mit seiner Größe von knapp zwei Metern und einhundertzwanzig Kilogramm vor dem Frühstück überragte er jeden im Raum. Das rötliche nasse Haar klebte an seinem Schädel, als er mit mürrischem Gesichtsausdruck auf Jake zukam und sich vor ihn hinstellte.

Hanley trug nur ein Handtuch um die Hüften. Wasser lief über seine breite Brust hinab und tropfte auf den Boden. Mit zusammengekniffenen Augen starrte er Jake an.

Dann sagte er nur ein Wort: »Arschloch!«

Als er davonging, um sich anzuziehen, atmete Jake tief aus.

»Ich bin froh, dass wir das geklärt haben«, sagte er zu Alan.

Der grinste: »Ich glaube, um den musst du dir keine Sorgen machen, aber Robertson ist gar nicht gut auf dich zu sprechen.«

Jake sah zu dem schwarzen Jungen hinüber, der finster zurückblickte.

»Halt dich lieber eine Weile von ihm fern«, meinte Alan.

Jake seufzte. »Wird besser sein.«

»Gehen wir ins Golden?«

Jake war überrascht, dass Alan ihn fragte. Es war Tradition, nach jedem Spiel ins »Golden Diners« zu gehen und dort noch eine Weile mit den Teamkameraden und den Fans abzuhängen, aber heute? Nach der Nummer, die er gebracht hatte? Die Leute würden ihn in der Luft zerreißen.

»Besser nicht«, sagte er.

»Jake, am Montag ist wieder Schule, du kannst der Sache so oder so nicht ausweichen.«

»Das ist mir schon klar, aber ich glaube, heute will mich keiner mehr sehen, und die enttäuschten Blicke der anderen verfolgen mich jetzt schon bis in den Schlaf.«

»Wie du meinst.«

Alan streifte sein Trikot ab. Darunter kam eine breite Narbe zum Vorschein, die über seine ganze Brust lief. Als kleiner Junge war er beim Spielen durch die große Scheibe der Veranda gebrochen und damals fast daran verblutet. Jake war dabei gewesen. Diesen Moment würde er niemals vergessen.

Sein Freund bemerkte den Blick und schaute an sich herab. »Ist schon lange her, was?«

»Damals dachte ich, du stirbst.«

»Yeah, aber dann hätte ich dir doch deinen heutigen Auftritt vermasselt. Wer sonst hätte diesen absolut perfekten Pass werfen können, den du Blinder nicht gefangen hast. Sogar meine kleine Schwester Nelly hätte das hingekriegt.«

Gegen seinen Willen musste Jake grinsen. »Wahrscheinlich«, sagte er. »Aber die hat leider nicht mitgespielt.«

»Jetzt komm schon mit ins Golden. So schlimm wird's nicht werden.«

Jake schüttelte den Kopf. »Ich gehe nach Hause und zieh mir im Internet Videos über rituellen Selbstmord rein. Vielleicht heitert mich das auf.«

Alan lächelte. »Du bist schon 'ne Marke, Jake Merdon.«

»Ich hau dann mal ab.«

»Duschst du nicht?«, fragte Alan überrascht.

»Mach ich zu Hause.«

»Na dann, man sieht sich.«

Alan reichte ihm die Hand, und Jake schlug ein. »Bis Montag.«

Der Gang durch die Katakomben des Stadions kam Jake heute länger vor als sonst. Er überlegte, ob er gleich nach Hause oder noch irgendwo spazieren gehen sollte, um seine Nerven zu beruhigen. Seine Mutter war bestimmt schon von der Arbeit zurück und würde ihn umarmen und versuchen zu trösten, sobald er durch die Haustüre schritt. Aber das konnte er jetzt nicht gebrauchen.

Jake beschloss, auf den Bus zu verzichten und die drei Meilen zu laufen. Außerdem musste er im Drugstore vorbei und sein Medikament gegen den Heuschnupfen abholen, der ihn wie jedes Jahr um diese Zeit plagte. Das Mittel machte ihn müde, aber vielleicht war das heute nicht das Schlechteste.

Als Jake das Stadion verließ, löste sich eine Gestalt aus dem Schatten der Mauer.

Robertson.

Der junge Schwarze kam auf ihn zugeschlendert, wirkte dabei aber keinesfalls entspannt, sondern wie ein Raubtier auf der Jagd. Jake hatte gar nicht bemerkt, dass er die Umkleidekabine vor ihm verlassen hatte. Er blieb stehen.

Was sollte er auch sonst tun, wegrennen wäre lächerlich, und außerdem konnte er der Konfrontation sowieso nicht aus dem Weg gehen, Robertson saß bei ihm in der Klasse.

Sie waren ungefähr gleich groß, aber Robertson war kräftiger, durchtrainierter, ein lebendes Bündel aus Muskeln. Sein Gesicht war vollkommen unbewegt. Er sprach kein Wort.

»Was soll das werden?«, fragte Jake. »Willst du mir Angst machen?«

Robertson stieß ihn hart vor die Brust, sodass er zwei Meter zurücktaumelte.

»Du hast es versaut!«, zischte der andere. »Ich habe dir gesagt, fang bloß den Scheißball, aber du hast es echt versaut. Das kotzt mich an. Mit der Staatsmeisterschaft in der Tasche hätte ich mir Hoffnungen auf ein Stipendium und die Aufnahme in ein gutes College machen können, aber das kann ich ja nun vergessen.«

»Mann, Michael, das tut mir echt leid …«

»Spar dir den Mist. Ich will davon nichts hören. Geh mir einfach in Zukunft aus dem Weg.«

»Ich …«

Da hatte sich Robertson schon umgedreht und ging davon.

IN KINDERHÄNDEN

Von draußen drang Sirenengeheul durch das Fenster. Travis sah auf seine Hand. War das Angst? Die Antwort würde er nicht zwischen seinen faltigen Fingern finden. Sie lag vor der Tür. Jeden Tag wieder. Er sollte die Vergangenheit ruhen lassen. Das Zittern legte sich. Er nahm die Keycard, steckte sie in die Innentasche des Wollmantels und klappte den Kragen hoch. New York im Januar war lausig kalt.

Travis blickte auf seine Armbanduhr, löste die Krone und zog das Uhrwerk auf. Drei langsame Züge. Tag für Tag. Rituale halfen zu überleben. Er verließ sein Apartment, zog die Wohnungstür zu und drückte den Aufzugsknopf. Die Tür hatte drei Schlösser, keines davon benutzte er. Wozu auch, bei ihm gab es nichts zu holen. Es piepte. Die mit Graffitis dekorierte Doppeltür des Aufzugs öffnete sich. Ohne aufzublicken, fuhr er ins Erdgeschoss. Es piepte erneut, und die Metalltür des nach Fäkalien riechenden Aufzugs gab den Weg zum Korridor frei. Das Licht flackerte, links von ihm befanden sich Dutzende teils aufgebrochene Briefkästen und rechts ein verbrannter Kinderwagen.

Die Zukunft liegt in den Händen unserer Kinder, dachte er und legte seine Hand auf die biometrische Sicherung der Eingangstür. Sicherheitsglas, Kameras und ein Türrahmen, der einen Truck aufhalten konnte, brachten wenig, wenn die Chaoten bereits im Haus wohnten.

»Hey Alter!«, raunte ihn jemand von der Seite an, der ihm umgehend ein Messer auf den Mantel drückte. »Her mit der Kohle!«

»Ganz ruhig ... ich werde jetzt langsam in meinen Mantel greifen.« Travis spürte den Druck der Klinge an der Seite und roch den Alkohol, den der Junge getrunken hatte. Beides Dinge, auf die er gerne verzichtet hätte. Wobei der gute »Junge« einen Kopf größer und mindestens dreißig Kilogramm schwerer war als er. Zudem hatte er sich ein auffälliges Tribal auf den Hals tätowieren lassen. Ein netter Kerl.

»Hey Alter ... nur eine falsche Bewegung und ich steche dich ab!«

»Der soll seine Kohle rausrücken!«, rief ein zweiter Jugendlicher, den Travis erst jetzt sah. Sie waren sogar zu dritt, drei Jungs, nein, sie waren zu viert. Unter ihnen befand sich auch ein Mädchen, das schwieg und abseits stand.

»Hier ... nehmt das Geld.« Travis gab ihnen seine Brieftasche. Es gab Schöneres, als am Morgen direkt vor seiner Haustür überfallen zu werden.

»Hast du nicht mehr?«, fragte der zweite, der das Geld nahm und Travis die leere Brieftasche ins Gesicht warf.

»Würde ich sonst hier wohnen?«

»Verarsch mich nicht!« Der zweite des räuberischen Quartetts, ein drahtiger Typ mit vernarbtem Gesicht, schien der Wortführer zu sein. Das Mädchen drehte sich weg, dem Anschein nach war ihr die Situation unangenehm. Verdammt! War sie etwa schwanger? Die Wölbung war nicht zu übersehen. Unter der grauen Kapuze ragten lange blonde Haare hervor, aber ihr Gesicht konnte er nicht erkennen.

»Der alte Sack lügt!« Der Tätowierte mit dem Messer drückte ihm jetzt den Unterarm an die Kehle. Travis japste nach Luft.

Eine Gegenwehr war nicht möglich. Die wollten ihn fertigmachen!

»Was macht ihr da?«, rief eine andere Stimme ermahnend dazwischen. Jemand stieg aus einem Fahrzeug.

»Verpiss dich!« Der Typ mit den Narben ging auf die Stimme zu. Erst jetzt erkannte Travis den Paketboten, der seinen Lieferwagen verlassen hatte: Ein groß gewachsener Farbiger, mit einem roten Kanister an der Seite, kam auf sie zu.

»Lasst den alten Mann in Frieden!« Travis' Retter würde sich jetzt selbst in Schwierigkeiten bringen. Große Schwierigkeiten!

»Fresse, Nigger!« Auch das Narbengesicht zog ein Messer, worauf das Mädchen in der Gruppe vergebens versuchte, ihn zurückzuhalten. »Bitch. Halt dich da raus!«

»Du solltest auf sie hören!«, sagte der Paketbote.

»Du wirst jetzt bluten, Nigger!« Noch zwei Meter, der Überfall eskalierte.

»Echt jetzt?« Das Gesicht des Paketboten verfinsterte sich. Er zögerte nicht, den Halbstarken mit dem roten Kanister niederzuschlagen. Travis hatte keine Ahnung, ob Ziegelsteine darin waren, aber die Wucht des Schlages hatte den Jugendlichen auf den Boden der nasskalten Seitenstraße befördert.

»Pete, lass uns abhauen!« Die ersten Worte des dritten Jugendlichen, eindeutig der Klügste in der Runde. Der große Typ, der Travis in Schach gehalten hatte, ließ von ihm ab und half dem Narbengesicht auf. Travis rutschte auf den Boden. Er sollte jetzt weglaufen, wenn es seine Beine mitgemacht hätten. Das Mädchen sah ihn an. Direkt in die Augen. Nicht älter als sechzehn. Blaue Augen. Angsterfüllt. Augen, die nach Hilfe riefen. Sie sagte nichts und lief davon.

»Nigger, dafür wirst du sterben!«, rief der Junge mit den Narben, der jetzt um eine Platzwunde an der Wange reicher war.

»Schon klar ...« Der Paketbote wirkte unbeeindruckt, er arbeitete offensichtlich schon länger in diesem Viertel. Er beugte sich zu Travis herunter. »Mister, sind Sie verletzt?«

»Nein, nein ... mir geht es gut.« Travis rappelte sich wieder auf. »Wir sollten die Polizei rufen.«

»Das habe ich bereits getan.« Der Paketbote zeigte auf das Display, das am Unterarm seiner braunen Arbeitskleidung in den Stoff eingearbeitet war. »Die Polizei hat alles live mitgehört ... das Einsatzfahrzeug landet in dreißig Sekunden.«

»Danke.« Travis lächelte bemüht, auch wenn die Polizei in weniger als einer Minute an jedem Einsatzort in der Stadt war, genügten dennoch nur Sekunden, um ein Leben zu beenden.

»Sir, Ihren Namen bitte«, fragte der Officer einige Minuten später. Travis saß in dem weißen NYPD-Wagen mit blauen Streifen, der bewegungslos einen halben Meter über dem Boden schwebte. Ein Sanitäter versorgte seine Hand, an der er sich im Abrutschen verletzt hatte.

»Travis Jelen.«

»Ist wirklich alles in Ordnung mit Ihnen?«

»Ja, ja ... ich habe nichts ... alles gut ... Danke.« Nichts war in Ordnung, das war nicht der erste Überfall, den er über sich hatte ergehen lassen müssen.

»Sind Sie krankenversichert?«

»Nein.« Das war Travis schon lange nicht mehr. Der Sanitäter zuckte nur mit den Schultern und behandelte ihn weiter.

»Sir, darf ich Ihre ID scannen?«, fragte der Officer höflich.

»Klar.« Travis legte seine rechte Hand auf ein mobiles Identifikationsgerät, das umgehend seinen Namen und seine Adresse bestätigte.

»Sie wohnen hier, Sir?«

»Ja.« Travis konnte es nicht leugnen. Das Apartment hatte früher seinen Eltern gehört. Als er 2050 geboren wurde, sah die Gegend besser aus.

»Wo wollten Sie heute Morgen hin?«

»Zur Arbeit …« Wie jeden Morgen. »Ich bin Arzt.«

Der Officer nickte, während er auf dem transparenten Eingabegerät Notizen machte. Travis konnte seine persönlichen Daten sehen: Geburtsdatum, Steuer-ID und sein Strafregister. Der Kollege des Officers befragte gerade den Paketboten.

»Sir, haben Sie Alkohol getrunken?« Die Frage musste kommen.

»Ich bin trocken.« Travis hatte seit drei Jahren keinen Tropfen mehr angerührt. Diese Zeit wollte er nie wieder erleben.

»Sie wurden mit der Auflage aus der Haft entlassen, weitere neunzehn Monate abstinent zu leben. Kein Alkohol und natürlich auch keine illegalen Genussmittel.« Am Officer lag es nicht, der machte nur seinen Job. Travis war der Idiot gewesen, der damals ausgerastet war. »Sir, darf ich Ihre Blutwerte kontrollieren?«

»Natürlich …« Travis hatte nichts zu verbergen. Bereitwillig ließ er den Beamten mit einem zigarettenschachtelgroßen Gerät seinen Handrücken abrollen. Die Analyse seines Hautschweißes dauerte nur zwei Sekunden. Eine grüne Anzeige aktivierte sich: *clean*.

»Sir, danke für Ihr Verständnis … Sie sind Arzt, Sie kennen die Vorschriften.« Der Officer machte nicht den Eindruck, als ob er ein anderes Ergebnis erwartet hätte. Travis nickte. »Kannten Sie die Angreifer?«

»Nein.«

»Können Sie die Täter beschreiben?«

»Männlich, zwischen fünfzehn und achtzehn Jahren, einer

einen Meter neunzig groß, neunzig Kilogramm schwer, hatte eine auffällige Tätowierung am Hals. Ein anderer, einen Meter fünfundsiebzig groß, fünfundsechzig Kilogramm schwer, hatte zahlreiche Aknenarben im Gesicht.« Die beiden hatte er nicht vergessen.

»Es waren zwei?«

»Da war noch ein dritter … den ich aber nur schlecht sehen konnte. Alle trugen Jeans, dunkle Kapuzenpullis und Turnschuhe.« Travis überlegte, ob er auch das schwangere Mädchen erwähnen sollte. Nein, sie durfte schon genug Ärger am Hals haben.

»Also drei?«

»Ja.«

»Sind Sie sicher?« Der Officer, ein jüngerer Beamter um die dreißig, mit kurzen dunklen Haaren, sah ihn an.

»Ich denke schon …«

»Sie denken schon?«

»Ja … mehr habe ich nicht gesehen. Der Junge mit dem Messer hatte mich mit dem Unterarm am Hals gegen die Tür gedrückt.« Travis berührte vorsichtig die schmerzende Stelle. Der Sanitäter, der inzwischen selbst in seinem Fahrzeug einen Bericht ausfüllte, hatte ihm eine Salbe auf das Hämatom aufgetragen.

»Das sehe ich.« Der Officer blickte zu seinem Kollegen, der mit den Schultern zuckte. Die beiden waren vernetzt, sie sahen in Echtzeit jedes Detail, das der andere dokumentierte. »Sir, haben Sie bei den Angreifern auch eine weibliche Person gesehen?«

»Nein.«

»Jemand mit blonden Haaren?«

»Sorry … nein.« Travis blieb dabei, er wollte das Mädchen nicht mit hineinziehen.

»Der Mitarbeiter des Lieferdienstes hat vier Jugendliche gesehen. Darunter ein Mädchen.«

»Dem kann ich nicht widersprechen ... aber ich habe sie nicht gesehen.«

»Sie soll schwanger gewesen sein.« Der Officer ließ nicht locker.

»Ähm ... was soll ich sagen ... ich habe sie nicht gesehen.« Langsam empfand Travis das Gespräch als unangenehm. Er sah auf die Uhr, er hatte bereits über eine Stunde verloren.

»*Fresse, Nigger!*« Der Officer spielte eine Aufzeichnung ab, »*Bitch! Halt dich da raus!*«, an die Travis nicht mehr gedacht hatte.

»Sir, wen hat der Jugendliche mit Bitch gemeint? Der Paketbote hat ausgesagt, dass sie versucht hat, den Angreifer aufzuhalten.«

»Ähm ...« Travis fühlte sich ertappt. »Ich weiß es nicht.«

»In Ordnung ... bei Ihren persönlichen Daten fehlt eine Mail-Adresse. Wie können wir Sie bei weiteren Fragen erreichen?«

»Ich habe keinen Computer.« Bereits drei Jahre nicht mehr. Computer und Alkohol waren für Travis dasselbe, weswegen er beides nicht mehr anfasste.

»Virtueller Kommunikator?«

»Nein.« Travis liebte es, offline zu sein, nur aus diesem Grund lebte er noch.

»Telefon?«

Travis schüttelte den Kopf.

»Okay ...« Der Officer lächelte. »Warum auch nicht.«

»Kann ich jetzt gehen?« Travis wollte heute auf jeden Fall noch zur Arbeit.

»Natürlich. Ich wünsche Ihnen einen schönen Tag, Sir. Hier

ist meine Karte ... wenn Sie auf Ihrer Insel eine netzfähige Trommel finden, können Sie mich gerne ansprechen.«

»Danke.« Travis lächelte, der Officer hatte das Herz am rechten Fleck.

Travis stieg die Treppe zur Subway hinunter. Hunderte Menschen strömten an ihm vorbei. Auf dem Weg zur Arbeit, auf dem Weg nach Hause oder auf dem Weg sonst wohin. Leute trugen netzfähige Brillen, vernetzte Jacken mit Displays auf den Unterarmen oder bedienten verschiedenste mobile Geräte. Jeder war online. Die kompletten Flanken der Treppen bestanden aus Leinwänden, auf denen gerade ein NFL-Werbespot lief. Football interessierte ihn auch nicht. Ein medialer Overkill, aber Travis wäre ohne die Subway zu lange unterwegs gewesen.

Der Überfall hätte ihm Sorgen bereiten sollen. Tat er aber nicht. War ja nichts passiert. Die hatten ihm nur ein paar Dollar und einen abgelaufenen Büchereiausweis abgenommen. Damit kam er klar. Travis liebte den Big Apple, sein Geld trug er deshalb auf drei Brieftaschen verteilt. So würde ihm niemand alles auf einmal stehlen können, und die meisten kleinen Gauner gaben sich mit der Beute zufrieden.

Travis wartete auf die Subway, als sein Blick an einer grauen Kapuze hängen blieb. Die Größe stimmte. War das das Mädchen? Sie stand nicht weiter als zehn Meter von ihm entfernt. Dazwischen befand sich allerdings ein Meer von vernetzten Zombies auf ihrem Marsch in die Verdammnis. Jetzt fuhr auch noch die Subway ein, und die ganze Masse setzte sich in Bewegung.

»Hey!«, rief Travis und hob den Arm. Idiotisch, da niemand auf ihn reagierte, selbst die graue Kapuze nicht. Er sah kaum etwas von ihr, da waren einfach zu viele Menschen.

»Du mit der grauen Kapuze!« Travis hätte auch ihren Namen rufen können, wenn er ihn gewusst hätte, das Ergebnis wäre dasselbe gewesen. Ein Stationssprecher sagte etwas, was Travis nicht verstand. Menschen redeten durcheinander. Der ganz normale Wahnsinn in der Vierzig-Millionen-Stadt. An der Decke der Subway-Station war eine Projektion zu erkennen: *Human Future Project – Für eine bessere Zukunft.* Die weltweite Hilfsorganisation kannte Travis sogar trotz seines Medienboykotts.

»Hey! Mädchen!« Keine Chance, sie reagierte nicht. Travis versuchte, zu ihr in die überfüllte Subway durchzukommen. Hatte er etwa gerade blonde Haare gesehen?

»Darf ich, bitte!« Travis kämpfte gegen die Masse, dagegen war überfallen zu werden wie Urlaub. Nur noch drei Meter. Jemand stieß ihn in die Seite. Ein anderer trat ihm auf den Fuß.

»Mädchen mit der grauen Kapuze!«, rief Travis laut und erntete dafür unfreundliche Blicke eines Mannes, dem er direkt ins Ohr geschrien hatte. »Entschuldigung.« Noch zwei Meter.

»*Die Zukunft aller liegt in den Händen unserer Kinder*«, erklärte eine adrette Sprecherin in der Projektion über seinem Kopf.

Travis streckte seinen Arm, er wollte mit ihr sprechen, er musste mit ihr sprechen. Warum eigentlich? Weil sie ihn überfallen hatte? Weil sie ein Kind bekam? Er wusste es nicht.

Nur noch einen Meter. Sie betrat die Subway. Travis berührte sie an der Schulter. Dabei glaubte er Erdbeeren riechen zu können. Wie bitte? Vermutlich war das nur die Salbe an seinem Hals. Er schwitzte. Die Türen schlossen sich. Jetzt stand er hinter ihr. Umringt von Menschen. Sie würde mit ihm sprechen müssen.

»Hey, ich muss mit dir reden!« Travis hatte es endlich geschafft.

»Worüber?«, fragte der junge Mann mit dem grauen Kapuzenpulli, der sich sichtlich verwundert zu ihm herumdrehte.

»Ähm ...« Travis war ein Idiot. »Entschuldigung ... eine Verwechslung.«

»Schon okay.« Der junge Mann nickte. Nur eine Verwechslung.

Travis schüttelte sich, was war los mit ihm? Verlor er gerade seinen Verstand? Was wollte er von dem Mädchen? Er wusste es nicht.

LOSER

Ein Tag war seit dem Spiel gegen Sycamore vergangen. Eine Nacht mit wenig Schlaf und hässlichen Kommentaren in den sozialen Netzwerken.

Alan erging es nicht besser. Auch er wurde verhöhnt und bekam üble Dinge an den Kopf geschmissen. Zum Beispiel dass ein Loser wie er es niemals bis in die NFL schaffen würde. Dabei hatte er nie gesagt, dass er das wollte. Bloß weil er überragend Football spielte und zudem ein Ausnahmequarterback war, gingen gleich alle davon aus, dass er davon träumte, Profi zu werden. Jake aber wusste, dass das nicht Alans Ziel war. Alan wollte Arzt werden. Niemand außer ihm kannte diesen Wunsch, und das war sicher auch besser so.

Er selbst träumte davon, zur Air Force zu gehen und Kampfpilot zu werden, aber mit seiner Kurzsichtigkeit konnte er das wohl vergessen. Das Problem war nur, er hatte nie etwas anderes werden wollen, und nun wusste er nicht, wohin die Reise gehen würde.

Jake schlug die Bettdecke zurück und tappte barfuß über den Holzboden ins Bad. Was er im Spiegel sah, verbesserte seine miese Stimmung nicht gerade. Er sah schlicht gesagt zum Kotzen aus. Die dunklen Haare klebten an seinem Schädel, und unter den Augen hatte er Ringe, die als Taucherbrille durchgehen würden. Wahnsinn!

Lustlos versuchte er, seine Frisur in Ordnung zu bringen, aber selbst Wasser und Haargel sorgten für kein akzeptables Ergebnis. Egal, er würde das Haus heute sowieso nicht verlassen, wenn er das überhaupt jemals wieder tat.

Morgen war Schule. Da würde das Spießrutenlaufen erst richtig losgehen. Jemanden auf einer Internetplattform fertigzumachen, war ja ganz nett, aber sicherlich war die Befriedigung viel größer, wenn man den Arsch, der das Spiel gegen Sycamore vergeigt hatte, persönlich leiden sah.

Yeah, die werden es mir so richtig geben.

Für Alan würde es nicht ganz so schlimm werden, immerhin war er das größte Talent, das Vernon jemals gesehen hatte. Allein ihm war es zu verdanken gewesen, dass sie es bis in die Play-offs und fast ins State Final geschafft hatten.

Nein, ihn würden sie bloß aufziehen, schließlich wusste jeder, was man an ihm hatte und dass jede gottverdammte Highschool in Illinois ihn mit Handkuss aufnehmen würde. Bis zum College konnte Alan noch viele wichtige Footballspiele entscheiden, es kam also darauf an, für wen er spielte.

Jakes Handy auf dem Waschbeckenrand vibrierte. Er warf einen kurzen Blick aufs Display. Wenn man vom Teufel sprach. Jake hob ab.

»Na, wie geht's, Alter?«

Gute Frage. Darüber musste er nachdenken. Nein, eigentlich doch nicht.

»Beschissen«, antwortete er. »Kennst du den neuesten Spruch auf ASK über mich?«

»Ich denke, ich kenn sie alle.«

»Den nicht.«

»Okay, lass hören.«

»Wie schafft es Jake Merdon, sicher den Ball festzuhalten?«

»Antwort?«

»Indem er seinen rechten Hoden umklammert.«

Alan brüllte los vor Lachen. »Der ist gut«, keuchte er. »Komm, du musst zugeben, dass er nicht schlecht ist.«

»Hahaha«, knurrte Jake. »Du bist mein bester Kumpel und …«

»Hey, nimm's locker. Die kriegen sich schon wieder ein. Draußen scheint die Sonne, und wir könnten in den Park gehen.«

»Was, den Kids beim Spielen zusehen?«

»Alter, es geht um die großen Schwestern, die auf die lieben Kleinen aufpassen müssen und für jede Ablenkung dankbar sind. Im Park wimmelt es nur so von ihnen. Bestes Jagdgebiet.«

»Nichts für mich, ich bleibe daheim und leide.«

»Ach, jetzt komm schon.«

»Montag ist Schule.«

»Wird sicher lustig.«

»Dich scheint das alles kaltzulassen.«

Einen Moment schwieg Alan, dann sagte er: »Quatsch. Ich habe mir jetzt zwei Tage lang jeden Shit über uns reingezogen, den die anderen so von sich geben, aber jetzt ist Schluss damit. Das Leben geht weiter, und Football ist nur ein Spiel.«

»Den Spruch solltest du rahmen lassen und Sanchez schenken.«

»Siehst du, und schon geht es dir besser. Also auf in den Park.«

»Nein, ich bleibe hier. Auf CBS laufen die alten Frankensteinfilme, die werden mich aufmuntern. Wenigstens ein Loser, den es noch schlimmer als mich erwischt hat.«

»Letztes Wort?«, fragte Alan.

Jake nickte, aber dann fiel ihm ein, dass sein Freund es ja nicht sehen konnte.

»Wir sehen uns morgen.«

Nachdem er aufgelegt hatte, wusch er sich das Gesicht. Eindeutig eine Verbesserung. Während noch die Tropfen über seine Wangen hinabliefen und er nach dem Handtuch griff, vibrierte sein Handy erneut. Wahrscheinlich Alan, der nicht aufgeben wollte und versuchte, ihn doch noch zu überreden, das Haus zu verlassen.

Jake hob das Handy an. Eine WhatsApp-Nachricht von einer ihm unbekannten Nummer. Es war eine Bildanzeige. Ein Logo, weiße Schrift auf rotem Hintergrund. Sah irgendwie nach Werbung aus, aber es wurde kein Produkt und keine Dienstleistung angeboten. Außerdem war Werbung über WhatsApp verboten.

Human Future Project

Drei Worte. Mehr nicht. Kein Absender vermerkt. Merkwürdig. Eine derartig seltsame Nachricht hatte er noch nie erhalten, aber irgendwie passte es zu seiner Situation. Er grinste.

Yeah, dachte Jake, *mich jetzt in die Zukunft zu beamen, wäre super.*

Dann löschte er das Bild und ging nach unten.

»Hast du dein Heuschnupfenmittel genommen?«, fragte seine Mutter, als er am Tisch Platz nahm. Sie schaute von der Illustrierten auf, in der sie gelesen hatte.

»Guten Morgen, Mom«, sagte Jake.

»Heute geht Wind und treibt die Pollen in die Stadt, da

kann es für dich schlimm werden. Außerdem ist es schon Mittagszeit, und gleich gibt es Essen.«

»Kein Frühstück?«

»Nein, ich muss ins Krankenhaus, meine Schicht beginnt in einer Stunde, und vorher möchte ich etwas essen, sonst komme ich den ganzen Tag nicht mehr dazu.«

»Hat Dad sich gemeldet?«

Sie zog die Augenbrauen zusammen. »Du meinst wegen dem Spiel?«

Er nickte.

»Nein, hat er nicht, und übrigens hat er auch kein Geld geschickt. Er ist drei Monate im Rückstand.«

»Mom, er lebt jetzt in New York, hat keinen Job …«

»… und ich schiebe Doppelschichten«, unterbrach sie ihn. »Jake, versteh mich nicht falsch. Ich mag deinen Vater. Immer noch. Trotz Scheidung, aber er muss seinen Pflichten nachkommen. Ich muss es auch.«

»Ich weiß«, seufzte Jake.

»Also, hast du das Medikament genommen?«

»Ja«, log Jake. In Wirklichkeit waren ihm die Tabletten bereits gestern ausgegangen. Eigentlich hatte er vorgehabt, sich nach dem Spiel im Drugstore Nachschub zu besorgen, aber nach der Begegnung mit Robertson war er vollkommen durcheinander gewesen und hatte es vergessen. Allerdings, jetzt wo er darüber nachdachte, musste er feststellen, dass er sich gut fühlte. Keine Atemprobleme, keine geschwollene Nase und keine tränenden Augen und das, obwohl das Fenster in der Küche offen stand. Vielleicht flogen heute nicht so viele Pollen in der Gegend herum oder irgendwelche, auf die er nicht allergisch war.

Als er darüber nachgrübelte, roch er etwas Verbranntes.

»Mom, hast du was auf dem Herd?«, fragte er.

»Im Backofen. Heute gibt es Grillhähnchen und Kartoffelbrei. Warum?«

»Es riecht … na ja, angekokelt …«

»Was?«

Sie sprang vom Tisch auf, hastete in die Küche. Jake hörte das Zischen des Backofens, als sie die Glastür öffnete. Der wunderbare Duft von gebratenem Fleisch zog herüber.

»Gott sei Dank«, stöhnte seine Mutter. »Alles in Ordnung. Wir können gleich essen. Deck bitte den Tisch.«

Komisch. Jake war sich sicher gewesen, dass da etwas verbrannte. Er zuckte mit den Schultern.

Während er Teller und Besteck auf dem Tisch platzierte, trug seine Mutter die Keramikform mit dem knusprig gebratenen Huhn herein. Sie stellte die Schale ab und eilte in die Küche, um den Kartoffelbrei zu servieren.

Jake lud sich den Teller voll und nahm sich ein Bruststück. Seine Mutter war eine gute Köchin und das hier sein absolutes Lieblingsessen, er hatte nicht vor, allzu viel Zeit zu verlieren.

»Jake, bitte.«

»Was denn?«

»Du weißt es.«

»Müssen wir jedes Mal vor dem Essen beten? Kein Mensch außer uns macht so etwas heute noch.«

»Wir haben Gott dafür zu danken, dass es uns gut geht.«

»Amen.«

Seine Mom sah ihn streng an, dann beugte sie das Haupt und murmelte ein leises Gebet.

»Jetzt kannst du loslegen.«

Als Jake den letzten Bissen in den Mund schob, einen Schluck Wasser trank und alles herunterspülte, war der Geruch wieder da. Während des Essens hatte er ihn vergessen, aber nun war er stärker als zuvor. Irgendetwas brannte. Eindeutig.

Seine Mutter war bereits am Gehen. In der offenen Haustür drehte sie sich noch einmal um.

»Kannst du bitte den Tisch abräumen und den Geschirrspüler einschalten?«, fragte sie.

»Klar, mach ich«, sagte Jake, war aber in Gedanken bei dem merkwürdigen Geruch.

»Ich nehme den Bus. Du hast also das Auto, falls du bei dem schönen Wetter etwas unternehmen willst. Hab dich lieb.«

»Ich dich auch.«

Dann war sie weg.

Jake schnupperte. Rauch. Feuer. Er ging in die Küche. Öffnete den Backofen. Alles okay, noch lauwarm, aber da brannte nichts. Jake legte seine Hand auf jede einzelne Herdplatte. Alle aus. Dann blickte er sich in der Küche um. Kontrollierte die elektrischen Geräte. Nichts.

Verwirrt blieb er mitten im Raum stehen.

Wo war der Geruch am stärksten?

Er wechselte die Position.

Hier. Unter dem offenen Küchenfenster.

Der Geruch nach Feuer kam von draußen.

Vielleicht verbrennt Mr Hickins Laub im Garten?

Nein, dafür war es zu früh im Jahr, und außerdem glaubte er nicht, dass der alte Mann noch im Garten herumzündelte. Sein Nachbar war an die neunzig Jahre alt, lebte allein und war etwas wacklig auf den Beinen. Trotzdem ging Jake zur Tür hinaus und schaute sich um.

Es war heiß an diesem Tag. Die Sonne brannte vom Himmel herab, kribbelte auf seinen nackten Armen.

Hier war der Geruch noch intensiver, und spätestens jetzt wurde Jake klar, dass es kein normaler Geruch war. Kein Essen, kein brennendes Laub. Es war etwas anderes. Etwas Größeres.

Aber nirgends war Rauch zu sehen.

Was sollte er jetzt tun?

Sein Gefühl sagte ihm, dass ein Feuer ausgebrochen war, aber er wusste nicht wo. Auch nicht, was da brannte. Doch er spürte, dass von dem Brandgeruch Gefahr ausging. Irgendetwas in Jake sagte ihm, dass es so war.

Für einen Moment überlegte er, die Feuerwehr anzurufen. Aber was sagen? Die Leute würden ihn für einen Spinner halten.

Diese Option fiel also schon mal weg. Dennoch, er konnte nicht einfach nichts tun. Vielleicht war jemand in Gefahr und selbst wenn nicht, war er es sich einfach schuldig nachzuforschen.

Verdammt!

Eigentlich hatte er den ganzen Tag im Haus bleiben wollen, aber daraus wurde nun nichts mehr. Er ging wieder nach drinnen und holte sich die Autoschlüssel seiner Mutter.

Der Honda Civic stand vor der Garage, deren Schwenktor sich schon längst nicht mehr öffnen ließ. Im Sommer kein Problem, aber im Winter wurde es hier verdammt kalt, und dann sprang der alte Wagen nicht mehr an. Mehr als einmal war seine Mutter zu spät zum Dienst gekommen und hatte sich Ärger mit der Krankenhausleitung eingehandelt.

Jakes Blick wanderte über die vielen Rostbeulen. Die Karre sah aus wie ein Leopard mit braunen Flecken auf grünem

Fell. Verdammt peinlich, damit herumzufahren, aber immer noch besser, als zu Fuß zu gehen. Er stieg ein.

Wie immer musste er die Fahrertür zweimal zuschlagen, bevor sie endlich ins Schloss fiel. Er steckte den Schlüssel ins Zündschloss. Kaum Benzin.

Danke, Mom.

Er startete den Motor, der ächzend zum Leben erwachte, und ließ die Fensterscheibe herunter.

Jake hatte sich vorgenommen, dem Geruch zu folgen. Obwohl man nichts sah, war er so stark, dass er ihm bestimmt problemlos nachspüren konnte, wenn er sich aus dem Fenster beugte und die Nase in den Wind hielt.

Er setzte aus der Einfahrt zurück und fuhr die Straße hinunter.

Seit zehn Minuten kurvte Jake nun durch die Stadt, folgte dem Geruch, bog in Seitenstraßen ein, die er noch nie zuvor im Leben gesehen hatte, und rollte über verlassene Fabrikgelände.

Ganz so einfach war die Sache dann doch nicht. Der ständig wechselnde Wind trieb sein Spiel mit ihm. Immer wenn er schon glaubte, die Spur verloren zu haben, schnappte er wieder einen Hauch auf. Und dieser Hauch wurde zusehends intensiver.

Jake glaubte inzwischen sogar herausriechen zu können, was da alles brannte und kokelte. Er identifizierte Stoff, Holz und etwas Plastik. Die Mischung konnte alles Mögliche sein, höchstwahrscheinlich verbrannte nur irgendein Idiot Müll, obwohl Sonntag war. Aber da war etwas in Jake, das ihn weitersuchen ließ. Eine Art Bauchgefühl, jedoch stärker, als er es jemals zuvor gespürt hatte.

Schließlich erreichte er den Stadtrand und fuhr langsam

eine schmale Straße entlang, die zu einem Haus führte, das schon bessere Zeiten gesehen hatte. Zweistöckig, mit Wänden, von denen die ehemals weiße, jetzt aber graue Farbe abblätterte, und einer kleinen Holzveranda als Anbau. Alles in allem wirkte das Haus ziemlich heruntergekommen, und Jake fragte sich, ob es verlassen war, als er Vorhänge in den Fenstern entdeckte. Er hielt an.

Hier war der Geruch überwältigend.

Eindeutig. Etwas brannte in dem Haus, auch wenn von außen nichts zu sehen war. Keine Flammen. Kein Rauch. Nichts. Alle Fenster geschlossen.

Jake stieg aus und rannte zum Hauseingang. Er klopfte gegen die Tür.

Keine Reaktion. Jake lauschte, nichts zu hören. Der Geruch war inzwischen atemraubend. Er gab alle Zurückhaltung auf und hämmerte gegen das Holz.

Die Tür schwang nach innen. Eine schwarze dichte Rauchwolke hüllte ihn ein. Jake stolperte zurück, hielt sich den Arm vor die Nase. Hustete heftig.

Der Rauch verzog sich. Endlich konnte er etwas sehen. Vor ihm lag ein Flur. Mäntel und Jacken hingen an einer Garderobe. Teppich bedeckte den Boden. Eine alte Kommode presste sich an die Wand.

Kein offenes Feuer, aber Rauch zog aus einer offenen Kellertür herauf.

»Hallo?«, rief Jake. Lauschte. »Ist da jemand?«

Stille. Kein Geräusch.

Während er weiterrief und überlegte, die Feuerwehr zu verständigen, hörte er ein leises Krächzen. Dann hustete jemand. Es klang schwach.

Jake zögerte keine Sekunde und stürmte ins Haus.

DIE UNTERSUCHUNG

Das war nicht sein Tag heute. Travis verließ die Subway mit dem Gefühl, etwas verloren zu haben. Merkwürdig, denn er wusste nicht, was. Das blonde Mädchen mit der Kapuze beschäftigte ihn immer noch. Kannte er sie? Vielleicht von früher? Nein, eigentlich konnte er sich Gesichter gut merken. Da war etwas anderes, das ihn beunruhigte, aber Instinkte konnten auch trügerisch sein.

»Ich brauche einen Kaffee …«, murmelte er und schritt die Treppe hinauf. Menschen, Werbung, Stimmen und der Lärm der nur zehn Meter über der Straße langsam fliegenden Gleiter, drangen nicht mehr zu ihm hindurch. Nur vier U-Bahnstationen genügten, um in eine andere Welt einzudringen: New York lebte, pulsierte und drohte jeden Moment überzulaufen.

Ein lebensgroß holografisch animiertes Model mit einem knappen roten Sommerkleid, das mit weitem Hüftschwung das Ende des Winters zelebrierte, zog die Aufmerksamkeit der Passanten auf sich. Technologie und Kommerz machten beinahe alles möglich. Läden, Displays, Animationen, davon gab es hier mehr, als er ertragen wollte.

Nur noch einen halben Block, dann hatte er es geschafft. Die Hilfsorganisation, für die er unentgeltlich arbeitete, unterhielt in der Warren Street, direkt am City Hall Park, ein medizinisches Zentrum für Obdachlose. Das Walker-Center. Menschen in Not, von denen es im Jahr 2118 sicherlich weniger gab als vor hundert Jahren. Aber sie waren noch da. Besonders in großen Städten wie New York, das anscheinend eine magische Anziehungskraft auf alle gestrandeten Seelen des Kontinents ausübte.

»Hallo Travis ...« Susan Walker begrüßte ihn, die Frau, die an der Tür aufpasste, dass sich alle im Center anständig benahmen. »Bist du von einem Truck überfahren worden, oder was ist passiert?«

»Frag nicht.«

»Was ist mit deinem Hals?« Susan, die nur fünf Jahre jünger war als er, war eine bemerkenswerte Person. Sie wog vielleicht gerade einmal sechzig Kilogramm, ging nicht mehr sehr schnell und vermochte es mit nur einer Geste, auch die wildesten ihrer Gäste zur Räson zu bringen. In den Jahren, seitdem Travis sie kannte, wurde sie noch nie angegriffen.

»Gestolpert.«

»Papperlapapp ... du bist überfallen worden«, erklärte sie resolut und klappte den Kragen seines Mantels herunter.

»Nichts passiert ...« Man konnte sie noch nicht einmal anlügen, wenn man es gut meinte.

»Das sieht aus, als ob dich ein Pferd getreten hätte ... Du weißt es doch besser! Solche Verletzungen sind nicht harmlos!«

»Ja.«

»Du brauchst einen Arzt!«

»Möchtest du mich versorgen?«

»Das hättest du wohl gerne!« Susan presste die Lippen zusammen und boxte ihn auf den Arm. »Da warten über zwanzig Patienten auf dich ... sind heute besonders viele.«

»Darum sind wir hier!« Travis war sich sicher, das Hämatom in den Griff zu bekommen.

»Darum sind wir hier ...« Susan wandte sich bereits dem

nächsten Gast zu. Eine Asiatin, die mit ihrem Kind das Center betrat. Unsicher, fröstelnd und mit den Augen nach Halt suchend. »Schön, dass du zu uns gekommen bist. Komm, wärme dich erst einmal auf. Möchtest du eine warme Tasse Tee?«

Die Asiatin nickte schüchtern, das Kind auf ihrem Arm, vielleicht zwei Jahre alt, sah Susan nicht an. Eine herzliche Begrüßung wie unter Freunden wirkte Wunder, obwohl Travis sich sicher war, sie noch nie zuvor im Center gesehen zu haben.

Travis ging in seinen Behandlungsraum, zog den Mantel aus und sah in den Spiegel. Ein alter Mann blickte zurück, grauhaarig, hager und mit Falten, die tief genug waren, um Münzen festzuhalten. Seine Augen wirkten bereits am Vormittag müde. Für einen Moment dachte er an einen Drink, so wie früher, der machte alles leichter. Nein, er schüttelte sich. Niemals wieder! Er würde keinen Alkohol anpacken!

Das Hämatom an seinem Hals reichte in Form eines Dreiecks vom Kinn zum Ohr und bis zum Schlüsselbein.

Es klopfte an der Tür.

»Herein.« Travis zog sich den weißen Kittel über, damit ihn niemand mit einem Obdachlosen verwechselte.

»Kannst du übernehmen?«, fragte Jeremie, ein junger Arzt, der in dieser Woche nur vormittags aushelfen konnte. In einer Stunde würde seine Schicht im Presbyterian Lower Manhattan Hospital beginnen.

»Ja.«

»Jetzt zeig mir schon deinen Fuß!«, forderte Travis seinen ersten Kunden auf. Martin lebte bereits ewig auf der Straße, früher sollte er einmal Bücher geschrieben haben. Aber jetzt war der alte Mann nicht einmal mehr in der Lage, seinen Namen aufzuschreiben.

»Kannst du mir nicht eine Pille geben?«

»Die du dann verkaufst ... nein.« Travis wusste, dass viele ihrer Kunden Medikamente, die im Center verteilt wurden, verkauften, um Alkohol zu bekommen. Martins Fuß war so dick angeschwollen, dass er kaum noch laufen konnte. Betrunkene Obdachlose bemerkten nicht, wenn ihnen in der Kälte Zehen abfroren. Ab einem gewissen Punkt tat es nicht mehr weh.

»Aber ich brauch nur eine Pille!« Martin blieb stur, stand gebeugt vor der Behandlungsbank und sah durch seine zerzausten Haare auf den Boden. Travis hätte ihm eine Standpauke halten können, ihm sagen können, dass er an Wundbrand sterben konnte. Aber wer wollte das hören? Martin nicht und er auch nicht.

»Zeig mir deinen Fuß ... dann gebe ich dir eine Pille. Einverstanden?« Travis sah seine Behandlungsmethoden pragmatisch.

»Versprochen?« Martin sah auf.

»Versprochen!«

»Ich vertrau dir, Doc!« Martin setzte sich.

»Das kannst du ...« Travis schloss einen Schrank auf, nahm eine kleine Flasche Bourbon und gab sie seinem Patienten. Einem Kind gab man schließlich auch etwas zu spielen.

»Doc, du bist ein Freund!« Martin trank und lehnte sich zurück, während Travis den Schuh öffnete. Es stank nach verwestem Fleisch.

»Tut das weh?«

»Alles in Ordnung.« Martin spürte nichts mehr. Travis hatte den klammen Halbschuh ausgezogen, die ehemals weiße Socke war inzwischen rot, braun und schwarz. Mit einer Schere schnitt er sie auf, reinigte die Wunde, entfernte totes Gewebe, setzte zwei Spritzen, desinfizierte alles und verband den Fuß. Der Mann gehörte in eine Klinik.

»Bin ich fertig?«, fragte Martin, den sein verletzter Fuß offenbar nicht belastete, einen Augenblick später. Travis ließ ihm den Bourbon, den würde er zumindest nicht verkaufen.

»Frag Susan nach einem Paar neuer Schuhe.«

»Mache ich.« Martin humpelte los. Travis wusste nur zu gut, dass nicht viel gefehlt hatte und ihm wäre es ähnlich ergangen. Er griff nach dem Kaffee und stellte erst, als er die kalte Tasse an den Lippen spürte, fest, dass sie leer war. Nebenan gab es Nachschub. Die Tür öffnete sich, und sein nächster Patient betrat das Behandlungszimmer.

»Einen Moment bitte ... ich komme gleich«, rief Travis aus dem Nebenraum, in den sich die Pflegekräfte zu einer kurzen Pause zurückziehen konnten. Auch die Kanne hier war leer. Dann weiter in die große Küche für alle, dort würde er sicherlich frischen Kaffee bekommen.

»Ist es nicht wunderbar, dass es auf der gesamten Welt seit dreiundzwanzig Jahren keine kriegerische Auseinandersetzung mehr gab?«, fragte eine bekannte Politikerin den Moderator einer Talkshow im Netz. Dieses Jahr waren Wahlen, sie musste noch Punkte für den Senat sammeln. Das Interview lief auf einem Display an der Wand.

»Es gibt Stimmen, die die Früchte dieser Politik früheren Regierungen zubilligen. Vor allem Europäer, die bereits vor Dekaden protektionistischen Tendenzen unserer Administration entgegenwirkten.« Der Moderator zeigte sich kritisch.

»Ich bitte Sie, das sind unsere Freunde. Es gab nie eine europäische Linie gegen uns. Die Vereinten Nationen können wegen unserer Politik der letzten hundert Jahre auf einen fünfundneunzigprozentigen Rückgang der weltweiten Armut zurückblicken. Der Terrorismus ist Vergangenheit. Fundamentalistische Ideologien haben an Bedeutung verloren.

Auch die Kriminalität ist auf einem historischen Tiefstand. Wir leben in einer intakten Gesellschaft, in der jeder seinen Platz finden kann. Zugegeben ... in einigen großen Metropolen müssen wir noch Altlasten aufarbeiten, aber seien Sie versichert, dass ...«

Die Worte der Politikerin waren schwer zu ertragen. Travis hörte ihr nicht länger zu und ging mit einem dampfenden Kaffee wieder in den Behandlungsraum. Nach ihren Worten konnte er sich also glücklich schätzen, in einer der wenigen noch existierenden schlechten Gegenden zu wohnen.

»Wie kann ich dir helfen?«, fragte Travis, nachdem er die Tür geschlossen und den Kaffee auf einem Wandregal abgestellt hatte.

»Ich ...« Augen so groß wie Untertassen sahen ihn an. Umrandet mit dem verschreckten Gesicht einer jungen Frau. Einer schwangeren jungen Frau mit blonden Haaren, die auf dem Bändel ihres grauen Kapuzenpullis kaute. Sie stoppte nach dem ersten Wort. Natürlich hatte sie ihn sofort erkannt.

Travis kam nicht dazu, etwas zu sagen, sie sprang auf und hastete zur Tür. Obwohl schwanger, war sie immer noch schneller als er. »Warte ... bitte ... ich werde dir helfen!«

Drei Schritte vor der Tür krampfte sie und blieb keuchend stehen. Travis ging ihr nach. Langsam, er wollte sie nicht jagen. Sie begann zu weinen und sackte kraftlos auf die Knie.

»Du hast hier nichts zu befürchten ...« Travis hatte im Center auch schon Jugendliche mit Schusswunden behandelt. Dabei hatte er nie gefragt, weshalb sie mit einem Loch im Pelz auf seinem Tisch lagen.

»Ich wollte das nicht ...«

»Das weiß ich ... bitte, lass mich dich behandeln. Darf ich dir aufhelfen?«

Sie nickte.

»Komm ...« Travis half ihr wieder auf die Beine. »Bitte, setz dich.« Er schloss die Tür. Egal was sie erzählte, nichts davon würde den Raum verlassen.

»Ich wollte ihn zurückhalten!«

»Das habe ich gesehen. Ich habe bei der Polizei keine Angaben zu dir gemacht. Leider hat dich der Paketbote gesehen ... aber die Polizei hat genug zu tun, die werden nicht nach dir suchen.«

»Die werden mich in den Knast stecken!«

»Nein.« Travis gab ihr den Kaffee, den er sich frisch geholt hatte. »Wie ist dein Name?«

»Lee.«

»Nur Lee?«

»Lee Hastings.«

»Wie alt bist du, Lee?«, fragte er.

»Sechzehn.«

»Wann kommt das Kind?«

»In vier Wochen ... aber ich blute stark. Ich habe Angst, ich möchte es nicht verlieren.«

»Das wird nicht passieren.« Travis hätte ihr gerne weitere Fragen gestellt, aber er wollte sie nicht ausfragen. »Du bist hier sicher, darf ich mir dein Kind näher ansehen?«

Sie nickte erneut und zog ihre Kapuze nach hinten. Travis erschrak, ließ sich aber nichts anmerken. Lee hatte am Hinterkopf zahlreiche rasierte Stellen, typische Male, um Elektroden an der Haut zu befestigen. Er konnte gut verstehen, warum sie eine Kapuze trug.

»Es genügt, den Bauch frei zu machen.« Dann legte er ihr eine bildgebende Folie an den Unterbauch und strich sie mit der Hand glatt. Für diese moderne Medizintechnologie hatte Susan viel Geld bezahlt. Travis war dadurch in der Lage, alle anfallenden inneren Untersuchungen durchzuführen. Die Übertragung geschah drahtlos. Auf einem Display an der Wand konnten beide den Jungen, der putzmunter gegen die Bauchdecke trat, sehen. »Er ist wach.«

»Ja.« Lee lächelte das erste Mal.

Travis startete eine pränatale Untersuchungsroutine, bei der das Kind vermessen, die Vitalwerte überprüft und sämtliche Organe der Mutter untersucht wurden. Das Programm benötigte nur wenige Sekunden, um bis auf eine harmlose Schmierblutung keinerlei negativen Befunde auszugeben.

»Schau ... hier auf dem Bildschirm. Die ganzen grünen Häkchen zeigen, dass es deinem Kind gut geht.« Auch Travis beruhigten die Ergebnisse. Er konnte sehen, wie Lee sich entspannte. Gründe für die rasierten Stellen am Kopf konnte die Untersuchung allerdings nicht liefern.

»Und die Blutungen?«, fragte sie.

»Die können während einer Schwangerschaft vorkommen und sind meist harmlos. Darüber musst du dir keine Sorgen machen.« Travis lächelte. Warum rasierte jemand einer hochschwangeren Jugendlichen daumengroße kahle Stellen auf die Kopfhaut? Sieben Male konnte er zählen. Alle exakt gleich groß. Oval und völlig glatt. Die Rasur konnte noch nicht lange her sein.

»Gut.«

»Wann bist du zuletzt untersucht worden?«

»Untersucht?«

»Bist du bei einem weiteren Arzt in Behandlung?« Travis tat etwas, was er sonst nicht machte. Er stellte doch weitere Fragen. Wer machte so etwas mit einer werdenden Mutter?

»Nein.« Sie schüttelte unsicher den Kopf. Der Moment der Entspannung war vorbei. Sie log, das war nicht schwer zu erkennen, nur den Grund dafür offenbarte sie nicht. Wenn sie von einem Kollegen schlecht behandelt wurde, hätte sie doch kaum einen Grund gehabt, diesen Pfuscher zu decken, oder?

»Du musst keine Angst haben.« Travis bemühte sich, ihr Vertrauen zu gewinnen.

»Ich habe vor nichts Angst.« Sie verspannte am ganzen Körper und zog sich den Pullover über den Bauch. Auch ihre Haare verbarg sie wieder unter der Kapuze. Da lief doch etwas schief.

»Hast du einen sicheren Platz, um das Kind zu bekommen?« Travis wollte sie nicht einfach in die Kälte schicken und noch weniger zu den Typen, die ihn überfallen hatten.

»Ja«, antwortete sie nach einer kurzen Pause. Zu lange überlegt. Wieder eine Lüge. Warum tat sie das? Wen deckte sie? Den Vater? Travis' Instinkt sagte ihm, dass es einen anderen Grund gab.

»Du kannst ins Center kommen. Hier kriegst du Hilfe. Immer, wir haben rund um die Uhr geöffnet. Wir helfen dir, dein Kind auf die Welt zu bringen.«

Sie nickte. Dieser Blick, sie sah eingeschüchtert auf seine Hände. Da war noch etwas anderes. Travis verstand es nicht. Nein, sie hatte nicht vor wiederzukommen. »Kann ich jetzt gehen?«

»Natürlich …« Sie war doch keine Gefangene. Verdammt, jemand hatte dem Kind übel mitgespielt, und sie deckte diesen Kerl trotzdem.

»Danke.«

»Keine Ursache.« In Travis' Kopf rotierte es, aber er konnte ihr nicht vorschreiben, wie sie zu leben hatte. Und dumme Belehrungen würde sie sicherlich nicht von ihm hören wollen.

Lee stellte die leere Tasse auf die Anrichte und verließ den Behandlungsraum. Zum Abschied schenkte sie Travis ein verlegenes Lächeln und ging. Das waren die Momente, an denen er an der Welt zweifelte. Er wusste es besser und konnte trotzdem nicht helfen. Auf dem Bildschirm piepte es erneut. Eine Fehlermeldung, er würde das System neu starten müssen.

»Was ist das denn?« Travis rückte sich seine Lesebrille zurecht. Leider verfügte das über Spenden finanzierte Center nicht über die Mittel, das modernste Equipment zu kaufen.

»Bitte?« Das Diagnosesystem konnte einige Details nicht auflösen. Travis hatte früher an der Entwicklung solcher Systeme mitgearbeitet. Damals, als er noch Geld für seine Arbeit bekommen hatte. Er mochte keine Computer, kannte sie aber sehr gut.

Er startete eine Korrekturroutine, damit das System den Loop in der Verarbeitung Lees medizinischer Daten auflösen konnte.

ERROR

Toll, die Meldung konnte er nicht gebrauchen. Das Gerät war zu wichtig für seine Arbeit. Ohne wäre er nicht in der Lage, innere Untersuchungen durchzuführen. Er startete eine Umleitung der Untersuchungsdaten und legte einen neuen Table in der internen relationalen Datenbank an. Damit sollte das System seine binären Verdauungsprobleme überwinden können.

ERROR

Das wurde immer besser. Es klemmte nach wie vor. Travis las die widersprüchlichen Werte manuell aus und assoziierte alle korrupten Felder mit einem neuen Profil. Perfekt, Lees Daten stimmten jetzt. Sie und das Kind waren gesund und munter.

Ihre fehlerhaften Daten konnte er nun gesondert analysieren, die interessanterweise isoliert betrachtet keine weiteren Fehlermeldungen produzierten. Allerdings auch zu überraschenden Ergebnissen führten.

»Das kann nicht sein!« Travis glaubte nicht, was er sah. Das

System war über die vorliegenden Referenzprofile darauf kalibriert, Menschen zu untersuchen. Nur Menschen, deshalb die Fehlermeldung.

GENETIC EMBRYONIC FOOTPRINT NOT HUMAN

 # DIE UHR

Jake war so schnell ins Haus gestürmt, dass er auf dem Teppich im Flur ins Rutschen kam. Aber er fiel nicht. Noch während Jake sich bemühte, das Gleichgewicht zurückzugewinnen, fragte er sich, wo er zuerst nach der Person suchen sollte, die er von draußen gehört hatte. Jetzt war es still.

»Hallo? Können Sie mich hören? Wo sind Sie?«

Nichts.

Fuck!

Oben oder unten? Die Treppe rauf, wo sich in den meisten Häusern die Schlaf- und Gästezimmer befanden, oder im Erdgeschoss in Küche und Wohnzimmer nachsehen?

Beides falsch, entschied er. Der Rauch kam aus dem Keller, der hilflose Mensch hatte gehustet, ergo musste er im Keller sein. Jake wusste, dass diese Logik auf schwachen Füßen stand, aber er musste handeln, jedes Zögern ließ nur kostbare Zeit verstreichen.

Noch immer waberten Rauchschwaden durch den Flur, wurden durch die offene Tür aber sofort nach draußen gezogen. Da er nur ein T-Shirt anhatte, griff er sich eine dünne Jacke von der Garderobe und band sie sich vor den Mund.

Er durchquerte den Flur und sah die Kellertreppe hinab. Hier war der Rauch dichter, aber durch den Stoff ließ es sich einigermaßen erträglich atmen. Das Licht neben den Holzstiegen brannte und warf seinen Lichtschein bis zum zementierten Boden des Kellers.

Dort lag ein Mann. Ein alter Mann. Zusammengekrümmt, auf der rechten Seite. Der Kopf mit den schlohweißen Haaren ruhte auf dem Unterarm. Es sah aus, als habe er sich auf dem nackten Stein schlafen gelegt.

Jake ging vorsichtig die Treppe hinunter. Am Fuß der Stufen angekommen, blickte er sich um. Rauchschwaden trieben auf ihrem Weg im Luftzug an ihm vorbei, aber er sah keine Flammen, kein offenes Feuer.

Hinten in der Ecke war der Qualm besonders dick, dort musste sich die Ursache des Brandes befinden.

Für einen Moment war er verwirrt. Was sollte er als Erstes tun? Den Mann nach oben bringen oder versuchen, das Feuer zu löschen?

Das Haus stand nicht vor dem Abbrennen, und vor ihm an der Wand hing ein Feuerlöscher, er könnte es probieren, doch Jake entschied sich anders. Der bewusstlose Mann rührte sich nicht. Vielleicht war er ernsthaft verletzt? Möglicherweise ein Herzinfarkt oder Schlaganfall, mit Sicherheit eine Rauchvergiftung, er musste den Alten so schnell wie möglich rausbringen.

Jake bückte sich und schob seine Arme von hinten unter die Achseln des Mannes. Er verschränkte seine Hände vor dessen Brustkorb und richtete sich wieder auf.

Verflucht, der Kerl war nicht besonders groß und hager, aber er schien eine Tonne zu wiegen. Mit einem Ächzen machte Jake den ersten Schritt nach hinten und trat auf die unterste Treppenstufe. Dann die nächste.

Die Schuhabsätze des Alten klapperten auf den Holzstiegen, als er ihn Stufe für Stufe nach oben schleppte. Dann durch den Flur. Hier ging es besser. Jake stolperte nach draußen.

Er zog den Mann in den Schatten eines Baumes, der vor dem Haus stand, und legte ihn vorsichtig ab. Der Alte lebte noch, denn Jake konnte sehen, wie sich seine Brust hob und senkte, aber auf sein leichtes Schütteln reagierte er nicht. Die Sache war ernst.

Seine Hände zitterten, als er das Handy aus der Tasche seiner Jeans fischte und 911 eintippte.

»Notrufzentrale«, meldete sich eine weibliche Stimme.

»Es brennt«, sagte Jake hastig.

»Sir, Ihr Name bitte.«

»Jake Merdon.«

»Wo befinden Sie sich? Können Sie den Brand sehen? Was brennt?«

»Ich bin irgendwo im Westen der Stadt. Es ist ein kleines Haus. Etwas im Keller brennt, ich habe einen bewusstlosen Mann herausgeholt. Er braucht medizinische Hilfe.«

»Bitte nennen Sie Ihren exakten Standort, damit ich die Rettungskräfte und die Feuerwehr zu Ihnen schicken kann.«

»Ich … ich weiß nicht … nach der Lincoln Street bin ich mehrfach abgebogen …«

»Sir, bitte!«

»Bowman Street«, krächzte eine Stimme neben ihm.

Jake sah überrascht auf den Alten, der die Lider aufgeschlagen hatte und ihn mit wässrig blauen Augen anschaute. »Sag ihnen Bowman Street einundzwanzig.«

»Wie geht es Ihnen?«, fragte Jake, wurde aber durch die Frau der Notrufzentrale unterbrochen, die erneut nach seinem Standort fragte. Er nannte ihn ihr.

»Hilfe ist unterwegs«, sagte sie. »Bitte bleiben Sie am

Apparat, ich schalte Sie auf eine andere Leitung, damit Sie die Rettungskräfte anweisen können.«

Es knackte im Hörer, dann sprach ein Mann. »Captain Ivers hier. Ich bin auf dem Weg zu Ihnen. Bitte beschreiben Sie mir den Brand, so gut Sie können.«

Jake gab seine Beobachtungen durch.

»Sie haben angegeben, einen Verletzten bei sich zu haben? Ist das richtig?«, fragte der Captain.

»Ja ... aber ich weiß nicht, wie schwer er verletzt ist. Er ist alt ...«

»Ist der Verletzte bei Bewusstsein?«

»Ja, Sir.«

»Sehen Sie Blut oder offene Wunden?«

»Nein, Sir.«

»Wir sind in wenigen Minuten bei Ihnen, der Rettungswagen ist auf dem Weg.«

Jake wandte sich dem Alten zu, der ihn unverwandt anblickte.

»Wie geht es Ihnen?«, wiederholte er seine Frage von zuvor.

»Keine Ahnung«, krächzte der Mann. Ein Hustenanfall schüttelte ihn, dann sagte er: »Meine Lunge brennt wie Feuer.«

»Der Krankenwagen ist bald da.«

»Das verdammte Haus fackelt ab«, meinte der Alte. Es klang wütend, nicht traurig.

Jake blickte hinüber. Noch immer zogen Rauchschwaden durch die offene Tür, aber von Flammen war nach wie vor nichts zu sehen.

»Ich denke nicht, dass es so weit kommt«, sagte er. »Das Feuer lässt sich bestimmt schnell löschen.«

»Meine Greta …«, er hustete, »… und ich haben darin vierzig Jahre unseres Lebens verbracht und die Kinder dort großgezogen … Meine Frau ist seit vielen Jahren tot.« Seine Stimme ging in ein schweres Keuchen über.

»Hatten Sie einen Herzanfall?«, fragte Jake.

Der Mann schüttelte den Kopf. »Bin die Treppe … runtergefallen. Kannst du meine Beine mal anschauen? Sieht da was schlimm aus?«

»Eigentlich nicht, keine vorstehenden Knochen oder Blut, aber so etwas weiß man erst nach dem Röntgen. Können Sie Ihre Füße bewegen?«

Der Alte wackelte mit den Schuhen.

»Tut das weh?«, fragte Jake.

»Jungchen, mir tut so ziemlich alles weh.«

»Wie ist es zu dem Brand gekommen?«

»Ich habe mit dem Lötkolben gearbeitet …«, sagte er und holte tief Luft, bevor er weitersprach. »Repariere gern Geräte, alte Radios und so. Früher hatten die Sachen noch einen Wert und man konnte selbst etwas daran machen … aber der Krempel von heute kommt aus China und ist so billig hergestellt, dass es sich nicht lohnt, Hand anzulegen.«

»Und Sie meinen, der Lötkolben hat das Feuer verursacht?«, hakte Jake nach.

Bevor der Mann antworten konnte, wurde er wieder von einem heftigen Hustenanfall geschüttelt. Schließlich sagte er: »Wahrscheinlich habe ich bei meinem Sturz das Ding umgeschmissen und es ist in den Mülleimer gefallen. So wie das gequalmt und gestunken hat …«

»Sie haben echt Glück gehabt.«

»Ja, Junge, und dich. Gott hat dich zu mir geschickt.« Er schnappte nach Luft. »Wie hast du mich überhaupt gefunden? Hier ist doch weit und breit kein Mensch, ich bin der letzte in der Gegend.«

»Äh, das klingt jetzt vielleicht bescheuert ... aber ich habe den Brand gerochen.«

Der Alte hob neugierig die Augenbrauen an, dann rappelte er sich in eine sitzende Position auf, dabei ächzte und stöhnte er wie eine eingerostete Maschine.

»Gerochen, sagst du?«

Jake nickte. Er wusste, wie verrückt sich das anhörte, und konnte es sich selbst nicht erklären. Vielleicht lag es daran, dass sein Heuschnupfen plötzlich verschwunden war und er eine freie Nase hatte.

»Na ja, egal. Hauptsache, du warst rechtzeitig da.«

»Sir, wollen Sie sich vielleicht nicht lieber wieder hinlegen ...«

»Fass mal in meine rechte Hosentasche«, forderte ihn der Mann auf.

Aus der Ferne erklangen jetzt die ersten jaulenden Sirenen der Rettungskräfte, die schnell lauter wurden.

»Was ist da? Brauchen Sie Ihre Medikamente?«

»Nein, das ist die Taschenuhr meines alten Herrn. Er hat sie während der großen Depression günstig erworben und mir zum Collegeabschluss geschenkt. Ich möchte sie dir geben. Als Dankeschön.«

»Aber ... aber das müssen Sie nicht ...«

»Das Ding funktioniert eh nicht richtig, und ins Grab kann ich sie auch nicht mitnehmen.«

»Ich ...«

»Fass in meine Hosentasche.«

Jake tat es und zog eine goldfarbene Taschenuhr an einer dünnen Kette heraus.

»Mach die Kette ab und gib sie mir«, sagte der Alte.

Als er die Uhr in den zittrigen Fingern hielt, brauchte er drei Versuche, bis es ihm gelang, den Uhrendeckel zu öffnen.

»Siehst du, hier im Deckel steht mein Name. Wilbur Smith. Schöne Schrift, nicht wahr?«

»Ja, Sir.«

»So, und jetzt nimm sie, sie gehört dir.«

Jake öffnete seine Hand, und der Mann legte die Uhr vorsichtig hinein, so als wäre sie besonders wertvoll oder zerbrechlich. Dabei konnte Jake mit einem einzigen Blick erkennen, dass es sich um billiges Blech und keinesfalls Gold handelte. Trotzdem, die Geste rührte ihn.

»Danke sehr.«

»Ist schon okay, du hast sie dir verdient.«

Ein Krankenwagen schoss die Straße hinauf. Die Sirene ließ Jakes Ohren klingeln. Verdammt, war das laut!

Als der Kastenwagen kurz darauf mit quietschenden Reifen zum Stehen kam, sprangen zwei Sanitäter und ein Rettungsarzt heraus, die sich sofort um den alten Herren kümmerten. Jake trat beiseite. Die Uhr steckte er in seine rechte Jeanstasche.

Kurz darauf traf auch die Feuerwehr ein, und es wimmelte nur so von Menschen. Jake, der nicht im Weg stehen wollte, ging zu seinem Wagen hinüber. Niemand beachtete ihn, also stieg er ein und fuhr davon.

Er wollte keine neugierigen Fragen dazu beantworten, wie er auf den Brand aufmerksam geworden war, er verstand es ja selbst nicht. Einfach zu erklären, er habe das Feuer aus mehreren Meilen Entfernung gerochen und sei dann spontan losgefahren, um die Ursache zu suchen, würde ihn nur verdächtig machen. Im besten Fall als seltsamen Typ dastehen lassen, der sich verrückte Dinge einbildete und dabei durch Zufall auf einen tatsächlichen Brand gestoßen war.

Nein, besser, er machte sich aus dem Staub.

Jake war so in Gedanken, dass er sich auf dem Rückweg zweimal verfuhr. Dann aber schaffte er es, einen klaren Kopf zu bekommen und wieder ruhiger zu werden. Als er am Rosepark vorbeikam, beschloss er anzuhalten und ein wenig spazieren zu gehen. Die frische Luft würde ihm guttun und den Gestank des Schwelbrandes aus seiner Nase vertreiben.

Als er das alte schmiedeeiserne Tor an der Westseite des Parks durchschritt, stürmte ein Orchester von Gerüchen auf ihn ein. Es war unglaublich. Noch niemals zuvor hatte er eine solche Vielfalt unterschiedlichster Düfte wahrgenommen, niemals zuvor eine derartige Intensität erlebt.

Während er den Weg zwischen hohen Platanen entlangging, roch er das Gras, das Laub in den Bäumen, Büschen und Sträuchern. Blumen strömten unzählige Duftnoten aus, die sich miteinander vermischten und neue Komponenten erschufen.

Jake atmete tief durch und sog die Gerüche regelrecht in sich ein.

Roch so die Welt? Nahmen alle anderen diese wunderbaren Gerüche ebenfalls wahr? Hatte sein Heuschnupfen bisher verhindert, dass er feststellen konnte, wie toll der Sommer roch?

Jake blieb stehen. Schaute sich um.

Das Sonnenlicht fiel durch die hohen Wipfel der Bäume hinab auf den Weg. Blätter flüsterten im leichten Ostwind. In den Büschen raschelte es.

Es war seltsam. Seit er denken konnte, nahm er Medikamente gegen Heuschnupfen, um überhaupt Luft zu bekommen. Nun vergaß er sie zum ersten Mal in seinem Leben, und plötzlich ging es ihm viel besser. All die schweren Symptome waren wie weggeblasen, er konnte frei und kräftig atmen.

Ich nehme das Zeug nie wieder, dachte er. *Egal was Mom und alle Ärzte der Welt sagen.*

Irgendwie fühlte er sich beschwingt. Lebensfroh. Erst die Sache mit dem alten Mann, den er gerettet hatte, und jetzt dieses zutiefst befriedigende Erlebnis im Park.

Das gestrige Spiel und sein Versagen waren nicht vergessen, aber im Moment beherrschte es ihn nicht. Jetzt war jetzt, und jetzt fühlte er sich verdammt gut.

Als er an einer Parkbank vorbeikam, setzte er sich in den Schatten eines Baumes. Vor ihm lag ein kleiner See, an dessen Ufer niedriges Schilfgras wuchs. Eine Entenfamilie kam schnatternd vorbeigeschwommen. Jake beobachtete die Küken, die sich munter um ihre Mutter herum aufmachten, die Welt zu entdecken, jedoch sofort zurückgerufen wurden, wenn sie sich zu weit entfernten.

Es war nett, das zu sehen, aber auch ein wenig peinlich, weil es ihm gefiel.

Enten auf einem See. Mann, wenn das jemand wüsste, könnte er sich nie wieder blicken lassen.

In seinem Rücken nahm er ein Geräusch wahr. Eine einzelne Person kam den Weg entlangspaziert. Ohne Eile, aber mit großen Schritten. Ein Mann, vermutete Jake.

Ein merkwürdiger Geruch wehte ihm voraus. Es roch herb und süßlich, aber auf eine etwas unangenehme Art. Als habe die Person billiges Parfüm aufgetragen, sich aber danach drei Tage lang nicht gewaschen.

Ohne zu wissen warum, ärgerte sich Jake über den Duft,

der all die anderen Gerüche für einen Moment überdeckte. Er drehte den Kopf und sah einen hochgewachsenen, elegant gekleideten Mann in schwarzem Anzug und modischem weißen Hemd auf sich zukommen.

Jake bemerkte die teuren braunen Lederschuhe, die er trug, sah gepflegte Hände und ein offenes Gesicht. Der Typ lächelte ihn an, als er seinen Blick bemerkte, und er lächelte zurück. Dann war er vorüber, und Jake blieb verwirrt zurück.

Wie konnte jemand, der so gut gekleidet war, dermaßen schäbig riechen?

Merkwürdig.

NICHT EINEN TROPFEN

Freitag, das Wochenende stand vor der Tür. Tage, die für Travis keinen Unterschied machten. Auch an Sonntagen war die Gegend, in der er lebte, mies, die Subway überfüllt und der Warteraum im Center voller Menschen. Menschen, die zu jeder Tageszeit medizinische Hilfe benötigten. In den frühen Morgenstunden hatte er bereits zwei Platzwunden, eine Stichverletzung am Rücken und einen gebrochenen Arm behandelt. Verletzungen, die alle besser in einer Klinik versorgt worden wären. Erlitten von Personen, die dort ohne eine gültige Krankenversicherung nicht behandelt wurden.

»Du siehst nicht gut aus …« Susan neigte dazu, ehrlicher zu sein, als es Travis heute Vormittag hören wollte. Er hielt sich an einer Tasse fest und versuchte, nicht an den Bourbon zu denken, den er für die Behandlung besonderer Patienten verschlossen im Schrank stehen hatte. Egal wie lange er schon trocken war, die Sucht würde ihn nie ganz loslassen.

»Danke.« Travis war sich durchaus darüber bewusst, dass er bei der nächsten Wahl zum Mister America keine guten Chancen hatte. Die Haare rund um den Scheitel waren bereits etwas licht, und sein Waschbrettbauch ließ ebenfalls zu wünschen übrig.

»Was ist los mit dir?«

»Vierzehn Stunden Arbeit, Rückenschmerzen und zu wenig

Urlaub ... such dir was aus.« Travis wollte nicht jammern. Die Woche war die Hölle, nicht wegen des Centers oder der Menschen, die er hier behandelte. Es lag an ihm. Seine Vergangenheit hielt ihn fest im Griff.

»Alkohol ist keine Lösung.«

»Ich bin trocken.« *Noch.*

»Aber du denkst darüber nach ...«

»Ja ... aber ich ...« Travis führte den Gedanken nicht weiter. Es durfte nie wieder ein »Aber« geben. Susan kannte ihn viel zu gut.

»Du bist stark! Stärker als die meisten von uns! Du wirst nicht rückfällig werden!«, statuierte Susan wie eine Richterin bei der Urteilsverkündung. Vermutlich war sie die Einzige in der Stadt, die es interessierte, wie er sich fühlte.

»Das bin ich nicht ...« Travis wäre froh gewesen, wenn es so wäre.

»Jetzt hör auf damit!« Susan boxte ihn auf den Arm. Wie immer auf dieselbe Stelle.

Er wusste nicht viel über sie, aber sie viel über ihn. Sie konnte sehr gut zuhören. Auch ein Grund, warum sie alle im Center liebten.

»Jeder von uns hat eine Geschichte ... die selten schön ist. Aber weißt du was, das spielt keine Rolle. Absolut keine Rolle! Der Tag heute, morgen, übermorgen, sie gehören alle dir. Nur dir! Du triffst Entscheidungen, niemand sonst, vor allem niemand aus deiner Vergangenheit!«

»So weit bin ich nicht.« Dafür hatte er zu viel zerstört.

»Travis! Du machst jetzt eine Pause! Du gehst raus in den Park und bleibst da einen Moment! Komm erst wieder, wenn du dein Hirn entlüftet hast!« Susan griff nach seiner Hand.

»Aber da warten Patienten ...« Travis verstand nicht, was das sollte, er wollte niemanden warten lassen, nur weil er eine Pause brauchte.

»Die warten auch, bis du wieder da bist ... glaub mir, die warten!« Susan half ihm in den Mantel, band ihm den Schal um den Hals und schob ihn vor die Tür. »Ich halte hier die Stellung!«

»Aber ...«

»Nichts aber! Du wirst genau das tun, was ich dir gesagt habe!«

Er nickte.

Gegen Susan konnte man sich nicht wehren, sie war eine Naturgewalt. Travis kannte niemanden, der ihr widersprochen hatte und damit weit gekommen wäre.

Er ging durch den nahen City Hall Park und blieb vor dem Springbrunnen, der im Januar nicht in Betrieb war, stehen. Die Kälte brachte ihn dazu, sich zu bewegen. Nicht die schlechteste Therapie, um auf andere Gedanken zu kommen. Als er seine Karriere in der medizinischen Informatik, seinen Ruf und seine Freunde im Suff das Klo hinuntergespült hatte und wegen einer fahrlässigen Körperverletzung mit Todesfolge im Knast gelandet war, hatte er gedacht, am Ende zu sein. Wie hätte es auch schlechter laufen können? Das war jetzt sieben Jahre her. Sieben lange Jahre, in denen er jeden Tag aufs Neue versucht hatte, etwas wiedergutzumachen. Das Center, die Arbeit als Arzt, hatte ihm geholfen, auf die Beine zu kommen. Aber vermutlich brauchte er zwei Leben, um die Schuld, die auf seinen Schultern lastete, begleichen zu können.

»Hast du schon gehört, Linda Blackman hat einen neuen Freund!«

»Wirklich?«

»Er ist blond!«

»Wow!«

»Und stell dir vor, er soll schon siebzehn sein und einen eigenen Gleiter haben!«

Zwei Jugendliche in dicken Jacken, Schals und Mützen gingen, ohne Travis zu beachten, an ihm vorbei. Er lächelte, gewisse Dinge änderten sich nie. Bereits wenige Schritte später konnte er nicht mehr hören, was sich die beiden Mädchen erzählten.

Travis war inzwischen achtundsechzig, lebte von einer nicht gerade üppigen Privatrente und besaß nicht mehr als das Apartment. Der Job im Center war eine gute Sache. Es lenkte ihn ab, und er half gerne.

Links an ihm ging ein Paar vorbei, um die vierzig, gut aussehend, gut gekleidet und gut gelaunt. Anscheinend führten sie ein schönes Leben. So wie er früher. Verdammt, war das lange her! Die sieben Jahre fühlten sich an wie zwanzig. Das Paar registrierte ihn genauso wenig wie die beiden Jugendlichen zuvor. Travis sah genauer hin, nicht auf das wohlsituierte Paar, sondern auf einen grauen Pullover, der am Rande des Parks in seinem Blickfeld auftauchte.

»Hey!«, rief er spontan.

»Ja, bitte?«, fragte der Mann höflich, seine Frau suchte an seiner Seite Schutz.

»Nein ... entschuldigen Sie bitte, das galt nicht Ihnen.« Travis ließ die beiden stehen und versuchte dem grauen Pullover zu folgen. Konnte sie es sein? Er hatte Lee nicht vergessen. Lee Hastings, die Sechzehnjährige, die er vor drei Tagen behandelt hatte. Das Mädchen mit den kahl rasierten Stellen am Kopf.

»Keine Ursache.« Der Mann nickte. Seiner Partnerin und ihm war die Erleichterung anzusehen, nicht von Travis angepöbelt oder angebettelt worden zu sein.

»Lee!«, rief Travis lauter und ging ihr nach. Er hustete. Sie reagierte nicht. Das war zu weit, sie würde ihn nicht hören können.

»Lee Hastings!« Warum Travis sofort wieder an das Mädchen dachte, konnte er nicht erklären. Ohne sich dessen bewusst zu sein, hatte er bereits seit drei Tagen nach ihr Ausschau gehalten. Gehofft, dass sie wieder ins Center kam. Wieder mit ihm sprach. Aber sie kam nicht. Weder zu ihm noch zu einem der anderen Ärzte. Das Kind, die Fehlermeldung des Untersuchungssystems und ihre verunstalteten Haare, alles war sofort wieder da. Die Fragen, die er nicht beantworten konnte, die Sorgen um die junge Mutter und die Angst vor ihren gewalttätigen Freunden.

»Lee, bitte warte einen Moment!« Travis war sich noch nicht einmal sicher, was er ihr sagen wollte. Obwohl, konnte sie es überhaupt sein? Je näher er kam, desto unsicherer wurde er. Da fehlte etwas. Sie war zu dünn. Hoffentlich hatte es keinen Zwischenfall gegeben. Er konnte die zuvor auch unter dem Pullover deutlich sichtbare Wölbung nicht mehr erkennen.

»Lee!« Travis ging schneller. »Bitte!« Es waren noch dreißig Meter, sie sollte ihn jetzt hören können. Es lag kein Schnee in New York, aber der Weg im Park war rutschig.

Sie drehte den Kopf zu ihm, die Hände in den Taschen, sie wirkte ängstlich, blass und zerbrechlich, auch ihre Beine waren dünner als am Dienstag. Ihre Jeans war dreckig und teils zerrissen. Warum blieb sie nicht stehen?

»Ich möchte mit dir reden!« Travis atmete schnell, lange würde er dieses Tempo nicht durchhalten. Sein Atem wurde sichtbar in der kalten Winterluft.

Keine Antwort. Kein einziger Ton. Trotzdem stand zweifelsfrei fest, dass sie ihr Kind bekommen hatte. Hoffentlich ging es dem Jungen gut. Das Mädchen sah ihn erneut an. Er erreichte den Bürgersteig. Zehn Meter Distanz waren viel, wenn man das letzte Mal vor zehn Jahren joggen gewesen war. Ihm gelang es nicht aufzuschließen.

»Bitte … lauf nicht weg!« Aber genau das tat sie, sie lief vor ihm davon. Warum? Was sollte das? Sie hatte nichts von ihm zu befürchten. Er wollte sich doch nur nach dem Kind erkundigen. Wollte wissen, ob der Junge oder sie Hilfe brauchten, die er und seine Mutter im Center jederzeit und ohne sich dummen Fragen stellen zu müssen erhalten würden.

Der Abstand vergrößerte sich. Travis kam ihr nicht hinterher, sie verschwand einen Block weiter im dichten Gedränge. Die Menge verschluckte sie regelrecht. Er blieb stehen. Links und rechts strömten unzählige Menschen vorbei: beschäftigt und hektisch. Das Mädchen, Lee, hatte sehr schlecht ausgesehen. Ihre Gesichtszüge wirkten eingefallen, sie hatte eine aschfahle Haut und dünne Beine. Einen Meter siebzig groß und höchstens fünfzig Kilogramm schwer. Auch wenn sie vor Kurzem entbunden hatte, konnte das den enormen Gewichtsverlust innerhalb von drei Tagen nicht erklären.

Warum, fragte Travis sich in Gedanken immer wieder und rang nach Luft. Die Situation machte ihn fertig. Links von ihm sah er einen großflächigen Werbespot an einer gläsernen Häuserfront. Nicht schon wieder: *Human Future Project*.

Er schüttelte sich, das war der pure Hohn. Die waren überall und das zu jeder Zeit. Die Organisation warb mit einer für ihn unerträglichen Penetranz. Allein mit dem Geld, das sie in New York für diese turmhoch animierte Werbung ausgaben, hätte man Tausenden auf der Straße helfen können.

Travis sah sich um, suchte Halt und glaubte in einem schwarzen Loch zu versinken. Dunkle Mauern bauten sich vor ihm auf.

Dagegen kam er nicht an. Machtlos, hilflos, kraftlos sackten seine Schultern nach unten. Seine Gedanken drehten sich um Lee, die nicht zuließ, dass er ihr half.

Du bist stark, hatte Susan vorhin gesagt, dabei hatte sie keine Ahnung, wie schwach Travis war.

Fünf Minuten später saß er eine Straße weiter in einer Bar und starrte ein Glas Bourbon an. Bourbon mit Eis, wobei die Eiswürfel bereits geschmolzen waren.

»Hey, Mister, ist alles in Ordnung mit Ihnen?«, fragte der Barkeeper, ein jüngerer Mann mit Bart und Kippe im Mundwinkel.

Travis nickte.

»Beten Sie das Zeug an … oder was machen Sie da?« Der Typ hatte keine Ahnung.

Travis schüttelte den Kopf. »Ich möchte noch einen.« Er wollte nur das Gespräch beenden. Bisher hatte er keinen Tropfen getrunken. Die Gedanken an dieses Mädchen Lee machten ihn fertig. Ein zweites Glas würde an der Sache nichts ändern.

»In Ordnung.« Der Barmann stellte ein weiteres Glas auf den Tresen.

Travis bezahlte und beobachtete die neuen Eiswürfel, wie sie langsam zur Ruhe kamen. »Haben Sie Kinder?« Er sah dem Barmann auf die Hände.

»Ich? Gott bewahre, nein!«, antwortete der, als ob Travis ihn eines Verbrechens angeklagt hätte.

»Ich auch nicht.« *Nicht mehr.* Travis konnte sich nicht mehr an seine Tochter erinnern. Über der Bar hing ein Display. Es lief wieder Football. Die Werbepause war eine Erlösung.

»*Die Zukunft aller liegt in den Händen unserer Kinder*«, erklärte diese verfluchte weibliche Stimme, die ihn auf Schritt und Tritt zu verfolgen schien. Dann kamen Nachrichten:

»Die New Yorker Sicherheitsbehörden gaben heute die Festnahme des international gesuchten Cyberterroristen Ironheart bekannt. Ihm werden in vierhundertachtzehn Fällen im In- und Ausland Angriffe auf die öffentliche Infrastruktur vorgeworfen. Im Jahr 2116 kam es im Rahmen einer massiven DDoS-Attacke zu einem Stromausfall, an dessen Folgen ein Polizist ums Leben kam.«

Travis zog den Mundwinkel nach oben. Ironheart ... Hacker liebten es, sich bescheuerte Namen zu geben. Vermutlich wieder so ein junger Spund, der glaubte, er könne es allein mit dem System aufnehmen.

»Der Staatsanwalt erklärte, damit das letzte große Cyberterrornetzwerk zerschlagen zu haben. Er kündigte an, dass in den nächsten Tagen weitere Verhaftungen folgen werden«, berichtete die Nachrichtensprecherin mit emotionsloser Stimme.

Mit dem Finger schnippte Travis das Glas an, woraufhin die Eiswürfel eine weitere Runde drehten. *Der mutige Ironheart im Krieg gegen die dunklen Herrscher*, spottete er in Gedanken. Das war lächerlich. Dieser Ironheart, oder wie auch immer sein Name lautete, war ein Idiot! Und ein Polizistenmörder, weshalb die Giftspritze auf ihn warten würde.

»*Für die Verhaftung dieses gefährlichen Cyberterroristen, der die Behörden über zwölf Jahre narren konnte, lobte der Staatsanwalt eine neu gegründete Spezialeinheit der New Yorker Polizei, die für den Zugriff verantwortlich war. Auf die Frage, warum die Behörden zwölf Jahre für die Ergreifung benötigt hatten, entgegnete der Staatsanwalt scherzhaft: ›Wissen Sie, wir können sie jetzt riechen.‹*«

Travis nahm den Bourbon in die Hand, die Lösung war so einfach. Auch er konnte riechen, zwar nur den Drink, aber das war okay.

»Was für ein alter Sack!«, rief der Barmann, der ebenfalls den Nachrichten folgte. Auch Travis sah noch einmal auf, dann wollte er sich volllaufen lassen. Er plante, sich bis zur Besinnungslosigkeit zu betrinken.

»Was?« Travis setzte das Glas ruckartig ab, er kannte Ironheart! Das konnte nicht sein, das war Glen. Glen Ravero. Dr. Glen Ravero, der Mann hatte gemeinsam mit Travis 2079 am MIT, am Massachusetts Institute of Technology, promoviert. Travis war immer gut gewesen, aber nicht so gut wie Glen, der beste Informatiker, den er kannte.

Dr. Dr. med. Travis Jelen, was hatte er sich damals auf seine zwei Doktortitel eingebildet. Als Mediziner und Informatiker hatten ihm alle Türen offen gestanden, er ging daraufhin in die Medizinforschung und Glen zum Militär.

»Unglaublich ...« Travis konnte nicht verstehen, wie um Himmels willen aus Glen ein Cyberterrorist werden konnte. Jeder andere, aber doch nicht er. Im Gegensatz dazu konnte er nachvollziehen, warum die Behörden ihn zwölf Jahre nicht fassen konnten. Dafür war er einfach zu gut. Ein Meister seines Fachs.

»Noch einen?«, fragte der Barmann amüsiert, da Travis auch den zweiten Drink warm werden ließ.

»Ähm ... wie bitte?«

»Mister, möchten Sie noch etwas trinken?«

»Danke ... nein.« Travis schob beide Gläser von sich weg. Die Geschichte mit dem Mädchen hatte ihn aus dem Tritt gebracht, aber jetzt stolperte er über seinen alten Kumpel Glen wieder zurück in die Spur.

Etwas Dunkles, nach Betäubung Gierendes in ihm schrie nach Bourbon. Nein. Er würde weiterhin trocken bleiben. Das Nein reichte noch nicht, es reichte auch nicht, nur Obdachlose zu behandeln.

Travis konnte Glen nicht mehr helfen, der selbst für seine Taten verantwortlich war. Und wenn sein alter Freund einen Polizisten getötet hatte, dann sollte er dafür auch seine gerechte Strafe erhalten. Aber Lee Hastings hatte eine andere Geschichte. Eine Geschichte, die er noch nicht kannte. Eine Geschichte, der er jetzt nachgehen würde. Er würde das Mädchen suchen und herausfinden, was aus ihrem Sohn wurde.

 # ALLES ANDERS

Der Montag war da, und als Jake die Bettdecke zurückschlug, holte ihn die ganze Wucht der Erkenntnis ein, dass dies ein harter Tag für ihn werden würde.

Schule.

Nur ein Wort, aber sein Kosmos. Sein Universum, um das sich fast alles drehte.

Nach den gestrigen Erlebnissen hatte er sich nicht mehr auf den sozialen Netzwerken eingeloggt, und daher wusste er nicht, wie schlimm es heute werden würde. Jake glaubte kaum, dass der Ärger seiner Mitschüler über das verlorene Spiel in den letzten Stunden nachgelassen hatte. Bestimmt erntete er Buhrufe, sobald er den Bus verließ, vielleicht schon vorher, aber den Schwanz einziehen galt nicht. Alan würde ebenfalls in der Schule sein, und gemeinsam würden sie die Sache schon irgendwie durchstehen.

Draußen schien die Sonne, und Jake hörte Vögel in den Büschen vor dem Haus rascheln. Vonnigers Auto von gegenüber wurde gestartet und verpestete die Luft. Es war ein zehn Jahre alter Toyota. Jake hatte nie darüber nachgedacht, aber jetzt ärgerte ihn der Gestank, der durchs offene Fenster zog.

Er wusch sich das Gesicht und vorsichtshalber noch mal die Achseln, obwohl er gestern Abend erst geduscht hatte. Die Seife roch wahnsinnig süß, und für einen Moment glaubte er schon, die seiner Mom benutzt zu haben, was aber nicht der Fall war. Er schnupperte an seinen Händen und fragte sich, ob der Geruch vielleicht unmännlich rüberkam.

Nein, entschied er. *Geht schon.*

Von unten rief seine Mutter ihm zu, dass das Frühstück fertig sei. Sie hatte sich Mühe gegeben, wahrscheinlich wollte sie ihn aufmuntern und ihm einen guten Start in den Tag bereiten. Sie hatte Pfannkuchen gezaubert, Eier und Speck gebraten, und frisch gebackenen Toast gab es auch. Nur der süße Duft von Ahornsirup stieg ihm nicht in die Nase, als er die Treppe herunterkam.

»Hi Mom.«

»Guten Morgen.«

»Das sieht echt gut aus. Danke.«

»Denkst du, es wird schlimm heute?«

Er zuckte mit den Schultern. »Mal sehen.«

»Was sagt Alan?«

»Der meint ›Scheiß drauf‹.«

Sie lachte. »So ist er. Wahrscheinlich hat er sogar recht. In ein paar Tagen spricht sowieso niemand mehr über das Spiel.«

Aber ich werde es nicht so schnell vergessen. Wahrscheinlich wird mich dieser Moment mein Leben lang verfolgen.

Er fluchte stumm.

»Setz dich.«

Die Pfannkuchen verströmten einen herrlichen Duft, wurden aber von Speck und Eiern noch übertroffen. Jake lief das Wasser im Mund zusammen. Er schob sich eine Gabel voll Ei in den Mund und seufzte laut auf.

»Scheint dir zu schmecken«, meinte seine Mutter. Sie grinste zufrieden. Manchmal beneidete Jake sie. Es brauchte nur kleine Dinge, um sie glücklich zu machen, während er auf die großen Abenteuer seines Lebens wartete.

»Fantastisch. Ich glaube, ich habe nie etwas Besseres gegessen.«

Und das war nicht übertrieben. Seit er von diesem verdammten Heuschnupfen verschont wurde, war es, als wären seine Sinne neu erwacht. Natürlich hatte Jake jedes Jahr ab dem Frühjahr damit leben müssen, fast sechs Monate lang nichts zu schmecken oder zu riechen, aber im Winter war es auch nicht so viel besser gewesen. Jedenfalls nicht in dieser Intensität.

»Das ist nur Frühstück«, sagte seine Mom und lachte erneut.

»Oh nein, das ist der Himmel auf Erden«, antwortete Jake mit vollem Mund und grinste.

»Gehst du heute ins Training?«

Fuck, daran hatte er noch gar nicht gedacht. Am Nachmittag stand Offense-Training auf dem Plan. Sanchez würde ihn bestimmt hart rannehmen, aber auch die anderen Spieler würden ihm zeigen, was sie von seinem Alleingang am Samstag hielten.

»Oje«, stöhnte er.

»Hast du verdrängt. Stimmt's?«

»Irgendwie schon.«

»Das kriegst du hin. Du weißt doch, was uns nicht umbringt …«

»… macht uns stärker«, vollendete er den Satz. »Wobei ich mir sicher bin, dass Sanchez und Robertson mich gerne sechs Fuß unter der Erde sehen würden. Ich habe dem Trainer seinen ersten Titel und Robertson sein Stipendium versaut.«

Seine Mutter zog die Stirn in Falten und wischte sich eine

blonde Haarsträhne aus dem Gesicht. »Das ist ein Mannschaftssport. Man gewinnt oder verliert gemeinsam, und alle machen Fehler.«

Ja, Mom, nur leider sehen das die anderen nicht so.

Jake nickte trotzdem. »Ich gehe hin«, seufzte er. »Aber erst muss ich die Schule hinter mich bringen.«

Der Bus war voll, wie an jedem Montag. Irgendwie wurden es im Lauf der Woche immer weniger Schüler, die mit dem Bus fuhren, aber montags war die Hölle. Natürlich gab es nur noch einen freien Platz in der Mitte, sodass jeder ihn von vorn und von hinten anstarren konnte. Die jüngeren Schüler tobten im Bus herum und schwiegen abrupt, als er einstieg, dem Fahrer zunickte und auf den freien Sitz zusteuerte.

Blicke verfolgten ihn. Und Stille. Dann ging das Getuschel los.

Bin ich jetzt ein verdammter Star, oder was?, dachte er. *Im Moment hätte wahrscheinlich nicht mal Katy Perry eine Chance gegen mich …*

Alan war nirgends zu sehen. Nicht ungewöhnlich, wahrscheinlich fuhr ihn sein Dad zur Schule. Verstärkung wäre nett gewesen, aber es war, wie es war. Jake fummelte seine Kopfhörer aus der Hosentasche, entwirrte sie und stöpselte den Stecker in sein Handy ein.

Er stellte die Lautstärke auf Terror, und los ging's. Die harten Riffs von Slipknots *The Devil In I* hämmerten los.

Der Song war zwar schon drei Jahre alt, aber genau das Richtige für seine miese Stimmung.

Step inside/ See The Devil In I
Too many times, we've let it come to this

Step inside/ See The Devil In I
You'll realize I'm not your Devil anymore

Yeah, ich bin nicht mehr euer Teufel, dachte er.

Die dröhnende Musik tat ihm gut. Ließ Aggressivität in ihm hochkochen, sodass er sich nicht mehr ganz so schuldig, nicht mehr vollkommen als Opfer sah.

Verdammt, er hatte nur das Beste für sein Team geben wollen. Es hatte nicht geklappt. Gut. Kam vor.

Dass man ihm Vorwürfe machte. In Ordnung. Ihn vielleicht sogar ein wenig links liegen lassen würde, damit konnte man leben, aber er trug nicht die Alleinschuld an dem verlorenen Spiel.

Hätten die anderen ihren Job gut gemacht, wäre es gar nicht so weit gekommen. Ich war bereit, gegen Sycamore etwas zu riskieren, die anderen nicht.

Ja, so fühlte es sich besser an. Wut war gut. Allerdings half sie ihm nicht gegen den unerträglichen Gestank im Bus. Zu viele pubertierende Jugendliche, zu viele schwitzende Körper, zu viel penetrant riechendes Haarwachs. Hinzu kamen die vielen billigen Deos. Darüber legte sich dann auch noch der Geruch der Pausenbrote und Snacks. Ihm wurde bei dieser Mischung übel.

Jake versuchte, die zahlreichen Gerüche zu ignorieren, aber so recht wollte ihm das nicht gelingen. Im Moment wünschte er sich sogar seinen Heuschnupfen zurück.

Während Corey Taylor weiter in seine Ohren brüllte, blickte er zum Fenster des Busses hinaus.

Draußen herrschte der übliche Verkehr. Jake betrachtete all die Leute, die meistens allein in ihrem Fahrzeug saßen und auf dem Weg zur Arbeit waren. Er sah Männer und

Frauen, nur selten ein Kind auf der Rückbank. Wer waren diese ganzen Menschen? Und was führten sie für ein Leben?

War das auch seine Zukunft?

Morgens im Berufsverkehr zu stecken, um rechtzeitig den schlecht bezahlten Arbeitsplatz zu erreichen? Jeden Tag das Gleiche, bis man zu alt war, um sich noch etwas anderes zu wünschen? Irgendwann waren dann alle Träume mit einem alt geworden, verblassten ebenso wie man selbst.

Mein Traum ist schon zerplatzt. Mit meinen Maulwurfsaugen werde ich nie in einem Jet sitzen und über den Himmel donnern.

Er presste sein Gesicht an die Scheibe und schaute hinauf zum wolkenlosen Blau. Obwohl die Fensterscheiben des Busses ausnahmsweise mal sauber waren, bildeten sich Schlieren in seinem Sichtfeld. Das waren wieder diese verdammten Kontaktlinsen. Irgendwie musste er sie beim Einsetzen heute Morgen verschmiert haben, aber sie im Bus rauszunehmen und zu putzen, machte keinen Sinn ohne Reinigungsmittel.

Jetzt begannen die Dinger auch noch auf seinen Augäpfeln zu reiben. Er spürte deutlich den Druck der Kontaktlinsen, es fühlte sich fast so wie beim ersten Tragen an. Damals war er schier wahnsinnig geworden und hatte es kaum fünf Minuten ausgehalten. Es hatte eine Weile gedauert, sich daran zu gewöhnen, und selbst heute noch, nach über zwei Jahren, nahm er sie manchmal heraus und setzte seine Brille auf.

Die Brille! Hatte er sie dabei? Normalerweise steckte er sie in seinen Rucksack, aber sicher war er sich nicht.

Jake wühlte darin herum und fand sie ganz unten. Gut!

Ohne Zögern fummelte er die Kontaktlinsen heraus und schob sie in den kleinen Plastikbehälter, der in der Seitentasche seines Rucksacks steckte. Als Jake die Brille aufsetzen wollte, hielt er überrascht inne.

Alles, was er sah, war scharf.

Ohne Brille!

Keine Undeutlichkeiten, keine verschwommenen Farben. Nein, er konnte normal sehen. Verblüfft schaute er auf seine Hände.

Jede Ader, jeder Pigmentfleck, die kleinen Falten auf den Rückseiten seiner Finger, alles war so gestochen scharf, als würde er eine Lupe darüberhalten.

Er hob den Blick, schaute sich um. Kein Problem mit dem räumlichen Sehen. All die kleinen Scheißer, die ihn anstarrten, als er sich umdrehte und ans Ende des Busses blickte, waren erkennbar. Mehr als das. Jake hatte das Gefühl, die Kids wären näher an ihn herangerückt.

Er sah aus dem Fenster. Da waren feine Schlieren auf dem Glas. Er hatte sie zuvor trotz Kontaktlinsen nur nicht wahrgenommen.

Die Gegend außerhalb des Busses schien sich verändert zu haben, wirkte dreidimensionaler. Er bewegte seinen Kopf vor und zurück, das Ergebnis blieb dasselbe. Er konnte mit einer erstaunlichen Tiefenschärfe sehen.

Verrückt! Was war nur los mit ihm?

Erst der wiedergekehrte Geruchssinn und jetzt eine verbesserte Sehfähigkeit. Hing das echt mit dem Absetzen der Medikamente zusammen? Das war ja Wahnsinn!

Und ich habe diesen Mist jahrelang geschluckt.

Allerdings war eines merkwürdig: Das Mittel gegen den Heuschnupfen nahm er nur sechs Monate im Jahr, im Winter benötigte er es nicht, aber dennoch hatte ein Absetzen noch nie diese Wirkung gehabt.

Bevor er weiter darüber nachdenken konnte, hielt der Bus mit einem Ruck, und alles drängte nach draußen. Jake stand als Letzter auf. Er holte tief Luft.

Jetzt ging's los.

Es begann schon vor dem Schulgebäude. Mehrere Gruppen Jugendlicher standen herum und glotzten ihn an, als er versuchte, lässig zu wirken und langsam zu gehen. Er behielt den Kopf oben, niemand sollte glauben, dass er freiwillig das Opfer spielen würde. So war er allerdings gezwungen, seinen Mitschülern in die Augen zu sehen.

Darin entdeckte er Spott, Verachtung und Herablassung. Jonathan Turner aus der Parallelklasse, ein rothaariger Typ, der erst vor einem Jahr aus Florida hergezogen war, grinste ihn gehässig an. Er wirkte selbstzufrieden wie immer, aber als Jake an ihm vorbeiging, roch er Unsicherheit und Angst vor Ablehnung. Es war der Geruch von rostendem Eisen, den er sofort mit diesen Gefühlen in Verbindung brachte. Warum er das tat, wusste er nicht, aber er wusste, dass dem so war. Eigenartig.

Nur wenige Schritte entfernt tuschelte Tracy Willow mit ihren Freundinnen Betty und Rachel. Vor zwei Jahren war er heimlich in Tracy verliebt gewesen. Ihre langen blonden Haare und die blauen Augen ließen sie auch heute Morgen wieder wie eine lebende Barbie wirken, aber all ihre Schönheit verblasste, als er die Hässlichkeit ihrer Seele roch.

Tracy war ein niederträchtiges Miststück durch und durch, und ihr Geruch erinnerte Jake an das verbrannte Plastik aus dem Haus des Alten, den er tags zuvor gerettet hatte.

Betty hingegen roch wie eine Butterblume, unscheinbar und nichtssagend, dabei hatte sie sich wieder große Mühe mit ihrem Make-up gegeben und sich die Lippen so rot wie Blut geschminkt.

Einzig Rachel duftete wie ein normaler Mensch. Ein Hauch von Vanille umgab sie. Jake konnte sie gut leiden, sprach aber selten mit ihr. Netterweise schenkte sie ihm ein aufmunterndes Lächeln, als er vorbeiging.

Im Schulgebäude überrollten ihn die Ausdünstungen der vielen Menschen. Es war wie im Bus, nur dass jetzt noch der Gestank des billigen Linoleums dazukam, das man auf dem Boden verlegt hatte.

Die langen Spindreihen aus Metall machten es auch nicht besser, denn ihr beißender Geruch schien sich in seine Klamotten krallen zu wollen. Jake stöhnte auf.

War das der Preis, den er für seinen fehlenden Heuschnupfen bezahlen musste?

Ein überempfindlicher Geruchssinn, der ihm sogar vorspielte, die Emotionen der Leute lesen zu können? Ihren wahren Charakter zu erschnuppern?

Was für ein Bullshit!

Allerdings stellte sich die Sache mit dem Riechen langsam als ernst zu nehmendes Problem heraus.

Gestern im Park war es aufregend gewesen, die ganzen verschiedenen Düfte wahrzunehmen. Heute Morgen hatte das Essen ihm fast die Sinne geraubt, aber jetzt und hier, unter vielen Menschen, war es etwas ganz anderes, plötzlich gut riechen zu können.

Es war ... es war, wie im Meer stehen, wenn die Wogen heranrollten und über einen hinwegspülten. Nur dass es sich bei ihm um Sinneseindrücke handelte, die an seinen Geist brandeten.

Die Musik erschien ihm nun auch zu laut, obwohl er schon

zweimal den Regler herabgeschoben hatte. Corey Taylors Gesang war gut und die Riffs von Mick Thomson brillant wie immer, aber all das zerrte zusätzlich an seinen Nerven. Er zog die Kopfhörer aus den Ohren und schob sie in die Hosentasche, als ihm jemand fest auf die Schulter klopfte.

Alan.

Jake musste sich nicht einmal umdrehen, um zu wissen, dass er es war. Er hatte ihn schon gerochen, als er auf ihn zugekommen war.

»Alter, jetzt geht's los«, sagte sein bester Freund.

Alan duftete so, wie er war, fröhlich und positiv. Nach frischem Blattgrün, das man zwischen den Fingern zerrieb.

Und nach einem Rasierwasser, das Jake noch nie hatte leiden können.

Old Spice.

Es war ihm ein Rätsel, wie man sich so etwas ins Gesicht klatschen konnte, aber Alan hatte da einen eigenen Geschmack und kümmerte sich nicht darum, was angesagt war. Er nahm Old Spice, weil es schon sein Großvater und sein Vater vor ihm benutzt hatten. Und darum mochte Jake ihn.

Er holte tief Luft.

»Lass uns gehen.«

A.D. 2118

EINE NEUE CHANCE

Travis hatte in der letzten Nacht nicht gut geschlafen. Der Dämon in ihm, der, der sich vor der Wirklichkeit fürchtete, hatte versucht, ihn in einer Badewanne voller Bourbon zu ertränken. Die Erinnerung daran klebte noch an seinem Gaumen. Ein erfolgloser Versuch. Er war trocken geblieben. Die ganze Zeit. Gestern in der Bar am City Hall Park, später in seinem Apartment und auch heute im Center. Den Arzt Dr. Travis Jelen konnte hier niemand betrunken gebrauchen.

»Ich möchte, dass du mindestens dreimal am Tag deine Temperatur kontrollierst«, erklärte er gegenüber einem Jugendlichen, der mit einer schweren Bronchitis zu ihm in die Sprechstunde gekommen war. Er klang beim Husten wie ein alter Blecheimer. Die übliche Kundschaft in den kalten Wintermonaten.

»Ja.« Der Junge mit kurzen Haaren und einer geflickten Brille nickte schüchtern. Er war nicht älter als sechzehn, lebte bei seinem arbeitslosen Vater und befand sich auf dem besten Wege, dessen Karriere zu erben.

»Also ... was tust du, wenn das Fieber steigt?« Travis hakte nach.

»Ich komme wieder ...«, antwortete er mit dünner Stimme und steckte die Medikamente ein. Travis hoffte, dass er sie auch nahm. Die Tabletten enthielten unter anderem Pseudoephedrin, weswegen sie gerne für ein paar Dollar als chemischer Grundstoff an Crystal-Meth-Dealer verkauft wurden.

»Dann hau jetzt ab.« Travis klopfte ihm auf die Schulter und zog sich die Einmalhandschuhe aus. Der Junge nickte und verließ seinen Behandlungsraum.

Susan öffnete die Tür auf der anderen Seite. »Jeremie ist gerade gekommen, er übernimmt deine Sprechstunde … du kannst Feierabend machen.«

»Alles klar … danke.« Travis hatte wegen der unruhigen Nacht bereits sehr früh angefangen.

»Du gefällst mit gar nicht«, erklärte Susan in ihrer unwiderstehlichen Art.

»Ich dachte, wir hätten das Thema mit unserer Heirat vom Tisch?«, witzelte er.

»Als ob du jemals wieder einer Frau vertrauen würdest!«, konterte sie und boxte ihm auf die bekannte blaue Stelle an seinem Arm, die, solange er im Center arbeitete, niemals verheilen würde.

»Ähm …«

»Ich würde dir zuhören.«

»Das weiß ich.« Er küsste sie auf die Wange, schnappte sich seinen Mantel und verließ das Center. Susan verstand es, ihn mit wenigen Worten zu entwaffnen.

»Du bist verrückt!«, rief sie ihm hinterher.

»Ja.« Natürlich war er das. Er überlegte, in sein Apartment zu fahren und sich wieder ins Bett zu legen. Nein, er hatte eine bessere Idee. Eine ziemlich verrückte sogar.

Das erste Mal seit Jahren ging Travis wieder über den Times Square, das Zentrum des New Yorker Theaterviertels an der Kreuzung von Broadway und Seventh Avenue. Das Epizentrum des Universums. Über vier Millionen Menschen gingen und flogen hier jeden Tag entlang, viele davon Touristen, und bewunderten Kinos, Bars, Restaurants, Geschäfte, Büros namhafter Konzerne und mehrere Hundert Meter hohe animierte Leuchtwände.

Wegen des großen Andrangs wurde 2061 die Straße auf drei Ebenen aufgeteilt. Unten ausschließlich Fußgänger, in der ersten Ebene Fußgänger und langsam fliegende Gleiter und in der zweiten Ebene die Expressverbindungen zu anderen Stadtteilen.

Travis hielt inne und hob den Kopf. Der Big Apple lebte, pulsierte, leuchtete und überwältigte jeden, der sich hier hinstellte. Überall waren Menschen, die an ihm vorbeiströmten. Ein Stück vor ihm stand ein einhundert Meter großer Wikinger und hackte einem Wolkenkratzer seine animierte Axt in die Fassade. Er schrie barbarisch. Es scheppterte, Glas brach, Beton fiel herunter, die Leute blieben stehen und blickten erschrocken nach oben. Was für eine Show!

Kurz über dem Boden lösten sich die Trümmerstücke in Luft auf. Ein Effekt, der den Passanten den Atem stocken ließ. *Augmented Reality*, die holografische Animation wurde lebensecht auf den Times Square projiziert. Der Wikinger machte Werbung für ein neues Computerspiel, das mit dem Verkaufsstart auch als interaktiver Stream in die Kinos kam. So konnte es Travis zumindest an einem riesigen Display lesen, das weitere Informationen und einen Link für mobile Computer bereithielt. Das Licht wurde immer heller, greller, es flackerte und ließ seine Lider unkontrolliert zucken.

»Ich habe keine Angst vor dir!«, schrie Travis wie von Sinnen und zeigte mit dem Finger auf den animierten Wikinger, der sich umdrehte und das weltberühmte Coca-Cola-Schild in

Stücke schlug. Niemand achtete auf den alten Mann. »Hörst du mich? Ich lebe noch! Und ich habe keine Angst vor dir!«, schrie Travis lauter, lebendiger und kraftvoller als zuvor.

»Alter, nimm deine Medikamente!«, sagte ein Jugendlicher, der sich gerade das letzte Stück eines Hamburgers in den Mund schob. Wie Lees hatte auch seine Kleidung bereits seit Längerem keine Waschmaschine mehr gesehen. Die schwarze Stoffjacke hatte zahlreiche Flecken und die Ellenbogen abgeriebene Stellen. Seine Jeans hatte Löcher, wobei das allein kein sicheres Merkmal war, dass jemand auf der Straße lebte.

Travis sah ihn an, lachte und packte ihn fest an den Schultern: »Kennst du Lee?«

»Spinnst du?« Der Junge löste sich aus dem Griff und wich zurück. Er ging aber nicht weiter, sondern sah Travis verwundert an.

»Kennst du Lee Hastings?« Travis musste es wissen, er musste das Mädchen finden.

»Alter, nein! Was ist mit dir?« Der junge Mann trug Dreadlocks und ein großes Tribal-Tattoo am Hals. »Wer soll das sein, etwa deine Tochter?«

»Meine Tochter?« Travis schüttelte den Kopf. Es ging nicht um sie. Nicht um ihn. »Nein, nein, Lee ist nicht meine Tochter. Lee Hastings lebt auf der Straße ... kennst du sie?«

»Das ist New York ... die halbe Stadt lebt auf der Straße. Hey, ehrlich, ich kenne sie nicht.«

»Aber du kannst mich zu ihr bringen, oder?« Travis war wie besessen von dieser Idee.

»Alter, brauchst du einen Arzt?« Der junge Mann kam ihm einen Schritt entgegen. »Oder hast du Hunger?«

»Hunger?« Travis stockte, die Frage fühlte sich an wie eine kalte Dusche.

»Kannst den Burger haben.« Der Junge hielt ihm eine gefüllte Papiertüte vor die Nase. Sah er jetzt schon so aus, als ob er betteln musste?

»Ähm ...« Langsam wurde ihm bewusst, welchen Blödsinn er gerade von sich gab. Die Lichter und der Lärm hatten ihn aus der Spur geworfen.

»Hier ... ist noch warm.«

»Danke, nein.« Travis schüttelte sich. Während er seinen Blackout verdaute, liefen Dutzende Passanten, ohne ihn zu beachten, an ihnen vorbei. »Entschuldigung.«

»Kein Thema.« Der junge Mann lächelte, strich sich mit der Hand durch die Haare und ging weiter. Hinter ihm war an der Hauswand wieder ein Werbespot der *Human Future Project*-Organisation zu sehen: Schulkinder, die lachend Basketball spielten.

Travis hatte heute zwei Dinge gelernt: Hilfe bekam man selten dort, wo man sie erwartete, und Lee Hastings würde er nicht finden, wenn er ziellos durch die Straßen von New York streifte. Davon abgesehen, sollte er sich von übergroßen grellen Lichtquellen fernhalten, die bereits früher bei ihm zu Blackouts geführt hatten.

Am Sonntag ging Travis wieder ins Center. Auch wenn er zu keiner Schicht eingeplant war, hielt er sich gerne hier auf. Susan war nett, der Kaffee schmeckte prima, und er fühlte sich im Kreis anderer Gestrandeter pudelwohl. Im Aufenthaltsbereich hielt er seit Jahren das erste Mal wieder einen Pad-Computer in den Händen und surfte im Internet. Ein uraltes Gerät mit verkratztem Display. Alkohol, Computer und das Netz waren für ihn eine gefährliche Kombination: Technische Gimmicks, Software, Genetik, medizinische Analyse-Systeme und ähnliche Spielereien, das waren früher seine Drogen gewesen. Mit dem Plan, Lee Hastings zu finden, erweckte er genau den Teil in sich, der ihn damals zum Alkohol getrieben hatte.

»Jasmin, wie lange kommst du schon ins Center?«, fragte er eine junge Farbige, die diesen Winter beinahe jeden Tag hier war. Ihr Kind spielte in der Nähe, während sie ein Buch las.

»Drei Monate.«

»Warum hier?« Travis wusste, dass sie mit der Subway achtzehn Stationen weit fahren musste.

»Ist cool hier ... Susan ist nett, und ihr versucht einem keinen Mist zu verkaufen.«

Travis verwunderte die Antwort und musste beschämt feststellen, Jasmin und ihren Sohn, den dreijährigen Harper, bereits oft versorgt, aber ihr noch nie zugehört zu haben. Er wusste kaum etwas über sie. »Wo warst du vorher?«

»In einem HFP-Center am Central Park ... aber die sind da nur das erste Mal nett. Danach behandeln sie dich wie Dreck.«

»Wie Dreck?«, fragte Travis. Im Prinzip verfolgten HFP, also die *Human Future Project*-Organisation, und Susans Center am City Hall Park ähnliche Ziele: Hilfe für Menschen in Not. Der Unterschied war die Größe des Teams, Susan managte das Center mit zwanzig ehrenamtlichen Helfern und einem Spendenbudget von zweihunderttausend Dollar im Jahr, während HFP mit einem Milliardenbudget weltweit ein Heer von hundertfünfzigtausend bezahlten Hilfskräften an unzähligen Standorten unterhielt.

»Die sind nicht so wie in der Werbung!« Jasmin zog die Mundwinkel nach unten.

»Was haben sie mit Harper und dir gemacht?« Jetzt wurde Travis neugierig. Während er sich mit Jasmin unterhielt, legte er über das Pad in seinen Händen eine neue Datenbank in einer öffentlichen Cloud an, tauschte die Standartverschlüsselung aus, damit ihn nicht jeder FBI-Anfänger hacken konnte, und aktivierte eine modifizierte Spider-Routine, die er zuvor aus einem Hacker-Forum geklaut hatte. Dann fütterte er die zum Leben erwachte Datenkrake mit allen Informationen, die ihm über Lee Hastings bekannt waren, grenzte das Suchfeld auf New York ein und ließ das System alle öffentlich zugänglichen Social-Media-Quellen durchforsten. Eine zweite Krake setzte er auf die News-Feeds von Polizei, Kliniken und Leichenhäusern an. Bei der dritten Krake erweiterte er die Parameter, um sich eine Map der Stadt für eine Prognose anzeigen zu lassen. Er wollte wissen, wo sich Jugendliche, deren Profile Ähnlichkeiten zu Lee aufwiesen, voraussichtlich aufhalten würden. Ähnliche Big-Data-Routinen hatte er früher für das Gesundheitsministerium entwickelt, die mit derartigen Systemen noch zu ganz anderen Dingen in der Lage waren.

»Ach ... die haben uns nur Blut abgenommen und dann mit einem Pappbecher heißer Schokolade vor die Tür gesetzt! Diese Arschgeigen!«

»Wie häufig warst du bei denen?«

»Dreimal ... dann hat mir jemand von Susan und dem Center am City Hall Park erzählt.«

»Ist doch gut, oder?«

»Warum?«

»Sonst hätten wir uns nicht kennengelernt.« Travis mochte Jasmin. Ihre schlechte Erfahrung musste nichts bedeuten. Er wusste, dass sich HFP stärker darauf konzentrierte, talentierte Jugendliche zwischen acht und achtzehn Jahren zu fördern, als sozialschwachen Müttern mit Kleinkindern Nestwärme zu schenken.

Sie nickte.

Travis sah auf die Uhr, gleich würde es dunkel werden, es konnte Stunden dauern, bis die Spider-Routinen erste Ergebnisse lieferten. Je nach Lee Hastings Sichtbarkeit im Netz würden brauchbare Hinweise auch noch länger benötigen.

Bis dahin würde Harper, Jasmins Sohn, ihm vermutlich noch ein weiteres Mal seinen Spielzeugtruck vors Schienbein fahren. Nachdem die Geburtenraten in den Staaten, Europa, Russland, China und Japan rapide gefallen waren, hatten Kinder deutlich an gesellschaftlicher Bedeutung gewonnen. In modernen Wohlstandsgesellschaften galt es als schick und angesagt, Gutes für Kinder zu tun.

An sich keine schlechte Sache, dachte Travis, doch gerade die weltweit aktive *Human Future Project*-Initiative hinterließ wegen der penetranten Werbung einen faden Beigeschmack.

Travis rief deren Website auf: »*Die Zukunft liegt in den Händen unserer Kinder*«, tönte es ihm umgehend entgegen. Animiert und bunt, so kannte er sie. Die Botschaft klang wie eine krude Ersatzreligion. Flink klickte er sich durch die Menüs. Übrigens das erste Mal. Es war erschreckend, dass Werbung auch funktionierte, wenn man das Produkt ablehnte. Früher oder später bekamen die jeden dazu, sie zu beachten.

Eine tolle Website, das musste er zugeben. Alles klang wunderbar, die kümmerten sich in vielen Gebieten um Kinder auf der ganzen Welt. Je nach Land konnte man dort Essen und kostenlose medizinische Behandlung erhalten, aber auch Unterricht, Freizeitangebote, Sport und Dutzende andere Programme. Es gab kostenlosen Nachhilfeunterricht für lernschwache Schüler, Coaching für Hochbegabte und Praktikumsangebote für nahezu jeden Beruf. In technisch hoch entwickelten Gesellschaften pflegte die Organisation Partnerschaften mit führenden Universitäten.

»Wie bitte?«, murmelte Travis. Er wusste nicht, dass inzwischen die zehn führenden Universitäten in Nordamerika ihren Haushalt zu sechsundachtzig Prozent mit HFP-Mitteln finanzierten. Er wusste auch nicht, dass neun von zehn High-Potentials, also Absolventen mit Bestnoten, der fünfzig führenden Universitäten weltweit während ihrer Studienzeit von HFP gecoacht wurden. Diese Informationen konnte jeder auf deren Website nachlesen, trotzdem hatte Travis dazu noch nie etwas in den Medien gehört.

»Unglaublich.« Das war so offensichtlich, dass es anscheinend viele Menschen für völlig selbstverständlich hielten. Travis war dazu keinerlei öffentliche Kritik bekannt. Oder hatte nur er ein Problem mit der damit verbundenen möglichen Einflussnahme von HFP auf zukünftige Führungskräfte großer Firmen, Behörden oder politischer Organisationen?

Travis hatte die Zeit aus den Augen verloren. Susan legte ihre Hand auf seinen Arm und lächelte. Trotz langer grauer Haare war sie eine attraktive Frau. Es war bereits nach elf.

»Ich habe dir heute gerne zugesehen«, sagte sie, das Center war im Moment nur schwach besucht. Die Nachtschicht hatte bereits übernommen.

»Ich habe ein paar Dinge überprüft.«

»Und?« Sie setzte sich neben ihn. »Gefunden, was du gesucht hast?«

»Bin noch nicht fertig.«

»Du kannst das Pad gerne mitnehmen.«

»Ähm …«

»Oder einfach morgen weitermachen … aber übertreibe es nicht, du bist keine zwanzig mehr.«

»Ja.« Travis nickte, Susan hatte wie immer recht. Erst jetzt wurde ihm seine Müdigkeit bewusst. Er erlebte gerade die Rückkehr einer Person, die er gut von früher kannte. Eine Begegnung, mit der er nicht mehr gerechnet hatte. Er wusste sehr gut, dass er mit seinem Ehrgeiz aufpassen musste. Der smarte Travis von damals neigte unter Stress zu einigen unschönen Eigenarten. »Ich mache Feierabend.«

Travis verstaute seine Daten, schloss offene Dienste und schaltete das Gerät ab. Aus den Augenwinkeln sah er zwei Jugendliche das Center betreten. Susan stand umgehend auf, um ihre neuen Gäste zu begrüßen. Der eine mittelgroß und drahtig, der andere größer, kräftiger als sein Kumpel. Sie lachte und ging mit geöffneten Armen auf sie zu. Erst jetzt erkannte Travis die beiden, das waren die Schläger, die ihn am Dienstag angegriffen hatten. Gab es einen Grund, wegen ihnen besorgt zu sein? Selbstverständlich gab es den! Sie waren gefährlich! Gewalttätig! Aber sie boten auch eine Chance! Travis hatte Lee bisher nicht gefunden, vielleicht würde einer der beiden Halbstarken ihn auf die richtige Spur bringen. Um das geheimnisvolle Mädchen wiederzufinden, hätte er auch dem Teufel eine Tasse Tee serviert.

ZAHLEN

Mr Sennheimers kahler Kopf glänzte im Licht der hereinfallenden Sonne, als er vor der Klasse stand und in seiner krakeligen Schrift, die kein Mensch entziffern konnte, eine kompliziert aussehende Formel an die Tafel kritzelte. Differenzialrechnung. Das Zeug hatte Jake noch nie verstanden. Gleich daneben stand die Darstellung der Ableitung, mit der man angeblich die Tangentensteigung einer langweiligen nicht-linearen Funktion berechnen können sollte.

Jake sah gar nicht richtig hin, das alles war für ihn ein Buch mit sieben Siegeln. In Mathe bekam er im besten Fall ein C, üblicherweise ein D. Frustpotenzial pur.

Er war kein schlechter Schüler, und in manchen Fächern lief es sogar richtig gut, aber Mathematik gehörte nicht dazu. Normalerweise sollte er jetzt besonders aufpassen, aber heute hatte er einfach keinen Nerv dafür.

Während er aus dem Fenster starrte, dachte er darüber nach, was er vor der Schule geglaubt hatte, riechen zu können.

Gefühle!

Charaktereigenschaften!

Warum bildete er sich ein, so etwas zu riechen?

Seit er vom Heuschnupfen befreit war, hatte sich sein Geruchssinn enorm verbessert. Vielleicht war sein Gehirn auf die neuen intensiven Sinneseindrücke nicht vorbereitet und interpretierte munter drauflos.

Oder ich bin ein verdammter Mutant. Ein X-Man. Yeah, cool, nur was fängt man mit so einer Fähigkeit an?

Irgendwie sinnlos war das Ganze schon. Klar nahm er seine Umwelt besser wahr, genoss das Essen auf einem anderen Level, aber dafür bezahlte er mit Wahnvorstellungen und dem Gefühl, von den Gerüchen anderer Menschen erschlagen zu werden.

Jake verzog den Mund und versuchte sich gerade vorzustellen, wie sein *X-Man*-Kostüm wohl aussehen würde, als ihn Sennheimer aufrief.

»Mr Merdon.«

Jakes Kopf ruckte herum. »Ja, Sir?«

»Was können Sie uns zu dieser Aufgabe sagen?«

Aufgabe? Welche Aufgabe?

Panisch stellte Jake fest, dass Sennheimer die Formel von der Tafel gewischt und eine Rechenaufgabe hingeschrieben hatte. Sein Lehrer musste beobachtet haben, dass er lieber aus dem Fenster glotzte, statt dem Unterricht zu folgen. Und nun wollte er ihn auflaufen lassen.

Sein D in diesem Fach stand auf wackligen Beinen, und wenn ihm Sennheimer in der Beurteilung seiner mündlichen Mitarbeit nicht wohlgesonnen war, konnte er durchaus weiter abrutschen.

Sein Verstand fieberte hin und her, während er verzweifelt auf die Tafel blickte. Um was ging es bei der Aufgabe? Welcher Wert sollte ermittelt werden? Wie konnte der Rechenweg aussehen?

Irgendetwas musste ihm einfallen, damit er nicht wie ein vollkommener Idiot dastand, und es musste ihm *jetzt* einfallen, denn Sennheimer wippte schon ungeduldig auf den Absätzen.

Jakes Augen schienen zu brennen, als er auf die Aufgabe starrte, aber dann geschah etwas. In seinem Geist verschoben sich die einzelnen Werte, wanderten an andere Stellen, bildeten neue Werte. Es war wie ein Puzzle, das sich vor seinen Augen zusammenfügte und ein neues Bild erschuf. Und plötzlich kannte er das Ergebnis. Das war einfach: *$3x^2-8x$*.

»Was haben Sie gesagt?«, fragte der Lehrer.

Erst jetzt wurde Jake bewusst, dass er laut gesprochen haben musste. Er wiederholte und präzisierte seine Aussage.

»Entschuldigung, bei einer gegebenen Funktion f(x)=x^3-$4x^2$ ist die Tangentensteigung bei x_0 die erste Ableitung $3x^2$-8x.«

Seenheimer glotzte ihn an, als habe er den Verstand verloren.

»Und das haben Sie gerade mal so eben im Kopf ausgerechnet?«

»Äh, ja, Sir.«

»Merdon, Sie haben eben noch aus dem Fenster geschaut, und ich hatte nicht den Eindruck, dass Sie dem Unterricht folgen, und jetzt wollen Sie mir weismachen, Sie verfügen über Kopfrechenfähigkeiten, von denen ich in den letzten Jahren kein Anzeichen wahrgenommen habe?«

Die anderen Mitschüler begannen zu kichern. Als das Getuschel zu laut wurde, verlangte Sennheimer Ruhe. Seine Blicke bohrten sich in Jake.

»Sie haben geraten! Geben Sie es zu!«

»Nein, Sir.«

Er roch die leichte Unsicherheit des Lehrers, der sich wahrscheinlich gerade fragte, ob sich in diesem Haufen desinteressierter Tölpel vielleicht ein unerkanntes Genie befand.

Gleichzeitig roch er den Ärger, den Sennheimer ausströmte, und das Gefühl, verarscht zu werden.

»Ich werde Ihnen ein E für diese Frechheit gegeben.«

»Bitte, Mr Sennheimer ... ich weiß auch nicht, plötzlich wusste ich die Lösung einfach. Es war ... wie ... wie ...«

»Kommen Sie an die Tafel«, befahl Sennheimer barsch. »Und rechnen Sie mir das vor.«

Mit einem mulmigen Gefühl erhob sich Jake von seinem Stuhl. Alle Blicke waren auf ihn gerichtet, und er spürte, wie sein rechtes Augenlid zu zucken begann. Ein nervöser Tick, den er längst überwunden geglaubt hatte, aber jetzt war er wieder da.

Sennheimer drückte ihm die Kreide in die Hand, trat zur Seite und sagte: »Bitte sehr.«

Jake hätte ihn in diesem Augenblick am liebsten erschlagen. Er nahm die Kreide entgegen und stellte sich vor die Tafel.

Über das Ergebnis der Rechenaufgabe war er sich absolut im Klaren, und Sennheimer hatte es ja auch bestätigt, aber wie war der Rechenweg?

Während er so dastand und grübelte, begannen sich die Zahlen erneut vor seinen Augen zu verschieben. Veränderten Form und Aussehen. Nahmen neue Positionen ein. Manche von ihnen verschwanden, andere tauchten wie aus dem Nichts auf und eroberten sich ihren Platz. Am Schluss stand dann wieder $3x^2-8x$ da.

Als Jake die Kreide ablegte und sich zu Sennheimer umwandte, bemerkte er, dass sein Lehrer an Gesichtsfarbe verloren hatte. Er stand stocksteif mit leicht geöffnetem Mund da und glotzte auf die Rechenaufgabe. Sennheimer erfüllte in diesem Moment jedes Klischee eines Menschen, der staunend Anteil an etwas Besonderem genommen hatte. Nur kam Jake das Ganze nicht besonders vor. Er hatte eigentlich nichts getan, sich nur von seinem Unterbewusstsein leiten lassen.

Obwohl, bisschen unheimlich ist das schon, dachte er. *Ich bin alles andere als ein Mathegenie.*

Während Sennheimer nach Luft zu schnappen schien, roch Jake seine Fassungslosigkeit. Wie eine graue Wolke umgab sie den Mann, der ihn anschaute, als habe er ihn noch nie zuvor gesehen. Jake fühlte ein Grinsen aufsteigen, aber es verschwand, als ihm klar wurde, was er da getan hatte. Er, der absolute Loser in Mathe, hatte eine höchst komplizierte Rechnung gelöst, ohne zu wissen, wie er es getan hatte. Irgendetwas ging mit ihm vor. Irgendetwas in ihm veränderte sich, und es ging so schnell, dass er kaum darüber nachdenken konnte, wie und warum es geschah.

»Sie sind ein sehr ungewöhnlicher junger Mann«, sagte Sennheimer und fuhr sich mit der Hand über den kahlen Schädel.

»Ja, ich weiß«, antwortete Jake.

In der Klasse sprach keiner ein Wort, als er zurück zu seinem Platz ging und sich setzte.

»Was war denn das vorhin in Mathe?«, fragte Alan, während sie sich für das Training umzogen.

Jake sah ihn an. »Ganz ehrlich, keine Ahnung.«

»Keine Ahnung? Was soll das heißen?«

»Plötzlich wusste ich die Lösung.«

»Einfach so.«

»Ja, einfach so.«

»Und das findest du nicht komisch? In Mathe bist du nicht gerade eine Leuchte.«

»Mann, versteh mich nicht falsch, ich finde das *sehr* komisch, so wie einiges anderes auch, was mir gerade passiert, aber was soll ich machen? Sennheimer hat mir ein A für die mündliche Mitarbeit eingetragen, und ehrlich, das hab ich dringend gebraucht, also frag ich mich lieber nicht, ob ich jetzt durchdrehe.«

»Was meinst du mit anderen Dingen, die dir geschehen?«

Jake überlegte, ob er sich Alan anvertrauen sollte, ihm von dem erwachten Geruchssinn und der Einbildung, Gefühle riechen zu können, erzählen sollte, entschied sich aber dagegen. Für heute hatte Alan genug Merkwürdigkeiten, die ihn betrafen, zu verarbeiten, und keinesfalls wollte er noch mehr als Freak dastehen.

Um sie herum schlüpften die Teamkameraden in ihre Trainingsklamotten, legten Polster an und machten sich fertig. Der Geruch in der Umkleidekabine war nasenbetäubend, aber Jake gelang es, ihn einigermaßen auszublenden. Es half, sich auf Alan zu konzentrieren oder auf das, was er gerade tat.

»So richtig Bock aufs Training habe ich nicht«, sagte Jake.

»Meinst du, ich etwa?« Alan lächelte. »Zwei Stunden. Zwei beschissene Stunden, die kriegen wir rum.«

»Ja.«

Dann verfielen sie in Schweigen.

Jake verließ als Letzter die Umkleidekabine, alle anderen waren schon auf dem Trainingsplatz. Seinen Helm unter den Arm geklemmt, ging er den Gang entlang und trat hinaus ins grelle Sonnenlicht.

Die Spieler seines Teams hatten einen Kreis um Coach Sanchez gebildet, der mit ausufernder Gestik erklärte, dass heute vor allem das Passspiel auf dem Programm stand.

Kein Wunder, dachte Jake. *Nach Samstag.*

Als er sich zu den anderen stellte, unterbrach Sanchez seine Ansprache und blickte ihn an.

»Du bist zu spät«, meinte der Coach.

Jake wusste, dass dem nicht so war. Sanchez hatte einfach früher mit dem Training begonnen, aber er wies ihn nicht darauf hin, sondern sagte nur: »Sorry, hatte Probleme mit den Schulterpolstern.«

Der Trainer nickte, dann sprach er weiter. »Ich stelle die einzelnen Formationen um. Robertson, du gehst in die Defense, ich will dich mal als Free Safety sehen. Von dir erwarte ich, dass du das Spiel des Gegners liest und die tiefen Pässe verhinderst, die wir heute üben werden. Merdon, wie wir gegen Sycamore gesehen haben, willst du gern Wide Receiver spielen.«

Alle kicherten.

Arschloch, dachte Jake.

»Heute kriegst du die Gelegenheit zu zeigen, dass du es besser machen kannst.«

Aha, das war also seine Rache. Er wollte ihn vor allen Spielern demütigen. Dazu bringen, seinen Fehler aus dem Spiel zu wiederholen. Ihm zeigen, wo sein Platz im Team war. Wahrscheinlich dachte Sanchez, dass er keinen einzigen Ball fangen würde.

Er will mir die Position des Wide Receivers ein für alle Mal austreiben. Denkt, wenn er mich jetzt zurechtstutzt, tanze ich nicht mehr aus der Reihe.

Für einen Moment dachte er darüber nach, seinen Helm wegzuschmeißen und nach Hause zu gehen. Er hatte keine Lust darauf, sich verarschen zu lassen, aber dann sah er zu Alan hinüber, der ihn anlächelte.

Nein, er konnte nicht gehen und ihn hängen lassen. Da musste er jetzt durch.

»Okay, Coach. Ich geb mein Bestes«, presste er mit zusammengekniffenen Lippen heraus.

Während Assistent Miller das Aufwärmtraining der Offense leitete, besprach Sanchez mit der Defense Strategien zur Passverhinderung. Alan musste heute sehr aufpassen, denn die Verteidiger würden versuchen, durch die Offense Line zu brechen und einen »Blitz« zu spielen – also sich auf den Quarterback zu stürzen, bevor er den Ball werfen konnte.

In der Verteidigung standen wie üblich die großen massigen Jungs, manche von ihnen einhundert Kilo schwer. Jake hoffte, dass sie nicht allzu sauer auf Alan waren und es langsam angehen ließen.

Über seine eigene Situation machte er sich keine Illusionen. Sanchez hatte ihn praktisch zum Freiwild erklärt, ohne es zu sagen. Dass er Robertson als Passverteidiger aufstellte, war ein weiteres Signal, wohin die Reise heute ging. Als Free Safety würde er Jake bei jedem Pass attackieren, wenn ihm kein anderer zuvorkam. Und Robertson war bestimmt schon ganz heiß darauf, ihm das vergeigte Spiel vom Samstag heimzuzahlen.

Das wird richtig lustig.

Während Jake die üblichen Hampelmänner, Kniebeugen und alle anderen Aufwärmübungen mitmachte, bemerkte er den persönlichen Geruch seiner Mitspieler. Es ging nur ein leichter Wind, der von Westen das Spielfeld hinunterwehte. Jake konnte darin Woytons Lustlosigkeit riechen, der scheinbar unzufrieden darüber war, dass er erneut als Guard aufgestellt worden war und nicht als Center.

Eric Dickerson roch nach Schmerzen. Der stämmige Fullback hatte sich scheinbar noch nicht von seiner Verletzung erholt, war aber zum Training erschienen, was Jake nun überraschte. Als er zu dem Jungen hinübersah, verzog der keine Miene, sondern spulte das gleiche Programm wie alle anderen ab.

Die restlichen Spieler rochen nach Aufregung und Eifer, nur ein Spieler roch etwas merkwürdig, aber Jake konnte den Geruch weder einem Spieler noch einer Emotion zuordnen. Dass er all diese verschiedenen Gefühle riechen konnte, verwirrte ihn noch immer, aber dafür war jetzt keine Zeit. Er musste sich auf das Training konzentrieren oder Sanchez würde ausflippen.

Als das Aufwärmprogramm endlich vorbei war, war er nass geschwitzt. Die Sonne brannte auf seine nackten Arme, und er bereute, sich nicht eingecremt zu haben. Allerdings war die Luft klar und rein, und er konnte frei atmen.

Robertson kam herübergeschlendert. Sein schwarzes Gesicht glänzte vor Schweiß, aber er wirkte nicht müde. Im Gegenteil, er schien hellwach zu sein, denn seine Augen funkelten mordlüstern.

»Na, du Arsch. Willst es also noch mal probieren, hat dir die Sache am Samstag nicht gereicht?«, knurrte er.

»Sanchez ...«

Robertson ließ ihn erst gar nicht zu Wort kommen. »Wusstest du, dass meine Schwester die Uni abbrechen muss?« Er lächelte freudlos. »Mein Stipendium war unsere letzte Chance. Wir hätten beide davon leben können, aber das ist ja jetzt vorbei.«

»Michael, ich wollte ...«

»Was du wolltest oder nicht wolltest, ist mir scheißegal.

Jetzt bekommst du, was du verdienst. Alles klar?« Robertson klopfte ihm hart auf die Schulter. Jake spürte den Schlag trotz der Polster. Mann, der war vielleicht sauer. Das von seiner Schwester hatte er nicht gewusst. Woher auch?

Er kannte Amanda, hatte sie ein-, zweimal gesehen, als sie ihren Bruder beim Training besucht hatte. Ein hübsches Mädchen. Hoffentlich fanden die beiden noch eine andere Möglichkeit, ihr Studium zu finanzieren.

Hätte ich doch bloß nicht Alan überredet, den Ball auf mich zu werfen.

Jake senkte betrübt den Kopf. Als er seinen Blick wieder hob, sah er die Vernon Cheerleader nicht weit entfernt eine neue Choreografie einstudieren. Serena Naden, ein Mädchen mit langen schwarzen Haaren und sinnlichen Augen, lächelte ihn an und hob den Daumen. Sofort besserte sich seine Laune wieder. Gut zu wissen, dass es Mitschüler gab, die ihn nicht verdammten. Er lächelte zurück und hob ebenfalls den Daumen. Sie lachte. Jake stieg die Hitze ins Gesicht.

Sie sieht wie eine Göttin aus. Selbst in diesem dämlichen Cheerleaderkostüm ...

Serena war erst vor Kurzem an seiner Highschool aufgetaucht, und bisher hatte sich noch keine Gelegenheit für ein Gespräch ergeben. Aber ebenso wie alle anderen Jungs an seiner Schule fand Jake Serena heiß. Megaheiß. Ihr Körper war makellos. Leicht gebräunte Haut, lange Beine, absolut durchtrainiert und mit weiblichen Kurven, die einem den Verstand rauben konnten.

Jake war sich sicher, dass es keinen einzigen männlichen Mitschüler gab, der abends nicht an Serena Naden dachte. Und nun hatte sie ihn angelächelt. Scheiße, daraus musste er etwas machen. Nur wie?

Jake wurde auf den Boden der Tatsachen zurückgeholt, als Sanchez herüberkam und Alan über die nächsten drei Spielzüge instruierte. Alle anderen standen um ihn herum, bekamen ihre Aufgaben je nach Position zugeteilt. Dann pfiff er in seine Trillerpfeife. Offensive Line und Defense Line nahmen einander gegenüber Aufstellung.

Alan rief noch einmal codiert den Spielzug auf, dann gab er das Signal, und der Center warf ihm den Ball nach hinten.

Jake sprintete los, aber als er sich umdrehte, um den Pass anzunehmen, sah er, dass Alan von der Defense »gesackt«, also zu Boden gerissen worden war, bevor er den Ball spielen konnte. Okay, wieder zurück in die Aufstellung. Nächster Versuch.

Erneut rannte Jake, als wäre der Teufel selbst hinter ihm her, aber wieder kam der Pass nicht.

Als sich alle im Huddle versammelten, konnte er sehen, dass Alan wütend auf seine Verteidiger war. Seine Augen funkelten.

»Ist schon klar, Jungs, dass die Sache von Samstag nicht vergessen ist und ihr mir zeigen wollt, dass Football ein Teamsport ist, bei dem der Quarterback zwar eine besondere Position und Verantwortung hat, aber nichts Besonderes ist. Das habe ich jetzt kapiert, könntet ihr zur Abwechslung trotzdem mal die verdammte Defense Line aufhalten, damit ich den Scheißball werfen kann?«

Keiner antwortete, aber mehrere Spieler nickten. Von der anderen Seite starrte Robertson herüber. Seine Miene war verkniffen, die Kiefer mahlten, als versuche er, ein hartes Stück Leder durchzukauen.

Alan klopfte Jake auf die Schulter. »Diesmal klappt es. Ich werfe den Ball im letzten Augenblick, damit du Zeit hast, die zwanzig-Yard-Linie zu erreichen. Bleib halb rechts. Ich lasse Greg und Phil ebenfalls loslaufen, sie werden deinen Laufweg kreuzen und die Safetys verwirren. Dreh dich nicht zu früh um, damit die Verteidiger nicht erkennen, für wen der Pass gedacht ist. Alles klar?«

Jake nickte.

Er stellte sich rechts neben dem Tackle auf. Dort stand normalerweise Robertson, aber der lauerte ja heute am anderen Ende des Spielfeldes auf ihn. Jake konnte ihn nur als Schemen ausmachen, da die Sonne ihn blendete, aber er war sich sicher, dass Robertsons Augen nur auf ihn gerichtet waren.

Alan gab das Signal, und Jake stürzte los. Es war fast der gleiche Spielzug wie am Samstag, und so musste er erst am Defensive End vorbei, bevor er freie Bahn hatte.

In seiner Brust hämmerte sein Herz, sein Atem keuchte, aber er fühlte sich großartig, hatte den Eindruck, noch nie so schnell gerannt zu sein.

Als er die zwanzig-Yard-Linie erreichte, stoppte er seinen Lauf und wandte sich um. Da war der Ball. Wie an einer Schnur gezogen, flog er auf ihn zu, direkt hinein in seine geöffneten Arme.

Jake spürte das feste Kunstleder zwischen seinen Fingern und packte zu. Gesichert. Das Endfeld lag nicht weit vor ihm. Normalerweise war der Trainingsspielzug mit dem Fang beendet, aber nicht heute. Nicht für Jake. Er würde den Ball in die Endzone tragen. Er wirbelte herum und setzte erneut zum Sprint an, als er plötzlich Zorn roch. Zorn so kalt wie das Eismeer in der Beringsee.

Robertson war da. Er konnte ihn nicht sehen, da er von hinten kam, aber er roch ihn.

Als der Geruch so intensiv wurde, dass er fast nicht mehr

auszuhalten war, schlug Jake, ohne nach hinten zu sehen, einen Haken nach links. Robertson flog an ihm vorbei, krachte zu Boden, und Jake erreicht die Endzone. Er hob den Ball weit über seinen Kopf, dann schmetterte er ihn triumphierend auf den Rasen.

Als er zurück zur Line of Scrimmage kam, grinste Alan. Die anderen Jungs schauten ihn verblüfft an.

»Hättest du den Ball so gegen Sycamore gefangen, dann wären wir jetzt im State Final«, sagte Sanchez kühl und wandte sich ab.

Jakes Höhenflug über den gefangenen Ball verflog im Nichts.

WIE EIN ALTER GARTENSTUHL

Augen sagen mehr als Worte, dachte Travis. Der kleinere der beiden Jugendlichen hatte ihn offensichtlich sofort erkannt. Mit geneigtem Kopf ging er zielstrebig auf ihn zu. Trotz der Kälte draußen trug er nicht mehr als eine dreckige Jeans und einen eingerissenen Pullover. Nicht nur sein Gesicht, auch sein ganzer Nacken war vernarbt. Nein, das war kein Zufall, die waren wegen ihm hier. Der Größere, der, der ihn beim Überfall vor seinem Apartment mit dem Messer bedroht hatte, der mit den Tribals am Hals, blieb an der Tür stehen und sah sich um. Das würde Ärger geben.

»Willkommen ... möchtet ihr euch aufwärmen? Es ist kalt draußen. Bitte setzt euch ... wollt ihr eine heiße Tasse Kaffee?« Susan gab sich wie immer freundlich, sie scherte sich nie darum, wie jemand aussah oder mit welchem Gesichtsausdruck er das Center betrat. »Wir haben auch heiße Schokolade.« Neben ihnen befanden sich nur drei ältere Obdachlose im Aufenthaltsraum. Travis wusste, dass in der Kaffeeküche noch eine Helferin, eine Freundin von Susan, arbeitete.

»Schnauze!«

»Es gibt keinen Grund, unfreundlich zu sein ... ihr seid hier sicher. Ich denke, wir kennen uns noch nicht. Mein Name ist

Susan, verrätst du mir deinen?« Susan versuchte die Situation zu entschärfen. Travis musste ihr helfen.

»Mein Name geht dich nichts an!«, bellte das Narbengesicht sie an und tippte ihr mit dem Finger grob auf die Stirn. »Denk lieber darüber nach, ob *du* hier sicher bist?«

»Hey! Das ist nicht notwendig!« Travis drängte sich zwischen Susan und ihren neuen zweitbesten Freund. Bei einer Prügelei hätte er noch nicht einmal den Kleineren aufhalten können. »Du bist doch wegen mir hier, oder?«

»Alter! Du bist unhöflich! Ich rede gerade mit der netten alten Dame … du bist noch nicht an der Reihe!« Diese Worte machten Travis sprachlos.

»Okay …« Travis nickte eingeschüchtert und ging einen Schritt zurück.

»… und wie ist dein Name?« Susan legte Travis behutsam die Hand auf den Arm.

Der Junge lächelte dünn und schlug sie dann ansatzlos mit einem rechten Schwinger nieder. Travis konnte ihren Kiefer brechen hören. Susan hatte keine Chance gehabt, sich zu wehren. »Hast du das gesehen, Alter? So macht man das!«

»Die Lady hast du plattgemacht! Yeah!«, skandierte sein Kumpel an der Tür. Die drei Obdachlosen im Raum flüchteten sofort in die Kaffeeküche, während Travis starr auf die hilflose Susan blickte.

»Du mieser Hund …« Travis holte zum Schlag aus. Zu langsam. Der Aufwärtshaken seines Gegners traf ihn unter der kurzen Rippe und ließ ihn zusammenklappen wie einen alten Gartenstuhl.

»Opa, du bist ja ein Held! Der mutige Doktor Travis Jelen eilt seiner süßen Susan Walker ritterlich zur Hilfe! Alter, was zahlt sie dir dafür?«

»Lass sie in Ruhe!«, keuchte Travis am Boden liegend. Susan, die verletzt neben ihm lag, hatte das Bewusstsein verloren. Travis wunderte sich, dass dieses brutale Schwein Susans und seinen kompletten Namen kannte.

»Hey, hey, hey … und was ist, wenn nicht?« Der Schläger lachte Travis aus. »Bekomme ich dann nächstes Mal keine heiße Schokolade angeboten?«

Travis rappelte sich auf und sah seinem Gegner in die Augen. »Dann wirst du in den Knast wandern!«

»Alter, genau deswegen bin ich hier!«

»Was?« Die Antwort ergab keinen Sinn.

»Ich bin nicht so ein Witz wie du! Fertig! Besoffen und verblödet!« Vor Erregung lief dem Schläger Speichel über das vernarbte Kinn. »Ich habe Freunde! Sehr gute Freunde! Also hör mir jetzt zu!«

Travis schluckte, während der Junge ihn am Revers vom Boden hochzog. Zwischen ihren Nasen hätte kein Blatt Papier gepasst.

»HÖR MIR ZU!«, schrie er ihn an.

»Das tue ich …« Was hätte Travis in seiner Lage auch anderes machen sollen.

»An dem Tag, an dem ich in den Knast gehe … wird jemand kommen und deine süße Susan töten, diese verdammte Absteige abfackeln und dir ein brennendes Stuhlbein um den Hals wickeln!« Seine Augen glühten regelrecht vor Zorn. »Hast du das verstanden?«

»Ich habe der Polizei nichts gesagt …«, stammelte Travis, der Todesangst hatte. Der Typ war verrückt, ein Psychopath, der gehörte für immer weggesperrt!

»Und warum suchen die dann nach mir?« Der Junge schlug jetzt auch Travis nieder. Sein Kopf dröhnte, das war wie bei einem Schlag mit dem Vorschlaghammer auf einen alten Blechkanister.

»Von mir haben sie nichts erfahren …« Seine Wange brannte, Blut lief in den Mundwinkel, Travis ertastete eine Platzwunde am Jochbein. Um Susan zu beschützen und diesen Horror zu überleben, sollte er sich jedes weitere Wort zweimal überlegen. »Ich werde auch jetzt nichts sagen!«

»Glaubst du etwa, ich lasse dich leben?« Das Narbengesicht lachte schäbig.

Travis dachte an Susan und schützte sie mit seinem Körper. Auch wenn er jetzt sterben würde, wollte er nicht sein verpfuschtes Leben als Film vor seinen Augen vorbeilaufen lassen. Dafür war zu viel schiefgelaufen. Talent, Geld und Ruhm, er hatte alles gehabt und alles verloren.

»Alter, das war ein Scherz!« Das Narbengesicht und sein Kumpel lachten ihn aus. »Aber ein Scherz, über den niemand mehr lacht, wenn ich in den Knast gehe! Also sei ein netter Opa und erzähle den Bullen eine herzerwärmende Geschichte, wie du völlig besoffen auf die Fresse gefallen bist. So wie du aussiehst, glaubt sie dir jeder!«

»Ich …« Travis fehlten die Worte.

»Wir sind doch jetzt Freunde, oder Travis?« Er ließ von ihm ab. »Und Freunde sind doch füreinander da, oder Travis?«

Er nickte. Travis hatte nicht die Kraft, einen klaren Gedanken zu fassen. Aus den Augenwinkeln beobachtete er, wie sich die Tür wieder schloss. Es war vorbei. Das war's. Er brach zusammen.

Als Travis die Augen öffnete, sah er in die selbigen eines bärtigen Sanitäters, der seinen Cut am Jochbein klebte.

»Sir, können Sie mich hören?«, fragte er mit ruhiger Stimme.

»Ja.«

»Wie ist Ihr Name?«

»Jelen, Dr. Travis Jelen, ich bin einer der Ärzte hier im Center.«

»Wie viele Finger sehen Sie?«

»Drei.« Travis überraschte es selbst, seine Sinne sofort wieder beisammenzuhaben.

»Können Sie sich erinnern, was Ihnen zugestoßen ist?«

»Susan Walker und ich wurden überfallen. Wir wurden niedergeschlagen ... wie geht es ihr?« Travis versuchte Susan auszumachen, die aber nicht neben ihm lag. Neben dem Sanitäter stand nur ein Polizist, der Travis mit ausdruckslosem Gesicht ansah.

»Wir haben sie in eine Klinik bringen lassen. Ihr wurde zweimal der Kiefer gebrochen, und sie hat eine schwere Gehirnerschütterung«, erklärte der Sanitäter.

»Verstehen Sie mich?«, fragte der Polizist, der bis jetzt gewartet hatte.

»Officer, ich bin noch nicht fertig! Warten Sie bitte noch einen Moment!« Der Sanitäter wies den Polizisten in seine Schranken, der nickend einen Schritt zurückwich. »Ich bin mir nicht sicher, ob ich Sie ebenfalls in die Klinik einliefern lassen soll. Der Schlag an Ihren Kopf könnte innere Blutungen hervorbringen oder bereits hervorgebracht haben, die wären in Ihrem Zustand lebensbedrohend.«

Travis wollte in keine Klinik, er wollte aber genauso wenig in den nächsten Stunden einen Schlaganfall oder Hirnblutungen bekommen. »Nebenan ist ein MRT-Scanner, um mich auf mögliche innere Verletzungen zu untersuchen.«

»Warum nicht ... warten Sie, ich helfe Ihnen.« Der Sanitäter zog ihn auf die Beine.

»Danke.« Travis nickte dem Sanitäter zu. Er hatte sich selbst untersucht und – was ihn nicht überraschte – festgestellt, einen äußerst robusten Schädel zu haben. In den letzten zwanzig Jahren hatte er sich so viele Dinge angetan, dass es fast schon lächerlich gewesen wäre, heute wegen einer kräftigen Ohrfeige die Segel zu streichen.

»Sie wissen besser als ich, dass Sie jetzt Ruhe brauchen«, erklärte der Sanitäter und verließ Travis' Behandlungsraum.

»Ja.« Travis folgte ihm, nur leider war das ein schlechter Zeitpunkt, um Urlaub zu machen.

»Officer, er gehört Ihnen.« Der Sanitäter packte seine Sachen und verließ das Center.

»Sir, ich würde Ihnen gerne einige Fragen stellen.« Der Polizist wartete bereits auf ihn. Travis schätzte ihn auf Mitte dreißig. Er hatte kurze dunkle Haare und trotz der dunkelblauen kevlarverstärkten Funktionsuniform eine sehr schlanke Statur. Auf seinem Unterarm befand sich ein im Gewebe integriertes fünf Zoll großes Farbdisplay, und das passende Kommunikationssystem dazu klebte hinter seinem Ohr.

»Natürlich.« Travis zeigte auf die Kaffeeküche. »Möchten Sie einen Kaffee?« Außer ihnen war das Center inzwischen leer. Sein Kollege stand vor der Glasfassade und befragte Passanten.

»Gerne.« Der Polizist folgte Travis. Frank Ritter stand auf seinem Namensschild, direkt neben dem HFP-Sticker. *Human Future Project* – weiße Schrift auf rotem Grund, wer kannte dieses Symbol nicht. »Dr. Jelen, Sie arbeiten hier als Arzt?«

»Ja.«

»Wie lange bereits?«

»Seit knapp zwei Jahren.« Eigentlich kam es Travis länger vor, aber es waren tatsächlich nur zwei.

»In welcher Beziehung stehen Sie zu Susan Walker?«

»Sie leitet das Center ... sie ist meine Chefin, wobei wir alle ehrenamtlich arbeiten.«

»Wie finanzieren Sie Ihren Lebensunterhalt?«

»Eine private Rente ... wie Sie sehen, bin ich nicht mehr der Jüngste.« Travis spielte mit, ihm gefielen allerdings die Fragen nicht.

»Sir, Sie wurden in dieser Woche schon einmal angegriffen?«

»Am Dienstag.« Das hatte Travis nicht vergessen. »Direkt vor meiner Haustür.«

»Waren das dieselben Täter?«

»Jetzt wo Sie fragen ...« Travis stockte. Er hatte keine Lust, ein weiteres Mal zusammengeschlagen zu werden. Obwohl die Polizei solchen Verbrechen üblicherweise sowieso nur halbherzig nachging. »Ich weiß es nicht. Wissen Sie, ich habe einen Schlag gegen den Kopf bekommen.«

»Im Gespräch mit dem Sanitäter vor wenigen Minuten wirkten Sie allerdings sehr konzentriert und konnten Ihre medizinischen Geräte bedienen.«

»Ähm ja ... das ist mein Beruf, ich bin Arzt, das vergisst man nicht so schnell.« Travis spürte gerade, verdammt mies gelogen zu haben, der Officer glaubte ihm kein Wort.

»Ich bitte Sie, Ihre Aussage mit Bedacht zu wählen. Ich bin vernetzt, alles, was Sie sagen, wird audiovisuell aufgezeichnet.«

»Das habe ich verstanden.«

»Kannten Sie die Angreifer, die Susan Walker und Sie heute in diesen Geschäftsräumen angegriffen haben?«

»Nein.« Travis schwitzte. Zum Glück hatte es Susan immer abgelehnt, eine Videoüberwachung im Center anbringen zu lassen.

»Mein Kollege vor der Tür hat die Aussagen von zwei Passanten aufgenommen, die einen längeren Wortwechsel zwischen den Tätern und Ihnen beobachtet haben. Über was haben Sie gesprochen?«

»Ähm ... ich verstehe es selbst nicht ... aber ich kann mich nicht erinnern. Es ist einfach weg ...« Travis redete sich gerade um Kopf und Kragen.

»Geht es Ihnen gut?«

»Ja.« Eine Lüge, er fühlte sich beschissen. Der Kopf dröhnte immer noch.

»Sir, Sie schwitzen.«

»Entschuldigung ... ja, das stimmt.« Das war Travis peinlich.

»Soll ich Ihnen einen Krankentransport rufen?« Der Officer ließ nicht locker. Verständlich, jedes seiner Worte wurde aufgezeichnet.

»Nein, nein ... ich bin nur müde.« Was sogar nicht gelogen war. Travis wollte auf gar keinen Fall ins Krankenhaus.

»Ich denke, dass Sie die beiden Täter kennen. Ich denke auch, dass die Angriffe am Dienstag und heute im Zusammenhang stehen. Möchten Sie dazu eine Aussage machen?«

»Ich würde gerne ... aber ich weiß es nicht. Mir geht es gut, aber ich fühle mich sehr müde. Darf ich bitte nach Hause fahren?«

»Wie kommen Sie nach Hause?«

»Mit der Subway.« Wie auch sonst. Einen Führerschein hatte Travis schon lange nicht mehr. Machte er gerade einen Fehler? Sollte er dem Officer alles sagen, was er wusste? Von den Schlägern und auch von Lee Hastings, dem schwangeren Mädchen? Darauf vertrauen, dass die Polizei die Täter schnell ergreifen würde?

Er zögerte. Einen Officer zu belügen, war nicht richtig. Dann sah er wieder auf das Namensschild von Officer Ritter. Frank Ritter – nein –, er sah auf das *Human Future Project*-Emblem daneben. Weiße Schrift auf rotem Grund, da gab es etwas in ihm, eine schrille Stimme, die ihm den Mund verbot. Er schwieg.

»Sie können gehen.«

»Danke.« Travis spürte, wie er tiefer in der Geschichte versank. Der Officer sprach über einen Zusammenhang der Angriffe auf ihn. Verständlich, schließlich gab es einen. Er hatte eine Idee: Konnte es sein, dass es auch einen Zusammenhang zwischen dem Auftreten der beiden Schläger und dem Verbleib von Lee Hastings gab?

»Sir ... ich erfahre gerade über das Netzwerk, dass es Susan Walker schlechter geht.«

»Wie schlecht?«

»Sie wurde notoperiert und musste in ein künstliches Koma versetzt werden.«

»Oh ...« Die Nachricht war härter als der Schlag vorhin gegen seinen Kopf.

»Ich muss das Center schließen.«

Travis schüttelte den Kopf. »Das geht nicht ... bitte, es gibt viele Menschen, die auf unsere Hilfe angewiesen sind. Es ist Winter, die wissen sonst nicht wohin.« Draußen standen bereits vier ihrer Kunden, die gerne ins Warme wollten. Allerdings nur, wenn der zweite Officer vor der Tür sie gelassen hätte.

»Das tut mir leid, ich habe eine CSI-Drohne angefordert, die derzeit noch anderweitig im Einsatz ist. Ich kann den Tatort daher nicht freigeben.« Der Officer verwies auch Travis auf die Tür. »Sie sollten jetzt nach Hause fahren.«

»Darf ich meine Jacke holen?«

»Sicher.«

Travis ging in seinen Behandlungsraum, nahm seine Jacke und den Pad-Computer, den er für die Suchroutinen nach Lee

Hastings benutzt hatte. Ihm blieb weniger als eine Minute. Der Boot-Vorgang seines medizinischen Computers dauerte nur wenige Sekunden. Er öffnete die Patientendatenbank und replizierte alles in die gesicherte Cloud, die er vorhin als Zwischenspeicher für seine Recherche angelegt hatte.

»Sir?« Der Officer fragte nach ihm. Der Transfer dauerte achtzehn Sekunden.

»Einen Moment bitte, ich suche meinen Schal.« Den Schal, den er sich bereits umgeschlagen hatte. Draußen war es schweinekalt. Fertig. Travis versiegelte die Daten im Center. Die CSI-Drohne ging seine Patientendatenbank nichts an. »Ich hab ihn.« Dann ging er Richtung Ausgang und am Officer vorbei.

»Geben Sie gut auf sich acht.« Der Officer tippte mit dem Finger an seine Mütze.

»Ja ... danke.« Travis verließ das Center vor dem Beamten und wunderte sich über sich selbst. Er wusste natürlich, dass er immer noch unter Schock stand, fühlte aber keine Furcht. Auch keine Sorge um Susan, obwohl die angebracht gewesen wäre. Und vor allem dachte er *nicht* daran, sich zu betrinken.

PARTYTIME

Als das Training vorüber war, stürzten Jakes Mitspieler in die Umkleidekabinen. Nur raus aus der brütenden Hitze und unter die kalte Dusche.

Wie schon zuvor zögerte Jake auch diesmal, sich sofort den anderen anzuschließen. Er hatte keine Lust auf schräge Kommentare und blöde Sprüche.

Alan ging an ihm vorbei. »Guter Catch! Kommst du?«

»Gleich«, meinte Jake. »Nur noch kurz Luft holen.«

»Aha«, sagte Alan und blickte vielsagend zu den Cheerleadern hinüber, die ihr Training für eine Trinkpause unterbrochen hatten.

»Was ist?«

»Serena hat dich das ganze Training lang angeglotzt. Geht da was?«

»Quatsch«, versuchte Jake abzuwiegeln, obwohl er sich darüber freute, dass Alan ihre Blicke ebenfalls bemerkt hatte. Er hatte es also nicht bloß geträumt.

Alan lachte. »Wenn das Quatsch ist, warum kommt sie dann jetzt hierher?«

»Sie kommt hierher?«, echote Jake panisch. Er drehte den Kopf. Tatsächlich. Serena Naden kam mit langen sinnlichen Schritten und wiegenden Hüften auf ihn zu. Die schwarzen Haare umflossen ihr Gesicht, als hätten sie ein Eigenleben, und ihr blutrot geschminkter Mund schrie danach, geküsst zu werden. Der Rest ihres Körpers war eine einzige Versuchung. Jake fragte sich, ob er einen Hitzschlag erlitten und jetzt Halluzinationen hatte, denn Serena Naden hatte ihn vor diesem Tag nie beachtet.

»Ich geh dann mal lieber«, grinste Alan.

»Nein ... äh ...«

»Bis nachher.«

»Alan!«

Aber der wandte sich um und verschwand im Gang zur Umkleidekabine.

»Hi Jake«, sagte Serena und sah ihn aus ihren katzengrünen Augen an.

»Hi ... Serena«, stammelte Jake und nahm seinen Helm ab.

»Gutes Spiel.«

»Was?«

»Na, wie du den Ball gefangen und Robertson verarscht hast. Der Typ ist über den halben Platz geflogen und dann über den Boden geschrammt. Ich wette, er hat jetzt grüne Zähne.«

»Danke. Ich wusste gar nicht, dass dich Football interessiert«, sagte Jake und hätte sich am liebsten wegen seiner Blödheit in den Arsch gebissen. Serena war bei den Vernon Cheerleadern. Seit drei Monaten bei jedem Spiel und jedem Training dabei. Wie konnte man nur so dämlich sein? Zum Glück ging Serena nicht darauf ein. Ihr Geruch waberte zu ihm herüber. Tief, süß und sinnlich, wie eine Blüte in voller Pracht. Der Duft machte es ihm schwer, sich zu konzentrieren.

Er fühlte sich plötzlich zu Serena hingezogen, hätte sie gern in den Arm genommen, ihren Duft getrunken, sich in ihren Lippen verloren.

Jake ruckte hoch. Wo kamen diese Gedanken denn auf einmal her? Was war los mit ihm? Sicher, Serena war sexy – heiß, aber …

Doch da war dieser Geruch … so schwer … ein Versprechen. Jake spürte, wie sich seine Nackenhaare aufrichteten. Eine Gänsehaut zog seinen Hals hinab. Was lief hier gerade ab?

»Mir gefällt dein neuer Look«, sagte sie.

Was? Erneut schreckte er aus seinen Gedanken hoch.

Wovon sprach sie? Look? Welcher Look?

Zwanghaft versuchte Jake sich an das letzte Mal zu erinnern, als er in den Spiegel geblickt hatte. Da war alles wie immer gewesen, oder? Okay, er trug jetzt keine Kontaktlinsen mehr, aber die konnte niemand sehen. Und die Brille ließ er auch weg, aber sonst …

»Ich mag es, dass deine Haare ein wenig zerzaust sind«, meinte Serena und wirkte plötzlich schüchtern.

Zerzaust? Wahrscheinlich sah er dadurch, dass er die ganze Zeit in der Hitze einen Helm getragen hatte, wie ein verschwitzter Wasserbüffel aus.

Jake wollte irgendetwas darauf sagen, aber ihm fiel nichts ein. Er konnte nur auf Serenas rote Lippen starren und sich wünschen, sie zu küssen. Verdammt, das würde nie passieren.

»Und da ist etwas mit deinen Augen«, meinte Serena.

»Wahrscheinlich sind sie vom Schweiß etwas gerötet, aber das geht gleich wieder weg.«

»Nein, das ist es nicht.«

Sie beugte sich so weit vor, dass sich ihre beiden Nasenspitzen beinahe berührten.

»In deinen Augen ist ein goldener Schimmer. Fast so, als leuchteten sie.«

Goldener Schimmer? Das war das einfallende Sonnenlicht. Allerdings standen sie im Schatten der Turnhalle … egal, was immer Serena da auch zu sehen glaubte, Hauptsache, sie blieb noch eine Weile.

»Findest du mich hübsch?«, sagte Serena unvermittelt, beugte sich zurück und legte ihre Hände auf die Hüften.

»Äh …«

»Ist das alles, Jake Merdon, was du mir sagen willst?«

Reiß dich zusammen, Junge. Sag ihr, was sie hören will.

»Ich glaube, jeder Junge an der Schule findet dich hübsch.«

Serena zog einen Schmollmund, der sie noch heißer aussehen ließ. »Die Frage war aber, ob *du* mich hübsch findest.«

»Du bist das schönste Mädchen, das ich je gesehen habe.«

Es war heraus, bevor er es verhindern konnte. Mist, so ein blöder Spruch. Sie musste ihn für einen kompletten Vollidioten halten.

Serena strahlte heller als die Sonne. »Jake Merdon, das war die richtige Antwort, und deshalb lade ich dich auf meine Party heute Abend ein.«

»Heute ist Montag«, sagte Jake und dachte: *Noch so ein blöder Spruch. Am liebsten würde ich mir eine reinhauen.*

»Ja, es ist Montag. Der erste Tag der Woche. Trotzdem sind meine Eltern heute Abend nicht da, und man soll die Feste feiern, wie sie fallen. Also komm vorbei, bring was zu trinken oder Dope mit, und wir lassen es krachen.«

»Wer kommt sonst noch?«

»Die üblichen Verdächtigen, du kennst sie alle von der Schule.« Sie kiekste. »Oder hattest du gehofft, allein mit mir zu sein?«

Ja, hatte ich, dachte Jake.

»Ach was«, sagte Jake und winkte ab.

»Gut, dann ist es abgemacht. Um acht bei mir. Und vergiss die Drinks und den Stoff nicht.«

Serena drehte sich elegant herum und schritt mit schwingendem Hintern davon. Jake konnte nicht anders, als ihr hinterherzustarren. Das Wort »sexy« hatte soeben mächtig an Bedeutung gewonnen.

Als er mit dem alten Civic zweihundert Meter von Serenas Haus entfernt anhielt, wurde Jake bewusst, wie deplatziert die Karre in dieser Gegend war. Hier lebten nicht die Reichen. Nein. Hier residierten die Reichen der Reichen, und Serena gehörte dazu.

Die Straße war keine Straße, sondern eine breite, von hohen Bäumen beschattete Allee. Moderne Häuser wetteiferten um Aufmerksamkeit, waren oftmals rustikal aus alten Steinen errichtet, mit gepflegten Rasenflächen, deren frisches Grün in seinen Augen schmerzte.

Neben jedem der Häuser gab es Garagen, die größer waren als das Haus, das er mit seiner Mom bewohnte. Autos waren kaum zu sehen, und wenn mal eines fast lautlos vorbeifuhr, war es ein Mercedes, ein Tesla oder ein anderes teures Fahrzeug, wie man es sonst nur aus der Werbung kannte.

Vor Serenas Haus hingegen parkten jede Menge Autos. Ihre reichen Freunde ließen es sich nicht nehmen, ihre BMWs oder Mazda Cabriolets vorzuführen. Wieder einmal wunderte er sich, wie es seine Mom geschafft hatte, ihn auf die Vernon High zu bringen, die normalerweise Kindern aus anderen Schichten vorbehalten blieb.

Jake stieg aus und verzichtete darauf, das Auto seiner Mutter abzuschließen. In dieser Gegend würde keiner die Rostlaube klauen.

Wahrscheinlich fahren hier sogar die Gärtner bessere Autos als wir.

Normalerweise machte er sich keine Gedanken über arm und reich. Die Kids in der Schule konnten sich zwar teurere Handys und Klamotten leisten als er, aber sie hängten ihren Wohlstand nicht an die große Glocke. Die meisten kamen aus gutem Haus, mit Vätern, die Rechtsanwalt oder Manager waren, und Müttern, die eigene Boutiquen führten und sich ehrenamtlich betätigten.

An vielen der Häuser hingen amerikanische Fahnen. Hier wählte man die Republikaner, ganz im Gegensatz zu seiner Mutter, die ein Anhänger Obamas gewesen war und den derzeitigen Präsidenten aus tiefstem Herzen hasste.

Als Jake die Einfahrt zum Haus hochging, wurde ihm bewusst, dass er und seine Mom sich niemals das leisten konnten, was für diese Menschen längst selbstverständlich war. Schon vor der Scheidung war es nicht einfach gewesen, aber dadurch, dass Jakes Vater seinen Pflichten nicht nachkam, war alles schlimmer geworden.

Seine Mutter konnte so viele Doppelschichten schieben, wie sie wollte, nichts würde etwas daran ändern, dass sie sich im freien Fall befanden. So etwas wie ein Netz, das sie auffing, gab es nicht.

Die Tür stand offen. Jake schob sich hindurch. Im Gang drängten sich jede Menge schwatzende Teenager, die Bierflaschen oder Gläser mit verschiedenstem Inhalt in ihren Händen hielten. Die meisten kannte Jake aus der Schule, aber es waren auch ein paar Jungs und Mädchen dabei, die er noch nie gesehen hatte.

Jake nickte grüßend und schüttelte Hände. Nach dem Flur kam ein gigantisch großes Wohnzimmer mit teuren Designermöbeln, auf denen Jugendliche herumfläzten, als wären sie zu Hause.

In einer Ecke stand ein schwarzer Flügel. Steinway. Ein Typ saß auf einem Hocker davor und klimperte herum, aber davon war fast nichts zu hören, weil eine unsichtbare Stereoanlage mit unsichtbaren Boxen dröhnende Beats in den Raum hämmerte. In Jakes Ohren begann es zu klingeln, aber schlimmer noch war der Orkan an Gerüchen, der über ihn hinwegfegte.

Teure Parfums, Schweiß, Marihuana, Alkohol und der Gestank nach Chlor. Jake blickte durch die Fensterfront nach draußen in einen Garten, der an einen Park erinnerte. Dort gab es einen nierenförmigen Swimmingpool mit künstlichen Felsen am Beckenrand. Zwei Palmen wuchsen daneben. In Illinois.

Nice. Dekadent, aber nice.

Sein Blick fieberte auf der Suche nach Serena herum, aber er konnte sie nirgends entdecken. Was ihn aber auch nicht wunderte. Grob geschätzt tummelten sich im Haus und auf dem Anwesen um die achtzig Jugendliche herum, und es kamen mit jeder Minute mehr an.

Jake fühlte sich unwohl. Es fiel ihm schwer, den Lärm und die Gerüche auszublenden, aber er war hier, und das war cool. Irgendwann würde auch Serena auftauchen, dann bekam er vielleicht die Chance herauszufinden, ob sie wirklich an ihm interessiert war.

Um nicht allzu blöd herumzustehen, ging er zu einem Tisch hinüber, der als Bar umfunktioniert worden war. Die Naturholzplatte quoll vor halbvollen Flaschen über. Es gab alles, was das Herz begehrte. Wodka, Whisky, jede Menge Mixgetränke und Bier. Warum ihn Serena gebeten hatte, etwas zu trinken mitzubringen, war ihm schleierhaft. Hier gab es mehr Zeug als in einem normalen Liquor Store.

Hinter dem Tisch stand ein Junge in seinem Alter – dunkle Haare, wache Augen –, der sich als Barkeeper versuchte.

»Hi, ich bin Benny. Hast du was dabei?«, fragte er.

Jake nickte, zog seinen Rucksack herunter, öffnete ihn und reichte dem Typ, was er mitgebracht hatte. Im Haushalt seiner Mom gab es keinen harten Alkohol, aber er hatte eine Flasche Champagner gefunden, die seine Mutter von einem Patienten geschenkt bekommen hatte.

»Französisch«, sagte der Dunkelhaarige. »Alle Achtung. Noch was anderes? Stoff?«

Jake schüttelte den Kopf.

»Wenn du was brauchst …«

»Ne, passt schon … Hast du Serena gesehen?«

Der Typ runzelte die Stirn. »Sollte draußen beim Pool sein. Mann, die hat ein paar Hotpants an, die gehören eindeutig verboten.«

»Okay, was hast du im Angebot?«

»Longdrink oder Shorty?«

»Longdrink«, sagte Jake. »Irgendwelche Empfehlungen?«

Benny sah ihn kritisch an, dann meinte er: »Du bist der Long-Island-Iced-Tea-Typ. Ist was für echte Männer. Wodka, brauner Rum, Tequila Silver, Gin, Triple Sec, Zitronensaft und Cola. Haut garantiert jeden um. Schon mal probiert?«

»Nein.« Während Benny den Drink mixte, fragte Jake: »Hast du das etwa für heute auswendig gelernt, um die Mädels zu beeindrucken?«

»Meine Eltern haben eine Bar in Chicago. Zu Hause stehen jede Menge Bücher über das Mixen und Alkohol aus allen Ländern der Welt rum. Ich bin Einzelkind, wenn sie nicht da sind, zieh ich mir was rein und misch mir einen Drink. Ein Tipp: lass bei einem Long Island Iced Tea die Kifferei. Das knallt dich schneller weg, als du ›Notaufnahme‹ sagen kannst.«

»Eigene Erfahrung?«

»Yeah. Wie heißt du?«

»Jake.«

»Hab ich dich schon mal gesehen? Du kommst mir bekannt vor.«

»Ich geh auf die Vernon High. Und du?«

»Privatschule …«

Bevor Benny lang und breit erklären konnte, wohin es ihn verschlagen hatte, wurde er von einer leisen Stimme unterbrochen, die in Jakes Rücken erklang.

»Hier bist du also. Ich habe schon nach dir gesucht.«

Jake wandte sich um. Vor ihm stand ein Traum. Serena trug ein rotes Bikinioberteil, das intensiv mit ihrem Lippenstift korrespondierte, dazu die bereits angesprochenen ausgebleichten Hotpants, die ihre langen, schlanken, braun gebrannten Beine betonten, die in weißen Turnschuhen steckten. Jake hatte alle Mühe, ihr nicht auf die Brüste zu starren, die sich ihm regelrecht entgegendrängten. Er musste schlucken.

»Hi Serena.«

»Hi.«

»Tolle Party.«

»Ja, und wird noch besser, jetzt wo du da bist.« Es klang heiser. Serena schlug die Augen nieder, nur um ihn gleich wieder anzusehen. »Komm, wir gehen zum Pool. Draußen ist es herrlich.« Sie fasste nach Jakes Arm.

»He, vergiss deinen Drink nicht«, sagte Benny und reichte

ihm das Glas, in dem Eiswürfel klirrten und ein Strohhalm steckte. Jake nahm es und hätte es sich am liebsten an die Stirn gehalten. Ihm war in den letzten Sekunden unglaublich heiß geworden.

»Magst du die Leute?«, fragte Serena.

»Bin gerade erst angekommen. Bis jetzt habe ich nur mit Benny gesprochen.«

»Benny ist ein Idiot. Ein Kind«, sagte sie, ohne zu erklären, warum sie so ein hartes Urteil fällte. »Es gibt ein paar echt coole Leute hier. Ich möchte, dass du sie kennenlernst.«

Im ersten Moment wollte Jake nach dem »Warum« fragen, aber dann zügelte er sich. Wenn er bei Serena landen wollte, musste er so cool wie die Leute wirken, die sie kannte. Als sie das Wohnzimmer verließen und hinaus ins Freie traten, konnte Jake wieder leichter atmen. Der Nebel aus Gerüchen verzog sich, und er nahm die Süße des Drinks in seinen Händen wahr. Serena blieb stehen und sah sich um.

»Nicht schlecht hier«, meinte Jake anerkennend, aber Serena reagierte nicht darauf. Offensichtlich suchte sie nach jemandem, fand ihn aber nicht.

Ein leichter Wind kam auf und strich über ihn hinweg. In dem Luftzug schwangen die Düfte der Rosenbüsche, der Bäume und des Rasens mit, aber da war noch etwas anderes. Es war der gleiche Geruch, den auch Serena ausströmte, nur intensiver.

Fremdartig.

Und schwer.

Wie die Blüte einer exotischen Blume und dennoch anders als alles andere.

Verwirrt blickte Jake sich um. Was roch da so intensiv?

Serena flüsterte melodiöse Worte in sein Ohr, die er nicht

verstand. Ihm wurde schwindelig. Ihr Duft vermischte sich mit dem fremdartigen Geruch und verwirrte seine Sinne.

Was passiert mit mir?

In Jakes Kopf ging alles durcheinander. Seine Gedanken waren wie Farben, die sich immer neu vermischten, ohne konkret zu werden. Als er zu Serena schaute, bemerkte er, dass sie ihn anlächelte.

Ihre Lippen kräuselten sich amüsiert, als sie seinen Blick bemerkte.

»Was ist mit dir?«, hauchte sie sanft.

»Ich … ich weiß nicht«, stammelte Jake. Ihm war plötzlich heiß. So heiß. »Vielleicht liegt es am Drink.«

Aber er wusste, dass dem nicht so war, er hatte kaum an seinem Glas genippt.

Ihr Gesicht kam näher. Warmer, süßer Atem strich über ihn hinweg. Blutrote Lippen, leicht geöffnet, die weißen Zähne blitzten.

Es war wie ein Sog. Er wollte sich vorbeugen, diese Lippen mit den seinen berühren, aber etwas hielt ihn zurück. Er konnte sich nicht bewegen. Seine Gedanken wurden zäh, aber Jake spürte, dass etwas nicht in Ordnung war. Tief in ihm drin flüsterte eine Stimme. Er verstand die Worte nicht, aber die Warnung, die darin mitschwang.

Mit aller Macht riss sich Jake vom Anblick dieser Lippen los und wankte einen Schritt zurück. Das Bild vor seinen Augen wurde klarer, und er konnte Serena wieder in ihrer Ganzheit wahrnehmen. Der Schwindel war noch da, er streckte eine Hand nach der Wand aus.

Serena beobachtete ihn. Ihre lauernden Katzenaugen waren auf ihn gerichtet, gleichzeitig wirkte sie gelangweilt, desinteressiert.

»Was ist mir dir?« Wieder diese Frage, die eigentlich keine war. Jake spürte, dass Serena wusste, wie es ihm ging. Irgendwie wusste sie es. Es lag in ihrem Blick. Jake sah sich um. »Ich muss mich kurz hinsetzen.«

»Tu das«, sagte sie. Der Klang ihrer Stimme war leise, erinnerte an zerreißendes Papier. »Wir sehen uns später.«

Eine Floskel. Er hatte irgendetwas falsch gemacht, wusste aber nicht, was es war. Sicher war nur, dass Serena das Interesse an ihm verloren hatte – falls da jemals welches gewesen war.

Er schaute sie an. Ihre grünen Augen zeigten keinen Ausdruck. Serena wandte sich auf dem Absatz um.

Dann war sie weg.

FÜR VALERIE

Am nächsten Morgen stand Travis mit einer Tasse heißem Kaffee am Fenster und sah zweiunddreißig Stockwerke in die Tiefe. Alles war grau und dunkel. Die Aussicht auf die nur zehn Meter entfernte Fassade des Nachbarhauses hätte ihn höchstens dazu motiviert herunterzuspringen. Was für ein Dreckswetter. Es schneite. Er war vor zwei Stunden aufgestanden, hatte sich geduscht, rasiert und ein weißes Hemd angezogen. Fast wie früher. Es war Montag, und das Leben in der Stadt, die niemals schlief, ging weiter.

In vier Stunden hätte seine nächste Schicht angefangen, Susan hätte ihn wie immer bereits zwei Stunden zuvor begrüßt, ihn angelächelt und ihm das Gefühl vermittelt, noch zu etwas nütze zu sein. Nichts davon würde heute passieren. Susan lag im Koma, und die Polizei hatte den Tatort noch nicht freigegeben.

Travis presste die Lippen zusammen, schloss den NYPD-Newsfeed und legte den Pad-Computer auf die Fensterbank. In den letzten beiden Tagen war viel passiert. Susan und er waren verprügelt worden. Er sogar zweimal. Daraus sollte er keine Gewohnheit entstehen lassen. Ein schwangeres Mädchen, Lee, war im Center aufgetaucht und auch wieder verschwunden. Es fiel ihm schwer, sie zu vergessen: Er wollte sie finden!

Travis dachte auch an seinen alten Freund Glen, Glen Ravero, der jetzt im Knast auf seine nicht sonderlich angenehme Verhandlung warten dürfte. War das bloß ein Zufall?

Ironheart, Hacker liebten es, sich bescheuerte Namen zu geben. Vermutlich wieder so einer junger Spund, der glaubte, er könne es mit der ganzen Welt aufnehmen. Das waren vor wenigen Tagen, bevor Travis erfahren hatte, dass es Glen war, seine ersten Gedanken gewesen. Warum hatte Glen es getan? Wer steckte dahinter? Welche Motive trieben ihn an?

»Du bist ein alter Spinner!« Travis pfiff sich zurück. Es war sinnlos, länger als nötig darüber nachzudenken. Es klingelte. Wer war das? Er erwartete niemanden, ging aber zur Tür.

Über das Videosystem sah er einen Asiaten mittleren Alters. Ein gepflegter Typ, der bereits vor dem Apartment stand.

»Ja, bitte?« Travis überlegte, ob er den Mann kannte, kam aber zu keinem Ergebnis.

»NYPD ... Dr. Jelen, ich würde Sie gerne sprechen«, sagte der Asiate. Natürlich, ein Cop, Travis hätte es wissen müssen.

»Guten Morgen.« Travis öffnete ihm die Tür und sah auf den faustgroßen holografischen Ausweis, der über seiner Hand schwebte. Die Zeiten, in denen man sich mit einer geklauten Marke als Polizist ausgeben konnte, waren schon lange vorbei.

»Darf ich hereinkommen?«

»Bitte ...« Travis zeigte auf sein Wohnzimmer, eine Couch, zwei Sessel und einen Holztisch, seine Möbel waren nur zwei Jahre jünger als er. Er besaß eine Leselampe, ein Regal und neunundsiebzig alte Bücher aus Papier. Er kannte jedes davon. Den Rest hatte ihm seine Exfrau wegnehmen lassen.

»Ich bin Detective Chan Seiran, danke, dass Sie mich empfangen. Ich komme wegen des Überfalls auf das Walker-Center letzte Nacht«, erklärte der Detective freundlich, knöpfte den Mantel auf und setzte sich auf Travis' alte Ledercouch.

»Wie geht es Susan Walker?«

»Nicht gut ... sie liegt im Koma. Der Grund, warum ich hier bin.«

»Wird sie überleben?«

»Ich hoffe es.«

Travis schluckte. »Wann können wir das Center wiedereröffnen?«

»Wenn die Ermittlungen abgeschlossen sind ...« Was so viel bedeutete wie erst mal nicht.

»Detective, wie kann ich Ihnen helfen?« Travis spürte, dass sich Seiran nicht für Susan interessierte. Wie auch, er kannte sie nicht.

»Sir, ich ermittele im Rahmen von diversen Diebstahl-, Drogen- und Gewaltdelikten gegen diesen Mann: George Bonnet.« Der Detective rollte eine Folie auf dem Tisch aus, die Fotos eines ganz normalen Jugendlichen, wie es Tausende in den Abschlussklassen gab, zeigte. In Bonnets Fall, die Manhattan Highschool an der Zweiundfünfzigsten. Travis kannte die Schule. Der Jugendliche hatte kurze dunkle Haare, ein nettes Lächeln und gepflegte Zähne. Seiran zeigte ihm aber auch eine aktive Simulation, wie George vermutlich heute aussah: vernarbt, zottige Haare, schlechte Zähne und hager. Ein richtiges Rattengesicht. »Ist ein Herzchen, der Gute. Kennen Sie ihn?«

»Nein.« Natürlich kannte Travis das Monster, das Susan angegriffen hatte.

»Mr Bonnet ist siebzehn Jahre alt, wir halten ihn für suchtkrank und für gewaltbereit. Er braucht Hilfe ... Ihre, meine, jede, die er kriegen kann.«

»Da möchte ich Ihnen nicht widersprechen.« Travis verspürte weniger den Wunsch, George Bonnet zu helfen, als vielmehr ihn zu töten!

»Sir, gemäß den Aufzeichnungen, die mir zu Ihnen bekannt sind, sind Sie vorbestraft?«

»Das ist leider richtig.« Worauf Travis nicht stolz war, weswegen er auch zu Recht im Gefängnis gesessen hatte.

»Was haben Sie getan?« Seiran sah ihn an wie ein Falke auf der Jagd.

»Ich habe jemanden getötet ...« Auch wenn Travis die Ereignisse von damals vergessen wollte, würden sie immer Bestandteil seines Lebens bleiben.

»Erzählen Sie mir davon.«

»Muss das sein?« Seine Augen füllten sich mit Tränen.

»Ja.«

»Ich hatte eine Familie ...« Die Erinnerungen brannten sich wie eine Sprengschnur durch seinen Kopf. Travis sah seine Tochter: Valerie, sie hatte blonde Haare und eine Stupsnase. Als ob es erst gestern gewesen wäre.

»Eine Frau und eine Tochter. Steht in den Unterlagen.«

»Was wurde aus ihnen?«

»Sie wissen es doch! Warum soll ich darüber sprechen?« Travis wehrte sich.

»Sir, wir können es hier tun ... oder auf dem Präsidium, Ihre Entscheidung.« Dieser miese Bulle wollte Travis bluten sehen.

»Meine Frau hat sich von mir scheiden lassen.«

»Verständlich.«

Travis stockte.

»Sir, was wurde aus Ihrer Tochter?«

»Das steht doch da!«, rief er aufgebracht.

»Sir, was wurde aus Ihrer Tochter?«

»Sie ist tot!« Travis wischte sich die Tränen von der Wange. Valerie, seine Tochter, war nur dreiundzwanzig Jahre alt geworden.

»Wie kam es dazu?«

»Verdammt! Ich war es! Ich habe Sie getötet! Ich war besoffen! Ich war wütend! Und sie hat mir den Spiegel vorgehalten! Dann habe ich sie geschlagen … sie stürzte.«

»Ihre Tochter war vermutlich die Letzte, die während der Scheidungsschlacht von Ihrer Frau noch zu Ihnen gehalten hat. Sie wollte Ihnen helfen … und Sie haben sie getötet?«

»Ja.« Diese Schuld hatte ihn seitdem bis heute keinen Schluck mehr trinken lassen. Aber das reichte nicht, Travis suchte jeden Tag erneut nach einem Weg, Sühne zu tun.

»Sie wurden für diese Tat verurteilt und später wegen guter Führung auf Bewährung entlassen.«

»Ja«, sagte Travis kraftvoller als zuvor.

»Und jetzt erleben Sie innerhalb von einer Woche zwei Angriffe? Der erste galt nur Ihnen, der zweite Ihnen und Susan Walker. Helfen Sie mir … warum?«

»Ich weiß es nicht.«

»Vielleicht hilft das Ihrer Erinnerung auf die Sprünge.« Seiran aktivierte auf der Displayfolie ein verwackeltes Video, das den Angriff auf Susan von einer Perspektive außerhalb des Centers zeigte. Travis zuckte erschrocken zusammen, als sie nach dem Schlag zu Boden ging.

»Ich kenne die Jugendlichen nicht.«

»Das sagten Sie bereits. Wissen Sie, für mich stellt sich das Bild anders dar. Ich arbeite bereits ein paar Jahre für das NYPD, und man bekommt mit der Zeit ein Feeling für Menschen. Dabei lohnt es sich nicht, über die charakterlichen Defizite von Mr Bonnet zu sprechen. Wenn es schlecht läuft, wandert er für lange Zeit in den Knast … aber vielleicht haben wir auch Glück, und jemand aus Mr Bonnets nicht minder gewalttätigem Bekanntenkreis erschlägt ihn wegen einer halben Flasche Whisky.«

»Was soll ich dazu sagen?« Travis fühlte sich gerade in der Stimmung, George Bonnet auch für weniger zu erschlagen.

»Warum decken Sie ihn?«

»Das tue ich nicht!« Travis stand mit dem Rücken an der Wand. Er ließ auch die letzte Chance verstreichen, die Wahrheit zu sagen. George machte ihm Angst, aber jetzt, wo er seinen Namen kannte, würde er ihn vielleicht ausfindig machen können. Möglicherweise konnte Travis über ihn an Lee Hastings herankommen. Sie wollte er retten, nur für sie hielt er an seinen Lügen fest. Valeries Leben hatte er damals durch seine versoffenen Finger gleiten lassen. Für sie konnte er nichts mehr tun. Lee lebte allerdings noch. Für sie würde er versuchen, zumindest einen kleinen Teil seiner Schuld abzuarbeiten.

»Das CSI-Team hat heute in den verschlossenen Schränken Ihres Behandlungszimmers Alkohol gefunden. Wir haben weiterhin festgestellt, dass Sie regelmäßig Alkohol gekauft und die Getränke über Spendenmittel des Centers haben bezahlen lassen.«

»Wissen Sie, wir haben einige schwierige Patienten, denen man im Alter nicht mehr damit kommen muss ... mit dem Trinken aufzuhören. Mit dem Bourbon bekamen wir sie zu uns und konnten sie behandeln.«

»Wirkte das auch bei Ihnen?«

»Ich bin trocken!«

»Natürlich.«

»Sie können Susan fragen.« Travis hätte niemals Geld genommen. Susan wusste das, sie war damit einverstanden gewesen, Bourbon für besondere Patienten im Center zu haben.

»Das würde ich gerne.« Seiran lächelte schmallippig. Travis hätte Susan nicht erwähnen sollen, jetzt sah er noch dämlicher aus.

»Entschuldigung, das war nicht so gemeint.« Travis ruderte zurück.

»Zuerst habe ich vermutet, dass Bonnet und sein Freund nur einen Narren an Ihnen gefressen und Sie deswegen zweimal überfallen haben. Aber umso länger ich darüber nachdenke, desto mehr zeigt sich mir ein völlig neues Bild.«

»Bitte?« Travis konnte ihm nicht folgen.

»Haben Sie mit George Bonnet Geschäfte gemacht? Etwa Medikamente verschoben? Haben Sie deswegen Probleme mit Susan Walker bekommen?«

»Nein!« Travis schüttelte den Kopf. Diese Verdächtigungen waren kompletter Schwachsinn.

»Haben Sie den ersten Überfall gemeinsam mit Mr Bonnet abgesprochen, um bei dem brutalen Angriff auf Susan Walker den Verdacht von sich wegzuleiten?«

»NEIN! DAS IST NICHT WAHR!« Das war zu viel. »Verlassen Sie sofort meine Wohnung!«

»Sir, ich werde nun gegen Sie ermitteln!« Seiran rollte die Displayfolie zusammen und stand auf. Erst jetzt sah Travis auch an seinem Revers einen HFP-Sticker. War das ein Zufall?

»Gehen Sie! Sofort!« Travis warf den Bullen hinaus und hielt sich erschrocken die Hand vor den Mund. Seine Finger zitterten. Er hätte über Lee sprechen müssen, über den Versuch, ihr zu helfen, über seine Befürchtungen, dass Bonnet sie als Erstes bestrafen würde, falls er redete. Verdammt! Travis hatte im Suff seine eigene Tochter getötet! Der Bulle hätte verstehen müssen, dass er Lee half.

Human Future Project – Die Zukunft liegt in den Händen unserer Kinder. Travis dachte an den HFP-Sticker, den Seiran trug, mit dem anscheinend inzwischen jeder zweite Idiot in der Stadt herumlief. Auch ein Zufall?

Er sah auf seine unruhige Hand und konzentrierte sich darauf, langsamer zu atmen. Langsam war gut. Langsam war konzentriert. Langsam war schneller. Die Zeit rann ihm durch die Finger. Er musste sich etwas einfallen lassen, um Lee Hastings zu finden.

Das Pad-System lag noch auf der Fensterbank, der Cop hatte es anscheinend nicht bemerkt. Travis ging zum Fenster, aktivierte das Display und prüfte den Stand seiner Suchroutinen im Netz. Direkte Treffer: nichts. Treffer in Krankenhäusern oder Leichenhallen: nichts. Gebiete, in denen Jugendliche mit ähnlichen Vorzeichen vermutlich leben würden: zu zweiundsiebzig Prozent seine Nachbarschaft. Klasse, die Antwort hätte Travis sich auch ohne Spider denken können.

»Okay ... Lee Hastings, du verstehst es, unsichtbar zu bleiben, aber wie ist es mit deinem Freund George Bonnet?« Die Polizei suchte ihn, das war zumindest ein Indiz, dass der Name stimmte.

»Ein Spider mehr kann nicht schaden.« Travis konfigurierte eine weitere Suchroutine. Diesmal mit den Parametern von George Bonnet: siebzehn Jahre alt und Schüler der Manhattan High. Da die Polizei ihn bisher nicht finden konnte, drückte er vermutlich nicht mehr die Schulbank.

Mittagszeit, Travis hatte sich gerade etwas in der Mikrowelle warm gemacht. Pasta mit Tomatensoße, es schmeckte grausam, sah aus wie eine Nachgeburt, kostete aber nicht viel und füllte den Magen.

Mit der Gabel im Mund überprüfte er die jüngste Routine, die erste Bildtreffer anzeigte. Ein Anfang. Er sah sich Schnappschüsse an, die Bonnet mit Freunden zeigten, die diese Bilder, ohne darüber nachzudenken, auf sozialen Plattformen hochgeladen hatten. Darunter auch den großen Typen mit den Tribals am Hals. Bonnet beim Feiern mit Freunden, Bonnet beim Feiern mit Freundinnen und Bonnet beim Feiern mit jemandem, der aussah wie seine Oma, allerdings dafür definitiv zu wenig Textilien am Körper trug. Leider alles Bilder, die wenig aussagten. Lee war auf keinem zu sehen.

»Ich brauche bessere Daten …« Travis dachte darüber nach, wie er an weitere Suchparameter kommen konnte. Er prüfte die Patientendatenbank des Centers, kein Treffer. Es wäre auch zu einfach gewesen, wenn er sich jemals hätte dort behandeln lassen.

Aber die Idee, eine medizinische Spur zu verfolgen, war nicht schlecht. Bonnet war ein Fighter, der sicherlich nicht jeden Kampf in seinem Leben gewonnen hatte. Er musste also nur herausfinden, wo er sich nach einem Fight wieder zusammenflicken ließ, und würde damit sehr nahe an ihn herankommen.

Travis nutzte für seine Suche nur legal zugängliche Plattformen, von denen es 2118 viele im Netz gab. Patientendaten und Polizeiakten gehörten verständlicherweise nicht dazu. Okay, wenn sich also George Bonnet und hoffentlich auch Lee Hastings in seiner Nähe aufhielten, was in der vierzig-Millionen-Metropole New York immer noch eine zu weite Eingrenzung war, dann wäre es denkbar, dass ein anderes Center in der Stadt, das obdachlosen Jugendlichen half, Daten über sie speicherte.

Travis ließ sich eine Liste aller betreffenden Center, die in das Schema passten, anzeigen. Sieben. Susans eingeschlossen. Eines wurde von der Kirche betrieben, Travis konnte sich George aber nicht beim Singen von Liedern vorstellen. Die restlichen fünf Center gehörten: *Human Future Project*.

»Euch werde ich nicht los …« Travis rief erneut deren Website auf und prüfte Stellenangebote für die fünf Center im Zielgebiet. HFP zahlte zwar für Hilfskräfte, aber der Lohn war nicht so üppig, dass Ärzte sich deshalb in Scharen bei ihnen bewarben.

»Warum nicht.« Travis lächelte. Ärzte wurden immer gesucht. Eigentlich ein Widerspruch, da technologisch bereits autonome Diagnose- und Behandlungsdrohnen für leichte Verletzungen möglich gewesen wären. Damit kannte er sich aus, er hatte solche Systeme entwickelt. Aus ethischen Motiven wurden solche Drohnen bisher nicht in den Staaten zugelassen. In Afrika hingegen waren sie ein Exportschlager. Weswegen seine Exfrau auch zu den reichsten Exfrauen der Stadt gehörte. Travis rief ein Online-Bewerbungsformular auf und stellte seinen Lebenslauf als V-Card ein.

»Abwarten«, flüsterte Travis und fragte sich, ob sie auch einen achtundsechzigjährigen vorbestraften trockenen Alkoholiker einstellen würden. Nach dem, was Susan zugestoßen war, hatte er keine Angst mehr. Er musste Lee finden und brauchte dazu Hilfe. Hilfe, die er sich bei HFP holen würde. Dort sah er die beste Chance, über die medizinischen Daten von George Bonnet an Lee Hastings heranzukommen.

DER JUNGE

»Bitch«, schimpfte eine Stimme leise neben Jake. Er war noch immer von der Begegnung mit Serena und ihrem sinneverwirrenden Verhalten durcheinander. Jake schüttelte den Kopf und wandte sich um.

Vor ihm stand ein blondes Mädchen. Linda irgendwer. Sie ging in seine Parallelklasse, aber bis auf ein »Hi« im Schulflur hatten sie noch nie miteinander geredet. Sie war hübsch, auf eine etwas biedere Art, und unauffällig geschminkt mit herzförmigem Gesicht und etwas zu schmalen Lippen.

»Was hast du gesagt?«, fragte er.

»Serena ist eine verdammte Schlampe.«

Viel zu harte Worte für ein braves Mädchen, dachte er. Lag wahrscheinlich am Alkohol, der ihm plötzlich entgegenströmte. Da wurden sogar Mauerblümchen zu Furien.

»Was ist los?«

»Hast du Thomas gesehen?«

Jake verstand noch immer nicht. »Was? Wen?«

»Thomas Meller. Er geht in deine Klasse. Bist du bekifft?« Das Mädchen war jetzt zornig. Sie funkelte ihn an.

Was ist heute bloß los?, dachte Jake.

»Äh, ja, Thomas …« Klar kannte Jake den Streber aus der ersten Reihe. »Nein, ich habe ihn nicht gesehen, bin gerade erst gekommen.«

»Und hast gleich mal mit der Bitch des Jahres gesprochen. Fein. Stehst du auch auf sie?«

Was zum Teufel geht dich das an? Langsam wurde Jake sauer. Die Begegnung mit Serena steckte ihm noch in den Knochen, und jetzt kam Linda daher und mischte sich in seine Angelegenheiten ein?

»Was willst du von mir?«

Das blonde Mädchen zögerte, schaute auf ihre weißen Sneaker, dann wieder auf. Irgendetwas war da in ihrem Blick, das er nicht einordnen konnte.

»Thomas ist mein Ex«, sagte Linda unvermittelt.

Und?, fragte sich Jake. *Wo ist das Problem?* Aber er sagte nichts, obwohl es ihn schon ein wenig überraschte, dass sich ein »normales« Mädchen wie Linda mit einem Außenseiter wie Thomas abgab.

»Ich weiß, was du jetzt denkst«, sagte Linda. »Wenn er mein Ex ist, sollte es mir egal sein, mit welcher Tussi er rummacht. Außerdem habe ich mich ja von ihm getrennt, da steht also nichts zwischen uns offen. Trotzdem ... ich will nicht, dass sie ihm wehtut. Thomas ist ein netter Kerl und ihr überhaupt nicht gewachsen. Vor ihm hat sich Serena schon die Typen zweier meiner Freundinnen gekrallt. Jungs fahren voll auf sie ab ...«

Wie ätzend, Jake hatte absolut keinen Bock, sich Lindas Gejammer anzuhören. Er überlegte schon, wie er sie loswerden konnte, aber sie plapperte ununterbrochen weiter.

»... man hat das Gefühl, der Verstand setzt bei ihnen aus. Sobald sie mit dieser Hexe zusammen sind, verändern sie sich komplett. Hängen immer nur in diesem neuen Jugendzentrum ab. Serena hat Milly das Herz gebrochen, aber das interessiert diese Schlampe nicht. Sobald sie keine Lust mehr auf jemanden hat, lässt sie ihn fallen wie einen Mantel aus der letzten Saison.«

Interessanter Vergleich, dachte Jake.

»Thomas ist bestimmt ein großer Junge …«, versuchte er sie abzuschütteln.

»Ist er nicht. Einfach zu gutmütig. Er würde nicht merken, was da läuft, selbst wenn man es ihm auf die Stirn tätowiert.«

»So schlimm ist Serena nun auch wieder nicht …«, sagte Jake.

»Wenn du wüsstest … Serena will sie alle. Ohne Ausnahme, nimm dich vor ihr in acht. Sie ist schlimmer als eine Gottesanbeterin.«

Lindas letzte Worte lösten etwas in ihm aus, ohne dass er sagen konnte, was es war. Eine Gänsehaut lief über seinen Rücken. Sein Magen zog sich zusammen. Denn plötzlich spürte er wieder dieses komische Gefühl, das er vorher bei der Begegnung mit Serena erlebt hatte.

»Weißt du etwas über sie?« Vielleicht konnte Jake durch Linda mehr über das mysteriöse Mädchen erfahren.

»Serena ist vor drei Monaten wie aus dem Nichts aufgetaucht«, fing Linda an, bereitwillig zu erklären. »Sie wohnt in diesem Wahnsinnshaus, aber niemand hat jemals ihre Eltern gesehen oder weiß etwas über sie. Sie kommt in die Schule und geht, wie es ihr gefällt. Hat keine Freundin, obwohl sie bei den Cheerleadern mitmacht. Ist dauernd mit Jungs zusammen, wie gesagt, meistens in diesem neuen Jugendzentrum, das vor Kurzem aufgemacht hat.«

»Das ist nicht verboten, und vielleicht kann sie einfach mit Jungs besser«, warf Jake ein.

»Ja, ja, war klar, dass du so etwas sagst, aber wundert dich das alles nicht?«

Linda machte eine Handbewegung, die das Haus umfasste.

»Und woher hat sie das Geld für diese verflucht teuren Klamotten, die sie trägt? Was will sie an unserer Highschool? Wenn sie so reich ist, wie es aussieht, wäre sie doch bestimmt auf einer Privatschule, aber nein, sie treibt sich auf der Vernon High rum.«

»Sie ...«, versuchte Jake zu sagen, aber Linda ließ nicht zu, dass er ihre Wutrede unterbrach.

»Wie alt ist dieses Miststück? Die wirkt doch viel älter als wir alle. Und die wichtigste Frage: Macht es ihr Spaß, kleine Jungs zu ficken? Mit Sicherheit!«

Das klingt ganz schön strange.

Linda sah aus wie ein Engel, aber wenn sie in Fahrt war, dann ...

»Und jetzt will sie sich Thomas vorknöpfen. Der Idiot wird nicht mal merken, was sie mit ihm abzieht. Er wird auf ihre großen Titten glotzen und sich bei Gott dafür bedanken, dass sich ein so heißes Teil für ihn interessiert. Und spätestens wenn sein Schwanz steht, kann sie mit ihm machen, was sie will.«

... fluchte und schimpfte sie wie die Nutten unten am alten Bahnhof.

»Jetzt beruhig dich mal ...«

»Ich will mich aber nicht beruhigen, verdammte Scheiße.«

»Thomas ...«

»Jake, ich kann dich echt gut leiden. Du hast was, aber ich frage mich gerade, ob es ein Fehler war, dir das alles zu erzählen.«

Mit diesen Worten und einem Schnauben wandte sich Linda ab und stürmte davon. Jake stand am Pool, den vollen Drink in seiner Hand, und fragte sich, was gerade passiert war. Innerhalb von wenigen Minuten hatten ihn zwei Mädchen wie einen begossenen Pudel stehen lassen.

»Ich sollte einfach nach Hause gehen«, sagte er zu sich selbst. Der Abend war schon verrückt genug, mehr konnte und wollte er nicht über sich ergehen lassen.

Als er eilig durch den Flur in Richtung Ausgang marschierte, stach ihm ein unscheinbarer Junge mit aschblondem Haar ins Auge, der gerade ein Mädchen begrüßte, das ebenfalls in Jakes Parallelklasse ging. Thomas.

Dass Serena sich laut Linda ausgerechnet für diesen komischen Vogel interessierte, konnte er sich beim besten Willen nicht vorstellen. Sein Klassenkamerad sah aus, als wäre er direkt aus den Achtzigerjahren ins einundzwanzigste Jahrhundert gestolpert. Er trug wie die meisten hier Jeans und T-Shirt, aber an ihm sahen die Sachen aus, als wären sie ihm drei Nummern zu groß. In den viel zu weiten Ärmeln seines grauen Oberteils schlotterten dünne Arme, die ein Eigenleben zu führen schienen. Sie schwangen ständig hin und her, als versuchten sie, vor ihm zu fliehen. An seinen Füßen entdeckte Jake braune Ledersandalen. Wer in aller Welt unter hundert Jahren lief so herum? Einzig die Nerdbrille fehlte, sonst wäre das Klischee perfekt gewesen, aber Thomas machte das mit einer Frisur wett, die das letzte Mal modern gewesen war, als die Beatles noch live auftraten.

Als Jake sich wieder umwandte, sah er Serena den Raum durchqueren und auf Thomas zugehen. Thomas entdeckte sie und wirkte plötzlich, als habe er zu viele Hände und Füße, und alle strebten in verschiedene Richtungen. Der berühmte Vergleich von der Schlange und dem Kaninchen schoss Jake durch den Kopf, nur dass das Kaninchen herumzappelte, während die Schlange unerbittlich auf es zukam.

Serena berührte Thomas an der Schulter, worauf dieser zusammenzuckte, als habe er einen Stromschlag bekommen. Sie sagte etwas zu ihm, und er wand sich noch mehr. Selbst von der anderen Seite des Raumes konnte Jake den aufkommenden Ärger in Serenas Gesicht sehen. Sie redete immer eindringlicher auf den Jungen ein, kam ihm näher, rieb sich unauffällig an ihm. Schließlich schien Thomas seinen Widerstand aufzugeben. Er ließ es zu, dass Serena seine Hand nahm und ihn mit hinaus in den Garten zog.

War das zu fassen? Es sah tatsächlich so aus, als würde sich Serena Thomas angeln. Was, bitte schön, war hier los? Sollte das ein schlechter Scherz sein? Jake schaute sich hastig um, er musste herausfinden, was Serena für eine Show abzog.

Linda war nirgends zu sehen, und auch sonst schien niemand die merkwürdige Szene beobachtet zu haben. Jake stellte seinen Drink ab. Von Neugierde gepackt, schlich er dem ungleichen Paar unauffällig hinterher.

Auf der Terrasse verlor er die beiden kurz aus den Augen, aber dann entdeckte er Thomas und Serena, wie sie die Rasenfläche überquerten und auf ein kleines Gartenhäuschen zugingen.

Willst du mich verarschen, Serena? Du stehst doch nicht ernsthaft auf diesen Jungen, oder?

Langsam begann Jake, an sich selbst zu zweifeln. Die ganze Sache kratzte jetzt schon gewaltig an seinem Ego.

Jake überlegte, ob er ihnen noch weiter folgen sollte. Wenn man ihn erwischte, wie er den beiden nachschlich, war Ärger vorprogrammiert. Stalker konnte niemand leiden, und irgendeiner der Jungs hier würde ihm mit Freuden eine aufs Maul hauen und dabei noch Beifall ernten.

Der Gedanke beunruhigte ihn kurz, aber dann siegte die

Neugierde, und er ging weiter. Gleichzeitig fiel ihm seine vorherige Begegnung mit Serena wieder ein. Das war so seltsam gewesen, er musste einfach wissen, was da passiert war und wie sie es geschafft hatte, ihn dermaßen zu verwirren.

Sicher, Serena sah fantastisch aus, nein, mehr als das, sie war heiß, aber all diese merkwürdigen körperlichen Gefühle, die sie in ihm ausgelöst hatte, waren nicht normal. Vielleicht erging es Thomas ja genauso.

Es hatte zunächst so ausgesehen, als wolle er nicht mit Serena abhauen. Sein Widerstand war deutlich erkennbar gewesen. Aber nachdem sie auf ihn eingeredet hatte, trottete er ihr brav hinterher. Jake konnte das nicht ignorieren, er spürte, dass Serena von einem Geheimnis umgeben war und er keine Ruhe finden würde, wenn er nicht herausfand, was hier ablief.

Jake überquerte den Rasen. Er schwor sich, sofort wieder abzuhauen, falls Thomas und Serena im Gartenhäuschen vögelten. Tolle Frau hin oder her … Dennoch hatte er das Gefühl, dass es hier nicht um Sex ging. Da war etwas anderes im Spiel.

Serena öffnete die Tür und schob Thomas hinein. Während Jake sich der Hütte näherte, nahm er erneut den ungewöhnlichen Geruch des Mädchens auf. Diesmal roch sie nach Verführung.

Also geht es doch um Sex.

Aber so ganz wollte das für ihn nicht passen.

Jake bog bei einer hohen Platane ab, schlug einen Bogen und näherte sich der Hütte von hinten. Ein kurzer Blick zurück zum Pool. Niemand beobachtete ihn. Neben dem spaltbreit geöffneten Fenster ging er in die Knie und lauschte.

Serena und Thomas sprachen leise miteinander. Serena

eindringlich, Thomas ausweichend. Die meisten Worte konnte Jake nicht verstehen, aber in den wenigen Fetzen, die er verstand, schwangen starke Gefühle mit.

Plötzlich sagte Thomas laut und deutlich: »Nein!«

Serena zischte ihn an.

Thomas wiederholte sein Nein.

Was ist da los?

Jake hielt es nicht mehr aus, er musste wissen, was vor sich ging. Langsam richtete er sich auf. Den Körper flach an die Hüttenwand gepresst, spähte er durch das kleine Fenster hinein. Drinnen herrschte Halbdunkel, und es brauchte eine Weile, bis er die beiden Schemen wahrnehmen konnte, die dicht beieinanderstanden.

Serena hatte ihre Hände um den Nacken des Jungen gelegt und versuchte ihn an sich zu ziehen, aber Thomas wehrte sich. Unfassbar! Die wahrscheinlich schönste Frau der Welt versuchte den wahrscheinlich blassesten Jungen der Welt zu küssen, und der *wollte* nicht.

Was für ein Idiot, dachte Jake. *Wenn ich an seiner Stelle wäre …*

Der Gedanke verflog, als ihn Thomas' Geruch erreichte. Ein Geruch wie von schmelzendem Metall. Angst. Thomas strömte panische Angst aus. Ein Gefühl weit größer als die Abneigung gegen einen Kuss. Nein, Thomas fürchtete sich vor dem Mädchen.

Serena schien das zu spüren. Ihre Stimme wurde weich. Flüsternd. Wie der Singsang einer Mutter, die ihr Kind in den Schlaf wiegte. Thomas' Widerstand erlosch. Seine Arme fielen herab. Seine Körperspannung ließ nach.

Nachdem seine Hände sich nicht mehr gegen Serena stemmten, konnte Jake erkennen, dass dem Mädchen das

T-Shirt von der rechten Schulter gerutscht war. Er entdeckte einen Fleck auf ihrer Haut.

Kein Fleck. Eine Tätowierung. Sah ungewöhnlich aus, aber so richtig konnte er nicht …

Sein Kopf stieß gegen das Fensterglas. Ein leises Klirren erklang. Serena wirbelte herum.

Scheiße!

Jake ließ sich auf die Knie fallen. Dann krabbelte er um die Ecke des Häuschens, richtete sich an der fensterlosen Rückwand auf und ging hastig zurück zur Terrasse. Als er einen Blick zurückwarf, sah er Serena in der offenen Tür der Hütte stehen. Sie blickte ihm hinterher, aber in der nächsten Sekunde drängte er sich schon in eine Gruppe Jungs, die sich lauthals am Pool unterhielten.

Vielleicht hat sie mich nicht gesehen.

Aber sicher war er sich nicht.

Sein Drink stand noch da, wo er ihn zurückgelassen hatte. Den konnte er jetzt gebrauchen. Mit großen Schlucken trank er, und es tat gut, den Alkohol im Magen zu spüren. Es beruhigte ihn, obwohl er sich immer noch fragte, was er da beobachtet hatte.

Eigentlich war es eine ganz normale Szene zwischen zwei Jugendlichen gewesen. Einer wollte knutschen, der andere nicht. Passierte Millionen Mal in jeder Sekunde auf der Welt. Die ausgeströmten Gerüche der beiden hatten allerdings eine andere Geschichte erzählt. Eine Geschichte von Verführung, Unterwerfung und Angst.

Echt verrückt.

Dazu kam noch seine eigene verwirrende Erfahrung, die er mit Serena gemacht hatte.

Während er noch darüber nachgrübelte, wie er das alles einordnen sollte, sah er Serena und Thomas zur Party zurückkehren. Sie gingen nebeneinander zur Terrasse, ohne sich zu berühren. Thomas wirkte wieder vollkommen normal, und beide lächelten, als wäre nie etwas geschehen.

Was zum Henker ist hier los?

Linda tauchte plötzlich auf. Ihr Gesicht glühte, die Augen waren zu schmalen Schlitzen zusammengekniffen. Sie fauchte Serena an, ohne dass Jake verstehen konnte, was sie sagte. Dann packte sie Thomas' Hand und zog ihn mit sich ins Haus. Serena blickte den beiden amüsiert hinterher, sie lächelte ganz eindeutig. Dann wandte sie sich um und ging ebenfalls ins Haus hinein. Wollte sie mit Linda und Thomas sprechen?

Jake folgte ihr, aber im Haus beachtete Serena keine einzige Person, sondern durchschritt mit weiten hüftschwingenden Schritten den Raum und ging zur Tür hinaus.

Was war jetzt schon wieder los? Warum verließ sie ihre eigene Party? Kümmerte es sie nicht, was ihre Gäste machten? Was gab es so Dringendes zu erledigen? Noch vor wenigen Momenten hatte Serena vollkommen entspannt gewirkt, so als habe sie alle Zeit der Welt und genieße den Abend. Und nun machte sie sich einfach aus dem Staub?

Jake zögerte kurz, aber er platzte fast vor Neugierde. Wohin wollte dieses seltsame Mädchen plötzlich? Jake kam sich vor wie in einem falschen Film, dessen Anfang er verpasst hatte.

Serena schritt die Auffahrt hinunter, wie eine Königin, die einen Ball verließ. Ohne nach links oder rechts zu sehen, ging sie auf einen schwarzen Roadster mit offenem Verdeck zu. Sie stieg ein und blickte in den Rückspiegel, zupfte an ihrer Frisur herum. Jake nutzte die Gelegenheit und eilte zu seinem eigenen Auto. Er startete den Motor und fuhr los. Als er die Stelle erreichte, an der Serena geparkt hatte, war sie verschwunden.

Fluchend hämmerte er mit der Faust auf sein Lenkrad, doch dann entdeckte er ihren Wagen hundert Meter vor sich, als sie an einer Ecke darauf wartete, sich in den Verkehr einzufädeln. Jake gab Gas.

Danach war es kein Problem mehr, dem Roadster zu folgen – natürlich mit genügend Sicherheitsabstand, um nicht aufzufallen. Die Fahrt ging durch die halbe Stadt und endete schließlich in einer Gegend, in der er nur einmal zuvor gewesen war. Während er langsam die Straße entlangrollte, wunderte er sich erneut, was hier vor sich ging. Gleichzeitig beschäftigte ihn die Frage, warum ihn das alles überhaupt interessierte. Da war immer noch das Gefühl in seinem Inneren. Und diese Stimme, deren Worte er nicht verstand. Also drängte er alle Zweifel zurück und tat, was er tun musste, wenn er jemals eine Antwort auf all die Fragen haben wollte, die sich ihm stellten.

Serena stoppte ihren Wagen vor einem flachen Gebäude, das zwischen den hohen Mauern der umliegenden heruntergekommenen Wohnhäuser wie eingezwängt wirkte. Jake hielt ebenfalls an. Ein junger Mann lehnte an der Wand und löste sich davon, als sie ausstieg und auf ihn zuging. Beide blieben voreinander stehen, umarmten sich nicht, küssten sich nicht und sprachen auch nicht miteinander. Jake hatte das Gefühl, als kommunizierten die beiden ohne Worte. Plötzlich wandten sich beide wie auf ein Kommando um und betraten das Gebäude.

Jake wartete noch einen Augenblick im Wagen, dann stieg er aus und ging zu dem Haus hinüber. Sein Blick fiel auf ein billiges Plastikschild, das jemand mit einer Menge Klebeband an der Mauer befestigt hatte.

Vernon Hill Jugendcenter. Unterstützt und gefördert durch die Human Future Project-*Initiative.*

Daneben eine Telefonnummer mit Vorwahl Chicago.

Von dieser Organisation in der Stadt hatte er noch nie gehört. Vernon hatte zwar fünfundzwanzigtausend Einwohner, aber so groß war das Kaff nun auch wieder nicht, dass einem so etwas entging. Den Laden konnte es noch nicht lange geben.

Der Geruch der beiden Jugendlichen lag noch in der Luft. Der Junge roch wie Serena. Schwer und süß. Auch er strömte etwas Fremdartiges aus, das er nach wie vor nicht einordnen konnte.

Plötzlich nahm Jake einen weiteren Geruch wahr, der bisher von den anderen Gerüchen überlagert worden war. Er roch ... Angst ... und Unsicherheit. Als er sich umwandte, entdeckte er gerade noch die vagen Umrisse einer Gestalt, die hinter die Ecke des Gebäudes huschte. Wer auch immer da stand, beobachtete heimlich den Jugendclub – und nun auch ihn. Wer war das? Und was tat er hier?

Jakes Bauchgefühl sagte ihm, dass von der Person keine Gefahr für ihn ausging. Er musste mit ihr sprechen, ohne sie zu vertreiben. Vielleicht wusste sie etwas, das ihm weiterhelfen konnte.

Betont langsam ging er zum anderen Ende des Jugendclubs und verschwand um die Ecke. Jake durchquerte einen schmutzigen Hinterhof, in dem sich alte Kartons und Kisten stapelten. Als er den Club umrundet hatte, entdeckte er die neugierige Person wieder. Sie linste noch immer um die Ecke, ohne ihn bemerkt zu haben.

Jake schlich näher. Als er nur noch wenige Meter entfernt war, räusperte er sich. Die Gestalt drehte sich ruckartig um und stieß einen spitzen Schrei aus.

»Ich tu dir nichts«, sagte Jake mit erhobenen Händen, als ob er sich ergeben würde.

Vor ihm stand ein Mädchen, einen Kopf kleiner als er selbst und ungefähr im gleichen Alter. Ihre braunen Haare wehten im leichten Wind, der durch die Straße zog. Wiesengrüne Augen sahen ihn an. Ein merkwürdiger Ausdruck lag darin. Hoffnung und Hoffnungslosigkeit in einem.

So, als wolle sie nicht mehr an etwas glauben, könne aber nicht verhindern, es dennoch zu tun.

»Wer bist du?«, fragte Jake. »Und warum beobachtest du mich?«

IM NAHKAMPF

»Wissen Sie, uns geht es um Menschen. Dabei spielt es keine Rolle, woher sie kommen. Es ist unbedeutend, ob sie in der Vergangenheit Erfolg hatten. Oder Glück. Sogar, ob es Probleme in ihrem Leben gab. Das spielt alles keine Rolle. Wir richten unsere Augen in die Zukunft! Hören Sie, Ihre Zukunft! Wir wollen dort Dinge besser machen: klüger, gesünder und nachhaltiger. Unsere Welt und unsere Zeit sind begrenzt, unsere Vorstellungskraft ist es nicht. Travis, reichen Sie mir die Hand, und wir werden Ihnen zeigen, wohin wir gemeinsam kommen können.«

Tolle Worte, die Travis gestern bereits zwei Stunden nach seiner Bewerbung bei HFP hatte hören dürfen. Gemeinsam mit einem Personalgruppenleiter für New York und Dr. Leslie Tillerson, der Chefin des betreffenden *Human Future Project*-Centers, hatte er eine Videokonferenz geführt. Es hatte nur achtzehn Minuten gedauert, und er war eingestellt. Unglaublich, oder? Seine neue Chefin hatte nicht eine Frage zu seiner Vorstrafe gestellt. Okay, er mochte den Laden und die zu laute Werbung nicht, aber der Einstieg hatte ihn, das musste er zugeben, beeindruckt und tat ihm irgendwie gut.

Travis sah auf die Uhr, in ein paar Minuten wollte er los. Um pünktlich am Center zu sein, musste er die Subway um neun nach sieben erwischen. Er würde dann bis zum Central Park fahren.

Als Travis in der gut gefüllten Subway stand und in den Fensterscheiben die dunkle Tunnelwand vorbeirauschen sah, kam er nicht umhin, in den Spiegelungen andere Fahrgäste zu beobachten. Das hatte er schon länger nicht mehr gemacht: genauer hinsehen. Merkwürdig, da stand eine Farbige, an der sein Blick hängen blieb. Um die vierzig, gut angezogen, aber nicht overdressed. Sie trug einen offenen hellbraunen Mantel und einen beigen Schal. Bemerkenswert war aber nicht ihre Kleidung und auch nicht ihr gelangweiltes Gesicht, es war der rot-weiße HFP-Sticker an ihrer Bluse. Ein Detail, das an sich nichts bedeuten musste. Viele Menschen in der Stadt trugen Sticker an der Kleidung: für das Land, für eine politische Partei oder für ihren Lieblingsverein in der NFL. Er hatte selbst noch einen Stars-and-Stripes-Sticker in der Kommode liegen.

Travis' Blick schweifte weiter, das war wie verhext. Ein jüngerer Mann neben der Farbigen, eine ältere Dame hinter ihr und auch zwei Schulkinder, augenscheinlich Zwillinge, hatten alle zwei Dinge gemeinsam: einen gelangweilten Gesichtsausdruck und den schicken HFP-Sticker an der Kleidung.

Das ist ja irre, dachte Travis und versuchte alle Sticker, die er sehen konnte, zu zählen. Gar nicht so einfach, da er nicht alle Fahrgäste in seiner Nähe vollständig im Blick hatte. Er kam auf einundzwanzig. Das war in einem Umkreis von fünf Metern mehr als die Hälfte aller Fahrgäste.

»Entschuldigung ... eine Frage.« Travis sprach die Lady im beigen Mantel an, er wollte wissen, ob sie auch für HFP arbeitete. Vielleicht im Management oder einer vergleichbaren Position.

»Bitte ...« Sie wirkte, als ob sie die letzte Nacht nicht geschlafen hätte. Getrunken hatte sie nicht, die Fahne hätte er gerochen.

»Ich sehe gerade den Sticker ... *Human Future Project*. Tolle Sache! Ich bin Arzt und arbeite für die Organisation. Ist ja ein großer Verein. Sind wir Kollegen?«

»Nein.«

»Ähm ...« Travis wunderte sich über die kurz angebundene Antwort. Aber vielleicht sollte er ihre Reaktion nicht überbewerten, wer in New York fuhr schon gerne am Morgen zur Arbeit. Seine Augen wanderten weiter zu einem Mann in seinem Alter, mit Bart und Brille, der ebenfalls einen HFP-Sticker am Revers trug. »Sir, Sie vielleicht?«

»Nein.«

»Ah ja ...« Wie peinlich. Travis glaubte, gerade nackt auf dem Times Square zu stehen, ohne dass es jemandem auffiel. Das doppelte Nein klang wie eintrainiert. Aber niemand der anderen Fahrgäste nahm anscheinend davon Notiz.

»*Das Wetter in New York: meist bewölkt bei Temperaturen bis zu zwei Grad. Auch die nächsten Tage bleiben leider unbeständig und kalt*«, erklärte der Nachrichtensprecher an der Videoprojektion unter der Kabinendecke monoton, der natürlich auch einen HFP-Sticker am Sakko trug. Alles andere wäre jetzt auch eine Überraschung gewesen.

Hey, was geht hier ab?, fragte er sich in Gedanken. Für einen Moment kam es Travis so vor, als hätte er in einem schlechten Traum die Hauptrolle ergattert. Hatte die Regierung etwa über Weihnachten Marihuana legalisiert, und er hatte davon nichts mitbekommen? Eher nicht, auch das hätte er gerochen.

Beim Verlassen der Subway gab die Menge auf den Treppen ebenfalls kein anderes Bild ab. Dabei spielte es keine Rolle, ob es Polizisten, Studenten, Touristen oder Schlipsträger waren. Die Menschen in seinem Umfeld wirkten alle wie paralysiert. Noch nie zuvor hatte Travis die New Yorker so wahrgenommen. Zugegeben, bis vor wenigen Tagen hatte er sich auch für niemand anderen von denen interessiert. Die Suche nach Lee Hastings hatte das verändert.

»Guten Morgen.« Travis meldete sich wie vereinbart im Begrüßungsbereich des HFP-Centers am Central Park. Allein der Tresen aus Glas und Edelstahl und die indirekte Beleuchtung dürften teurer gewesen sein als Susans komplette Inneneinrichtung im Walker-Center.

Susan.

Immer wenn er an sie dachte, versetzte es ihm einen Stich. Hoffentlich ging es ihr bald besser, er würde es nicht verkraften, noch einen weiteren geliebten Menschen auf dem Gewissen zu haben. Umso mehr musste er Lee finden und ihr helfen, vielleicht würde das seiner Seele Linderung verschaffen.

Schnell besann er sich wieder darauf, warum er eigentlich hier war. Er blickte sich weiter um. Ein künstlicher Wasserfall glitt geräuschlos aus der zweiten Etage an der Wand herunter. Im Inneren des Wolkenkratzers konnte man über unzählige Stockwerke in die Höhe sehen. So ein Gebäude war immer Susans Traum gewesen. Damit hätte sie die ganze Welt retten wollen. Ohne viel Werbung dafür zu machen. Hoffentlich erholte sie sich schnell von den Verletzungen.

»Guten Morgen, Dr. Jelen. Wir haben Sie erwartet. Es freut mich, Sie im Team von *Human Future Project* begrüßen zu dürfen«, erklärte eine junge Frau in einem figurbetonten ockerfarbenen Kostüm. Sie hatte vermutlich indianische Vorfahren. Ihr dezentes Make-up passte perfekt, und sie wusste bereits, wer er war. Natürlich trug auch sie einen rot-weißen HFP-Sticker am Kragen ihrer Bluse.

»Ähm ... ja. Ich habe heute meinen ersten Tag. Ich ... ich bin

Arzt.« Vermutlich war es überflüssig, das zu erwähnen, aber Travis fiel nichts anderes ein. Irgendetwas musste er ja sagen.

Neben ihm betraten zwei Jugendliche das Foyer, die nur kurz zu einem Display aufsahen, das kontaktlos ihren Zugang bestätigte und für eine Sekunde ihre Fotos einblendete. Dann liefen die Kids eine breite Treppe hinauf. In der ersten Etage waren gut dreißig Personen im Alter zwischen zehn und fünfundzwanzig auszumachen, die sich angeregt unterhielten, etwas tranken oder gemütlich mit holografischen Pad-Computern auf der Couch spielten. Alle gepflegt und gut angezogen. Das war eine andere Welt. Straßenkinder und Obdachlose, die typische Kundschaft Susan Walkers suchte man hier vergebens.

»Natürlich.« Die Häuptlingstochter am Empfang, die auch als Model hätte arbeiten können, gab ihm einen HFP-Sticker. »Willkommen.«

Zwei Stunden später war Travis neu eingekleidet, komplett in Weiß – Hose, Schuhe und ein vernetztes Funktionshemd, auf dessen kreditkartengroßem textilen Brustdisplay sein Name, Titel und ein Bild von ihm abgebildet waren. Auf dem linken Unterarm gab es ein weiteres Display, das er mit Sprachbefehlen und Fingergesten bedienen konnte. Seine Einweisung hatte daher zum größten Teil eine KI – eine Künstliche Intelligenz – vorgenommen, die ihm Fragen beantwortete sowie steuerte, wo er als Nächstes gebraucht wurde. Schon cool, diese Technik. Bea, so der Name der KI, sprach mit Travis über einen aufgeklebten Chip hinter dem Ohr.

»Das HFP-Center zur Jugendförderung am Central Park erstreckt sich über drei Etagen und achttausend Quadratmeter Nutzfläche. Wir coachen Tausende von Jugendlichen in der näheren Umgebung zu Themen: Schule, Gesundheit, Freizeit, Familie

und Karriere.« Bea klang überzeugend, nur Travis konnte sie hören, während er mit ihrer Hilfe seit einer Stunde das Center erkundete.

KIs waren im Jahr 2118 leistungsfähig geworden und in einem alltäglichen Gespräch nicht mehr von Menschen zu unterscheiden. Er wusste aber, wie sie funktionierten, und wäre daher jederzeit in der Lage, eine KI an ihre Grenzen zu bringen. In Bereichen der Kreativität, der Forschung und komplexer sozialer Beziehungen waren gebildete Menschen KIs nämlich weiterhin voraus.

»Ich denke, ich habe für den Anfang genug gesehen. Wo werde ich arbeiten?« Travis wusste jetzt, weltweit 223.000 Kollegen zu haben, weiterhin gab es im Ausland noch 3,4 Millionen ehrenamtliche Helfer in 1.395 HFP-Niederlassungen. Die Zahlen waren schon eine Hausnummer, überrascht hatte ihn aber eher die Anzahl von 4.712 verknüpften ausländischen Non-Profit-Organisationen mit geschätzt über 700 Millionen aktiven Mitgliedern. Die Zahl hatte er zuvor nicht gekannt. Das bedeutete, dass HFP über 92 Prozent aller weltweit aktiven Hilfsorganisationen kontrollierte und dabei in der Öffentlichkeit keinerlei Kritik ausgesetzt war. Travis konnte sich nicht daran erinnern, dazu jemals einen Bericht in den Medien über seinen neuen Arbeitgeber wahrgenommen zu haben. Der Gedanke ließ ihn nicht los, die kontrollierten nicht nur das Land, sondern die halbe Welt. HFP hatte offenbar überall seine Finger im Spiel.

»Einen guten Start bietet die medizinische Erstaufnahme. Dort brauchen wir dringend Verstärkung. Soll ich die Führung durch das Gebäude abbrechen?«

»Von mir aus gerne.«

»Ich starte Ihr persönliches Arbeitsprogramm. Bei Fragen können Sie mich jederzeit ansprechen.« Bea aktivierte das Display

an seinem Unterarm, das Travis anzeigte, in welchem Raum er erwartet wurde und von wem.

Seine erste Patientin, eine junge Frau, fünfzehn Jahre alt, mit einer akuten Bronchitis. Ihre Trachea war stark gereizt. Während er den Aufzug zu den Behandlungsräumen nahm, zeigte ihm das beratende Diagnosesystem bereits ein MRT der Hauptbronchien auf der Höhe des vierten Brustwirbels. Das Mädchen hatte zudem eine erhöhte Körpertemperatur und hustete ohne Unterbrechung. Das Diagnosesystem ging weit über die Leistungsfähigkeit seiner Gerätschaften in Susans Center hinaus, eine medizinische KI steuerte alle notwendigen Schritte und stellte dem behandelnden Arzt dann einen kompletten Untersuchungsbericht und Vorschläge für mögliche Therapien zur Verfügung. In diesem Fall war die erste Empfehlung, dass er zu seiner eigenen Sicherheit einen Mundschutz und Handschuhe anlegte.

»Dafür hätte ich nicht sechs Jahre das Mensaessen am MIT ertragen müssen …«, murmelte er und betrat vermummt das Behandlungszimmer. Das laute Bellen des Mädchens hatte er bereits von draußen hören können.

»Hallo, Herr Doktor …« Beim Husten bebte ihr gesamter Brustkorb.

»*Guten Morgen, ich bin das behandelnde AMENS-Diagnosesystem. Dr. Jelen, ich habe die Anamnese und Befunde der Patientin für Sie zusammengetragen*«, erklärte eine männliche Stimme in seinem Ohr. Den Namen des Mädchens erwähnte der Computer nicht. AMENS stand für »Autonomes Medizinisches Behandlungssystem«.

»Wie heißt du?«

»Maggie … Maggie Karmann.«

»Hallo Maggie, mein Name ist Travis Jelen. Ich bin Arzt. Wie geht es dir?« Er ging auf sie zu und blickte sie an. Das Mädchen hatte Untergewicht, dunkle Ränder unter den Augen, einen rot gefärbten Pony und abgekaute Fingernägel. In krassem Gegensatz dazu trug sie eine Armbanduhr im Wert eines Einfamilienhauses und hatte eine Handtasche neben sich auf der Bank stehen, für die andere Menschen sich einen gebrauchten Gleiter kaufen würden.

»Ich habe Husten.«

»Das ist nicht zu überhören.« Travis nahm ein Pad-System auf, meldete sich mit seinem Daumenabdruck an und gab den Behandlungsvorschlag des Computers frei. Dank eines modernen seriellen Antibiotikums würde sie den Husten innerhalb von einem Tag los sein. »Ich verschreibe dir ein Antibiotikum, davon wirst du zwei Tage lang jeden Morgen und jeden Abend eine Tablette nehmen. In Ordnung?«

»Sir, Sie haben eine gute Entscheidung getroffen. Ich werde dafür sorgen, dass die Medikamente an der Ausgabe bereitliegen.«

Das Mädchen nickte.

Die Stimme der Diagnose-KI ging Travis bereits jetzt auf die Nerven. Er schaltete das System stumm.

»Maggie, darf ich dir eine private Frage stellen?« Die Kleine wirkte unruhig.

»Ja«, antwortete sie.

»Warum kommst du in ein HFP-Center?« Mit dem Finger zeigte er auf die Handtasche, Kinder reicher Eltern gingen normalerweise zu Privatärzten.

»Wieso?« Anscheinend verstand sie die Frage nicht. »Jeder geht doch hierhin.«

»Jeder?« Travis sah sich ihre Hände genauer an, die an den Handgelenken rote Flecken zeigten. Davon hatte das Diagnosesystem nichts gesagt. »Darf ich?«

Sie nickte erneut und zeigte Travis bereitwillig ihre geröteten Unterarme. »Klar ... jeder auf meiner Schule. Meine Eltern sind auch damit einverstanden.«

»Auf welche Schule gehst du?« Gerötete Unterarme waren üblicherweise keine Nebenwirkung einer Bronchitis. Die Hautreizung machte für ihn eher den Eindruck einer allergischen Reaktion.

»Die Léman.«

»Die Léman Manhattan Preparatory School?« Das war eine sehr teure Privatschule.

Sie nickte, offensichtlich überrascht über Travis' seltsame Fragen.

»Und jeder von deiner Schule geht hierhin?« Bei dieser elitären Zielgruppe hatte Travis HFP nie positioniert gesehen. Die Eltern der dortigen Schüler waren in der Lage, jegliche Hilfe zu kaufen, die ihre Kinder benötigten.

»Ist total angesagt ... das Center hier ist klasse. Ich komme gerne her. Wir haben immer eine tolle Zeit.« Das Mädchen wirkte authentisch, aufgeweckt und überzeugt von seiner Aussage.

»Wie sind deine Noten?«

»A bis A- ... ich habe keine Probleme in der Schule.«

»Verstehe ...« Nein, das verstand Travis nicht. Warum half HFP Kindern, die keine Hilfe brauchten, und warum waren die Kids so wild darauf herzukommen? An ihm lag es sicherlich nicht. »Hast du eine Hautallergie?«

»Dafür habe ich eine Salbe. Leider hilft sie nicht sehr gut.«

»Okay ...« Travis rief erneut ihre Daten auf, fand aber zu der Salbe keine Einträge. Auch das Medikament, das er verschrieben hatte, hatte die KI durch ein unbekanntes Arzneimittel ersetzt. Er rief die Details dazu auf, zumindest die Inhaltsstoffe schienen die richtigen zu sein.

»Dr. Jelen, wir brauchen Sie bei einem anderen Patienten. Bitte kommen Sie zu Raum siebzehn«, erklärte Bea, die ihn aus seinen Überlegungen riss.

»Darf ich jetzt gehen?« Maggie hustete wieder. Travis konnte sie nicht warten lassen, nur weil er keine Einträge für die wirkungslose Salbe fand.

»Klar.«

»Daten erfassen, Blut entnehmen, impfen und nach Hause schicken«, erklärte Igor. Igor Wassili, ein junger russischer Arzt, der bei HFP arbeitete, um seine Promotion zu finanzieren. Der erste Kollege, mit dem Travis länger sprechen konnte. Igor hatte die Standardvorgehensweise bei Jugendlichen beschrieben, die das erste Mal ins Center kamen.

»In Ordnung.« Travis lernte schnell und versorgte einen jungen Mann, der sichtlich froh wirkte, es hinter sich gebracht zu haben. »Du kannst gehen.«

Der Jugendliche verschwand, und Travis sah auf das Display an seinem Unterarm. Er hatte innerhalb der letzten drei Stunden einundzwanzig Patienten behandelt, die Hälfte davon gemeinsam mit Igor. Immer dasselbe medizinische Programm: Daten erfassen, Blut entnehmen, impfen und nach Hause schicken.

»Ich sehe schon ... du hast es drauf.« Igor zeigte sich mit Travis' Arbeit zufrieden. Jeder, der sich drei Farben merken konnte, hätte den Job gepackt. »Wichtig ist immer, die Protokolle abzuarbeiten und die persönlichen Daten zu archivieren.«

»Es gibt für alles präzise Arbeitsanweisungen?«, fragte Travis. Die Arbeit bei HFP war durch sehr viele Regeln gekennzeichnet.

»Ja.« Igor lächelte. »Am Anfang habe ich mich auch gewundert.«

»Wirklich?«

»Ich gebe dir einen Tipp: Tue einfach, was sie von dir wollen, und mach dir darüber keine Sorgen. Dann hast du hier einen ruhigen Job. HFP zahlt pünktlich, und unsere Chefin nervt selten.«

»Wie lange bist du schon hier?«

»Zwei Jahre ... in drei Monaten bin ich mit meiner Promotion fertig.« Igor wirkte entspannt. Ein großer, schlanker Typ, um die dreißig, dem zwar nicht mehr viele Haare auf dem Kopf wuchsen, der dafür aber anscheinend das Herz am rechten Fleck hatte. »Dann fange ich in der Forschung an.« Mit dem Finger zeigte er vielsagend nach oben.

»Bitte?«

»Du arbeitest hier in der weltweiten *Human Future Project*-Zentrale ... das Gebäude hat zweihundertfünfzig Etagen. Alles ab der vierten Etage ist Verwaltung und Forschung.«

»Forschung?« Travis wusste nicht, dass HFP in der Forschung aktiv war. Auch darüber kannte er aus den Medien keinerlei Berichte.

»Nicht so wichtig ...« Igor schüttelte den Kopf. Ihm war anzumerken, dass er sich darüber ärgerte, zu viel gesagt zu haben.

Travis nickte. Igor wirkte auf ihn wie die jüngere Ausgabe seiner selbst. Er war früher ein ähnlicher Idiot gewesen.

DER CLUB

»Sag mal, hast du sie noch alle, mich so zu erschrecken?«, fuhr ihn das Mädchen an, nachdem sie sich vom ersten Schock erholt hatte.

»Sorry, tut mir wirklich leid«, verteidigte sich Jake. »Aber ich hatte Angst, dass du abhaust, wenn ich direkt auf dich zugehe …«

»Du hast echt Nerven … was willst du von mir?«

Auch wenn sie sich tough gab, roch er, dass sie sich nicht ganz wohlfühlte. Er musste behutsam vorgehen, um sie nicht zu vertreiben.

»Die Frage ist doch eher, warum du den Club und mich beobachtet hast?«

»Ich hab dich doch nicht beobachtet!«, empörte sich das Mädchen. »Das bildest du dir ein.«

»Okay, dann bist du wegen Serena hier oder wegen dem Club. Stimmt's?«

Sie zögerte, seine Worte schienen etwas in ihr auszulösen. Er hatte wohl ins Schwarze getroffen.

»Das geht dich nichts an«, sagte sie abwehrend.

»Vielleicht haben wir beide die gleichen Interessen«, tastete Jake sich vor.

»Glaub ich nicht. Verzieh dich einfach, okay?«

Jake hob beide Hände. »Hör mir zu. Ich gehöre nicht zum

Club und auch nicht zu Serena. Du offensichtlich auch nicht, sonst würdest du dich nicht verstecken …«

»Vielleicht warte ich hier auf meinen Freund«, meinte das Mädchen.

»Sicher. Und er ist fast zwei Meter groß und sehr eifersüchtig. Wenn er sieht, dass ich dich anquatsche, wird er mich zu Brei schlagen. Ist es das, was du mir sagen willst?«

»So in etwa.«

»Jetzt mal ehrlich, was machst du hier?«

Der etwas zu breite Mund war fest zusammengepresst, öffnete sich scheinbar widerstrebend, als sie fragte: »Wer bist du?«

Okay, nun schien sie das Spielchen umzudrehen und ihn ins Kreuzverhör zu nehmen. Wenn es zu einem Ergebnis führte, spielte er eben mit.

»Jake.«

»Und du verfolgst das Mädchen. Serena«, stellte sie fest.

Sollte er lügen? Nein, sie würde es garantiert merken, da war er sich sicher. Außerdem schien sie nicht gut auf Serena zu sprechen zu sein, so wie sie ihren Namen betonte, ihn beinahe ausspuckte. Vielleicht konnte er darauf aufbauen und auf diese Weise ihr Vertrauen gewinnen.

»Ja«, gab er zu.

»Warum?«

»Sie ist merkwürdig.«

»Und das reicht dir, um ihr hinterherzuschnüffeln?«

»Was ist mit dir? Was hast du mit Serena zu schaffen?«

»Sag mir, warum du hinter ihr her bist!«

»Irgendetwas stimmt nicht mit diesem Mädchen.«

»Geht's auch genauer?«

Was sollte er jetzt sagen? Die Wahrheit? Dass es nicht nur

ein unbestimmtes Gefühl war? Dass Serena ihn wie eine Gottesanbeterin in ihren Bann gezogen hatte und er kurz davor gewesen war, sich in einen hirnlosen Trottel zu verwandeln wie Thomas? Sie würde ihn bestimmt für komplett geisteskrank erklären und abhauen ...

Das Mädchen vor ihm blickte ihm fest in die Augen. Jake spürte, dass sie irgendwie in die Sache verwickelt war. In einer Beziehung zu Serena stand. Nein, mehr als das. Er roch ihre grenzenlose Sorge. Um jemanden, den sie liebte. Um den sie fürchtete. Er musste mehr darüber erfahren und das Risiko eingehen, dass sie danach abzischte.

Jake blieb keine Wahl. Sie würde merken, wenn er log, dass spürte er tief in sich drin.

»Ich erzähle dir alles, was ich weiß ... aber davor will ich wissen, wie du überhaupt heißt.«

Das Mädchen hielt kurz inne, bevor sie endlich mit der Sprache herausrückte: »Ich bin Amy.«

Dann erzählte er ihr von der Party.

Als er wenige Minuten später geendet hatte, fragte sie ihn ungläubig: »Und das ist alles?«

»Wie? Was meinst du?« Jake hätte nun wirklich eine andere Reaktion erwartet.

»Du fährst einem Mädchen hinterher, bloß weil es sich nicht für dich interessiert und lieber mit einem anderen rummacht?«

»Nein, so war das nicht. Serena hat etwas in mir ausgelöst, was ich mehr als beunruhigend finde. Irgendwie habe ich auf einmal die Kontrolle über mich selbst verloren ... so als ob ich in ein schwarzes Loch fallen würde.«

Amy verzog den Mund. »Da steckt noch mehr dahinter.

Irgendetwas verschweigst du mir.« Offenbar war er nicht der Einzige, der über ein gutes Bauchgefühl verfügte …

Jake spürte, dass sie ihm nicht wirklich glaubte. Zwar hatte Amy angespannt seinen Erzählungen gelauscht, das hatte er gesehen, aber ihr fehlte noch der Höhepunkt, das Außergewöhnliche an der ganzen Sache – und das hatte er ihr bisher tatsächlich verschwiegen.

Soll ich ihr die Wahrheit sagen? Die ganze Wahrheit?

Jake musste es riskieren und sie in sein Geheimnis einweihen, was hatte er schon zu verlieren: Entweder sie stempelte ihn als Spinner ab und ließ ihn hier stehen, oder sie glaubte ihm, und er würde endlich erfahren, was Amy mit Serena und diesem Club zu tun hatte.

Jake schluckte schwer, holte tief Luft, dann sagte er: »Ich kann riechen, dass sie anders ist als andere.«

Fünf Sekunden lang starrte Amy ihn stumm an, dann sagte sie: »Du bist ein Idiot.«

Sie drehte sich um und ging.

Die Reaktion enttäuschte Jake, obwohl sie zu erwarten gewesen war. Er musste etwas tun, durfte sie nicht einfach so gehen lassen. Sie hatte Antworten auf seine Fragen, davon war er fest überzeugt.

»Halt. Warte«, rief er. Mit großen Schritten eilte er ihr nach.

Sie blieb stehen. »Was willst du noch?«

»Ich weiß, wie sich das anhört …«

»Es hört sich an, als wollest du mich verarschen.«

»Nein.« Jake hob beide Hände. »Das musst du mir glauben. Ich kenne dich doch gar nicht, warum sollte ich dich also verarschen?«

»Ich hab für einen kurzen Moment wirklich gedacht, dass

du mir helfen kannst, aber das ist doch Müll, was du da behauptest. Ich verstehe nicht mal, was du überhaupt damit sagen willst ... schließlich riecht jeder anders, verdammt. Unterschiedliche Hautgerüche, Deos, Parfums. Wenn du nicht mehr zu bieten hast, lass mich in Ruhe.«

»Ich rieche, dass du mir nicht glaubst und ...«

»Na, das war ja jetzt wirklich nicht schwer zu erraten«, unterbrach Amy ihn genervt und verdrehte die Augen.

»Und du sorgst dich um jemanden, fühlst dich aber machtlos, weil du nicht den blassesten Schimmer hast, was du tun sollst.« Jake versuchte es einfach, im Augenblick wollte er nichts mehr, als Amys Vertrauen zu gewinnen. Daher machte er weiter. »Jetzt rieche ich Neugier und ein ganz kleines bisschen Hoffnung, dass ich die Wahrheit sage, hab ich recht?«

Amy blickte nun weniger mürrisch drein als noch kurz zuvor. »Willst du mir jetzt auch noch erzählen, dass du Gefühle riechen kannst?«

»Ich weiß, das hört sich komplett bescheuert an«, nickte Jake. »Aber es ist nun mal so, und ich weiß, dass es etwas mit Serena zu tun hat. Und ich will herausfinden, was es ist.«

»Ich weiß gar nicht, warum ich dir eigentlich noch zuhöre ...«

»Glaub mir, ich habe selbst schon an meiner geistigen Gesundheit gezweifelt.« Jake verzog das Gesicht zu einer Grimasse, und es war das erste Mal, dass Amy ihn kurz anlächelte. Er nahm es als Zustimmung weiterzuerzählen. »Vor zwei Tagen habe ich das Spiel meines Lebens versaut ...«

Jake erzählte ihr vom verpassten Einzug ins State Final und der Auseinandersetzung mit Robertson. Davon, dass er an starkem Heuschnupfen litt und vergessen hatte, sein

Medikament zu besorgen. Wie er plötzlich feststellte, dass er viel besser riechen konnte. Dem alten Mann im brennenden Haus. Dem nächsten Tag in der Schule. Den vielen Gerüchen, die er plötzlich unterschied und die er nun Gefühlen zuordnen konnte.

Es war befreiend und beängstigend zugleich, das alles einer fremden Person zu erzählen. Aber irgendwie spürte er, dass Amy genau diejenige war, der er das alles anvertrauen konnte – zumindest hoffte er das.

Als er fertig war, schwieg Amy lange, dann sah sie ihn an.

»Das ist wirklich die krasseste Geschichte, die ich jemals gehört habe. So was kann man sich doch nicht ausdenken, oder?«

Jake schüttelte nur den Kopf, jetzt lag es an ihr, ihm zu glauben oder nicht.

Beide sagten erneut eine Weile lang nichts. Es war Amy, die das Schweigen brach.

»Ich bin wegen meinem Bruder hier. Du hast recht, ich mache mir Sorgen um ihn. Er stand vor dem Club, als Serena aufgetaucht ist.«

Jake wusste sofort, wen sie meinte. »Ist das der Typ, der sie so merkwürdig begrüßt hat?«

»Genau der«, bestätigte Amy.

»Was ist mit ihm?«

»Das weiß ich nicht. David verhält sich seltsam – irgendwie erinnert er mich an Thomas, von dem du erzählt hast. Er kommt mir wie ein ferngesteuerter Zombie vor …«

»Hast du ihn mal gefragt, was los ist?«

»Tausend Mal. Er grinst dann dämlich und meint, alles wäre gut, ich solle mir keine Sorgen machen.«

»Und so ist er, seit er Serena kennengelernt hat?«, vermutete Jake.

»Ja, als ob er unter Drogen stünde, aber ich weiß, dass er nichts nimmt. Unser Cousin ist an einer Überdosis gestorben, David hat einen Höllenschiss vor dem Zeug. Er würde nicht mal kiffen.«

»Sind er und Serena zusammen?«

»Das weiß ich eben nicht. Ich beobachte sie täglich, und die Sache wird immer komischer. In der Öffentlichkeit fassen sie sich kaum an. Küssen und umarmen sich nicht, gleichzeitig hat man das Gefühl, zwischen ihnen wäre etwas. Manchmal wirkt es so, als wäre Serena eine Bienenkönigin und er ihre Drohne. Weißt du, was mit Drohnen nach dem Hochzeitsflug passiert?«

»Nein«, gab Jake zu.

»Sie sterben. Klingt vielleicht etwas dramatisch, aber ich will nicht, dass das meinem Bruder passiert, auch wenn ich es nur im übertragenen Sinn meine. Serena wird ihm das Herz brechen, das fühle ich.«

Linda hatte das Gleiche über ihren Exfreund gesagt. Vielleicht spürten Frauen die subtile Bedrohung, die von Serena ausging. Amy und Linda waren ganz normale Mädchen, und Eifersucht schied bei beiden aus. Linda war es gewesen, die die Beziehung beendet hatte, und bei Amy handelte es sich um ihren Bruder.

Vielleicht ist es ähnlich wie bei meinem gesteigerten Geruchssinn, sie nehmen etwas wahr, das anderen verborgen bleibt.

»Wie lang läuft das Ganze schon?«, fragte er.

»Eine Woche. Seitdem geht David nicht mehr in die Schule.«

»Und das ist nicht aufgefallen?«

»Unsere Eltern arbeiten Tag und Nacht. Ich habe sämtliche Anrufe von der Schulleitung abgefangen und gesagt, er wäre krank, aber irgendwann fliegt das auf, dann stecken wir beide tief in der Scheiße.«

»Und deine Eltern haben nicht bemerkt, wie er sich verändert?«

»Wie denn? Abends ist er brav zu Hause, sitzt in seinem Zimmer, tut so, als würde er für die Schule lernen, liest und schaut in die Glotze. Für meine Eltern ist er wie sonst auch.«

»Aber du machst dir Sorgen?«

Jake konnte sehen, wie sich ihre Augen mit Tränen füllten.

»Ich bin verzweifelt, weiß nicht mehr, was ich tun soll. David wird mir immer fremder und alles nur wegen diesem Mädchen.«

»Hast du mal mit ihr gesprochen?«

Amy schüttelte den Kopf. »Ich ... ich ... kann nicht. Ich weiß nicht, warum, aber es ist so. Also stehe ich hier rum und warte darauf, dass etwas passiert. Dass jemand kommt und mir hilft. Und dann tauchst du auf und erzählst so eine abgefahrene Story ...«

Die Tränen liefen nun ungehindert über ihr Gesicht. Jake streckte die Hand nach ihr aus, aber sie wich zurück und wischte sich eilig mit ihrem Pulliärmel das Gesicht trocken.

»Sorry, ich wollte nicht ...«

»Schon gut, mir tut es leid, weil ich so vor dir herumheule, obwohl ich dich doch gar nicht kenne.«

»Hallo?! Du heulst vor jemand rum, der Gefühle riechen kann?«, versuchte Jake sie aufzuheitern.

Und plötzlich musste sie lachen. Jake tat es ihr nach, bis sie in einen regelrechten Lachkrampf verfielen. So frei und unbeschwert hatte er sich schon seit ein paar Tagen nicht mehr gefühlt. Und es tat gut. Es tat gut, sich einer Person anzuvertrauen. Das Eis zwischen ihm und Amy war nun endgültig gebrochen, es gab eine Verbindung zwischen ihnen: Serena.

Als sie sich wieder beruhigt hatten, fragte Amy schließlich: »Und was machen wir jetzt?«

»Ich werde in den Club hineingehen.« Jake war selbst über seinen prompten Entschluss überrascht. Aber im Moment war es das einzig Sinnvolle, das ihm einfiel.

»Was?«

»Ist doch ganz einfach. Wir haben Fragen, da drin gibt es Antworten.«

»Serena wird dich wiedererkennen und wissen, dass du ihr gefolgt bist. Außerdem bist du ein Mann, und wir wissen, was sie mit Männern macht.«

»Ich glaube nicht, dass das noch einmal bei mir funktioniert. Jetzt weiß ich ja, was abläuft.«

»Wirklich?«

»Na ja, zumindest weiß ich, dass ich mich vor ihr in Acht nehmen muss. Wie lange bist du schon hier?«

»Zwei Stunden.«

»Sind da viele Leute drin?«

Amy nickte. »Der Laden ist gut besucht.«

»Ich denke, ich kann es riskieren, den Jugendclub mal unter die Lupe zu nehmen. Was soll schon passieren? Ich werde mich von Serena fernhalten. Mit ein paar Leuten quatschen, vielleicht schnappe ich was auf.«

Amy schnaubte. »Okay. Aber wenn du in einer Stunde nicht wieder rauskommst, suche ich dich.«

Jake lächelte sie an. »Das ist nur ein Jugendhaus, nicht der siebte Kreis der Hölle. Natürlich komme ich wieder raus.«

Als Jake die schwere Metalltür aufzog, fühlte er sich etwas mulmig. Gegenüber Amy hatte er Selbstbewusstsein und Stärke ausgestrahlt, aber jetzt musste er feststellen, dass seine Beine von einer merkwürdigen Schwäche befallen waren. Er grinste innerlich.

Na, so ein Held bin ich ja dann wohl doch nicht.

Hinter der Tür lag ein weitläufiger Raum mit hoher Decke, von der altmodische Fabrikleuchten herabhingen, die ein diffuses Licht streuten. Vieles blieb im Schatten verborgen, aber das war gut so, denn wenn Serena hier irgendwo herumstand, würde sie ihn vielleicht nicht sofort entdecken.

Fenster gab es keine, dafür jede Menge bunte Graffitis an den rauen Betonwänden. Überall standen Sessel und Sofas herum, auf denen sich Jugendliche in seinem Alter fläzten. In einer Ecke spielten zwei Jungs Billard an einem Tisch, dessen Bezug an mehreren Stellen fast durchgescheuert war. Ein Flipper klimperte daneben und lud mit blinkender Schrift zum Spiel ein. So ein Ding hatte Jake nur ein einziges Mal in einem Diner gesehen, als er mit seinen Eltern in Virginia Urlaub gemacht hatte.

An einer Holzbar, die selbst gezimmert aussah, hingen weitere Jugendliche ab. Jungs und Mädchen mit Cola und überraschenderweise Bier in den Händen. Serena konnte er nirgends entdecken, aber er bemerkte eine offen stehende Tür, die zu einem weiteren Raum führte, aus dem zuckendes Licht und heftige Beats drangen.

Das Licht und die laute Musik machten ihm schon zu schaffen, aber der Geruch in den ungelüfteten Räumen ließ ihn beinahe ohnmächtig werden.

Zum üblichen Sammelsurium aus Körperdüften, Deos und Parfums kam ein fremdartiger, atemraubender Geruch, den er nicht einordnen konnte. Schwer und süß. Verführend. Hungrig. Skrupellos.

Und dann verstand Jake. Hier drin rochen alle wie Serena. Als wäre es ein Nestgeruch, den sie zuvor in die Welt geschleppt hatte und der sich jetzt wieder mit den anderen vereinte.

Jake wurde unruhig. Der Duft umwaberte ihn, schien ihn locken zu wollen, gleichzeitig stieß er ihn ab. Am liebsten hätte er sich auf der Stelle übergeben, aber er riss sich zusammen. Er war da, um herauszufinden, was hier los war.

Auf der anderen Seite des Raumes hatte sich eine junge schwarze Frau mit dem Rücken an die Wand gelehnt und sah zu ihm herüber. Sie war ausgesprochen hübsch, hatte geglättetes Haar und Ähnlichkeit mit Beyoncé. Zu einer hautengen Jeans trug sie ein bauchfreies Shirt. Sie erinnerte Jake an jemand. Er schaute noch mal genauer hin. Ja, das war Robertsons ältere Schwester Amanda.

Was machte sie hier?

Bevor er noch weiter darüber nachdenken konnte, rempelte ihn ein Junge an. Seine Größe. Strähniges blondes Haar, das ihm wirr ins Gesicht fiel. Er war schlank, fast hager und trug eine zu große Brille auf der Nase. Jake sah ihn an. Im schwachen Licht der Deckenlampen konnte er die Augenfarbe nicht ausmachen, aber der Blick des Jungen war seltsam verklärt.

Er hustete. »Sorry, Mann.«

»Kein Problem.«

»Weißt du, wo sie ist?«

»Wer?«

»Serena?«

Jake schüttelte den Kopf. Der Junge zog davon, ohne sich zu verabschieden. Jake blickte sich um, ob jemand die Szene verfolgt hatte, aber keiner beachtete ihn. Er schaute zur anderen Seite des Raumes. Amanda war verschwunden, offensichtlich gegangen. Schade, er kannte sie kaum, aber vielleicht hätte er etwas von ihr über Serena erfahren.

Was mache ich jetzt?

Irgendwie musste er Informationen bekommen. Die Szenerie im Jugendhaus wirkte auf den ersten Blick normal. Jugendliche hingen ab, tranken, quatschten oder spielten Billard, aber die Gerüche erzählten eine andere Geschichte. Eine Geschichte, deren Text er nicht verstand. Noch nicht.

Jake griff sich eine offene Dose Coke vom Tisch, um weniger aufzufallen, dann schlenderte er in den nächsten Raum.

Die zuckenden Lichter stellten sich als Discobeleuchtung heraus. Aus riesigen schwarzen Boxen dröhnte Hip-Hop.

Na, passt ja irgendwie. Hier drin wirkt jeder, als hätte er etwas eingeworfen.

Und da war sie. Mitten auf der Tanzfläche stand Serena und bewegte sinnlich ihre Hüften. Ihre Augen waren geschlossen, trotzdem zog sich Jake sofort in den Schatten außerhalb der Lichter zurück, die über den Boden pulsierten.

Um sie herum, in einem Kreis, der sie umschloss, tanzten andere Jugendliche. Mädchen und Jungs. Alle hatten die Augen zu. Alle bewegten sich synchron zu Serena.

Das Bild machte Jake sprachlos. Amy hatte es mit ihrer Aussage auf den Punkt getroffen. Die Szenerie wirkte, als wäre die Bienenkönigin zum Stock zurückgekehrt, und nun umschwärmten sie die Arbeiterinnen, um mit ihr zu kommunizieren. Allerdings wurde hier kein Wort gesprochen.

Jake entdeckte Amys Bruder David im Kreis. Sein Gesicht strahlte Verzückung aus. Er war Serena am nächsten, aber als sie die Augen aufschlug, beachtete sie ihn nicht, sondern verließ den Kreis, um auf den Jungen zuzugehen, der Jake versehentlich angerempelt hatte.

Der Typ wirkte jetzt ganz und gar nicht mehr verklärt. Das Gegenteil war der Fall. Mit weit aufgerissenen Augen blickte er dem schwarzhaarigen Mädchen entgegen, das fordernd seine Arme nach ihm ausstreckte.

Irgendetwas geschah zwischen den beiden, ohne dass Jake sagen konnte, was es war. Scheinbar kommunizierten sie mit Blicken.

Serenas Augen waren starr auf ihr Gegenüber gerichtet, das sich sichtlich unwohl fühlte. Hektisch schaute er sich um, so als suche er nach einem Fluchtweg. Serena trat einen Schritt auf ihn zu.

»Nein!«, rief der Junge und stolperte zurück. Hände griffen nach ihm, aber er wehrte sie ab. Schließlich blieb er stehen, starrte Serena herausfordernd an, deren Mund sich zu einem Lächeln verzog.

»Lasst ihn gehen«, sagte sie.

Der Kreis öffnete sich, und der Junge zwängte sich hindurch, stürmte aus dem Raum.

Plötzlich drehte sich Serena um, sah Jake direkt in die Augen. Ihr Kopf wandte sich sanft von links nach rechts und wieder zurück, so als müsse sie erst Witterung aufnehmen. Dabei blieb ihr Blick unvermindert auf ihn gerichtet, sog ihn förmlich an.

Zwischen den blutroten Lippen erschien ihre Zungenspitze, die langsam hin- und herglitt. Jake hatte nie zuvor mehr Sinnlichkeit gesehen, und er wünschte sich, in diesen Armen, in diesen Lippen zu versinken.

Der Geruch um ihn herum wurde nun noch intensiver, sprach eine eigene Sprache, einem lockenden Flüstern gleich. Seine Gedanken wurden schwer, gleichzeitig befiel ihn eine eigenartige wohltuende Müdigkeit. Er wollte sich dem Gefühl hingeben.

Schlafen.

Und träumen.

Seine Augen wurden müde. Er schloss die Lider. Aus dem Flüstern wurde ein Summen, das in seinem Kopf widerhallte. Immer mehr Personen schienen sich darauf einzustimmen. Jake konnte sie hören.

Er konnte sie spüren.

Irgendetwas in ihm begann zu vibrieren, dann summte er ebenfalls.

Sie alle waren eins und sie waren die Eine.

Serena.

Sie wisperte in seinem Geist.

Komm.

Leise und eindringlich.

Komm zu uns, Jake. Werde eins mit uns.

Jake hatte nun das Gefühl zu schweben. Schwerelos im Wind zu treiben. Unter ihm ein bodenloser Abgrund, aber er empfand keine Angst.

Ja, antwortete er stumm.

Jake.

Ja.

Komm.

Er machte einen Schritt nach vorn.

Plötzlich zog jemand heftig an seinem Arm. Er schüttelte unwillig denjenigen ab, wollte weiterschweben, weiterträumen, weiter bei Serena sein, aber dann rammte ihm der andere den Ellenbogen in die Rippen, und der Schmerz zerriss den Vorhang vor seinem Geist.

Amy war da. Verwirrt sah er sie an. Was machte sie hier? Er war doch erst seit wenigen Minuten im Club? Warum wartete sie nicht draußen wie abgemacht? Er hatte noch nichts herausgefunden, brauchte mehr Zeit.

Sie packte seine Hand, zog daran.

Jake wurde ärgerlich. »Warum bist du reingekommen? Wir hatten eine Stunde abgesprochen.«

Er blickte zu Serena, die sie beide unverhohlen anstarrte. Die Köpfe aller anderen Personen im Raum wandten sich ihnen zu.

»Das war vor zwei Stunden«, zischte Amy. »Komm mit!«

Jake war vollkommen durcheinander. Zwei Stunden? Unmöglich. Er war noch keine zehn Minuten hier drin. Amy musste sich täuschen. Wahrscheinlich hatte die Sorge um ihren Bruder sie hier reingetrieben.

»Wir können noch nicht gehen …«

Da war Serena, sie schaute ihn an. Schien auf irgendetwas zu warten. Sie sprach kein Wort. Eine Minute verstrich. Dann wandte sie sich abrupt um und verließ den Raum.

Jake fühlte sich an die Szene auf der Party erinnert, als sie ebenso plötzlich das Interesse an ihm verloren hatte, aber diesmal wusste er nicht, was vorgefallen war. Es war wie ein Filmriss. Wenn tatsächlich zwei Stunden vergangen waren, seitdem er den Club betreten hatte, dann waren sie aus seinem Leben verschwunden. Da war kein bisschen mehr.

Wie aus dem Nichts tauchte unvermittelt ein riesiger Typ vor ihm auf. Ein Koloss von einem Kerl. In unzähligen Footballspielen war er solchen Hünen begegnet, aber dieser hier mit dem düsteren Gesichtsausdruck und den kurz rasierten Haaren überragte sie alle. Jakes Magen faltete sich bei dem starren Blick zusammen, mit dem ihn der andere ansah.

»Wer seid ihr?«, fragte er und setzte gleich hinterher: »Mit wem seid ihr hergekommen?«

Jake konnte nicht antworten. Sein Mund war zu trocken. Als hätte ihn jemand mit Staub aufgefüllt.

»Serena hat uns eingeladen«, sagte Amy neben ihm.

Der Mann schaute nun sie an, forschte in ihrem Gesicht. Amy hatte ein Strahlen aufgesetzt.

Im Nebenraum gab es plötzlich Tumult. Irgendjemand schrie oder fluchte. Dann sah Jake den Jungen, der ihn angerempelt hatte, und plötzlich erinnerte er sich doch an etwas. Serena hatte versucht, den Jungen zu becircen, aber er hatte Widerstand geleistet. Was danach geschehen war, wusste er nicht mehr.

Der menschliche Gigant vor ihnen knurrte etwas, drehte sich um und stürmte auf den Jungen zu, der augenblicklich die Flucht ergriff. Um sie herum erwachten die Tänzer aus ihrem Trancezustand. Amys Bruder stand verwirrt auf der Tanzfläche. Er hatte sie noch nicht bemerkt.

»Wir müssen abhauen«, sagte Amy.

Diesmal zögerte Jake nicht.

KEIN WEG ZURÜCK

Am gestrigen Tag hatte Travis zwei Dinge gelernt: Sein Kollege Igor Wassili war ein netter, wenn auch sehr redseliger Kerl und *Human Future Project* eine Organisation, die er bisher falsch eingeschätzt hatte. Die penetrante Werbung in den Medien, auf der Straße und an allen anderen unmöglichen Orten, an denen er sie ertragen musste, grenzte schon fast an Belästigung. *Die Zukunft liegt in den Händen unserer Kinder*, dieser Satz hatte sich für alle Zeiten in seinen Verstand eingebrannt.

Travis betrat an Tag zwei seines neuen Lebens das HFP-Center und nickte der brünetten Häuptlingstochter, die ihn vom Begrüßungsschalter her anlächelte, freundlich zu. In sieben Minuten begann seine Schicht, Unpünktlichkeit mochte er nicht. An der Sicherheitsschleuse wurde über einen Retinascan seine ID bestätigt. Er durfte passieren. Die Personalumkleideräume lagen im Untergeschoss, gemeinsam mit zwei Kollegen wartete er geduldig auf den Aufzug.

Er dachte an die Macher von *Human Future Project*, die Organisation war vor hundertzwei Jahren in New York gegründet worden. Bea hatte ihm erzählt, dass es zwei erfolgreiche Banker gewesen waren, die ihr Geld für etwas Gutes einsetzen wollten. Auch wenn HFP inzwischen eine Stiftung war und durch die Nachfahren der Gründer geleitet wurde, war es immer noch ein durch private Hand geführtes Unternehmen.

Die Aufzugstür öffnete sich nach kurzer Fahrt, Travis nickte den Kollegen zu und ging den Korridor entlang. Heute war er besser vorbereitet als gestern. In seiner rechten Hand trug er eine kleine Tüte. Ein Update, um seine Arbeit zu erleichtern. Er hatte bei allem Erstaunen über seinen neuen Arbeitgeber nicht vergessen, weshalb er hier war. Lee Hastings, sie wollte er finden, daran hatte sich nichts geändert.

»Guten Morgen, Travis!« Igor kam ihm gut gelaunt entgegen. Er zählte vermutlich schon die Tage bis zu seiner Beförderung.

»Nachher Mittagessen?« Travis fühlte sich in seiner Gesellschaft wohl, zudem kannte er keine bessere Quelle für den Flurfunk.

»Um zwölf?«

»Passt.«

»Geht klar ... wir sehen uns.« Igor hob die Hand und ging weiter.

Sie können mir vertrauen, ich bin Arzt, dachte Travis, der mit diesem Spruch während seines Informatikstudiums Glen zur Weißglut getrieben hatte. Zu dieser Zeit war Travis mit seiner medizinischen Ausbildung bereits fertig gewesen. Er empfand es schon damals als bemerkenswert, dass viele Menschen ihm nur wegen der medizinischen Ausbildung eine moralische Überlegenheit zubilligten – selbst wenn diese nicht immer berechtigt war.

Diesen Vertrauensvorschuss würde er heute, ohne zu zögern, für seine Zwecke einsetzen. Sein weißes Arztshirt war ein »Wearable«, ein kompletter Computer mit textilen Displays und einer Netzanbindung. Die kompakte Einheit wurde als geschlossenes System konzipiert, dessen Speicherkern sich in einem wasserfesten Etikett eingearbeitet am Nacken befand. Der

Stoff selbst sorgte dank einem eingewebten Wandler durch Körperwärme für die benötigte Energie. Er liebte Technik.

Dem medizinischen Personal wurde bei HFP nahegelegt, wie sie Patienten zu behandeln hatten und welche Therapien dafür empfohlen wurden. Zudem gab es eine lange Reihe von Vorschriften, wie sie mit den Angaben der Patienten umzugehen hatten. Das Stehlen von Daten gehörte natürlich nicht dazu.

Travis drückte von innen einen weiteren Chip an das Wearable-Etikett der Arztkleidung. Ein Piepton quittierte den Start seines kleinen Helferleins, eine Kopiereinheit, die das Funksignal abgriff und den gesamten ausgehenden Datenverkehr in seine private Cloud, einem geschützten Speicherplatz, spiegelte. Er hatte die Hardware noch von früher in einer Schublade liegen gehabt. Die Rekonfiguration hatte ihn in der letzten Nacht beinahe zwei Stunden gekostet, aber das Ergebnis konnte sich sehen lassen. Er würde nach Arbeitsschluss beginnen, die umfangreichen HFP-Daten für die Suche nach Lee Hastings auszuwerten.

»Es kann losgehen.« Travis verließ in Weiß gekleidet den Umkleideraum, auch heute sollte er in der Erstaufnahme arbeiten.

Die Arbeit dort kam ihm für seine Ziele gelegen: *Daten erfassen, Blut entnehmen, impfen und die Kids nach Hause schicken*, dachte Travis und behandelte einen Jugendlichen nach dem anderen. Von denen allerdings niemand Anzeichen einer Erkrankung zeigte. Für die Impfung nutzte er ein synthetisiertes Breitbandmittel, das gemäß der Beschreibung für den behandelnden Arzt eine Vorsorge gegenüber Diphterie, Haemophilus Influenzae B, Masern, Keuchhusten, Mumps, Pocken, Röteln und Dutzender weiterer Krankheiten war. Keine dieser Infektionskrankheiten galt im Jahr 2118 noch als gesellschaftliche Herausforderung. Das waren Relikte aus der Vergangenheit.

»Fertig, der Nächste bitte ...« Travis erledigte seinen Job mit einem Oldie im Ohr, *Don't Worry, Be Happy* von Bobby McFerrin, und kopierte unbemerkt alle Informationen über Blutwerte, körperliche Merkmale und was ihm sonst noch durch die diebischen Finger glitt in seine private Cloud. Lee brauchte Hilfe, Hilfe, die nur er zu leisten in der Lage war, damit erstickte er den aufkeimenden Widerstand seines Gewissens. Für diese Tat gab es keine Alternative. Er musste es tun! Nicht weil er ein guter Mensch war. Er tat es wegen seiner Tochter. Wenn er an Lee dachte, sah er Valerie und seine unerträgliche Schuld, für deren Sühne auch seine nächsten Leben nicht genügen würden.

Zudem war eine New Yorker Gefängniszelle, falls etwas schiefgehen würde, keine ernsthafte Verschlechterung zu seinem Apartment.

»Hallo Doc«, begrüßte ihn die nächste Jugendliche mit kurzen blonden Haaren.

»Bitte setz dich.« Travis arbeitete bereits wie ein gut geöltes Zahnrad im HFP-Getriebe: motiviert, zuverlässig und belastbar.

»Warum bin ich heute wieder hier?«

»Weil du einen Termin hast.«

»Das ist meine dritte Impfung in vier Monaten! Ich bin nicht krank!«, schimpfte sie. Es gab auch Jugendliche, die ein zweites oder drittes Mal geimpft wurden. Sie war die zweite am Vormittag mit einer Mehrfachimpfung. Unbedingt sinnvoll wirkte diese Vorgehensweise auf ihn nicht. Die eingesetzte Medikation beinhaltete identische Wirkstoffe wie bei der Erstbehandlung, aber eine individuelle Dosierung, die für jeden Jugendlichen anders aussah.

»Es ist zu deinem Besten.« Travis kontrollierte die Personalien, die stimmten, dann den Arbeitsauftrag, der stimmte auch. Blut entnehmen, impfen und nach Hause schicken, er zog das übliche Programm durch, markierte sich aber ihren Namen. Drei Impfungen in so kurzer Zeit waren wirklich ungewöhnlich.

»Nervt langsam!«

»Versteh ich ... ich hoffe, dass du nicht wiederkommen musst.«

Dann zog sie eingeschnappt weiter. Travis sah genauer im System nach, die medizinische KI, die er stumm geschaltet hatte, bestimmte laut Verfahrensanweisung anhand der Blutproben, ob weitere Impfungen notwendig waren. Falls die Anzahl der festgestellten Antikörper nicht genügte, errechnete die KI die benötigte Medikation, um das Manko auszugleichen. Ungewöhnlich, aber nicht unlogisch, es war sogar effektiv. Er sah auf die Uhr, sein Magen meldete sich, gleich war es zwölf Uhr fünfzehn, Igor wartete zum Lunch auf ihn.

»Bea ... ich mach Mittagspause.«

»*Mittagspause bestätigt ... Guten Hunger. In der Kantine gibt es Lasagne.*«

»Schon probiert?«

»*Habe ich mir sagen lassen.*«

»Bekommst du Prozente?«

»*Nein.*«

»Wäre ein gutes Geschäft.« Travis verließ mit einem Lächeln den Behandlungsraum.

»*Ich bekomme gerade eine Gesprächsanfrage von Dr. Tillerson. Sie sollen bitte in ihr Büro kommen*«, erklärte Bea.

»Reicht es nach der Pause?« Travis hatte keine Ahnung, was seine Chefin von ihm wollte.

»*Es ist dringend.*«

»Okay ...« Er verdrehte die Augen, die Lasagne mit Igor wäre ihm lieber gewesen. »Ich habe mich mit Igor Wassili verabredet. Bitte richte ihm aus, dass er die Lasagne ohne mich probieren darf.«

»Dr. Tillerson.« Travis betrat das Büro seiner Vorgesetzten. Ihr genaues Alter kannte er nicht, mehr als vierzig gab er ihr aber nicht. Eine stämmige Frau mit roten Haaren, die in jedem Hobbit-Film hinter dem Tresen stehen und Bier hätte ausschenken können.

»Dr. Jelen ... ich bitte die Störung zu entschuldigen, aber wie Sie sehen, ist es wichtig.« Ihr Vorname war Leslie, aber so weit waren sie noch nicht. Und ja, Travis sah, weswegen seine Mittagspause ausfallen musste. Der Bulle, Detective Chan Seiran, saß vor ihrem gläsernen Schreibtisch, sah ihn aber nicht an. In diesem Leben würden der Asiate und er vermutlich keine Freunde mehr werden.

»Bea hat mir die Lasagne in der Kantine ans Herz gelegt ...« Travis hatte eine Stinkwut im Bauch, den Bullen konnte er am zweiten Tag im neuen Job gebrauchen wie Bauchschmerzen.

»Bitte nehmen Sie Platz.« Tillerson gab sich freundlich, was sich hoffentlich nicht ändern würde. Was wollte Seiran von ihm? Ging es wieder um Bonnet? Oder hatte jemand Travis' Datendiebstahl entdeckt? Es gab Scanner, mit denen Sicherheitsbehörden und Nachrichtendienste Kopiereinheiten entdecken konnten. Technisch war das kein Hexenwerk.

Seiran sah ihn immer noch nicht an. Im Vergleich zu der Stimmung im Raum herrschte auf New Yorks winterlichen Straßen regelrecht Hochsommer. »Dr. Tillerson, wollen Sie anfangen?«

»Ja.« Sie wandte sich Travis zu. »Dr. Jelen, Integrität ist in unserer Organisation ein nicht verhandelbares Gut. Wir alle haben Verantwortung übernommen, für die Kinder, deren Wohl unsere Arbeit gilt, für die Menschen in der Welt und natürlich für unsere Kollegen, die ich als Teil einer großen Familie sehe.«

»Ähm ... ja.« Travis nickte eingeschüchtert, das hörte sich ziemlich mies an. Ihre Worte klangen nach einem Schwinger, der ihn gleich aus den Schuhen kicken würde. Verdammt, die mussten ihm bereits auf die Schliche gekommen sein.

»Detective Seiran, wollen Sie übernehmen?« Ihre Augen blitzten wie Klingen, Travis wusste nur nicht, wen sie gerade visuell zerfleischte.

»Nein, nein ... machen Sie bitte weiter.«

Travis wurde warm, hier lief gerade etwas mächtig schief. Wenn seine Chefin ihn bereits nach weniger als vier Stunden für den Datendiebstahl am Arsch hatte, würde er gleich gefeuert und anschließend sofort verhaftet werden. Er war noch immer auf Bewährung, dieses Delikt würde ihn auf der Stelle wieder hinter Gitter bringen. Das wäre es dann gewesen.

»Dr. Jelen, wir haben uns vor zwei Tagen kennengelernt. Wissen Sie noch, was ich Ihnen versprochen habe?« Tillerson führte ihn jetzt vor, verflucht, sie sollte endlich zur Sache kommen.

»Ich denke, ja.« Travis stand auf dem Schlauch, er hatte keine Ahnung, was sie meinte. In seiner Fantasie sah er Lee, weil er versagt hatte, bereits in einer kalten Straßenecke verrecken.

»Wissen Sie, es geht immer um Menschen. Dabei spielt es keine Rolle, woher sie kommen. Es ist unbedeutend, ob sie in der Vergangenheit Erfolg hatten oder ob es Probleme gab. Das spielt alles keine Rolle.« Tillerson zelebrierte ihre Worte regelrecht und sah Seiran wie eine Gottesanbeterin nach dem Liebesspiel an.

Beide Männer hingen ihr jetzt an den Lippen, wobei Seiran dabei schon ziemlich dumm dreinschaute. Okay, er verstand anscheinend auch nicht, was sie gesagt hatte.

»Detective, Sie haben mir heute Informationen über Dr. Jelens Vergangenheit offenbart ...«

»Er hat seine Tochter getötet!« Der Polizist ließ sie nicht aussprechen.

»Ist er dafür vor ein Gericht gestellt worden?«

»Ja.«

»Verurteilt?«

»Ja!«

»Hat er seine Strafe abgesessen?«

»Er ist auf Bewährung!« Seiran machte keinen Hehl daraus, Travis' Ruf in den Dreck ziehen zu wollen.

»Ja oder nein?«

»Ja ...«

»Hat er sich seitdem etwas zuschulden kommen lassen?« Leslie Tillerson konnte zubeißen wie ein Terrier auf Speed.

»Ich ermittle gegen ihn ... ich denke, er handelt mit Medikamenten!«

»Haben Sie dafür Beweise?«

»Noch nicht ... aber ich werde sie finden.«

»Wenn Sie welche haben, können Sie mich informieren.«

»Wollen Sie Dr. Jelen etwa weiterbeschäftigen?«, fragte Seiran verstört.

»Detective, Sie haben mir nichts erzählt, das ich nicht bereits wusste. Dr. Jelen hat die Vorstrafe in seiner Bewerbung erwähnt, er lernt schnell und ist bereits am zweiten Tag als Vollkraft in unserer Erstaufnahme einsetzbar. Gemäß unserem Qualitätssicherungssystem findet er problemlos eine persönliche Beziehung zu den Patienten und arbeitet fehlerfrei.«

»Ähm ... dürfte ich auch etwas sagen?« Travis war heilfroh über Tillersons Loyalität. Vor allem aber über die Tatsache, dass sein Datendiebstahl bisher doch nicht aufgeflogen war.

Die Bemerkung zu dem Qualitätssicherungssystem hatte ihn allerdings aufhorchen lassen. Einfacher ausgedrückt: Sie ließen ihn überwachen.

»Natürlich …« Leslie sah ihn an.

»Dr. Tillerson, ich danke Ihnen für Ihren Beistand, ich weiß das zu schätzen.« Travis wunderte sich selbst darüber, wie gut er sich verstellen konnte. »Detective, ich hatte Ihnen erklärt, dass ich George Bonnet nicht kannte. Er ist ein brutaler Schläger, Sie sollten ihn und nicht mich jagen.«

»Das tun wir.« Wenn Augen töten könnten, hätte Travis jetzt ein Loch im Kopf.

»Haben Sie das Walker-Center wieder freigegeben?« Travis hasste sich dafür, über Susans Lebenswerk wie ein Buchhalter zu sprechen. Er sollte jetzt besser an ihrem Bett im Krankenhaus sitzen. Sie um Verzeihung bitten. Das wäre er ihr schuldig gewesen. Aber er konnte es nicht. Lee war in Gefahr, das wusste er genau. Das Mädchen und ihr Neugeborenes brauchten ihn dringender. Susan würde das verstehen. Hoffentlich.

»Nein.«

»Dann wissen Sie, warum ich hier bin … ich kenne meine Schuld besser als jeder andere! Und ich werde dafür weit über die Haftstrafe hinaus Sühne leisten!« Diese Worte meinte Travis genau so, wie er sie gesagt hatte. Von Lee Hastings' Rettung versprach er sich Erlösung.

»Detective, ich denke, Dr. Jelen hat alles Notwendige gesagt. Einen schönen Tag noch.« Leslie beendete die Unterhaltung. Sie in den nächsten Tagen weiter zu hintergehen, würde Travis nicht leichtfallen, aber er musste es tun.

Als Travis am frühen Abend an seinem Apartment eintraf, wartete George Bonnet bereits vor dem Hauseingang. Zwei seiner

Freunde leisteten ihm Gesellschaft. Travis musste dieses Pack loswerden.

»Hallo Travis.«

»Lasst mich in Ruhe.« Trotz der Gefahr, erneut verprügelt zu werden, wollte er nicht mit ihnen sprechen. Sein persönliches Wohlergehen war unwichtig.

»Wie läuft's so?«

»Ich bin müde ... verzieht euch!« Bonnet zu fragen, wo Lee sich aufhielt, wäre die einfachste Lösung gewesen. Leider würde Travis auf die Frage kaum eine Antwort bekommen.

»Wir beobachten dich ...«

»Oh ...« Travis öffnete hastig die Eingangstür und verschwand im Flur, er spielte ein gefährliches Spiel. Es war nur eine Frage der Zeit, bis Seiran ihn wegen Beihilfe und Behinderung der Justiz drankriegen würde. Bonnet könnte ihn erschlagen, nur weil er einen schlechten Tag hatte, und Leslie Tillerson könnte ihn wegen des Datendiebstahls mit den Füßen nach oben an dem zweihundertfünfzig Stockwerke hohen HFP-Tower aufhängen lassen. Das waren reizende Aussichten.

Dabei war es komplett egal, welches Szenario zuerst eintrat. In jeder dieser Vorstellungen würde er der Idiot sein, der Versager, der es nicht geschafft hatte, Lee Hastings zu helfen.

IHM NACH

»Wo ist er hin?«, fragte Jake atemlos, nachdem sie hastig das Jugendcenter verlassen hatten. Vor ihnen lag die leere Straße, der Junge aus dem Club war nirgends zu sehen. Gott sei Dank auch sonst niemand. Der Koloss, der den Jungen verfolgt hatte, war ebenfalls aus ihrem Sichtfeld verschwunden.

»Was willst du von dem Typ?«, fragte Amy.

»Er weiß etwas. Er hat sich gegen Serena gewehrt. Irgendetwas an ihm ist anders.«

»Verrate mir aber bitte mal zuerst, was da drin mit dir passiert ist«, sagte Amy. »Als ich reinkam, standst du wie eine Marionette auf der Tanzfläche und hast dich hin und her gewiegt. Ich könnte schwören, du hast ein Lied gesummt, aber deine Lippen waren geschlossen. Serena ist gegenüber von dir gestanden und hat dich angestarrt. Mich hat sie gar nicht wahrgenommen.«

Jake fuhr sich verwirrt durch die Haare. »Ehrlich, Amy, ich weiß nicht, was mit mir los war. Ich schwöre dir, ich dachte, dass ich erst wenige Minuten im Club bin. Dann war da die Sache mit dem Jungen, ganz ähnlich wie Thomas auf der Party. Serena wollte etwas von ihm, aber er hat es nicht zugelassen. Was danach geschehen ist, daran erinnere ich mich nicht mehr. Und dann hast du mir den Ellbogen in die Rippen gerammt.«

Amy zuckte mit den Schultern. »Was hätte ich machen sollen? Du warst wie hypnotisiert.«

»Okay, was im Club passiert oder nicht passiert ist, darüber können wir später noch reden, jetzt müssen wir diesen Jungen erwischen. Wir wollten Antworten finden, die gab es da drin nicht, dafür aber diesen Jungen. Also, was denkst du? Wo ist er hingelaufen?«

»Er sah nicht aus, als hätte er ein Auto. Frag mich nicht, warum, aber ich könnte wetten, dass er mit der U-Bahn gekommen ist, also müssen wir zur nächsten Station, wenn wir ihn noch erwischen wollen. Ich weiß, wo die ist, bin selbst damit gefahren. Komm!«

Sie wollte losrennen, aber Jake hielt sie auf. »Ich habe ein Auto, damit geht es schneller.«

Sie hasteten zum Civic seiner Mom.

»Das ist ein Auto?«, meinte Amy und lächelte.

»Es macht das, was es tun soll, es fährt, okay? Und jetzt steig ein.«

»Wir müssen da lang«, sagte Amy und deutete die Straße hinunter.

Komisch, auch wenn er dieses Mädchen erst seit ein paar Stunden kannte, wusste er, dass er ihr vertrauen konnte. Das sagte ihm nicht nur ihr Geruch, sondern auch sein Bauchgefühl. Und es fühlte sich gut an, sich endlich jemandem anvertrauen zu können, nach allem, was im Moment vor sich ging – mit ihm selbst und den Leuten in seinem Umfeld.

Die Türen schlugen zu, und Jake startete den Motor. Der Wagen schoss nach vorn, als er das Gaspedal hart durchtrat. Mit quietschenden Reifen ging es los.

Nach dreihundert Metern trafen sie auf eine Querstraße, und Amy dirigierte ihn nach links.

Und tatsächlich, vor ihnen tauchte der menschliche Koloss auf, schnaufend lehnte er an einer Straßenlaterne. Offensichtlich hatte er die Verfolgung aufgegeben, denn als Jake an ihm vorbeifuhr, wandte er sich um und stapfte in Richtung Club zurück. Von dem Jungen fehlte leider immer noch jede Spur.

Der Typ hatte nicht gerade sportlich ausgesehen, aber rennen konnte er wie ein Hase. Verdammt, hoffentlich hatten sie ihn nicht verloren.

Zweihundert Meter weiter rief Amy plötzlich: »Da ist er!«

Der Junge hatte die Treppe zur U-Bahn erreicht, blickte sich noch mal kurz um und spurtete dann zu den Gleisen hinunter. Zwei Sekunden später und sie hätten ihn nicht mehr gesehen.

Jake gab Vollgas, nur um kurz darauf abrupt abzubremsen. Erneut quietschten die Reifen. Mit wippender Federung blieb er neben dem Treppengang stehen. Jake riss die Wagentür auf und spurtete los, ohne darauf zu achten, ob ihm Amy folgte oder nicht. Sie tat es, denn er konnte ihr Keuchen in seinem Rücken hören. Es war beruhigend, nicht allein zu sein.

Immer zwei Stufen auf einmal nehmend stürmte er die Treppe hinunter. Unten musste er sich kurz orientieren, aber es gab nur zwei Gleise, und der Junge stand auf der Seite, auf der auch er sich befand. Als er Jake entdeckte, riss er die Augen auf. Sein Kopf ruckte auf der Suche nach einer Fluchtmöglichkeit hin und her, aber die gab es nicht. Jake und Amy blockierten den Aufgang, und über die Gleise konnte er sich nicht davonmachen, da gerade lärmend eine Bahn einfuhr.

Jake blieb stehen, hob beide Hände hoch, um zu zeigen, dass er nichts Böses im Sinn hatte. Außer ihnen drei war niemand hier unten, also fiel er durch sein komisches Benehmen auch nicht auf.

»Was wollt ihr von mir?«, rief der Junge.

»Nur mit dir reden«, antwortete er.

»Nur reden? Worüber?«, kam es zurück.

»Den Jugendclub, dich und Serena.«

»Ich hab dich dort gesehen.«

»Ja, du hast mich angerempelt.«

»Das war ein Versehen.«

»Ich weiß, darum geht es nicht. Ich möchte mit dir über Serena sprechen.«

»Ich habe nichts mit ihr zu tun.«

»Das sah im Club aber anders aus … du hast dich gegen sie gewehrt und bist dann abgehauen. Ich will wissen, warum.«

»Das ist meine Sache.«

»Nicht ganz«, mischte sich jetzt Amy ein. »Mein Bruder ist mit ihr zusammen. David. Kennst du ihn?«

Der Junge wirkte plötzlich nachdenklich. Er verzog den Mund, dann sagte er: »Oh ja, ich kenne ihn. Ist fast so etwas wie Serenas Schoßhündchen …«

»Was meinst du damit?«, fragte Amy erregt. Jake konnte den Zorn in ihrer Stimme hören.

»Er hängt dauernd mit ihr ab. Klebt praktisch an ihr, folgt ihr wie ein Hund, außer sie sagt ihm, was er machen soll. Das tut er dann, ohne mit der Wimper zu zucken.«

»Zum Beispiel?«, fragte Jake.

»Neue Jugendliche ranschaffen. Leute, mit denen Serena ihr Spiel spielen kann.«

»Und das sollen wir dir glauben? Sah vorhin nicht so aus, als gehörtest du zu Serenas innerem Zirkel.«

»Ist tatsächlich so, bin noch nicht lange dabei. Dein Bruder hat mich auf der Straße angequatscht. Durch ihn bin ich doch überhaupt in diese Scheiße geraten. Wäre ich diesem Penner doch bloß nie begegnet«, versetzte der andere heftig.

»Pass bloß auf«, sagte Amy aufgebracht.

»Ich sage, wie es ist, und fertig.«

»Oh nein, du sprichst von meinem Bruder. Und jetzt spuck schon aus, was in diesem beschissenen Center los ist!«

Wenn sie wollte, konnte Amy ganz schön aufdrehen. Das beeindruckte Jake irgendwie.

»Ehrlich …«

»Sag es mir!«, verlangte Amy. »Du kommst hier nicht weg, wenn du mir nicht endlich erklärst, was mit ihm passiert ist. Dass etwas mit ihm geschehen ist, wissen wir beide, also versuch erst gar nicht, das abzustreiten.«

»Okay, aber danach lasst ihr mich in Ruhe.«

»Wir werden sehen«, meinte Amy.

Sie wirkte im Moment ziemlich Furcht einflößend auf Jake, er hätte nicht in der Haut des Jungen stecken wollen. Sein Geruch verriet, dass er ordentlich eingeschüchtert war von dem Mädchen ihm gegenüber. *Die hat echt was drauf …*

»Wie schon erwähnt«, setzte der Typ zögerlich an, »hat mich David auf der Straße angesprochen. Ich glaube, Serenas Freunde halten nach besonderen Jugendlichen Ausschau.«

»Was soll das heißen?«, fragte Jake.

»Nach Losern wie mir.« Es klang bitter.

»Du …«

»Ich weiß, wie ich wirke. Altmodische Klamotten, Haarschnitt aus dem letzten Jahrhundert, intelligenter Gesichtsausdruck. So bin ich eben. Ein Nerd. Klar? Normalerweise habe ich kein Problem damit, aber David hat die richtigen Knöpfe bei mir gedrückt. Ich hatte einen Scheißtag hinter mir, und er war einfach freundlich. Hat von dem neuen Jugendclub erzählt und was für coole Leute da wären und wie viel Spaß alle hätten. Zuerst dachte ich, dass er mir Drogen verticken wollte, aber so hat er einfach nicht gewirkt. Er schien echt zu meinen, was er sagte. Also dachte ich mir, gehe ich mal hin, kann ja nicht schaden, ein paar neue Leute kennenzulernen.« Er stockte.

»Und weiter?«, drängte ihn Amy.

»Na ja, das war am Freitag, und da war auch noch alles in etwa so, wie er beschrieben hat. Wir haben ein bisschen geflippert, Billard gespielt, und ich habe mit zwei netten Typen über die Chicago Bulls gequatscht.« Er zögerte erneut, so als wäre ihm peinlich, was er als Nächstes zu sagen hatte. »Irgendwann ist dann Serena aufgetaucht, und ich dachte, wow, was für eine geile Braut. Und ob ihr es glaubt oder nicht, es sah so aus, als interessiere sie sich für mich.« Der Junge breitete beide Arme aus und lachte bitter. »Für mich, den Nerd, den noch kein Mädchen angeguckt hat. Dieses Höllenteil flirtete mit mir, und ich fühlte mich echt gut. War fast wie ein Trip, wenn ihr wisst, was ich meine. Aber dann habe ich sie beobachtet und festgestellt, dass sie das mit jedem Jungen und jedem Mädchen macht. Flüstert dir tolle Sachen ins Ohr, mit einer Stimme wie flüssiger Honig, lächelt dich an, und du beginnst zu glauben, dass du für sie etwas Besonderes bist. Bis … ja, bis du sie mit dem nächsten Typen abhängen siehst.«

Das kam Jake irgendwie bekannt vor.

»Und dann?«, fragte er. »Warum bist du wieder hingegangen?«

»Das willst du wissen?« Der Junge schrie jetzt fast. »Ich bin da wieder hin, weil es sich so verdammt gut angefühlt hat, von jemandem wie ihr wahrgenommen zu werden. Ihr müsst wissen, dass ich in einer Sache nämlich ziemlich gut bin – unsichtbar sein. Niemand sieht mich, niemand nimmt mich wahr, aber sie hat mich angesehen, und für einen kurzen Moment habe ich mich wie ein ganz normaler Junge gefühlt.«

»Okay, okay, aber was ist da drin wirklich los? Geht es um Drogen?«, sagte Jake.

»Nein, davon habe ich nichts mitbekommen. Es hängt alles mit Serena zusammen.« Er zögerte. »Irgendwie.«

»Die Leute wirken aber so, als wären sie zugedröhnt und …« Er endete abrupt.

»Und was?«

»Sie riechen komisch.«

Der Junge lachte. »Willst du mich verarschen? Sie riechen komisch. Alter, ist das dein Ernst?«

»Ich kann es dir erklären.«

»Keinen Bock drauf. Keine Zeit.«

»Hör zu«, sagte Amy. »Ich kenne dich nicht, aber du kannst uns helfen. Es kann dir doch nicht egal sein, was da drin passiert, und irgendetwas geschieht dort, auch wenn wir es nicht erklären können.«

»Hört ihr euch eigentlich selbst zu?«, meinte der Junge. »Das ist ein Jugendcenter, da treffen sich Kids, hängen ab, spielen, tanzen. Niemand wurde ermordet, niemand verletzt. Alkohol gibt es nur in Maßen, und härteres Zeug habe ich nicht gesehen …«

»Aber du gibst zu, dass es komisch ist. Serena verhält sich nicht normal, und was immer du sagst, du hast es gespürt, sonst wärst du nicht abgehauen.«

Der andere schwieg. Sah auf seine Turnschuhe.

»Ich mach dir einen Vorschlag«, sagte Jake. »Ich gebe dir

meine Handynummer, und du denkst noch mal über alles nach. Wenn du willst, ruf mich an. Wir brauchen echt deine Hilfe.«

»In Ordnung, aber meine Nummer kriegst du nicht.«

»Sag mir wenigstens, wie du heißt.«

»William.«

»Ich bin Jake, dass ist Amy. Hast du etwas zum Schreiben?«

»Sag schon, ich kann's mir merken.«

Jake nannte ihm seine Telefonnummer. Er konnte hören, wie sich die U-Bahn durch den Tunnel näherte. Der Junge verzog den Mund.

»Ich gehe jetzt«, sagte er.

»Ruf bitte an«, flehte Amy. William zuckte nur mit den Schultern.

Die Bahn stoppte quietschend. Türen öffneten sich, Menschen strömten heraus. Der Junge drängte sich an ihnen vorbei und stieg ein. Kurz darauf schlossen sich die automatischen Schiebetüren wieder, und die Bahn fuhr ab.

»Fuck!«, fluchte Jake.

»Was machen wir jetzt?«, fragte Amy.

»Keine Ahnung. Der Typ war so etwas wie unsere Infobox in Sachen Serena. Er weiß mehr, als er zugibt, das habe ich gerochen. Und warum hat ihr Einfluss auf ihn plötzlich nachgelassen? Selbst ich habe die Wirkung gespürt, die von ihr ausgeht.«

»Meinst du, das hängt mit dem Geruch zusammen, von dem du mir erzählt hast?«

Jake sah sie überrascht an. »Jetzt, wo du es sagst. Das macht Sinn. Ich dachte immer nur, sie riecht komisch, aber vielleicht hat dieser Geruch ja eine bestimmte Wirkung.«

»So wie Pheromone bei Insekten?«

»Ich glaube, das gibt es auch bei anderen Tierarten. Soweit ich weiß, handelt es sich dabei um Sexuallockstoffe, die Partner ködern sollen.«

»Und du denkst, so etwas können auch Menschen?«

»Ich hab mal etwas darüber gelesen, aber ehrlich gesagt hat es mich nicht besonders interessiert. Wenn man aber Serena beobachtet, wie sie Jungs anzieht, fast schon magisch, dann könnte man meinen, dass es so ist. Addiert man noch den starken süßlichen Duft hinzu, den sie ausströmt und den ich als pure Verlockung wahrnehme, dann wird die Sache plötzlich sehr wahrscheinlich.«

»Pheromone bei Menschen«, wiederholte Amy leise. »Es würde alles erklären. So bringt sie die Leute in ihren Bann, so hat sie David abhängig von sich gemacht.«

»Ähnlich wie bei Drogen, einmal angefixt, giert das Gehirn danach. Bei William hat es nur teilweise funktioniert, als wäre er plötzlich aus einer Art schlafwandlerischem Zustand erwacht.«

»Du hast es auch gespürt, nicht wahr?«

»Ja, plötzlich habe ich die Zeit verloren. Mich selbst verloren. Ich wollte nur noch bei Serena sein.«

Auf einmal klingelte sein Handy. Jake fischte es aus der Tasche. Es wurde keine Nummer angezeigt.

»Ja?«, meldete er sich.

Stille. Jemand atmete. Dann hörte er ein Rumpeln, und er wusste, wer dran war.

»William?«, sagte er.

»Hallo Jake. Erklär mir, was du damit gemeint hast, dass Serena und die anderen im Club komisch riechen.«

Zum zweiten Mal an diesem Tag erzählte Jake seine Geschichte.

»Und du glaubst echt, sie stößt Pheromone aus?«

»Ich weiß nicht, was ich glauben soll. Es ist ein Gedanke, aber irgendwie macht dann alles Sinn. Ich habe bloß nicht den blassesten Schimmer, was sie damit bezwecken will.«

»Krass.«

»Ja, das ist es.«

»Ist Amy noch bei dir?«

»Ist sie.«

»Sag ihr, dass ich euch helfen werde. Ich weiß zwar noch nicht wie, aber ich werde es tun.«

»Warum hilfst du uns?«

»Weiß ich selbst nicht so genau. Ich denke, da geht etwas vor, und zwar nichts Gutes. Später will ich mir nicht vorwerfen müssen, nichts getan zu haben.«

»Danke, Mann.«

Die Verbindung wurde unterbrochen.

»Was hat er gesagt?«, fragte Amy.

Jake lächelte sie an. »Er ist dabei.«

GIB MIR DEIN PASSWORT

Geschafft, Travis schloss die Wohnungstür und knöpfte seinen Mantel auf. Die Begegnung mit George Bonnet hatte ihm deutlich gemacht, wie knapp die Zeit war, die ihm blieb. Dieser Schläger gehörte hinter Gitter. Ein oder zwei Tage, mehr waren es nicht, dann würde jemand seiner Mission endgültig ein Ende setzen.

Er ging zu seinem spärlich gefüllten Kühlschrank, nahm eine tiefgekühlte Lasagne heraus und schob sie in die Mikrowelle. Drei Minuten zeigte die Uhr an. Mit der anderen Hand tippte er auf die Kaffeemaschine, schwarz und stark, den brauchte er jetzt, die Nacht würde verdammt lang werden. Seine Tasse stand bereits an der richtigen Stelle.

Das Pad-System lag auf dem Sofa, er kontrollierte seine Cloud, in der sich 7.2 Gigabyte Daten angesammelt hatten. *Nicht die Menge, sondern die Qualität zählt,* dachte er und konfigurierte den Filter, um seine Diebesbeute nach passenden Hinweisen zu durchforsten. Ein direkter Treffer zu Lee war natürlich nicht dabei, das wäre auch zu einfach gewesen. Hinter ihm piepte es fordernd, die Lasagne war fertig. Mit etwas im Magen würde es leichter gehen.

»Los geht's ...« Travis hatte jetzt die Möglichkeit, sich seine Patienten im HFP-Center genauer anzusehen. Mit dem Mädchen, das er heute das dritte Mal geimpft hatte, die mit den kurzen Haaren, fing er an. Ihren Fall wollte er besser verstehen.

Über das Netz verglich er Referenzwerte für DNA-Marker im Blut, die er sich aus einem Forum für Biologiestudenten besorgt hatte, mit den Untersuchungsergebnissen der Jugendlichen. Die beiden Datenkolonnen brachte er mithilfe einer Tabellenkalkulation in eine einfach lesbare Form und staunte nicht schlecht. Links die DNA-Werte aus dem Biologieforum und rechts die DNA-Werte der HFP-Jugendlichen.

»Abgefahren ...« So etwas hatte Travis noch nie gesehen. Das musste ein Fehler sein. Er kontrollierte die Daten erneut, um auszuschließen, dass beim Transfer Segmente korrumpiert wurden. Das war nicht der Fall. Alle Prüfsummen der Datensätze stimmten. Die Kopiereinheit hatte sauber gearbeitet. Die überraschenden Ergebnisse brachten ihn sogar dazu, für einen Moment die Suche nach Lee aus den Augen zu verlieren.

»Wie kann das sein?« Das Blut der jungen Frau zeigte außergewöhnliche Phänomene. Nein, das genügte nicht, um seine Entdeckung zu umschreiben. Das war größer! Eine medizinische Sensation! Diese Ergebnisse musste er bestätigen. Er brauchte sofort weitere Datensätze. Travis identifizierte eine Gruppe relevanter DNA-Marker und fasste sie in einem Filter zusammen. Er wollte aus einer Stichprobe einen Trend ermitteln.

Seine Daten umfassten die Blutwerte von hundertachtundsiebzig jungen Menschen zwischen neun und zweiundzwanzig Jahren. Alle waren gestern von ihm und anderen Ärzten im HFP-Center am Central Park behandelt worden. Nur deshalb hatte er sie kopieren können. Wobei er bei der Erhebung lediglich die Fälle mit Blutabnahme und Impfung betrachtete.

Was zum Teufel … Die HFP-Therapie sorgte nicht nur für einen wirksamen Schutz gegenüber unerwünschten Infektionskrankheiten, die Probanden entwickelten in der Regel spätestens bei der dritten Behandlung ein Immunsystem, das in der Lage war, 99,89 Prozent aller bekannten Krankheiten zu trotzen. Das war auch im Jahr 2118 der absolute Hammer. Das war ein Novum! Wahnsinn! Virenerkrankungen, Krebs, Gendefekte, Diabetes, diese Kinder würden nie wieder im Leben krank werden! Damit konnte man Millionen Leben retten. Oder auch Millionen verdienen.

»Das ist unheimlich …« – Travis' zweiter Gedanke. Die Marker glichen den Werten von Lee, die sein alter Computer in Susans geschlossenem Center als nicht menschlich klassifiziert hatte. Eine natürliche Mutation? Forschte HFP nach dem Homo Sapiens 2.0? Das war kaum zu glauben.

»Nein …« Das hätte jemand anderes längst vor Travis entdeckt, HFP agierte im Schatten der Öffentlichkeit und nicht auf einem anderen Planeten. Das war kein gutes Zeichen. Dahinter musste etwas völlig anderes stecken.

»Lee, wo bist du?« Travis wollte nach wie vor das schwangere Mädchen finden. Er hielt sie, ihre mutierten Blutwerte und das Kind für den Schlüssel, um zu verstehen, was HFP getan hatte.

»Diese Schweine!« Die Konsequenz seiner Überlegungen war wie eine kalte Dusche. Er war zwar Arzt und ein guter Techniker, aber kein Genetik-Spezialist. Trotzdem war er sich sicher, dass dieser verlogene Verein illegale Testreihen an Jugendlichen durchführte. Für Geld? Für Macht? Den Grund kannte er noch nicht.

»Wie können die die ganze Welt unwissend in der Ecke stehen lassen?« Travis schüttelte den Kopf. HFP agierte global, sie gab es bereits seit über hundert Jahren. Die ganze Welt kannte sie. Er konnte sich kein sinnvolles Szenario vorstellen, wie HFP eine Verschwörung dieser Größenordnung vor der Welt verbergen konnte, wenn ein trockener Alkoholiker nach nur zwei Tagen, ohne gezielt danach gesucht zu haben, darüberstolperte.

Die Fragen würde er heute nicht lösen können. An Travis' Ziel hatte sich nichts geändert. Er würde Lee Hastings retten. Dafür würde er morgen alles aufs Spiel setzen.

Neuer Tag, neues Glück, die Uhr lief weiter. Travis hatte in der letzten Nacht noch schlechter geschlafen als in der zuvor. Die bohrenden Fragen ließen ihm keine Ruhe. Wie konnte HFP so lange unentdeckt bleiben? Das waren illegale genetische Manipulationen an Jugendlichen. Sie verpassten ihnen ein Immunsystem, das allem standhalten konnte. Die Folgen am menschlichen Erbgut würden katastrophal sein! Warum taten sie so etwas? Welche Motive bewegten sie? Gier nach Profit? Das passte nicht, weil HFP keine Gewinne erwirtschaftete.

Sollte er zur Polizei gehen? Nein, Detective Seiran würde ihn auslachen. Zuerst er und dann mit Dr. Tillerson im Chor. Wusste sie davon? Oder würden sie seine Erkenntnisse überraschen? Er konnte weder zur Polizei noch konnte er Leslie oder Igor vertrauen – schließlich arbeiteten sie beide bei HFP. Er wünschte sich, dass es Susan inzwischen besser gehen würde. Aber sie lag nach wie vor im Koma und befand sich in einem kritischen Zustand. Ihr könnte er sich anvertrauen. Sie wusste immer, was in ausweglosen Situationen zu tun war.

Die Presse? Herrje, das war die dümmste aller Möglichkeiten. Seine illegal beschafften Beweise waren juristisch nicht belastbar. Damit würde er sich nur selbst in den Knast bringen. Travis war also komplett auf sich allein gestellt.

»Fertig … du kannst gehen.« Er schickte einen schmächtigen zehnjährigen Jungen heim, den er zuvor geimpft hatte. Wie andere auch. Das Kind hatte keinen Ton gesagt. Aber gelitten, das hatte er nicht übersehen. Die Arbeit in der Erstaufnahme empfand er mittlerweile als unerträglich. In seinem Kopf festigte sich das Bild eines buckeligen alten Mannes, der im Kerker eines Tyrannen unschuldige Kinder quälte. So konnte er nicht weitermachen.

»Bea … ich fühle mich nicht gut. Ich mache kurz Pause.«
»Brauchen Sie medizinische Hilfe?«
»Ein paar Minuten Frischluft werden genügen …« Travis verspürte den Wunsch wegzulaufen. Wie früher, wenn es im Job hart wurde. Weglaufen, sich verstecken und die Sinne mit Whisky betäuben.
»Ich werde Ihre Patienten bei anderen Ärzten in die Arbeitsqueues einreihen.«
»Danke.«

Travis stand im Foyer und blickte durch den gläsernen Teil der Fassade auf die Straße. Draußen war es bitterkalt, aber die Sonne zeigte sich das erste Mal nach Tagen der Dunkelheit. Seine Zunge klebte trocken am Gaumen. Er glaubte bereits den Fusel auf der Zunge schmecken zu können. Stress war Gift für seine Seele. Etwas in ihm schrie nach Vergebung. Vergebung, die er nicht mehr erfahren würde.

»Dr. Jelen, ist alles in Ordnung mit Ihnen?«, fragte die nette Häuptlingstochter. Sie sah heute noch besser aus als am Tag zuvor. Wenn er vierzig Jahre jünger gewesen wäre, hätte er sie um ein Date gebeten. Erst Alkohol, dann Sex, früher hatte das funktioniert.

»Ja.« Travis musste eine Entscheidung treffen. Die Kopiereinheit würde ihn mit weiteren Blutwerten versorgen, Daten, die keine neuen Erkenntnisse hervorbringen würden. Er konnte jetzt weglaufen, sich betrinken und in einem Loch verkriechen – oder – oder er würde endlich in Erfahrung bringen, wo er Lee Hastings finden konnte. Sie brauchte ihn!

»Sie wirken bedrückt?« Carmen, so hieß die junge Frau, deren Hand ihn am Arm berührte. Eine Begegnung ohne Hintergedanken. Sie kannte ihn nicht und wollte ihm helfen. Auch er kannte Lee nicht, die ihn nicht mehr losließ.

»Alles in Ordnung.« Travis stellte sich vor, gemeinsam mit ihr in einer Badewanne gefüllt mit warmer Milch und Honig zu sitzen. Dabei trug sie nur einen Federschmuck auf dem Kopf. Netter Anblick. Er hasste Milch mit Honig. Der widerliche Geruch von warmem Honig in seiner Nase gemeinsam mit der Vorstellung ihrer nackten Brüste aktivierte direkt zwei Regionen in seinem Kopf. Das vertrieb die Gier nach Alkohol. »Danke ... ich muss weiter.«

»Keine Ursache ...«

Travis dachte über seine Karriereoptionen im Knast nach. Denn dort würde er landen. Das war inzwischen so sicher wie das Amen in der Kirche. Die könnten ihn als Arzt arbeiten lassen. Das wäre okay, damit würde er für die nächste Zeit klarkommen.

Ohne sich dafür zu interessieren, ob ihn jemand beobachtete, ging er in Leslie Tillersons Büro. Sie war nicht da. Hervorragend. Sich verstohlen umzusehen, hätte nur Verdacht erregt. Er benahm sich, als ob alles, was er tat, zu seiner normalen Arbeit gehörte. Mit Schüchternheit bekam man kein Date mit einer schönen Frau und sicherlich keine Informationen, die ihm weiterhalfen. Er schloss die Glastür und setzte sich an ihren Computer, ein holografisches Displaysystem, das die Bildschirminhalte in den Glastisch projizierte. Im Moment noch inaktiv.

Draußen gingen Kollegen vorbei, die zu ihm hersahen. Er lächelte und machte weiter. Die Möglichkeit, ihn mit seiner einen Meter fünfzig großen rothaarigen Chefin zu verwechseln, dürfte verschwindend gering sein. Das System startete, versuchte Leslie Tillerson biometrisch zu verifizieren und stoppte mit einer Passwortanfrage. Perfekt, genau das wollte er erreichen.

Ihr Startbildschirm zeigte einen bekannten NFL-Quarterback, zwei Meter groß, der ihre Haarfarbe hatte. Etwa jemand aus ihrer Familie? Wow, er war beeindruckt. Aber deswegen war er nicht hier. Wenn biometrische Zugangssysteme Menschen vor dem Gerät nicht erkennen konnten, boten schwächer geschützte Computer eine manuelle Eingabe der Benutzerkennung und des Passworts an. So wie in diesem Fall.

»Danke …« Mehr wollte Travis nicht. Die Kopiereinheit in seinem Nacken dürfte den fehlgeschlagenen Anmeldeversuch aufgezeichnet haben. Er stand auf, strich sich mit der Hand über die weiße Hose und verließ das Büro. Dabei legte er eine von den billigen Brieftaschen, die er sich immer bei Überfällen rauben ließ, mit zwanzig Dollar und einem alten Führerschein bestückt, als Notfallplan vor Leslies Schreibtisch ab. Nicht so, dass es direkt auffiel, am Tischbein verdeckt von dem Schubladenelement unter dem Tisch.

»Schönes Wetter draußen …«, erklärte er entspannt, als eine Kollegin im Gespräch mit einem virtuellen Partner vertieft an ihm vorbeiging. Sie reagierte nicht. Besser so.

Die Zeit drängte. Travis fuhr mit dem Aufzug in das Untergeschoss, dort gab es einen gesicherten Lagerraum für Blutproben und Impfmittel, zu dem er Zutritt hatte. Alles war nur eine Frage der Berechtigungen. Als Einsteiger und Arzt in der

Erstaufnahme durfte er Dinge tun und technische Räume betreten, die er für seine Arbeit benötigte.

»Bea ... ich brauche deine Hilfe.« Travis musste herausfinden, was die KI sah und was nicht. Hoffentlich ging die Überwachung nicht so weit, dass sie ihn in Leslie Tillersons Büro gesehen hatte.

»*Wie kann ich unterstützen?*«

»Ich habe meine Brieftasche verloren ... es wäre nett, wenn du mir bei der Suche helfen könntest.«

»*Es ist bisher nichts an der Rezeption abgegeben worden. Ich werde Sie benachrichtigen, wenn ich neue Informationen habe.*«

Travis nickte. Beas KI konnte nicht lügen, so zumindest der ihm bekannte Stand der KI-Forschung. Ergo gab es in Leslies Büro keine Kameraüberwachung.

»Vielleicht im Behandlungsraum?«

»*Ich prüfe die Videodaten ... nein. Ich kann dazu keine Hinweise erkennen.*«

Dort gab es allerdings Kameras, davon wusste er. Eine Auflage der Versicherung, so stand es im Regelwerk, das er lesen musste. Die Kameras dienten dazu, HFP vor unberechtigten Klagen wegen angeblicher sexueller Übergriffe zu schützen.

»Sag mir Bescheid, wenn du etwas hast.«

»*Bestätigt.*«

Travis' Ziel in dem gesicherten Lagerraum für Blutproben und Impfmittel war das zentrale Archivsystem. Die HFP-Firewall war mit seinen Mitteln von außen nicht zu knacken. Er griff sich in den Nacken, drückte auf die Kopiereinheit, um sich damit den gescheiterten Anmeldevorgang auf Leslies System näher anzusehen. Das textile Display an seinem Unterarm zeigte jetzt eine weitere Session an. Er disassemblierte den aufgezeichneten Datenstring und extrahierte Leslie Tillersons

Benutzernamen: LESTILL2114. Das war der erste Schritt. Ihr Passwort, das er nicht kannte, war neun Zeichen lang und wurde mit einer Triple-AES-Routine verschlüsselt. Diese Methode wurde auch Rijndael genannt, gemäß ihrer belgischen Entwickler Joan Daemen und Vicent Rijmen, die das Prinzip bereits vor einer Ewigkeit dokumentiert hatten. Über die beiden Männer hatte er vor vierzig Jahren während seines Studiums eine Hausarbeit geschrieben. Triple-AES arbeitete mit einer Verschlüsselungstiefe von bis zu 256 Bit, ein inzwischen zum Glück eher schwächerer Schutzstandard.

»Das kriege ich hin …« Travis war nie ein solch leidenschaftlicher Hacker wie Glen gewesen, trotzdem hatte er nicht alles von früher vergessen. Sein Ziel war es, sich mit den gestohlenen Account-Berechtigungen seiner Chefin für ihn nicht zugängliche HFP-Datenbanken anzusehen. Dort müssten sich doch weitere Informationen zu Lee und ihrem neugeborenen Kind auftreiben lassen.

Im Netz rief er deswegen über seine eigene Netzverbindung ein Hackerforum auf, suchte sich einen Link zu einem sonnigen, nicht regulierten Offshore-Rechenzentrum auf den britischen Jungferninseln und mietete sich für einen Tag ein Serverarray. Ein massiv paralleler stickstoffgekühlter Cluster mit mehr CPUs, als er Haare auf dem Kopf hatte. Geile Maschine. Das Ding kostete dreitausend Dollar am Tag. Der kürzeste verfügbare Mietzeitraum. Eine gute Investition. Aus dem Hackerforum kopierte er ebenfalls eine Routine auf den Cluster, um Leslies Passwort mit der Brute-Force-Methode errechnen zu lassen.

Enter! Die kleine Appliance in seinem Nacken hätte für diesen Job mehrere Leben benötigt, die genitale Offshore-Verlängerung für IT-Nerds würde dafür maximal sieben Minuten brauchen.

»Dr. Jelen, Dr. Tillerson bittet Sie zum Gespräch«, sagte Bea, die Stimme in seinem Ohr.

Travis sah auf die Uhr, er konnte jetzt nicht zu ihr. Er wartete auf das Passwort und würde heute nicht ein zweites Mal in den Lagerraum gehen können, um sich angeblich neue Impfstoffe zu holen.

»Sobald ich hier fertig bin ... um was geht es?« Travis musste Bea hinhalten.

»*Das ist mir leider nicht bekannt. Ich denke, es ist dringend.*«

Drei Minuten, die Zeit lief weiter, das war der fetteste Cluster, den man im Netz mieten konnte. Normalerweise wurden solche Anlagen für Projekte von Universitäten oder der Industrie gebucht.

»Natürlich ... ich bin schon unterwegs.« Travis tippte mit dem Finger auf die Konsole des Archivsystems. Leslies Benutzername hatte er bereits eingegeben, nur das Passwort fehlte noch.

»*Wo sind Sie gerade?*«, fragte Bea. Eine interessante Frage, die KI wusste es anscheinend nicht.

»Auf der Toilette.« Aber warum fragte sie? Was sollte die plötzliche Eile? War er zu weit gegangen? Er hatte noch gar nicht angefangen.

»*Brauchen Sie medizinische Hilfe?*«

»Nein ... Bea, ich brauche ein paar Minuten für mich. Du weißt doch, was eine Toilette ist, oder?«

Stille.

HaLleLuj8, der Cluster lieferte ein Ergebnis. Sechs Minuten und vier Sekunden. Ein perfekter Job. Leslie Tillerson nutzte in ihrem Passwort drei Großbuchstaben und eine Zahl. Travis meldete sich an. Es funktionierte. Jetzt hatte er seine Finger tief ins Marmeladenglas gesteckt. Die Zeit lief.

»*Ich kann Sie nicht orten.*«

»Gleich fertig …« Travis schmunzelte, er hatte noch nie eine besorgte KI erlebt. Mit dem Berechtigungsset seiner Chefin suchte er erneut nach Lee Hastings. Kein Treffer. Er suchte nach ihrer DNA. Treffer. HFP kannte das Mädchen also. Sie nannten sie »Trägersubjekt: H7Zeta«. Eine Bezeichnung, die nichts Gutes erhoffen ließ. Das war eine geschützte Forschungsdatenbank, auf die auch seine Chefin keinen vollständigen Zugriff hatte. Er startete einen weiteren Brute-Force-Angriff. Abbruch. Die offene Session kollabierte. Mist!

»Dr. Jelen, es gibt einen Sicherheitsalarm. Alle Mitarbeiter werden aufgefordert, ihre Position im Gebäude und ihre aktuelle Tätigkeit zu bestätigen.«

»Ich habe Durchfall!«, rief Travis wütend, die würden ihn für den Angriff fertigmachen. Ein kalkuliertes Risiko, das er einging. Dummerweise wusste er immer noch nicht, wie er Lee finden sollte. Mit H7Zeta konnte er nichts anfangen. Sein Ziel hatte er nur zum Teil erreicht. Zwar hatte er einen Zugang zu den geschützten Datenbanken gefunden, dort aber nicht die gewünschten Informationen über Lee Hastings auslesen können. Auch zu ihrem Kind hatte er keine Infos bekommen.

»Bitte bestätigten Sie Ihre Position.«

George Bonnet, dachte Travis und suchte nach ihm. Treffer in der Patientendatenbank. Er wurde vor einem Jahr behandelt, hatte aber die Impfung verweigert. Vielleicht nicht die dümmste Entscheidung. Das System lieferte auch eine Adresse. Ob die stimmte? Das war bei ihm in der Nähe. Abbruch. Die komplette Kennung war tot. Game over. Die hatten ihn gestoppt.

»Ich bin auf dem Weg zu Dr. Tillerson.« Travis musste die Lagereinrichtung sofort verlassen. Er fuhr das Archiv wieder herunter, wischte seine Fingerabdrücke ab – hoffentlich brachte das etwas – und verließ mit einem Päckchen Impfstoffen in der Hand die Lagereinrichtung. In einem benachbarten Korridor hörte er Schritte näher kommen. Das klang nach schlecht gelaunten Personen, die es sehr eilig hatten.

Ich muss hier weg, dachte Travis und rannte. Um die Ecke herum war eine Toilette. Er ging hinein, betätigte die Spülung und wusch sich danach die Hände. Es klopfte an der Tür.

»Ja, bitte.« Travis trocknete sich am Heißluftföhn die Finger.

»Dr. Jelen, sind Sie allein?«, fragte eine Frau von der Security, der Schweißtropfen an der Schläfe herabliefen. Sie musste gelaufen sein.

»Jetzt nicht mehr …« Travis gab sich cool und ließ sich nichts anmerken.

Die Frau kontrollierte die Toilette. »P95 an Zentrale. Die Waschräume sind sauber. Habe Dr. Jelen angetroffen. Warten Sie … Bea bestätigt mir gerade seine Position während der Schutzverletzung.« Sie sprach mit ihren Kollegen über Funk. »Sir, ich soll Sie zu Dr. Tillerson begleiten.«

»Natürlich.«

»Dr. Tillerson, Sie wollten mich sprechen?« Travis nahm im Büro seiner Chefin Platz.

»Ja.«

»Ich hatte Sie vorhin gesucht.«

»Weswegen?« Sie lächelte und musterte ihn scharf. Die kleine Frau war gefährlich, sie faltete die Hände vor der Brust.

»Ich wollte mich bei Ihnen bedanken. Leider waren Sie eben nicht im Büro. Ich habe ein paar Minuten gewartet, bin dann aber wieder in die Erstaufnahme. Ich wollte meine Patienten nicht länger als nötig warten lassen.« Travis setzte alles auf eine Karte. Die Frau vom Sicherheitsdienst blieb vor der geschlossenen Tür stehen. Hoffentlich nicht wegen ihm.

»Wegen Seiran?« Sie führte die Fingerspitzen zu den Lippen. »Ja.«

»Das ist nicht notwendig. Sie gehören zum Team, wir sind für Sie da.«

»Trotzdem, danke ... ich empfand es nicht als Selbstverständlichkeit.«

»Vertrauen ist nie selbstverständlich«, sagte sie und sah ihn mit wachen Augen an. Blau, tief und umrandet mit kleinen Fältchen. Wusste sie, was er getan hatte? Nein, wichtiger war die Frage, wusste sie, was HFP Lee Hastings angetan hatte? Was war mit dem Kind geschehen? War das überhaupt eine natürliche Schwangerschaft? Er würde sich um beide kümmern wollen.

»Das ist wahr.«

»Sie hatten heute Magenprobleme?«

»Ja.« Travis strich sich langsam über den Bauch. »Aber es geht wieder.« Er wartete einen Moment. »Weshalb haben Sie mich rufen lassen?«

»Ich denke, das haben Sie verloren.« Sie schob ihm seine Geldbörse über den Glastisch.

»Oh ... ich habe sie schon gesucht. Nochmals danke. Ich hatte auch Bea gebeten, mir zu helfen.« Travis war noch im Rennen. »Habe ich sie etwa hier liegen gelassen?«

A.D. 2018

HANDFESTES

»Hey, was soll das werden?«, rief Alan hinter ihm.

Jake blieb stehen und drehte sich um. Sein Freund kam mit großen Schritten über den Parkplatz vor der Schule auf ihn zu. Der Unterricht war zu Ende, aber in zehn Minuten würde das Footballtraining beginnen. Jake hatte nicht vor, daran teilzunehmen. Er hatte sich mit Amy verabredet, und später würde noch William zu ihnen stoßen.

In der Nacht hatte ihm der Junge seine Handynummer gesandt und ihm per WhatsApp geschrieben, dass er etwas über die Organisation herausgefunden hatte, die das Jugendcenter betrieb.

Das waren wichtige Neuigkeiten, er hatte jetzt keine Zeit für Football.

Wie auch schon am Tag zuvor brannte die Sonne heiß vom wolkenlosen Himmel herab. Der Asphalt auf dem Parkplatz strahlte eine Hitze ab, die Stahl schmelzen konnte, und Jake musste schmerzhaft feststellen, dass der Türgriff des Civics verdammt heiß war.

Er öffnete die Karre und ließ das Fenster herunter. Die Klimaanlage musste neu befüllt werden, also funktionierte sie nicht richtig.

Wahrscheinlich würde er auf der Fahrt zu William an einem Hitzschlag sterben.

Alans Gesicht war hochrot angelaufen. Jake vermutete, dass das nicht nur an der hohen Temperatur lag.

»Wo willst du hin?«, fragte er.

»Ich muss los, treffe mich mit jemand.«

»Jetzt ist Training.«

»Sag dem Coach, dass es mir nicht gut geht. Magenverstimmung von dem Schulfraß. Glaubt er dir bestimmt.«

»Ist das dein Ernst? Am Samstag versaust du das Spiel, gestern ziehst du eine Mordsshow ab, und heute lässt du alle hängen?«

»Danke, dass du mich noch mal darauf hingewiesen hast, dass wir wegen mir das Spiel verloren haben. Ich hätte es fast vergessen.«

»Du weißt, dass es so nicht gemeint ist, aber du kannst nicht einfach das Training schwänzen. Wir haben am Wochenende das Benefizspiel gegen Deerfield und müssen noch ein paar Spielzüge einüben. Nach dem verpassten Finale der Staatsmeisterschaften erwarten die Leute, dass wir unser Bestes geben.«

»Sanchez wird mich sowieso nicht aufstellen.«

»Doch, er braucht dich. Melwin war heute nicht in der Schule. Offenbar hat er eine akute Blinddarmentzündung, und es kann sein, dass er operiert werden muss. Aber selbst wenn nicht, wird er am Samstag nicht auflaufen können, also wird der Coach *dich* auf den Platz stellen müssen.«

»Ich kann nicht.«

»Was kannst du nicht?«

»Zum Training kommen. Ich habe eine Verabredung.«

»Sag mal, spinnst du? Was für 'ne Verabredung? Ist was mit deiner Mutter? Musst du zum Jugendamt, oder was?«

»Ich treffe mich nachher mit Amy.«

Alan sah ihn mit weit aufgerissenen Augen an. »Wer zum Teufel ist Amy?«

»Ein Mädchen, das ich gestern kennengelernt habe.«

»Auf Serenas Party? Ich war später auch dort, aber du warst schon weg.«

»Nein, danach. Ist ja auch egal.«

»He, he, he, hier ist gar nichts egal. Du kannst dich mit so vielen Amys auf der Welt treffen, wie du willst, aber jetzt ist Training.«

»Ist es nicht. Ich muss das tun.«

Alan schwieg für einen Moment, sah zu Boden, dann blickte er wieder auf.

»Jake, du bist mein Freund, seit ich denken kann, aber das enttäuscht mich echt. Am Samstag hast du mich gebeten, auf dich den Pass zu spielen. Gegen Trainer Sanchez' Anweisung. Ich habe es getan. Als es schiefging, habe ich mich vor dich gestellt und einiges abbekommen. Man hat nicht nur dich im Netz fertiggemacht und in der Schule verhöhnt … und jetzt lässt du mich hängen?«

»Alan, es tut mir leid. Ich kann nicht anders.«

»Dann erkläre es mir. Was ist wichtiger als dein bester Freund? Ein Mädchen, das du erst gestern kennengelernt hast?«

»Ich kann darüber nicht reden.«

Alan hob beide Hände. »Weißt du, ich habe auch jemanden auf der Party kennengelernt. Ich glaube, mich hat es voll erwischt, und ich treffe mich später mit ihr, aber mache ich so einen Zirkus? Verpasse ich das Training, weil mein Schwanz hart wie Stahl ist? Nein, ich mache meinen Job. Lasse meine Kameraden nicht im Stich. Du siehst das anders. Setzt neue Prioritäten. Gut, dein Ding, aber weißt du was?«

Jake sagte nichts.

»Scheiß auf dich!«

Mit diesen Worten wandte sich Alan ab und stapfte davon. Jake hätte am liebsten geflennt. Sein bester Freund, der immer zu ihm gehalten hatte, war tief verletzt, und er konnte es ihm nicht mal verübeln.

Aber was sollte er tun? Ihm sagen: »Hey, da gibt es eine komische Organisation, die ein Jugendcenter in der Stadt betreibt. Dort treffen sich Kids, die allesamt zugedröhnt wirken, aber nichts einwerfen, und dann ist da noch Serena, ein Höllenweib, das irgendwie einen seltsamen Geruch ausströmt, der andere magisch anzieht. Und ach, übrigens, ich habe jetzt die Supernase, kann meilenweit entfernte Brände riechen. Eine Brille brauche ich auch nicht mehr, und der Heuschnupfen, der mich jahrelang geplagt hat, ist weg.«

Alan würde denken, er spinne oder habe sich alles ausgedacht.

Ich muss mit ihm reden, werde ihm alles erklären, aber nicht jetzt. Noch nicht. Alan würde mir ohne etwas Handfestes nicht glauben und alles als Spinnerei abtun. So ist er eben, aber wenn ich …

Jake war so in Gedanken, dass er den bekannten Geruch aus Wut und Zorn erst bemerkte, als es schon zu spät war.

Vor ihm standen Robertson und zwei weitere Spieler aus dem Team. Alle drei hatten sich bereits umgezogen und trugen Footballklamotten. Die Schulterpolster ließen sie noch bedrohlicher als ihre wutverzerrten Gesichter wirken.

Scheiße, war das Einzige, was Jake in diesem Moment denken konnte. Das hier würde nicht gut für ihn ausgehen.

»Wir haben gehört, du kommst nicht zum Training.«

Alan.

Er antwortete nicht. Robertson kam noch näher. Der Geruch, der von ihm ausströmte, war überwältigend. Der Junge war drauf und dran, ihm eine reinzuhauen.

»Es hieß, du wärst krank, aber ehrlich, Mann, du siehst nicht krank aus. Nicht wirklich.«

»Ist was mit dem Magen.«

»Yeah«, sagte Robertson und rammte ihm die Faust in den Bauch. »Ist ganz sicher was mit dem Magen.«

Jake klappte zusammen. Er fiel auf die Knie. Krümmte sich. Musste würgen und betete zu Gott, dass er sich nicht vor den anderen übergab.

Lieber sterbe ich.

Die Schmerzen waren unglaublich. Irgendwie brannte sein ganzer Bauchraum.

Das verdammte Arschloch hat mir den Magen oder den Darm zerrissen.

Er keuchte.

»Steh auf«, sagte Robertson kalt. »Ich bin noch nicht fertig mit dir.«

Jakes Geruchsinn ließ ihn in diesem Moment im Stich, daher wusste er nicht, ob es Robertson ernst meinte.

So oder so, aufstehen war nicht drin.

Die beiden anderen standen bloß da. Jake vermutete, dass Robertsons Aktion auch sie überrascht hatte. Wahrscheinlich waren sie nur mitgekommen, um ihn psychisch fertigzumachen, dass die ganze Sache nun handgreiflich geworden war, ließ sie verstummen.

»Was willst du von mir, Robertson?«, keuchte Jake. »Freu dich doch, wenn mich Sanchez rauswirft und ich nicht mehr im Team bin.«

»Ich mag es nicht, verarscht zu werden«, knurrte Robertson. »Gestern hast du uns eindrucksvoll gezeigt, dass du durchaus in der Lage bist, schwierige Bälle zu fangen, also was sollte das am Samstag?«

»Glaubst du ernsthaft, ich habe das absichtlich gemacht?«

»Ich glaube gar nichts. Erklär es mir.«

»Da gibt es nichts zu erklären. Alan und ich haben uns den Plan ausgedacht. Er hat den perfekten Pass geworfen, und ich habe ihn nicht gefangen. So einfach und so blöd ist das.«

Jake versuchte, wieder auf die Beine zu kommen. Er stützte sich auf dem Asphalt ab und drückte sich hoch.

»Bleib lieber unten«, meinte Robertson kühl. »Sonst gibt's gleich noch was auf die Fresse.«

»Leck mich, du Arschloch!«

Jake war wütend. Sein Unterleib schmerzte, als wäre darin eine Bombe explodiert. Er verbrannte sich den Arsch auf dem heißen Asphalt, und dieser Sack glaubte, er könne ihm Angst machen.

Scheiß drauf. Dann kriege ich halt noch was ab. Vielleicht lande ich ja auch einen Glückstreffer, und er überlegt sich das Ganze noch mal.

Damit war allerdings in seiner Verfassung nicht zu rechnen. Schwankend stand er auf und taumelte wie ein Betrunkener hin und her.

Robertson grinste ihn an. »Gut so, muss ich mich schon nicht bücken.«

»Hör mal«, mischte sich nun Sebastian Meyard, der zweite Tackle ein. »Ich …«

»Schnauze!«, fuhr ihn Robertson an. In seinen Augen lag ein harter Glanz. Das hier würde ganz bitter werden.

Plötzlich stand Amy neben ihm. Er hatte sie nicht kommen sehen und sonst auch niemand. Sie hakte sich bei Jake unter, stützte ihn, funkelte Robertson wütend an.

»Was soll das? Was macht ihr hier?«, zischte sie.

Robertson lächelte amüsiert. »Wer ist das denn? Deine kleine Schwester? Deine Freundin? Nein, Leute wie du haben keine Freundin. Bist du seine Sozialarbeiterin?«

Amy hob langsam die Hand und tat so, als kurbele sie daran, bis der Mittelfinger steil nach oben stand.

»Fick dich!« Da war sie wieder, die Amy, die Jake so mochte. Selbst ein Riese wie Robertson konnte ihr keine Angst machen.

Robertson trat einen Schritt nach vorn, aber Amy wich nicht zurück. Sie hielt dem schwarzen Jungen den Finger vors Gesicht.

»Was willst du jetzt machen, du Held? Mich auch schlagen?« Sie lachte laut. »Meine vier Brüder werden kommen und dir den Arsch aufreißen.«

Robertson schnaubte.

»Lass uns gehen«, sagte Meyard. »Ich denke, er hat verstanden, was du ihm sagen willst.«

Einen Moment lang starrte ihn Robertson an, dann sagte er leise: »Lass dich am Samstag nicht beim Spiel blicken, oder ich schwöre dir, das hier ist noch nicht vorbei.«

Mit einem Ruck drehte er sich um und ging davon. Die beiden Mitspieler aus Jakes Team zottelten hinterher.

Als sie verschwunden waren, fragte Amy: »Freunde von dir?«

»Ha ha ha, sehr witzig.«

»Tut es noch weh?«

»Ja.«

»Du wirst morgen Probleme auf dem Klo haben.«

Jake sah ihr Grinsen. »Ist das alles? Kein Mitleid?«

»Hey, du packst das schon. Ich trainiere seit meinem zehnten Lebensjahr Taekwondo und hab schon öfters mal etwas abbekommen. Das geht vorbei.«

»Wusste gar nicht, dass du vier Brüder hast.«

»Hab ich nicht. Nur David, und der ist ein Lamm. Dein Kumpel würde ihn zum Frühstück verspeisen.«

»Robertson ist nicht mein Kumpel. Wir spielen im gleichen Team.«

»So sah das aber nicht aus.«

»Er ist sauer, weil ich das Spiel am Samstag vermasselt habe. Nun ist sein Stipendium in Gefahr.«

»Kein Grund, dir eine reinzuhauen.«

»Taekwondo also? Du hättest ihn fertiggemacht.« Jake war beeindruckt.

Amy verdrehte die Augen. »Das ist eine Wettkampfsportart. Wenn du Tennis spielst, rennst du auch nicht rum und ziehst bei jeder Kleinigkeit den Leuten deinen Schläger über den Schädel.«

»Das war ernst«, sagte Jake.

»Hab ich gesehen.«

»Gut, dass du gekommen bist.«

Amy nickte.

»Seit dem zehnten Lebensjahr?«

»Ich habe den zweiten Dan, also zwei schwarze Gürtel.«

»Zwei gleich. Oha! Jetzt fühle ich mich sicher.« Er grinste. »Und das mit dem Klo stimmt echt?«

»Du wirst glauben, du kackst Kohlebrocken.«

»Wow! Klingt nach jeder Menge Spaß.«

»Es gibt einen Trick«, sagte Amy.

»Bitte sag ihn mir!«

»Dreh das Radio auf. Dann hört niemand deine Schmerzensschreie.«
Jake blickte sie an. »Du bist echt witzig, weißt du das?«

BESTE AUSSICHTEN

Der Winter biss Lee mit Hunderten kleinen Zähnen eiskalt in den Nacken. Sie stand am Times Square, die Hände tief in den Taschen der Jeans verborgen, und fror. Hinter ihr eine Mauer, hoch und grau, vor ihr ein nicht endender Strom an Menschen.

Jagdzeit. Sie musste den richtigen finden, sonst war es das Risiko nicht wert. Da war einer, sah europäisch aus, älter als Methusalem und mit mehr Falten im Gesicht als Haaren auf dem Kopf. Er trug einen offenen Ledermantel, sah teuer aus, mit Pelzeinsatz. Perfekt.

Lee ging los. Schnell. Direkt auf ihn zu. Vier lange Schritte, den Blick von ihm abgewandt, sie spannte die Muskeln an und prallte mit ihm zusammen. Ein widerlicher Typ. Sie glaubte, sein Aftershave auf der Zunge schmecken zu können.

»Oh …«, kokettierte Lee, der Typ dachte vermutlich an vieles, wenn ein Mädchen ihm die Brüste auf den Wanst drückte. Sie stürzte ungeschickt, auch er musste einen Teil zu ihrem Date beitragen.

»Hey … nicht so schnell, junge Dame.« Der Mann fing sie auf. Beide Hände an der Taille. Na ja, eine war an ihrem Arsch. Aber das war okay, sie hatte auch ihre an seinem. Und dabei ungleich mehr in den Fingern. Genauer gesagt seine Brieftasche, die sie mit einer geschickten Drehung hinter ihrem Rücken verschwinden ließ.

»Entschuldigung ... Sir.« Sie sah unterwürfig auf den Boden, das kam immer gut, da er sie später nicht beschreiben können würde. Später bei der Polizei, wenn er bemerkte, beklaut worden zu sein.

»Ist nichts passiert ... das nächste Mal besser aufpassen ... einverstanden?« Er lächelte. Die Netten auszunehmen, gab ihr den besonderen Kick. Lee nickte und ging weiter. Der Typ war abgeerntet. »Hey ... warte kurz!«

Lee tauchte in der Menge ab und konnte ihn bereits wenige Meter weiter nicht mehr hören. Ihr Herz klopfte schnell, hoffentlich hatte sich der Fang gelohnt. Brieftaschen ernten in Downtown war gefährlich. Sie wurde schon zweimal von der Polizei geschnappt und einmal sogar verprügelt. Von einer Frau! Die Alte hatte eine Kelle wie ein Preisboxer und ihr wegen der dämlichen Handtasche das halbe Gesicht grün und blau geschlagen.

Lees Magen knurrte, sie verschwand im nächsten Burgertempel, von denen es am Times Square einige gab. Während sie vor der Kasse wartete, inspizierte sie ihre Beute. Das Gefühl frischer Scheine zwischen den Fingern war wunderbar. Volltreffer, mindestens siebenhundert Dollar, vier Kreditkarten, eine deutsche ID, Führerschein und ein Bild seiner Frau waren in der Brieftasche. Was für eine hässliche Tussi. Mister B. würde die Karten flüssig machen, das sollte weiteres Bares geben, dafür würde ihr dieser Penner etwas schuldig sein.

»Zwei Cheeseburger.« Lee hielt der Bedienung einen Zehner vor die Nase. Heute konnte sie bezahlen, ein Luxus, der nicht jeden Tag vorkam.

»Neun Dollar, bitte.«

»Behalt den Rest.« Sie griff die Burger ab, packte einen sofort aus und biss zu. Der war noch heiß, frisch vom Grill, so mochte sie ihn. Jetzt wollte sie nur noch weg hier.

»Officer, da vorne ist das kleine Miststück, das mich bestohlen hat!« Das deutsche Wurstgesicht sprach mit einem fürchterlichen Akzent. Wieso war der ebenfalls im Burgerladen? Und was sollte der Bulle im Schlepptau? Der brauchte sich nicht wegen der paar Kröten anpissen! »Sehen Sie, die Kleine dort, die mit der angefressenen Rattenfrisur!«

»Du bleibst stehen!« Eine Schraubzwinge umfasste Lees Handgelenk, der Polizist stand bereits neben ihr. Hätte der Bruder des Deutschen sein können, sah ähnlich bescheuert aus.

»Hunger?« Lee drückte dem Polizisten den angebissenen Burger ins Gesicht. Schade drum, aber sie musste abhauen. Er schrie. Weichei! Scheinbar mochte er seine Burger nur lauwarm. Die Bemerkung über ihre Frisur war eine Frechheit, schließlich hatte sie sich nicht freiwillig Sonden in den Hintern stecken und den Kopf rasieren lassen.

Lee riss eine ältere Frau herum und schubste sie in die Richtung ihrer Verfolger. Im Burgerladen wurde es laut. Das waren gut zwanzig Meter bis zur Tür. Zwanzig Meter, auf denen ihr über zweihundert unnütze Idioten im Weg standen.

»Bleib sofort stehen!« Der Polizist schien sich ihr Mittagessen von der Wange gepuhlt zu haben. Lee hielt die Papiertüte mit dem zweiten Burger, den wollte sie nicht hergeben, fest.

»Stehen bleiben! Letzte Warnung! Oder ich mache von der Dienstwaffe Gebrauch!«

Lächerlich, als ob der Bulle in einem vollen Restaurant schießen würde. Lee machte einen Haken und schubste ein Kind zu Boden. Die Mutter schrie und schlug nach ihr. Zu hoch. Sie duckte sich unter dem Hieb hinweg. Noch fünf Meter bis zur Tür.

Ein Schlag traf Lee am Rücken und riss sie zu Boden. Die Papiertüte flog durch die Luft. Alles dröhnte. Ihr ganzer Körper zuckte unkontrolliert. Es roch nach verbranntem Fleisch. Als sie wieder nach oben sah, blickte sie in die Augen des Polizisten, der sie mit einem Taser flachgelegt hatte.

»Name?«

»Lee Hastings.« Lee hielt ihr Gesicht in beiden Händen verborgen.

»Geboren?«

»Siebter Februar 2102.« Wen interessierte schon, wie alt sie war.

»Wohnort?«

»Hab keinen ... wohne bei Freunden.« Was für eine dämliche Frage, wenn sie einen hätte, würde sie nicht so einen Mist bauen.

»Und die Adresse?«, fragte eine Polizistin, die älter war als die Freiheitsstatue.

»Die wechselt öfter ...« Lee würde den Bullen garantiert nicht auf die Nase binden, wo Mister B. wohnte. Wenn sie das täte, wäre sie tot!

»Sie sind obdachlos?«

»Ich bin frei!« Dieser Gedanke gefiel Lee besser. Sie war frei und konnte tun, was sie wollte. Na ja, wenn sie Geld gehabt hätte.

»Ein anderer Ton bitte!«

»Ja, Ma'am.« Lee wurde sich ihrer Situation bewusst, sie hatte nicht nur einen Touristen bestohlen, sie hatte auch einen Polizisten und andere Gäste im Fastfood-Restaurant angegriffen.

»Legen Sie Ihre Hand auf den Scanner.«

Lee tat, was die Beamtin verlangte. Gleich würde so etwas kommen wie: *Oh ... wie ich sehe, kennen wir uns bereits. Mrs Hastings, wollen Sie Ihre Karriere im Knast fortsetzen?*

»Mrs Hastings, Sie sind bereits mehrfach auffällig geworden: zwei Verwarnungen und drei Tage Jugendarrest. Die Straftat heute wird Ihnen vermutlich eine Anklage einbringen.« Die Polizistin sah sie an. Links und rechts saßen weitere Kriminelle in einem Großraumbüro und wurden administriert. Die hatten Lee eine elektronische Schelle um den Hals gelegt, mit dem Ding benahm sich jeder Schwerverbrecher wie ein Chorknabe.
»Möchten Sie dazu eine Aussage machen?«

»Nein.«

»Ich übergebe Ihren Fall zur Vorbewertung an den diensthabenden Staatsanwalt.« Sie wischte mit der Hand den Bildschirminhalt weiter. Das Display befand sich im Tisch integriert. »Mrs Hastings, Sie bleiben in Untersuchungshaft.«

»Wie, so schnell?« Lee verstand das Tempo nicht, in dem über sie entschieden wurde.

»Ist eine KI …«

»Oh …« Jetzt wurde ihr heiß und kalt zugleich. Heute hatte sie den Bogen überspannt.

»Hey, Tony, kannst du Mrs Hastings in eine Zelle bringen?«, rief sie einem Kollegen zu, der gerade in ihrer Nähe war.

Tony blieb stehen, ein ebenfalls älterer Beamter, mit Brille und Weihnachtsmannbart, und musterte Lee wie ein Stück Fleisch auf dem Markt.

»Minderjährig?«

»Ja … Taschendiebstahl, Körperverletzung und Angriff auf einen Officer.«

»Echt? Wen hat sie erwischt?«

»Sie hat Roger Stevens von der Siebten einen heißen Burger ins Gesicht geschmiert.«

»Roger? Den kenne ich. Ich wusste nicht, dass das ein Verbrechen ist …«

»Lass die Scherze! Der Staatsanwalt will Anklage erheben. Nimmst du sie jetzt mit?«

»Nein.«

»Wie, nein? Soll ich sie etwa an meinen Tisch ketten, oder wie stellst du dir das vor?«

»Lass sie laufen.«

»Das geht nicht … sie hat keinen festen Wohnort, die sehen wir nie wieder!« Lees Bearbeiterin war von der Idee, sie gehen zu lassen, nicht sonderlich angetan.

»Und ich hab keinen Platz für eine Minderjährige. Du kennst die Auflagen für Jugendliche. Sie bräuchte eine psychologische Ersteinschätzung zur Suizidprävention, einen Gesundheitscheck und eine altersgerechte und vor allem sichere Unterbringung.«

»Und?«

»Unser Psychologe spricht gerade mit einem Typen, der seinen Wellensittich gefressen hat, der Arzt behandelt sich selbst, nachdem ihm ein Junkie ins Bein gebissen hat, und die Einzelzellen sind mit Typen belegt, die du sicherlich nicht am Tisch sitzen haben möchtest.«

»Dann steck sie in die Sammelzelle!«

»Weiblich und minderjährig … auf dass sie heute Nacht zwanzig mal vergewaltigt wird und unser Department morgen eine millionenschwere Klage am Hals hat?« Er hielt sich vor Lachen den Bauch. »Lass sie laufen.«

»Das ist nicht dein Ernst!«

»Kleine, hör mir gut zu!« Jetzt sah der Weihnachtsmann Lee persönlich an. Sie schluckte. »Sehe ich dich hier in der nächsten Woche erneut, stecke ich dich in die besagte Sammelzelle, in die wir jeden bissigen Straßenköter werfen, den die Officer von der Straße kratzen.«

Sie nickte stumm.

»Hast du mich verstanden?«

»Ja.« Lee fühlte sich hundeelend. Sie wollte sicherlich nicht dorthin.

»Dann hau ab!«

Lee klopfte bei Mister B. an die Tür. Natürlich hieß er nicht so, sondern George Bonnet, er war siebzehn, aber alle nannten ihn Mister B.

»Hallo Zuckerschnute!« George öffnete die Tür, es roch nach Gras und Alkohol, der war schon wieder völlig neben der Spur.

»Hi.«

»Hast du was für mich?«

»Hatte einen guten Fang ... aber die Bullen haben mich geschnappt.«

»Bist du dumm, oder was?« George gab ihr eine Ohrfeige, dass sie mit dem Kopf gegen den Türrahmen knallte. Weiter hinten in der Bruchbude lachte sein Kumpel Juan. Ein Idiot, der sogar darüber lachen würde, wenn George ihm die Kniescheiben zerschmettert hätte.

»Morgen mache ich es wieder gut ... kann ich hier schlafen?« Lee wusste genau, was sie sagte. Sie brauchte ein Dach über dem Kopf. Draußen würde sie erfrieren. Sie wusste aber auch noch, was der Weihnachtsmann gesagt hatte, der sie kein weiteres Mal laufen lassen würde. Eine Nacht in der Sammelzelle wollte sie nie erleben müssen. Um zu überleben, konnte sie stehlen oder auf den Strich gehen. Sie hatte Ersteres gewählt.

»Bin ich etwa eine Notschlafstelle für dämliche Chicks, oder was?«

»Sie soll strippen!«, rief Juan und hob eine Bierdose hoch.

»Fick dich, Juan!« Lee drängte sich an George vorbei, sie wollte ihm nicht die Möglichkeit geben, zu lange nachzudenken. Auch wenn manche Idioten auf der Straße Müll redeten, ihr Körper gehörte ihr, sie hatte weder mit ihm noch mit Juan geschlafen.

»Hey ... habe ich was verpasst?« George schloss die Tür und zog an seinem Joint.

Der Tag war echt mies gelaufen. Die beiden Typen sollten sie in Ruhe lassen. Lee ließ sich auf ein altes Sofa fallen und hatte nicht vor, mit den Jungs mehr zu reden als nötig.

Es klopfte an der Tür. George sah Juan an, der mit den Schultern zuckte.

»Erwartest du jemanden?«, fragte Lee, die durch das Klopfen aus dem Halbschlaf gerissen wurde.

»Höchstens deine Mutter, der wollte ich es noch besorgen!«

»Witzig!« Lee schüttelte den Kopf. George war ein Arschloch.

»George Bonnet?«, rief eine männliche Stimme durch die Tür. Lee horchte auf, die Cops? Nein, sie kannte diesen Mann. Nur woher?

»Alter, das ist jetzt nicht wahr, oder?« George ging zur Tür, auch er kannte anscheinend die Stimme. Jetzt fiel es Lee wieder ein, das war der Arzt. Der, der sie behandelt hatte, der, den Mister B. vor seinem Haus beraubt hatte. Was wollte der Spinner hier? Heute Nacht sterben?

»Guten Abend ...« Dr. Jelen drückte seinen Kopf an George vorbei und sah zu Lee. Ein Blick, den sie nicht verstand. Er lächelte wie ein Kind, das ein Stück Schokolade geschenkt bekam. »Ich würde gerne mit Lee sprechen ... in Ordnung?«

»Was geht denn hier ab? Lee, gehst du anschaffen, oder was will das Sackgesicht hier?«

»Erzähl keinen Mist! Er ist Arzt.« Wenn, dann hätte sich Lee nie an ältere Männer verkauft.

»Arzt?«

»Das ist richtig.« Dr. Jelen drängte weiterhin in den Raum, aber George ließ ihn nicht vorbei.

»Ich hab da so ein Jucken zwischen den Beinen ... Doc, kannst du mir helfen?« George bellte wie bescheuert, und mit zwei Sekunden Abstand lachte auch Juan, als ob er Geld dafür bekommen würde.

»Es ist wichtig. Bitte, ich muss mit Lee Hastings sprechen.«

»Hey, woher kennst du ihren Namen?« George drückte Dr. Jelen an den Türrahmen. Jetzt stand auch Juan auf. Lee wollte nicht, dass die beiden Trottel dem Arzt etwas taten, immerhin war er einer der wenigen, der sich Lee gegenüber anständig benommen hatte.

»Ich habe sie behandelt ... sie und ihr Kind.«

»Ein Kind? Ich dachte, du warst nur fett!« Der nächste miese Witz auf ihre Kosten.

»Ich bin nicht schwanger, du Idiot!« Lee verstand nicht, wie sie sich jemals auf George und Juan hatte einlassen können. Unsicher sah sie an sich herab und registrierte, dass der Bauch nicht mehr da war. Sie sollte schwanger gewesen sein? Sie versuchte sich zu erinnern, aber da fehlte ein Stück. Plötzlich raste die Erkenntnis wie ein heißes Schwert durch ihre Sinne, dass ihr jemand etwas Wertvolles weggenommen hatte. Was war nur aus ihr geworden, wie hatte sie das vergessen können?

»Darf ich jetzt zu ihr?« Dr. Jelen zeigte sich hartnäckig. Warum war er ihr gefolgt? Wie hatte er sie überhaupt finden können?

George sah zu Lee: »Willst du mit ihm sprechen?«

»Bitte, Lee, es ist wichtig!« Warum lag dem alten Mann etwas an ihr? »Es geht um das Leben deines Sohnes. Er ist in Gefahr, und ich möchte euch helfen.«

Lee schüttelte den Kopf. Das wollte sie nicht hören. Sie hatte kein Kind. Alles drehte sich. Sie glaubte in ein dunkles Loch zu fallen. Allein, sie fror. Sie hatte Angst vor dem Tod. Nein, ihrem Sohn ging es gut. Sie wusste zwar nicht, wo er war, aber sie war sich sicher, dass es ihm gut ging.

»Travis, mein Freund, wie du siehst, steht sie nicht auf dich!« George hinderte den Arzt weiterhin daran, das Apartment zu betreten. »Wenn du Kohle hast, kann ich dir bessere Mädchen besorgen.«

Dr. Jelen wehrte sich, er schüttelte den Kopf. »Ich brauche nur zehn Minuten!«

Lee verneinte immer noch, etwas in ihr sträubte sich gegen die Realität. Sie hatte erst vor ein paar Tagen ein Kind zur Welt gebracht und es einfach vergessen? Welche Mutter vergaß ihr eigenes Kind? Nein, das war nicht sie, das war jemand anderes. Das alles war nicht ihr passiert. Jemand hatte ihr davon erzählt. Genau, nur erzählt, sie hatte nie ein Kind bekommen. Das war alles ein Traum. Ja, sie hatte es nur geträumt!

»Also Travis, verpiss dich!« Georges gespielte Freundlichkeit verpuffte allmählich.

»Hier ist meine Karte! Bitte denk darüber nach! Ruf mich an! Egal wann, ich werde dir helfen!« Dr. Jelen warf eine Visitenkarte in den Raum. Alt, mit Eselsohren, sie flatterte bis vor Lees Füße. Sie hob sie auf und versuchte den Namen zu lesen: Dr. Dr. med. Travis Jelen. Medizinischer Techniker. Sie dachte, er wäre Arzt? Dann seine Telefonnummer und ein Messenger-Kontakt. Der alte Mann war ein komischer Kauz.

George schlug die Tür zu. »Hey, wenn du noch einen Stecher anschleppst … zahlt der, oder ich breche erst ihm und dann dir etwas!«

»Was?« Lee hatte George nicht zugehört, wie gebannt hatte sie auf die Karte gestarrt.

»Alte, hast du was eingeworfen?«

»Nein.« Lee fühlte sich völlig klar im Kopf. Klarer als die Wochen zuvor. Sie hatte ein Kind bekommen. Man hatte es ihr weggenommen. Den Grund dafür kannte sie nicht. Noch nicht. Aber das würde sich ändern. Alles würde sich ab heute ändern. Lee traf eine Entscheidung.

A.D. 2018

DIE ORGANISATION

Auf dem Weg zu ihrem Treffen mit William beobachtete Jake das Mädchen neben ihm so unauffällig wie möglich. Amy hatte beide Hände in die Taschen ihrer abgeschnittenen Jeans gesteckt, ihre Gesichtszüge wirkten entspannt. Die Sommersprossen tanzten auf ihrer Nase. Die braunen Haare wehten im leichten Sommerwind. Ab und zu spürte auch er ihre neugierigen Blicke, was ihm Wärme in den Kopf steigen ließ. Zwischendurch schauten sie in den wolkenlosen Himmel, dessen grenzenloses Blau sich von Horizont zu Horizont spannte.

Es war ein wundervoller Tag, warm, mit dem Geruch des Sommers. Zu entspannt, um über ernste Dinge nachzudenken.

Und dennoch war er hier, mit einem Mädchen, das er erst seit gestern kannte – und das ihm bereits den Arsch gerettet hatte. Wenn Amy nicht gewesen wäre, hätte ihm Robertson mit ziemlich großer Wahrscheinlichkeit gleich noch eine reingehauen.

Auch wenn Jakes Welt im Moment kopfstand, genoss er es, mit ihr Zeit zu verbringen. Er mochte Amy. Sie war tough, hatte ihren eigenen Willen und wusste, was sie wollte. Für Klamotten und Make-up interessierte sie sich offenbar kein bisschen. Er kannte kein Mädchen, das so war wie sie. Und sie stand für ihre Familie ein, für ihren Bruder. Das imponierte ihm.

»Hat sich in der Sache mit deinem Bruder eigentlich etwas getan?«

»Nicht wirklich.«

»Hat er gar nichts gesagt? Du weißt schon, zu dem, was im Club vorgefallen ist?«

»Keinen Ton. Ich hatte Angst, dass er mich vielleicht gesehen haben könnte, aber er hat kein Wort darüber verloren.«

»Ist wahrscheinlich auch gut so ... nicht dass du noch zusätzlichen Ärger mit ihm bekommst.« Jake tat Amy wirklich leid. Er roch, wie sehr ihr ihr Bruder am Herzen lag.

Amy verzog kurz den Mund, dann sagte sie: »Was hältst du von William?«

Jake kratzte sich am Kopf. »Schwer zu sagen, wir kennen ihn ja noch gar nicht richtig.«

»Warum hilft er uns?«

»Hat er doch gesagt: Ihm kommt das Jugendcenter genauso komisch vor wie uns, und er will nicht einfach nur Däumchen drehen und dumm rumstehen.«

»Für mich klingt das ziemlich schwach«, meinte Amy.

»Ja, kann schon sein, dass noch etwas anderes dahintersteckt. Wir sollten ihm Zeit geben, vielleicht will er irgendwann darüber reden. Auf jeden Fall glaube ich, dass es gut ist, ihn im Boot zu haben.«

»Ja, wahrscheinlich hast du recht.« Sie zwinkerte ihm zu.

Als Jake und Amy im Park am ausgemachten Treffpunkt ankamen, war William bereits da. Er saß mit einem Laptop auf den Knien auf einer Holzbank und war vertieft in das, was immer er da auch tat.

Es war heiß, aber hier im Schatten der hohen Bäume, wo ein leichter Wind in den Blättern säuselte, ließ es sich aushalten.

William schien sie gehört zu haben, denn plötzlich ruckte sein Kopf nach oben, und er schaute sie an. Das strähnige blonde Haar fiel ihm wirr in die Stirn, und auf der Nase thronte erneut die große schwarze Brille. Der Junge lächelte schüchtern.

»Hi«, sagte er.

»Hi William«, meinte Amy.

»Hallo«, begrüßte Jake ihn.

Williams Augen richteten sich auf Jake. »Du siehst aber fertig aus.«

»Bin gerade gegen eine Faust gelaufen.«

»Echt jetzt? Was ist passiert?«

Jake klärte ihn auf.

»Echt beschissen, solche Typen«, sagte William. »Ich kenne das. Ist mir auch schon ein paarmal so ergangen.«

»Scheiße. Tut mir leid, Mann.«

»Yeah, mir fehlt ein großer Bruder, der mich aus Schwierigkeiten raushaut.« *Oder ein Mädchen, das Taekwondo kann,* dachte Jake und schaute zu Amy.

»Was ist mit deinen Eltern?« Er wollte wissen, wer William war und mit wem sie es zu tun hatten.

»Die sind okay, haben aber nur wenig Zeit für mich. Die meiste Zeit hänge ich allein vor dem Computer herum. Dad ist Bergbauingenieur, meine Mom Immobilienmaklerin.«

»Bergbauingenieur? In Illinois?«, wunderte sich Jake.

»Natürlich nicht. Mein Vater ist neun Monate im Jahr unterwegs, sprengt Tunnel in die Berge oder jagt sonst was in die Luft, um neue Straßen anzulegen.«

»Cooler Job.«

»Na, ich weiß nicht«, sagte William. »Letzten Sommer habe ich ein Praktikum in seiner Firma gemacht. Ich war einen Monat lang mit ihm oben in Alaska. Entweder du hockst in irgendeinem stickigen Bauwagen und brütest über statischen Berechnungen oder du krabbelst durch enge Stollen, um Wege in den Fels zu sprengen.«

»Und da warst du dabei?«, fragte Amy voller Bewunderung.

»Da ich mit dem Gedanken gespielt habe, ebenfalls Bergbauingenieur zu werden, hat mein Dad mich mitgenommen. Er meinte, bevor ich mich für den Job entscheide, solle ich mir aller Gefahren bewusst sein. Eine Sprengung habe ich selbst vorgenommen. War gar nicht so schwer. Alles Mathematik. Man muss nur aufpassen, dass man keinen Fehler macht, weder in der Berechnung der Sprengkraft noch bei der eigentlichen Zündung.«

»Wow«, sagte Jake. »Einen Berg in die Luft jagen, würde mir auch gefallen.«

»Es war kein Berg. Ich habe einen Arbeitsstollen in den Berg gesprengt. Keine große Sache.«

Jake betrachtete William neugierig. Der unscheinbare Junge war wie eine Wundertüte. Schon zum zweiten Mal zeigte er überraschende Fähigkeiten. Okay, seine Computerleidenschaft war zu erwarten gewesen, aber die Sache mit dem Sprengstoff beeindruckte ihn. Spätestens jetzt wurde Jake bewusst, dass William einiges auf dem Kasten hatte. Er würde ihnen in puncto Serena bestimmt noch von Nutzen sein, da war er sich sicher.

»Wir sind aber nicht hier, um über mich zu reden, oder?«, sagte William erwartungsvoll. »Es gibt nämlich gute Nachrichten.«

Jake und Amy nahmen neben ihm auf der Parkbank Platz. William schob seine Brille den Nasenrücken hoch und strahlte.

»Ich habe einiges über die Organisation herausgefunden, die hinter dem Jugendcenter steckt, in der Serena ihre Spielchen treibt.«

»Cool«, meinte Jake. William ließ offenbar nichts anbrennen.

»Vieles ist merkwürdig. Ich musste das halbe Netz durchwühlen, um brauchbare Informationen zu bekommen. *Human Future Project* ist keine Organisation, die großartig Öffentlichkeitsarbeit betreibt. Sie haben zwar eine Website, aber da steht nicht viel drauf. In Wikipedia findet man gar nichts über sie, und Google-Hits gibt es auch nicht viele, dabei ist HFP eine wirklich ungewöhnliche Organisation.«

»Wenn im Netz kaum was steht, wie hast du Informationen über sie gefunden?«, fragte Amy.

»Dark Web«, meinte William lapidar. »Selbst dort gab es nicht viel, aber was es da gab, war hochinteressant.«

»Mann, jetzt spann uns nicht auf die Folter«, sagte Jake.

»Okay, okay. HFP wurde vor zwei Jahren als Wohltätigkeitsorganisation von zwei Investmentbankern gegründet. Zunächst sah das Ganze nur nach einem Steuerabschreibungsmodell aus, aber der Laden entwickelt sich und betreibt inzwischen sieben Jugendcenter im Staat. Die Organisation hat ihr Hauptquartier in New York in einem ehemals unscheinbaren alten Gebäude mit fünfzig Stockwerken, das gerade für hundert Millionen Dollar umgebaut und erweitert wird.«

»Wow«, meinte Amy. »Hundert Millionen Dollar? Für eine Wohltätigkeitsorganisation? Das ist 'ne Menge Geld.«

»Davon haben sie genug«, erklärte William. »Die beiden Typen, die hinter der ganzen Sache stehen, haben in den letzten Jahren achthundert Millionen an der Börse verdient, und niemand weiß eigentlich, wie sie das geschafft haben. Sie kamen aus dem Nichts, gründeten eine Firma, und schon klingelten die Kassen. Auf dem Höhepunkt haben sie sich aus dem Alltagsgeschäft zurückgezogen. Heute besitzen sie nur noch ein paar Immobilien und kleinere Fonds. Es ging das Gerücht um, die Finanzaufsicht wäre ihnen auf den Fersen gewesen, und sie hätten ihre Geschäftstätigkeit heruntergefahren, bevor es mächtigen Ärger gab. Aber es wurden niemals Beweise für irgendetwas Illegales oder Insidergeschäfte gefunden.«

»Ich verstehe, dass das interessant ist«, sagte Jake. »Aber von solchen Erfolgsgeschichten hört man immer wieder. Denkt mal an Apple, Microsoft, Ebay, Google oder YouTube.«

»Das stimmt schon.« William grinste. »Aber die hatten alle ein Produkt oder eine geniale Dienstleistung. Die beiden Typen, von denen wir hier reden, haben aber nichts dergleichen vorzuweisen. Sie kamen aus dem Nichts und wurden steinreich.«

»Trotzdem …«

»Halt, du weißt noch nicht alles.«

»Ich glaube, jetzt wird es spannend«, sagte Amy.

»Ratet mal, wie alt John Henderson und Ian McMorain waren, als sie all den Schotter innerhalb kurzer Zeit verdienten.«

»Ziemlich jung, denke ich, so wie du das betonst.« Jake wurde langsam ungeduldig. William sollte endlich mal auf den Punkt kommen.

»Achtzehn und neunzehn Jahre alt. Henderson hatte nicht

einmal einen Collegeabschluss, und McMorain schmiss im ersten Semester sein Betriebswirtschaftsstudium. Zieht euch das mal rein. Zwei Vollpfeifen, kaum älter als wir, zocken die Wallstreet ab. Ich habe mir mal Hendersons Highschoolzeugnis angesehen. Der Typ ist in Mathe eine Niete.«

»Und an so etwas kommst du ran?«, fragte Amy erstaunt.

»Na ja«, William lächelte stolz. »Ganz legal ist das nicht. Ich musste den Rechner seiner ehemaligen Schule hacken.«

»Du hast was drauf«, meinte Jake.

Williams Lächeln ging nun bis zu den Ohren.

»Und was machen wir jetzt mit diesen Informationen?«, wollte Amy wissen.

»Ist doch alles sehr komisch.« Jake verzog den Mund. »Diese Organisation kommt aus dem Nichts, ebenso wie die zwei Typen, die sie gegründet haben. Wirft mit Geld um sich und eröffnet Jugendcenter im ganzen Staat, von denen wir wissen, dass es zumindest in einem davon merkwürdig zugeht. Das Ganze hat den Anschein einer Sekte, nur dass es keine Botschaft gibt. Neue Besucher werden aktiv angeworben, und wer dabei ist, verhält sich nicht mehr wie früher. Alles deutet auf Drogen hin, aber laut William ist da nichts. Also, was zum Henker geht da vor? Und was soll das alles?«

»Ich glaube, wir müssen uns mit den Zielen von HFP auseinandersetzen«, sagte Amy. »Hast du etwas darüber gefunden?«

»Klar«, antworte William. »Laut Aussage auf ihrer Internetseite wollen sie *den Menschen und der Gesellschaft dienen.* *HFP - For A Better Future* ist ihr Slogan. Für eine bessere Zukunft. Und jetzt haltet euch fest – für alle. Ohne Ausnahme. Niemand wird ausgeschlossen, niemand bevorzugt. Man muss weder einer bestimmten Partei angehören noch irgendeiner Konfession. Es werden keine Beiträge erhoben, alles ist kostenlos. HFP plant zur Zeit Obdachlosenheime, Krankenhäuser, Kindergärten und Schulen. John Henderson und Ian McMorain wirken wie Gandhi, Bill Gates und der Dalai Lama zusammen, und seltsam ist, niemand beachtet es. Weder *People* noch irgendein anderes Magazin berichtet über das, was die zwei vorhaben. Seit sie sich von der Börse zurückgezogen haben, herrscht Stillschweigen über sie, und dabei scheinen sie die Sorgen und Ängste der Menschen regelrecht aufzusaugen und in etwas Positives verwandeln zu wollen. Ich verstehe den Laden nicht.«

»Klingt alles zu schön, um wahr zu sein.« Amy schien beeindruckt.

»Eigentlich braucht die Welt eine Organisation wie HFP, die den Menschen Halt gibt, sich um sie kümmert, und dennoch werde ich das Gefühl nicht los, dass das Ganze gewaltig stinkt.« William hatte sich in Rage geredet. »Es kann doch nicht endlos mit der Ausbeutung, der Armut und den Kriegen weitergehen. Ein paar Superreiche leben auf Kosten aller, und es wird immer beschissener.«

Sein Gesicht glühte vor Aufregung. Ein Speichelfaden hing unbemerkt am linken Mundwinkel. William holte tief Luft, und Jake hatte das Gefühl, das Gespräch wieder in eine andere Bahn lenken zu müssen.

»Wenn die Typen in New York hocken, warum haben sie sich dann Illinois für ihre Jugendcenter ausgesucht?«

»Henderson und McMorain stammen von hier. Sie sind erst später nach New York gegangen. Vielleicht wollten sie der alten Heimat etwas Gutes tun … Aber täuscht euch nicht, die haben Großes vor und werden ganz Amerika mit ihrer Organisation überziehen. Wie gesagt, überall im Land entstehen neue Zentren, nur Alaska und Hawaii liegen noch außen vor, aber das kommt, da bin ich mir sicher.«

»Der Hauptsitz ist in New York«, sagte Amy. »Insgesamt fünfzig Stockwerke. Demnächst ist die Einweihung des Gebäudes. Ganz schön protzig, denkt ihr nicht? Kommt euch das nicht ein wenig seltsam vor?«

William schüttelte den Kopf. »Ich habe Fotos und den Entwurf des Architekten gesehen, das Ding ist groß und teuer, aber es sieht nach nichts aus. Ganz im Gegenteil, ist eher hässlich, so nach dem Motto *Funktion vor Form*. Ein gerader Kasten ohne jeden Glanz.«

»Was hast du gerade gesagt?«, fragte Jake.

»Ein gerader ...«

»Nein, das andere mit der Form.«

»Funktion vor Form.«

»Da baut jemand mitten in New York ein Riesending, dort, wo alles Glanz und Image ist, gibt Millionen aus, nur um einen hässlichen Kasten hinzustellen? Das passt doch nicht zusammen.« Jake spürte regelrecht, dass er auf etwas gestoßen war.

»Wenn ...« Amy wollte etwas sagen, aber er ließ sie nicht ausreden.

»Funktion vor Form«, wiederholte er. »Welche Funktion hat so ein Gebäude?«

»Na, es müssen Menschen darin arbeiten«, stellte Amy fest.

»Richtig, aber was genau machen sie darin? Wer wird dort arbeiten? Verwaltungsangestellte? Sozialarbeiter? Wissenschaftler? Lehrer? Versteht ihr, worauf ich hinauswill?«

»Nicht so richtig«, meinte Amy.

»Also, ich denke, ich weiß, was er meint. Wenn wir die Zusammensetzung der Abteilungen kennen, erfahren wir mehr über die Struktur und die Organisation des Ganzen. Daraus können wir eventuelle Ziele ableiten. Richtig?«

»Ja«, stimmte Jake zu. »Angenommen, sie richten dort nur die Verwaltung ein – was ich nicht glaube, dafür ist der Kasten zu groß –, dann werden sie unzählige Bürotische, Stühle, Computer bestellt haben. Wenn sie etwas anderes vorhaben, wird uns die Einrichtung verraten, was das ist. Die Frage ist nur, wie kommt man an die Einkaufsliste von HFP ran. Hast du mal versucht, den Laden selbst zu hacken? Geht da was?«

William schüttelte energisch den Kopf. »War mein erster Gedanke, als ich auf Infosuche ging. Die sind abgesichert. Da steht eine Firewall, wie sie nicht einmal das Pentagon hat.«

»Wieder so eine Besonderheit, die nachdenklich macht«, sagte Jake. »Warum braucht eine Wohltätigkeitsorganisation eine derartige Absicherung?«

»Na, immerhin geht es um viel Kohle, und die Typen haben vielleicht Angst vor dem Finanzamt oder einem Whistleblower«, mischte sich Amy ein.

»Nein, nein, da stimmt was nicht«, beharrte Jake. »Ich habe das Gefühl, dahinter verbirgt sich etwas ganz anderes.«

»Gefühle bringen uns nicht weiter«, sagte Amy. Sie wandte sich an William. »Kannst du noch mehr herauskriegen?«

»Wenn ihr mir Zeit gebt, finde ich vielleicht einen Weg. Ist wie beim Puzzeln, man braucht ein paar Teile, die sich zusammenfügen, dann findet man das nächste.«

»Und was machen wir solange?«, fragte Jake.

»Wir könnten die anderen Jugendzentren im Staat besuchen. Uns dort mal umschauen. Vielleicht kriegen wir was raus.«

»Keine gute Idee«, sagte Jake. »Die Leute riechen alle gleich. Ich bin mir sicher, dass sie sich irgendwie erkennen.

Wir würden hundertpro sofort auffallen. Denk mal an deinen Bruder, wie er Serena vor dem Jugendhaus begrüßt hat. Es sah fast so aus, als könnten sie Gedanken austauschen. In jedem Fall war es echt schräg. Und dann der Koloss, der uns gefragt hat, wer wir sind. Woran hat er erkannt, dass wir nicht dazugehören? Mir ist das zu heiß. Wenn Serena clever ist, hat sie die anderen Zentren vor uns gewarnt, und nun warten die bloß darauf, dass wir dort auftauchen.«

»Selbst wenn, sie werden uns wohl kaum kidnappen und heimlich aus dem Weg räumen«, widersprach Amy.

»Bist du dir da sicher? Aber das müssen sie auch gar nicht. Sie werden versuchen, uns unter ihren Einfluss zu bekommen. Ich weiß nicht, wie sie das machen, aber willst du so ein hirnloser Zombie wie dein Bruder werden?«

»David ist kein hirnloser Zombie!«

»Er benimmt sich aber wie einer. Hast du mir selbst erzählt.«

»Sorry, mein Fehler!«, explodierte Amy regelrecht. »Vielleicht hätte ich dich da nicht mit reinziehen sollen. Ich finde es mies, wie du über meinen Bruder redest. David ist da in etwas reingestolpert. Die haben mit ihm was gemacht, und jetzt braucht er Hilfe, keine großkotzigen Sprüche von jemandem, der angeblich *Gefühle riechen* kann. Und wenn ich dich erinnern darf, ich war es, die dich da rausgeholt hat, du warst nämlich drauf und dran, so wie er zu werden. Ich dachte, ich kann dir vertrauen. Du bist echt ein Arsch!« *Amy, wie sie leibt und lebt.* Jake hatte keine Ahnung, wie er jetzt noch die Kurve kratzen konnte.

»Ich sage nur, wie es ist. Ist doch sinnlos, sich etwas vorzumachen.«

»Ja, aber es ist die Art, wie du das tust!«

»Jetzt beruhig dich doch mal wieder …«
»Du kannst mich mal! Weißt du was, ich gehe jetzt.«
Amy sprang auf.

Jake wusste, dass er zu weit gegangen war, aber nicht, was er jetzt sagen konnte, um die Situation zu entschärfen. Keinesfalls wollte er alles noch schlimmer machen, denn er hatte das Gefühl, noch ein falsches Wort, und Amy würde komplett ausrasten. Hilflos sah er zu, wie sie sich umwandte und davonging.

William blickte ihn an. »Also, ich würde ihr nachgehen und mich entschuldigen.«

Jake erwischte Amy, als sie gerade das schmiedeeiserne Tor des Parks öffnete und hindurchgehen wollte. Er legte ihr seine Hand auf die Schulter.

»Warte, bitte.«

Langsam drehte sich Amy um. Jake sah, dass sie weinte, und fühlte sich noch schlechter. Sie hatte eine harte Schale, aber eben doch einen weichen Kern.

»Was willst du noch?«, fuhr sie ihn an, er hörte dabei allerdings keinen Zorn, nur Verzweiflung.

»Es tut mir leid. Ich wollte … nicht respektlos sein. Ich weiß, dass du dir große Sorgen um David machst, und wir holen ihn da raus, das verspreche ich dir.«

»Er ist jeden Abend zu Hause.«

»Du weißt, was ich meine. Wir beenden Serenas Einfluss auf ihn.«

»Aber wie denn? Was ist heute anders als gestern?«

»Wir wissen mehr über die Organisation, die hinter allem steckt. Das ist ein Anfang.«

Selbst in seinen eigenen Ohren klang das schwach. David

war Serena verfallen, was konnten sie schon groß dagegen tun. Ihn in die Klapse stecken? Mit welcher Begründung? Nicht einmal seine eigenen Eltern hatten die Veränderung bemerkt, die David gerade durchlief. Nur Amy war es aufgefallen, und sie ahnte nun, dass ihr Bruder in großer Gefahr schwebte. Amy hatte Angst, David für immer an dieses Mädchen zu verlieren. Und was hatte Serena im Sinn? Was machte sie mit den Jugendlichen, die unter ihren Einfluss gerieten? Benutzte sie sie für etwas? Und wenn ja, für was?

Verdammt, es ist ein einziges Rätsel.

Amy schluchzte laut auf. Ohne darüber nachzudenken, was er da tat, breitete er seine Arme aus und zog sie an sich. Amy warf sich in die Umarmung. Jake spürte ihren Körper zittern, aber er fühlte auch ihre Wärme. Der Duft ihrer Haare stieg in seine Nase. Amy roch besser als all die Blumen im Park zusammen. Ihr Geruch sprach von Hingabe, Leidenschaft und Wärme.

Geborgenheit, schoss es ihm durch den Kopf. *Sie riecht nach Geborgenheit.*

Eine Weile hielt er Amy fest, dann löste sie sich aus seiner Umarmung, schaute ihn verlegen an.

»Sorry, ich weiß nicht, was mich da eben geritten hat …«

»Schon okay. Mir tut's auch leid.«

»Ich wollte dein Shirt nicht vollheulen. Es ist nur so, dass ich vor lauter Sorge um David beinahe durchdrehe. Und da reagiere ich manchmal etwas heftig.«

»Das verstehe ich.«

Sie trat von einem Fuß auf den anderen. »Ich muss jetzt gehen.«

Jake sagte nichts.

»Danke«, hauchte Amy, dann war sie weg. Jake stand noch

lang am Tor und schaute auf die Ecke, um die sie verschwunden war, aber Amy kam nicht zurück.

Schließlich seufzte er tief, dann ging er zu seinem Wagen und fuhr nach Hause.

WIR MÜSSEN UNS WEHREN

Das Mädchen hatte ausgesehen wie eine streunende Katze, die Augen voller Angst und Schmerz. Travis versuchte, Lees Leid nachzuvollziehen. Sie musste bei den Testreihen die Hölle auf Erden erlebt haben. Sie hatte Gewicht verloren, die Wangenknochen standen hervor, und ihre Haare wirkten, als ob sie jemand mit einem glühenden Schüreisen frisiert hätte.

Das Gefühl, sie gefunden zu haben, hatte für einen kurzen Moment sein Herz vor Glück überlaufen lassen. Die Suche war ein Erfolg, seine Überzeugungskraft war es leider nicht. Sie zu retten, hatte in den letzten Tagen sein Handeln bestimmt, wie besessen war er von ihr gewesen. Dabei hatte er sich nie darüber Gedanken gemacht, dass seine Hilfe eventuell unerwünscht sein könnte. Jeder Mensch durfte über sein Leben bestimmen. Auch Lee, es war ihr gutes Recht, Nein zu sagen. Nein zu der Hilfe, die Travis so wichtig war.

Aber es ging nie wirklich um sie. Es ging immer um ihn. Er war ein egoistischer Scheißkerl, der im Suff seine eigene Tochter erschlagen hatte. Diese Schuld war größer. Größer als sein Leben. Die Rettung Lees war nur ein erbärmlicher Versuch, Vergebung zu erfahren. Trotzdem war die Entscheidung zu helfen richtig. Er würde es jederzeit wieder tun.

Ernüchtert durch diese Erkenntnis saß er in seinem Apartment auf dem Sofa und surfte gedankenverloren mit dem Pad-Computer im Internet. Er las viel über *Human Future Project*, ohne Neues zu erfahren, bei denen schien immer die Sonne. Die hatten die Medien im Griff, das konnte man nicht anders sagen, es gab nicht eine kritische Stimme im Netz. Nichts, absolut nichts. Als ob sie als Engel auf die Erde niedergestiegen waren und die Menschheit in eine bessere Zukunft führen würden. Es ging immer um die Zukunft, die bekanntlich in den Händen der Kinder lag. Brainfuck! Wenn man es nur oft genug hörte, glaubte man mit der Zeit jeden Mist. Die positive Meinung über HFP war so selbstverständlich, dass sie ab einem gewissen Zeitpunkt niemand mehr infrage gestellt hatte. *Es war schon immer so gewesen*, hätte jemand in der Stadt auf die Frage danach geantwortet. Es würde schließlich auch niemand auf die Idee kommen, den nächsten Sonnenaufgang infrage zu stellen.

Die Zukunft lag nicht in den Händen der Kinder, sie lag in der Verantwortung aller. Vor allem bei alten Säcken wie ihm. Er sollte es besser wissen. Alle Menschen waren dafür verantwortlich, die Welt bei ihrem Abgang ein Stück lebenswerter zu hinterlassen. Es ging um Verantwortung. Nicht die der anderen, sondern die eines jeden! Nur Versager suchten die Schuld als Letztes bei sich selbst.

»Ich tue es …« Das war jetzt Travis' Aufgabe. Nicht weil er getrunken hatte, nicht weil er deswegen zum Totschläger wurde. Das hatte nichts damit zu tun. Es ging auch nicht um Lee, auch wenn er ihr gerne geholfen hätte, es ging nie darum, nur sie zu retten.

»Ich werde alle retten …« Travis besann sich auf ein neues Ziel, um seinem verpfuschten Leben einen würdigen Abgang zu verpassen. Selten hatte er sich so klar im Kopf gefühlt. HFP gab nur vor, sich für Kinder einzusetzen. In Wirklichkeit wurden dort illegale Forschungen am menschlichen Genom vorangetrieben. Forschungen, bei denen das Leben der Jugendlichen so wertvoll war wie ein benutzter Gummihandschuh. Die Daten in seiner Cloud lieferten eindeutige Hinweise: Er hatte alle Details zu den HFP-Impfstoffen und die Auswertungen zu den DNA-Untersuchungen von Hunderten Jugendlichen. Leider waren die Daten illegal erhoben und deswegen vor Gericht nur eingeschränkt verwendbar. Er würde ohnehin keinen Polizisten und noch weniger einen Staatsanwalt davon überzeugen können, gegen die beliebten Wohltäter von HFP in den Krieg zu ziehen.

Dafür würde er den verfluchten Verein zu Fall bringen, und wenn es das Letzte war, was er in seiner ihm noch verbleibenden Zeit zustande brachte. Einer gegen das System, das war die Story. Für diesen Gedanken hatte er den Hacker Ironheart, seinen alten Studienfreund Glen Ravero, noch vor wenigen Tagen ausgelacht.

»Glen ... ich trinke auf dein Wohl!« Mit einer Tasse Kaffee stieß er auf ihn an. Schwarz und stark. Glen war immer schon ein schweinecooler Typ gewesen. Es gab damals einen Professor, der ihnen versprochen hatte, dass sie die Welt verändern würden. Oh ja, der alte Prof hatte damals keine Ahnung gehabt, wie recht er hatte.

Sechs Kaffeetassen und einen großen Schritt zu einem Magengeschwür später, sortierte Travis akribisch seine wissenschaftlichen Erkenntnisse: Personendaten, Blutwerte, DNA-Marker, Referenzwerte, Lees Krankengeschichte, alles, was er hatte. Die Story war gut, sie war spannend, aber bisher fehlte die Pointe.

Ihm wurde klar, dass er Hilfe brauchte, genauer die Hilfe eines Spezialisten. Ein erfahrener Biologe oder ein Genetiker wären ideal. Er brauchte jemanden, der ihm den Sinn dahinter, wenn es denn einen gab, erklären konnte. Das Motiv, den Grund, warum HFP geheime Forschungen an Kindern und Jugendlichen finanzierte. Die Gier nach Geld genügte nicht, das hatten sie bereits.

»Wo finde ich samstags um vier Uhr morgens einen Biologen?«, fragte er sich. Seine Stimme zu hören, half ihm, wach zu bleiben. Er hatte nicht vor, sich von diesem Problem aufhalten zu lassen. Im Internet recherchierte er Fachleute, die über DNA-Mutationen im Blut Facharbeiten publiziert hatten. Solche Untersuchungen gab es unter anderem in der Krebsforschung.

Um fünf in der Früh hatte Travis acht Namen gefunden. Acht Menschen, von denen er glaubte, dass sie in der Lage waren, ihm zu helfen. Jetzt untersuchte er deren Vita. Zwei von denen strich er sofort von der Liste, die waren bereits verstorben. Drei lebten in Europa, nein, er brauchte jemanden in der Nähe. Er musste sie oder ihn persönlich sprechen. Eine lebte in Peking, einer in San Francisco, und eine junge Forscherin arbeitete in einem interdisziplinären Team am MIT in Boston. Das klang gut. Das MIT war seine Universität. Sie hieß Hayden, Dr. Hayden Muller, war achtundzwanzig, aufgewachsen in Jamaika, und saß im Rollstuhl.

»Oh …« Travis staunte nicht schlecht. Mit vierundzwanzig hatte sie einen Skiunfall und war seitdem von der Hüfte abwärts gelähmt. Summa cum laude, trotz des Unfalls schloss sie vor zwei Jahren ihre Promotion mit Bestnote ab. Eine Leistung, mit der sie sich ihren Arbeitsplatz in der wissenschaftlichen Welt aussuchen konnte.

»Hayden … ich denke, du bist ein zähes Luder!« Sie war perfekt. Die Frage blieb, wie er sie überzeugen würde, ihn zu unterstützen. Sie war sicherlich in zahlreiche Projekte eingebunden. Er hatte auch nicht die Zeit, ihr einen Brief zu schreiben, um einen seriösen wissenschaftlichen Kontakt anzubahnen. Die Zeit saß ihm wie ein Folterknecht im Nacken.

»Es muss jetzt sein!« Travis suchte ihre Nummer und rief sie an. Er aktivierte die Videoübertragung und sah auf das Pad. Drei Töne erklangen, jemanden in der Nacht anzurufen, hatte den Vorteil, dass er dann mit hoher Wahrscheinlichkeit daheim war.

»Ja …« Eine müde Frauenstimme meldete sich. Ohne Bild, Travis blickte auf einen schwarzen Screen.

»Hayden Muller?«

»Wer will das wissen?« Okay, gut gelaunt klang das nicht. Travis musste alles geben.

»Mein Name ist Jelen. Dr. Travis Jelen. Ich bin Arzt in New York. Es ist wichtig. Entschuldigen Sie bitte die nächtliche Störung.«

»Arzt?« Hayden schreckte auf. »Geht es um Felix? Ist ihm etwas passiert?«

»Nein … ich denke, es geht ihm gut.« Anscheinend dachte sie, dass Travis sie aus der Notaufnahme einer Klinik anrief.

»Sie denken?« Jetzt war sie wach.

»Ich möchte ehrlich sein, ich kenne Felix nicht. Wie gesagt, es ist wichtig. Ich würde mit Ihnen gerne ein wissenschaftliches Problem diskutieren, bei dem ich Ihren fachlichen Rat brauche.«

»Sie rufen am frühen Morgen an, um eine fachliche Frage zu erörtern?«

»Ja.«

Sie legte auf.

Es gab Dinge im Leben, die erlebte man nur ein Mal. Heute war so ein Tag, der sich nicht wiederholen würde. Travis konnte die Chance nutzen oder nicht. Ja oder nein, das war ein binäres Problem. Er schnappte sich seine Jacke und stürmte los, durch den Flur, mit dem Aufzug nach unten und aus dem Haus heraus.

Ein Blick auf die Uhr: Viertel nach fünf. Draußen wehte ihm ein eisiger Wind entgegen. Alles andere als überraschend. Das Taxi wartete bereits auf ihn. Er wollte am Times Square einen Flug nach Boston nehmen, um Hayden noch vor dem Frühstück zu erwischen.

Das Taxi in Boston brachte ihn genau siebenunddreißig Minuten später in einen eleganten Vorort der Stadt. Travis hatte früher ähnlich exklusiv gewohnt, in solchen Stadtteilen schien die Zeit stehen geblieben zu sein. Einige Fassaden der Villen waren bereits über hundert Jahre alt.

»Sir, wir sind da ... macht hundertachtzig Dollar«, sagte der Taxifahrer gelangweilt.

»Danke.« Travis zahlte und verließ den Wagen. Diese Reise hatte ihn insgesamt vierhundertzwölf Dollar gekostet, aber Geld spielte keine Rolle. Haydens Hauseingang lag auf einem Hügel, er ging den Kiesweg zu ihrer Tür hinauf und horchte auf das Knirschen seiner Schritte. War da jemand? Er blieb stehen und drehte sich um.

Stille. Jetzt hörte er schon Gespenster. An der Tür des Bungalows angekommen, aktivierte sich ein automatisches Licht. In der Ferne bellte ein Hund. Travis sah nach oben, die Nacht war kalt und sternenklar. Es roch nach Winter und nach Ärger, den er gleich bekommen würde. Er klingelte.

Im Haus konnte er einen Summer hören. Nicht laut, aber deutlich zu vernehmen. Nichts geschah. Gleich war es sechs. Er klingelte erneut. Im Haus wurde es hell. Sie hatte ihn gehört. Travis hoffte, nicht gleich zur Begrüßung von ihrem Freund mit der Nase durch den Kies zur Straße geschleift zu werden. Verheiratet war sie nicht, so stand es in der Vita des Instituts, das mit ihrem klangvollen Profil Werbung machte.

»Wer ist da?«, fragte Hayden durch die geschlossene Haustür.

»Travis Jelen.«

»Wer?« Sie hatte sich seinen Namen nicht gemerkt.

»Ich habe Sie angerufen. Bitte ... bitte entschuldigen Sie die Störung, aber es ist wichtig.« Travis würde, wenn es sein musste, stundenlang hier warten.

»Sie etwa!« Jetzt wusste sie wieder, wer er war. »Gehen Sie, oder ich rufe die Polizei!«

»Dr. Muller, ich wäre nicht hier, wenn es nicht sehr, sehr wichtig wäre.«

»Sie sind verrückt!«

»Ja.« Das wollte Travis nicht abstreiten. Der Psychiater im Knast hatte ihm während der Haft diverse persönliche und soziale Defizite attestiert. Seine Exfrau hätte für einige seiner speziellen Eigenarten noch unfreundlichere Begriffe benutzt. Er war sich also durchaus über seine Macken im Klaren.

»Gehen Sie!«

»Geben Sie mir fünf Minuten! Wenn Sie dann immer noch der Meinung sind, dass ich verrückt bin, rufe ich selbst die Polizei.«

Stille.

Dann öffnete sich die Tür. Hayden wirkte jünger, als er es erwartet hatte, beinahe wie ein Teenager. Sie trug einen hellen Pyjama, war schlank, hatte lange dunkle Haare und wache Augen. Sie gab ihm nicht die Hand. Mit dem Rollstuhl manövrierte sie sich geschickt ein Stück zurück. Auf ihrem Schoß lag eine neun Millimeter Beretta. Sie war vorbereitet. »Ihre Zeit läuft!«

»Danke.«

In der Küche zeigte Hayden ihm einen Platz am Tisch. Sie fuhr mit dem Rollstuhl in drei Meter Sicherheitsabstand auf die andere Seite. Ihr Haus, ihre Regeln. Travis beugte sich und erzählte seine Geschichte: über Lee Hastings, die abrupt beendete Schwangerschaft, *Human Future Project*, den Diebstahl der Patientendaten, den Angriff auf das Archivsystem und die Blutwerte, die der Computer als nicht menschlich klassifiziert hatte.

»Netter Versuch.«

»Wie bitte?« Travis hatte mit vielen Antworten, aber nicht damit gerechnet.

»Wer hat Sie wirklich geschickt?« Zu Beginn hatte sie nur gereizt gewirkt, verständlich, wenn jemand sie aus dem Schlaf klingelte. Jetzt aber sah sie Travis an wie Hannibal Lecter vor dem Frühstück.

»Niemand ... ich agiere allein.«

»Sie lügen!«

»Nein!« Das tat Travis nicht.

»Polizei, FBI oder CIA?«

»Bitte, Sie müssen mir glauben! Niemand hat mich geschickt.« Travis verstand die Frage nicht. Warum sollte er von der Polizei kommen? Als ob die Behörden Typen wie ihn beschäftigen würden.

»Dr. Jelen, Sie sind ein mieser Schauspieler. Ich glaube Ihnen kein Wort, und ich werde Ihnen sicherlich nicht helfen. Ihre angeblichen Beweise halte ich für einen Fake. Einen schlechten sogar!«

»Das ist die Wahrheit!« Travis konnte ihre Reaktion nicht verstehen.

Sie legte mit der Waffe auf ihn an. »Das Gespräch ist beendet. Ich möchte, dass Sie Ihrer Behörde ausrichten, dass ich bei den Ermittlungen vollständig kooperiere. Ich verbitte mir allerdings solche Undercover-Aktionen. Sie befinden sich in meinem Haus. Ich werde schießen, wenn Sie nicht sofort gehen!«

»Ähm ...« Travis' Verstand rotierte. Warum dachte Hayden, Ziel einer verdeckten Ermittlung zu sein? Was hatte er übersehen? Was wusste er? Er musste das Puzzle richtig zusammensetzen: Boston, MIT, interdisziplinäres Team, Professor Glen Ravero, Ironheart, Hacker, Cyberterror, Verhaftung – natürlich, sie kannte Glen. »Hayden, ich darf Sie doch Hayden nennen. Ich würde Ihnen gerne ein Bild zeigen.«

»Welches?«

»Ein Bild auf meinem Pad-System, ich komme jetzt langsam zu Ihnen ... bitte erschießen Sie mich nicht.« Er fing an, in seiner privaten Cloud zu suchen.

»Und was sehe ich auf dem Bild?«

»Ich habe gerade erst realisiert, dass Sie Glen Ravero kennen. Damit hatte ich nicht gerechnet. Er ist verhaftet worden, und deshalb denken Sie vermutlich, dass ich etwas damit zu tun habe.«

»Tun Sie das?«

»Nein.« Travis presste die Lippen zusammen. Hayden war nicht nur eine mögliche Expertin, die ihm helfen konnte, sie war vermutlich Teil des Netzwerkes, wegen dem Glen verhaftet wurde.

»Wer ist das?«

»Ich denke, Sie kennen ihn.« Travis hatte ihr das Pad-System auf den Tisch gelegt und machte einen Schritt zurück.

»Der rechte sind Sie ... das Bild ist alt.«

»Neununddreißig Jahre.«

»Ist der andere Glen, ist er betrunken?«

»Ich weiß ... das waren wir beide, und ja, es ist Glen Ravero. Wir haben damals unsere Promotion gefeiert, eine wirklich wilde Nacht.«

»Ich denke, Sie sind Arzt?« Das Misstrauen in ihren Augen schien langsam aufzuweichen.

»Medizinischer Informatiker.«

»Wissen Sie überhaupt, wo Sie Ihre Nase reinstecken?« Sie senkte die Waffe.

»Die forschen an Kindern.« Travis scherte sich nicht darum, wie groß der Gegner war. »Ich werde mit oder ohne Sie gegen die kämpfen.«

»Travis, du hast keine Ahnung, wen du dir zum Feind machst!«

»Warum hast du dich Ironheart angeschlossen?«

»Weil wir uns wehren müssen!«

Travis befand sich wieder auf dem Weg nach New York. Die Reise nach Boston war ein Erfolg, Hayden würde ihm helfen. Sie hatte bereits ähnliche Untersuchungen gestartet, musste aber ihre Proben, ohne zu Ergebnissen zu kommen, wegen Glens Verhaftung vernichten. Travis' Daten, die er aus dem HFP-Archivsystem gestohlen hatte, waren daher Gold wert.

Glen Raveros, Ironhearts Kampf galt HFP, diesem verlogenen globalen Moloch, das wusste Travis jetzt mit Sicherheit. Die Behörden hatten am MIT neben Glen sieben weitere Wissenschaftler verhaftet. Gegen Hayden wurde noch ermittelt. Sie war die einzige, die alle Hinweise, die HFP und damit auch sie hätten belasten können, rechtzeitig aus ihrem Labor am Campus hatte verschwinden lassen.

Travis' Telefon klingelte, er sah auf das Display, die Nummer wurde unterdrückt. War das Hayden? Er nahm das Gespräch an, während er mit neunhundert Sachen in der Stunde hundert Meter über dem Boden raste.

»Ja?«

»Steht das Angebot noch?« Es war Lee, mit ihrem Anruf hatte er nicht gerechnet.

»Selbstverständlich.« Travis stand zu seinem Wort. Im Hintergrund konnte er George hören, der lallend wenig schmeichelhafte Dinge über sie sagte. Sie stritten. Dann zerbrach etwas aus Glas.

»Können Sie mich holen kommen?«

Travis sah auf die Uhr. Draußen war es bereits wieder hell. Der Gleiter sollte in knapp sieben Minuten am Times Square sein. Von dort wäre er in weniger als zehn Minuten bei ihr. »Zwanzig Minuten. Ich wollte dir noch sagen ...«

»Danke.« Sie legte auf.

Sehr viele dieser Fahrten würde sich Travis nicht mehr leisten können. Er bezahlte das Taxi an George Bonnets Apartment und betrat den Flur des größtenteils leer stehenden Mietshauses. Vor dem Grundstück stand ein Schild, die Bruchbude sollte in wenigen Monaten abgerissen werden. Hier würde bald ein neues Büro- und Einkaufszentrum entstehen.

Einen Aufzug gab es nicht, er stieg acht Stockwerke zu Fuß hinauf. Verdammt, er wurde alt. In der dritten Etage lief ihm ein Kind entgegen. Oben angekommen holte er Luft, dann ging er zu Georges Wohnung. Die Tür stand offen. Das war kein gutes Zeichen.

»Hallo?«

Keine Antwort.

»Lee?« Es war dunkel, die Fenster waren mit Brettern vernagelt, intakte Glasscheiben gab es in dieser Hütte nicht mehr. In der Mitte des Raumes hatte ein Gasbrenner für etwas Wärme gesorgt. Jetzt war er aus, weshalb es auch kalt war.

»Kannst du mich hören?« Ihn beschlich ein ganz mieses Gefühl. Hoffentlich war dem Mädchen nichts zugestoßen.

Auf dem Bett lag jemand. Travis ging weiter. Wer war das? Da war ein nackter Rücken zu erkennen. Nein, der komplette Körper war unbekleidet.

»Nein!« *Bitte nicht! Bitte nicht heute und bitte nicht so!* Durch die Bretter an den Fenstern fiel nur wenig Licht in den Raum. An der Seite standen erloschene Kerzen, und am Boden lagen Glasscherben von zerbrochenen Bierflaschen.

»Lee?« Sie antwortete nicht. An ihrem Rücken klebte Blut. Viel Blut. Das ganze Bettlaken war voll davon. Travis ging näher an sie heran und zuckte zusammen. Er freute sich. Das war nicht Lee Hastings, das war George Bonnet, dessen leere Augen ins Nichts starrten. Sein Abgang von dieser Welt war kein großer Verlust. Vor allem nicht, wenn er an Susan dachte. Travis hatte keine Ahnung, wie es ihr momentan ging und ob sich ihr Zustand verbessert – oder verschlimmert – hatte. Die Ereignisse erlaubten ihm nicht, sie zu besuchen.

In Bonnets Seite steckte ein Messer. Jemand hatte ihn umgebracht. Wo war Lee?

Travis beugte sich über ihn und legte zwei Finger an seinen Hals. Gewohnheit, er war Arzt, aber hier kam jede Hilfe zu spät. Der Junge hatte keinen Puls mehr, war aber noch warm. Der

Angriff konnte nicht lange zurückliegen. Es musste nach dem Telefonat passiert sein. Hatte Lee ihn getötet?

Sie befand sich augenscheinlich nicht in der Wohnung. Wo war sie? Sie wollte auf ihn warten. Hinter ihm knackte etwas, doch bevor Travis sich aufrichten konnte, schlug ihn jemand nieder. Es dröhnte in seinem Kopf, und er sackte auf George Bonnets leblosen Körper. Dunkelheit, er verlor das Bewusstsein.

EIN GOLDENES FUNKELN

Die nächsten beiden Tage geschah nichts Besonderes. Jake und William waren in Kontakt geblieben. William hatte noch nichts Neues herausgefunden, meinte aber ständig, er wäre an etwas dran.

Amys Bruder David benahm sich seit zwei Tagen noch merkwürdiger als sonst. Er war ständig übertrieben freundlich, seinen Eltern gegenüber zuvorkommend und erzielte in Schultests plötzlich Ergebnisse, die früher undenkbar waren. Das machte Jake zu schaffen, denn auch er hatte neuerdings keine Probleme mehr damit, die Inhalte der verschiedenen Unterrichtsfächer zu verstehen. Und er fragte sich, wie er sich früher nur so blöd hatte anstellen können, denn so schwer war das Ganze nicht. In Mathe musste er nur noch die Aufgabe ansehen und kannte schon die Lösung. In allen anderen Fächern war es ähnlich. Amerikanische Geschichte – ein Klacks. Er kannte alle relevanten Daten auswendig. Englisch. Er konnte ganze Passagen aus Hemingways *The Old Man and the Sea* aus dem Stegreif vortragen, obwohl er das Buch nur einmal durchgelesen und dabei ferngesehen hatte.

Jake wusste, dass gerade etwas mit ihm passierte. Bloß was?

Seit er nicht mehr an diesem verdammten Heuschnupfen litt, waren seine Gedanken glasklar. Fast schien es so, als habe jemand einen Schleier von seinen Sinnen gezogen und seinen Verstand wach geküsst. Merkwürdig an der ganzen Sache war der Umstand, dass es Amys Bruder anscheinend ebenso erging. Aber wo war der Zusammenhang zwischen ihnen beiden? Jake kannte David nicht, war ihm nur einmal im Club begegnet, und da hatten sie nicht miteinander gesprochen. Woher kam also die auffällige Ähnlichkeit in ihrer Entwicklung?

Die Sache beunruhigte ihn, aber irgendwie war es auch cool, mal keinen Schiss vor dem nächsten Test zu haben und von den Lehrern gelobt zu werden. Seine Mitschüler fanden allerdings den neuen Jake gar nicht cool, schüttelten den Kopf, wenn er sich wieder mal im Unterricht meldete und die Lehrer mit seinen klugen Antworten verzückte.

Die meisten mieden ihn inzwischen, und selbst Alan ging ihm seit ihrem Streit auf dem Parkplatz aus dem Weg, aber das war ihm nur recht, im Augenblick wusste er sowieso nicht, was er zu ihm sagen sollte. Besser, er hielt seinen besten Kumpel aus der ganzen Sache raus. Im Moment war der Kontakt zu Amy und zu William wichtiger, denn sie waren an irgendetwas Bedeutsamen dran, das spürte er. Und er wusste, dass er damit auch seinem eigenen Geheimnis ein Stück näher rückte. Also hatte er William sein Okay gegeben, andere Leute in der Sache um Rat zu fragen – unter der Bedingung, dass William nichts über Serena und das seltsame Verhalten ihrer Jünger preisgab, sondern nur erzählte, dass irgendetwas Seltsames in dem Jugendcenter vor sich ging und *Human Future Project* eine geheimnisvolle Organisation war. Damit würden sie nicht lange durchkommen, denn wenn diese Kids so clever waren, wie William sagte, würden sie bald herausfinden, was vor sich ging.

Jake stand vor dem Spiegel im Badezimmer und putzte sich die Zähne. Es war später Nachmittag. In einer halben Stunde würde er Amy treffen, und dementsprechend aufgeregt war er. Nicht nur, weil sie weiter in Sachen Serena oder HFP recherchieren wollten, sondern weil er es mochte, mit ihr zusammen zu sein. Sie war cool und alles andere als oberflächlich – nicht so wie die Mädchen auf seiner Schule, die ständig über Shopping quasselten oder sich gegenseitig anzickten. Nein, Amy war anders, besonders. Sie verstanden sich super und konnten über alles reden. Und sie war hübsch mit ihren grasgrünen Augen und braunen langen Haaren. Nicht dass es darauf ankam, aber schließlich war er immer noch ein Junge.

Außerdem ertappte er sich dabei, dass er ständig an sie denken musste. Er träumte sogar von ihr. Egal was er tat oder nicht tat, ihr Gesicht schwebte vor seinem geistigen Auge, und er sah ihr lebensfrohes Lächeln. Hinzu kam, dass er ihren Geruch noch immer wahrnehmen konnte. Diesen Duft aus Wärme und Geborgenheit, der ihn fast magisch anzog.

Was ist das mit Amy?

Spielten seine Gefühle einfach nur verrückt oder verwirrten ihn seine neuen Fähigkeiten? Jake wusste zurzeit einfach nicht, wo ihm der Kopf stand.

Als er Amy im Park im Arm gehalten hatte, schien sich alles richtig anzufühlen. Für einen Moment waren alle Sorgen von ihm abgefallen, und er hatte ihre Nähe genossen, doch nun war er wieder allein mit sich selbst und stellte sich permanent Fragen.

Eine davon war die Frage, ob es Amy genauso ging? Oder

sah sie in ihm nur einen Mitstreiter bei der Rettung ihres Bruders? Selbst wenn, konnte er ihr das übel nehmen? Nein. Trotzdem wäre es schön ...

Als er in den Spiegel blickte, zuckte er zusammen. Für eine Millisekunde hatten seine Augen golden geschimmert. Er beugte sich vor, aber jetzt war das Funkeln verschwunden. Hatte er sich das gerade eingebildet?

Dann fiel ihm Serena ein, die nach dem Training davon gesprochen hatte, wie schön seine Augen schimmerten. Damals hatte er das als Lichtreflex abgetan, aber diesmal hatte er es selbst gesehen.

Jake ging zum Fenster und ließ die Jalousien herunter. Er schaltete das Licht über dem Spiegel an und zog mit den beiden Zeigefingern das rechte Augenlid hoch.

Schwach, ganz schwach konnte er nun in seinen braunen Augen den goldenen Schimmer sehen, von dem Serena gesprochen hatte, und hey, das sah irgendwie geil aus.

Allerdings ... war das normal?

Als er das Licht wieder ausschaltete, wurde es noch merkwürdiger. Das Badezimmer lag nun im Halbdunkel, trotzdem konnte er den Schimmer nach wie vor im Spiegel wahrnehmen. Ganz leicht nur, und noch während er in seine eigenen Augen starrte, verging es.

Heilige Scheiße, was ist das?

Nun war er wirklich beunruhigt. Golden glänzende Augen waren ja ganz nett, aber wenn die Dinger auch im Dunklen schimmerten, war das irgendwie krank.

Es kann nicht sein. Ich habe mir das eingebildet. Irgendwie ist doch etwas Licht hereingefallen und hat diesen Effekt erzielt.

Aber so ganz einfach ließ sich die Sache nicht beiseiteschieben. Seine Unruhe hatte sich auf seinen Körper übertragen, und er begann zu schwitzen. Er wedelte panisch mit seinem Shirt, denn er hatte gerade erst geduscht, damit er nicht nach Schweiß roch, wenn er Amy traf. Das Blut rauschte in seinen Ohren, und irgendwie schien sein Gesicht zu glühen.

Jake stürzte zum Fenster, ließ die Jalousien wieder hoch und riss das Fenster auf. Die frische Luft tat ihm gut, und langsam beruhigte sich sein Herzschlag.

Alles ist gut, alles ist okay. Das mit deinen Augen ist nichts Besonderes, hast du dir nur eingebildet, und selbst wenn nicht, solange es nicht wehtut, was soll's.

Unten fuhr gerade seine Mutter mit dem Auto vor. Gut, dann konnte er sich die Karre ausleihen, wenn er Amy treffen wollte und musste nicht den Bus nehmen.

Seine Mom winkte lachend nach oben, als sie ihn am Treppengeländer entdeckte. Unter dem linken Arm trug sie eine große Papiertüte mit Lebensmitteln. Hoffentlich ging sie nicht von einem gemeinsamen Abendessen aus. Wenn doch, würde seine Mutter sicherlich verstehen, dass ein Date wichtiger als Brokkoli war.

Er rannte die Treppe hinunter, um ihr die Tür zu öffnen.

»Danke«, sagte sie und gab ihm einen Kuss auf die Wange.

»Warte, ich helfe dir.« Jake nahm ihr die Tüte ab und trug sie in die Küche. »Du hast für eine ganze Armee eingekauft, bekommen wir Besuch?«

»Ach was, so viel ist das nicht. Ich dachte, ich koche uns was Schönes.«

»Mom, ich bin nachher nicht da.«

Sie runzelte die Stirn, dann wanderte ein Lächeln über ihr Gesicht. »Du hast ein Date«, stellte sie fest.

Und wieder stieg ihm die Hitze ins Gesicht. »Ja … nein …

ja, ist aber kein richtiges Date. Ich treffe mich mit einem Mädchen.«

»Deshalb riechst du so gut. Wie heißt sie?«

Anscheinend war er nicht der Einzige, der eine gute Nase hatte.

»Amy.«

»Wo hast du sie kennengelernt, und wie alt ist sie?«

»Sechzehn. Auf einer Party«, log er. Er konnte seiner Mom ja schlecht die Wahrheit sagen, sie würde sich nur Sorgen machen.

»Ist sie nett?«, fragte seine Mutter gedehnt.

»Ja, total.«

»Und hübsch?«

»Ja.« Wie peinlich, er wollte mit seiner Mutter eigentlich nicht über Mädchen reden.

»Bring sie doch mal mit, ich möchte sie kennenlernen.«

»Mom, so weit sind wir noch nicht.«

»Dann habt ihr …«

»Mom!«

»Okay, okay, ich …«

»Mal was anderes. Ich habe mich gefragt, woher ich die braunen Augen habe.«

Ein Ruck ging durch seine Mutter. Das Lächeln verblasste. Die Mundwinkel wurden hart. »Was meinst du?«

»Du hast blaue Augen wie Großvater Frank und Grandma Heidi. Dad hat graue Augen, seine Eltern blaue und grüne Augen, nur ich habe braune, wie kommt das?«

»Ich habe keine Ahnung, worauf du hinauswillst.«

»Na, ich meine doch nur. Ist doch seltsam.«

»Was ist daran bitte seltsam?«

»Na eben, dass niemand außer mir eine dunkle Augenfarbe hat. Dazu kommen meine braunen Haare, ihr seid alle blond.«

»Jake, was soll das? Hast du Probleme? Steckst du in einer Krise? Hat es etwas mit dem Mädchen zu tun?«

»Ach was, ich mache mir nur einfach Gedanken.«

»Über die Augenfarben in unserer Familie?«

»Ja.«

Sie stöhnte auf. »Du meine Güte, was weiß ich, warum du braune Augen hast. Vielleicht hatte einer unserer Vorfahren diese Augenfarbe, und sie hat ein paar Generationen übersprungen. Ist das wichtig?« Sie zog Jake in ihre Arme. »Du hast die schönsten Augen der Welt, und ich wette, diese Amy ist ihnen bestimmt schon verfallen und findet dich genauso süß wie ich.«

»Mom ...«

Sie gab ihm einen Kuss. »Und jetzt hilf mir, die Sachen auszupacken.«

Jake fasste in die Tüte, zog einen Joghurtbecher heraus und hielt ihn ihr hin. Er konnte riechen, dass seine Mutter ihn belog, und das verunsicherte ihn. Sie hatte ihn noch nie belogen, auch nicht als es um die Wahrheit zwischen ihr und seinem Vater ging. Warum tat sie es jetzt? Gab es ein Geheimnis um seine Herkunft? *Ist Dad vielleicht gar nicht mein Vater?*

Der Gedanke war erschreckend, aber er würde zumindest erklären, warum sie so wenig gemeinsam hatten.

Nein, das kann es nicht sein. Das wäre verrückt. Hör auf, jetzt fängst du an zu spinnen.

»Mom. Ich muss jetzt los.« Hastig gab er ihr einen Kuss auf die Wange. »Kann ich den Wagen haben?«

»Klar, ich bleibe daheim und guck mir eine weitere Folge von *The Good Wife* an.«

»Du bist die Beste.«
Sie lächelte wieder. »Grüß Amy von mir.«
»Mach ich.«
Jake ging. Und die Frage blieb, warum sie ihn nach all den Jahren plötzlich belog.
Aber das würde er noch herausfinden.

Sie hatten sich wieder im Park verabredet. Das war praktisch für beide, da sie an den entgegengesetzten Enden der Stadt lebten. Als er den Weg entlangging, sah er, dass Amy schon auf der Parkbank saß. Sie hatte Brot mitgebracht und fütterte die Enten, die sich aufgeregt schnatternd um das Fressen balgten.
Ein Lächeln lag auf ihrem Gesicht. Das Licht der untergehenden Sonne erschuf einen übernatürlichen Schein um ihre Gestalt und ließ ihre Haare leuchten.
Amy trug ein einfaches schwarzes T-Shirt und Jeans mit Löchern darin. Ihre Füße steckten in weißen Chucks, und dennoch schaffte sie es, so wunderbar auszusehen. Jake wurde erst in diesem Moment bewusst, wie schön Amy wirklich war. Ihr Gesicht war vollkommen entspannt, während sie die Enten anlockte. Als eines der Tiere nach einem Stück Brot schnappte, riss sie erschrocken die Hand zurück, um kurz darauf in helles Lachen auszubrechen.
Alles an ihr strahlte, und Jake genoss das Bild, das sich ihm bot.
Irgendwie schien Amy sein Kommen gespürt zu haben, denn sie drehte den Kopf und grinste ihn an. Etwas in diesem Lächeln traf Jake direkt ins Herz. Er blieb stehen.
»Was ist?«, rief Amy herüber.
»Nichts.«

Er löste sich von ihrem Anblick und ging zur Parkbank. Amy klopfte auf die Holzfläche. »Na mach schon, setz dich zu mir. Die Enten sind heute gut drauf. Willst du Brot?«

Jake schüttelte den Kopf.

Ich will dir einfach zusehen.

»Was ist mit dir?«, fragte sie. »Ist was passiert?«

»Alles okay, mir geht nur so einiges durch den Kopf.«

»Willst du darüber reden?«

»Nachher vielleicht. Im Augenblick will ich einfach nur dasitzen und die Enten anschauen.«

Sie gluckste. »Sag bloß, du stehst auf Enten?!«

»A l'orange.«

Sie boxte nach ihm. »Jake Merdon, sag so etwas nicht. Ich bin Vegetarierin.«

»Ups, das wusste ich nicht.«

»Woher auch.«

Sie warf ein weiteres Stück Brot in die Vogelschar. Das Schnattern wurde noch lauter.

»Soll man die überhaupt füttern?«, fragte Jake.

»Warum nicht?«

»Na ja, vielleicht verlieren sie die Fähigkeit, selbst nach Futter zu suchen, wenn Menschen da sind, die sie jeden Tag mit Essen versorgen.«

Ihre Stirn zog sich in Falten. »Meinst du echt?«

»Weiß nicht, könnte sein.«

Plötzlich funkelten ihre Augen. »Du verarschst mich. Das sind Enten, keine Jagdfalken.«

Sie schlug nach ihm, traf ihn auf dem Oberarm.

»Aua«, sagte Jake.

»Sag nicht, das hätte wehgetan.«

»Ich glaube, du hast einen Nerv getroffen.«

»He, komm jetzt, so schlimm war das nicht.«

»Vergiss nicht, du bist eine Kampfmaschine und ich nur ein Sterblicher.«

Amy kicherte. »Lass mal sehen.«

Er hielt ihr den Arm hin.

»Sieht wirklich furchtbar aus«, meinte Amy. »Der Knochen ist gesplittert und hat sich durch die Haut gebohrt. Du hast Glück, ich weiß, was in solchen Fällen zu tun ist.«

Er grinste. »Was denn?«

»Das hier!«

Amy beugte sich vor und pustete leicht über seinen Arm. Das Gefühl erzeugte einen Schauer auf Jakes Haut.

»Und, besser?«, fragte sie.

Jake lächelte. »Hau mir bitte noch eine rein.«

Aus Amy platzte ein lautes Lachen heraus, dann sah sie ihn schmunzelnd an. »Jake, flirtest du etwa mit mir?«

»Vielleicht ein bisschen.« Ihm wurde heiß und kalt gleichzeitig.

Amy war plötzlich ganz ernst. Ihr Gesicht kam seinem so nah, dass er spürte, wie ihr Atem über ihn hinwegstrich.

»Ich würde dich jetzt küssen …«

Jakes Wangen glühten. Er schloss die Augen und konnte es kaum erwarten, ihre Lippen auf den seinen zu spüren.

»… aber wir sind nicht allein«, sagte Amy und lachte schallend. »Da sind minderjährige Enten dabei, wir haben Verantwortung.«

Was? Hat sie das eben wirklich gesagt? Jake öffnete die Augen wieder und blickte in Amys grinsendes Gesicht. Sie hatte nur mit ihm gespielt, und er war darauf hereingefallen. Sein Kopf fühlte sich wie eine gekochte Tomate an. Dennoch konnte er ihr nicht böse sein. Für einen Moment hatte sie die

Sorge um ihren Bruder vergessen und lachte frei. Das war gut so.

Und trotzdem … er hätte sie so gern geküsst.

»Bist du sauer?«

»Ach was«, sagte er gespielt lässig.

»Das ist unser erstes Date. Wir sollten es langsam angehen lassen.«

Bei diesen Worten spürte Jake eine seltsame Schwäche durch seinen Körper kriechen.

»Okay.«

Amy wurde wieder ernst. Sie sah ihm tief in die Augen. Dann, ganz langsam, kam sie ihm erneut näher. Diesmal war sie es, die ihre Augen schloss. Ihre Lippen öffneten sich leicht.

»Nichts spricht gegen einen einzigen Kuss«, hauchte sie.

»Was ist mit den Enten?«, fragte Jake.

Ein Lächeln glitt über Amys Gesicht. »Das ist die Natur der Dinge.«

Als sich ihre Lippen berührten, war es wie ein Stromschlag. Fast wäre Jake zurückgezuckt. So oft hatte er sich diesen Moment in den letzten Tagen vorgestellt. Und als es geschah, tatsächlich Wirklichkeit wurde, war es ganz anders. Nichts hatte ihn auf diese Intensität vorbereiten können, nichts darauf, wie es sein würde, mit diesen Lippen zu verschmelzen. Jake gab sich auf, gab sich hin und spürte Amy in ihrem ganzen Selbst.

Als sie sich wieder von ihm löste, fiel es ihm schwer, die Lider zu öffnen. Ihr Gesicht war noch immer genau vor seinem. Sie sah ihn an.

»Ich weiß, das klingt jetzt kitschig, aber weißt du eigentlich, wie wunderschön deine Augen sind?«

Er konnte nichts sagen, daher sprach sie weiter: »In ihnen liegt ein goldener Schimmer, wie ich ihn noch bei keinem anderen Menschen gesehen habe.«

Er schaute sie an. Wollte den Moment und das Gefühl des Kusses festhalten, aber ihre Worte, nett gemeint, lösten Unruhe in ihm aus. Es war das zweite Mal, dass Amy etwas sagte, das ihn verwirrte.

Und es war das zweite Mal, dass er nicht wusste, warum das so war.

AUF DEN FERSEN

Als Travis aufwachte, hörte er immer lauter werdende Sirenen. Polizeisirenen klangen eindeutig nicht wie Engelsgesang oder zarte Harfenklänge. Er lebte also noch. Ob das ein gutes Zeichen war, wusste er im Moment nicht. In seiner Nase fing sich ein Geruch aus feuchtem Stoff und kaltem Blut. Keine schöne Kombination. Aber da war noch etwas anderes, etwas, das er leider sehr gut kannte: Alkohol. Er hatte den Geschmack von Wodka im Mund. Zudem spürte er, angetrunken zu sein. Er öffnete die Augen, und es wurde noch schlimmer.

»Verdammte Scheiße!« Neben ihm lag George Bonnet. Kalt und blass. Er war tot. Natürlich, das war er auch bereits zuvor gewesen. Und immer noch nackt, wer hätte ihn in der Zwischenzeit auch anziehen sollen. Verstörend war aber, dass Travis selbst nichts mehr am Leibe trug. Gar nichts. Der Schrecken ließ ihn erzittern.

»Was soll das?« Kuscheln mit einer Leiche, das war widerlich. Travis fror. Im Flur kamen schnell Schritte näher. Ihm ging der Arsch auf Grundeis. Der Lichtkegel einer Taschenlampe war zu erkennen. Im Apartment lag die Temperatur nur knapp über Null. Er richtete sich auf und suchte im Bett panisch nach seiner Hose. Da war nichts. Die Scherben auf dem Boden verhinderten, dass er herumlaufen konnte, um sie zu suchen.

»NYPD! Keine Bewegung! Sir, ich habe eine Schusswaffe auf

Sie gerichtet!«, rief der Officer, der ihn gefunden hatte. Bei jedem seiner Schritte knirschten Scherben. Travis versuchte sich vorzustellen, wie die Situation auf den Cop wirken musste: zwei Männer nackt in einer Bruchbude. Einer tot, der andere betrunken, die Geschichte glaubte ihm bei seinem Vorstrafenregister niemand. Detective Seiran würde ihn mit einem Lächeln im Gesicht fertigmachen!

»Officer, ich bin selbst Opfer einer Straftat geworden! Bitte, helfen Sie mir!« Travis suchte immer noch nach seiner Hose.

»Haben Sie getrunken?«

»Nein, die haben ...« Travis stoppte, egal was er jetzt sagte, der Cop würde ihm kein Wort glauben. Er würde es selbst nicht.

»Sir, Sie lallen und haben eine Fahne!« Leider war das die schmerzliche Wahrheit. Die hatten Travis gegen seinen Willen Wodka eingeflößt. »Sir, was ist mit der anderen Person?«

»Er ist tot.«

»Ist das Blut?« Der Officer strahlte mit seiner Taschenlampe kurz auf George Bonnets Leiche, dann wieder, immer noch mit der Waffe im Anschlag, auf Travis. »Ziehen Sie sich endlich etwas an!«

»Wenn Sie mir sagen, wo meine Hose ist ...« Travis hatte sich noch nie so erniedrigt gefühlt. An seiner Brust und am Bauch klebte Blut, George Bonnets Blut.

»Eins sieben für Zentrale. Zehn – zwei drei. Habe einen eins acht sieben und vermutlich auch zwei sechs eins. Mutmaßlicher Täter gestellt. Brauche dringend ein CSI-Team.« Der Officer schüttelte den Kopf und kickte Travis seine Hose, die zwei Meter neben dem Bett lag, zu.

Travis schluckte, die Codes standen nicht für harmlose Verbrechen. Hastig zog er sich die Hose an, der Cop fand auch seine Schuhe.

»Officer, das war ich nicht!« Er musste einen Ausweg finden, wobei in seiner Situation jede Option einer Katastrophe gleichkam. Würde er sich einsperren lassen, wäre sein Kreuzzug gegen HFP bereits vorbei, bevor er begonnen hatte. Oder sollte er den Cop angreifen? Das wäre Wahnsinn! Der Mann war zwar kleiner als er, dafür aber vierzig Jahre jünger. Zudem hielt er eine Pistole in der Hand, die er freundlicherweise gerade absenkte.

»Nicht mein Job ... das dürfen Sie dem Haftrichter und dem Staatsanwalt erzählen, die werden Ihnen gerne zuhören.«

Für diese Diskussion hatte Travis keine Zeit. Der Abstand war günstig, er trat dem Officer gegen die tief hängende Waffenhand. Die Pistole fiel auf den Boden. Dann schubste er den jüngeren Mann und griff nach der Automatik. Eine Glock, neun Millimeter, sechzehn Patronen im Magazin, eine im Lauf. Wie viele Amerikaner hatte er früher Waffen besessen. Waffen, die er nach der Verurteilung verkaufen musste.

»Hey! Haben Sie den Verstand verloren?«, schrie ihn der Beamte an.

»Ich kann nicht mit Ihnen mitgehen ...« Travis zielte auf den Polizisten. »Das müssen Sie verstehen ... ich kann nicht, ich habe einen Job zu erledigen! Ich war das hier nicht ... jemand will mir dieses Verbrechen in die Schuhe schieben!«

»Sir, ich weise Sie darauf hin, dass ich eine Bodycam trage. Alles, was Sie sagen, wird aufgezeichnet ... meine Kollegen sehen uns live zu. Es ist bereits Verstärkung unterwegs. Machen Sie keine Dummheit und geben Sie mir meine Waffe zurück!« Der Cop senkte seine Schultern. Kein gutes Zeichen.

»Nein!«

Jetzt stürzte sich dieser Idiot auf ihn. Griff nach ihm. Warf ihn zu Boden. Nein, nein, nein. Ein Schuss löste sich. Der Knall hallte in seinen Ohren. Dann ließ der Officer von ihm ab. Das wollte Travis nicht. Der Polizist stöhnte leise und hielt sich eine stark blutende Wunde am Bauch.

»Warum haben Sie das getan?« Travis verstand es nicht, er hätte ansonsten nicht auf den Officer geschossen. Er untersuchte den Verletzten. Die Wunde war ein Durchschuss, die an dieser Stelle kein größeres Gefäß verletzt haben sollte.

Der Cop antwortete nicht. Travis nahm sein dreckiges Hemd, das er noch nicht wieder angezogen hatte, zerriss es und legte dem Polizisten einen provisorischen Druckverband an. Sah nicht gut aus, sollte aber den Blutverlust mindern und bis zum Eintreffen der Rettungskräfte halten.

»Drücken Sie mit der Hand darauf.« Travis sah direkt in die Linse der Bodycam: »Officer down ... ich habe ihn erstversorgt, er braucht trotzdem dringend medizinische Hilfe.« Dann schnappte er sich seinen Mantel, klopfte die Glasscherben ab und verließ das Apartment.

Travis fuhr zu Susans Center am City Hall Park. Die Polizei hatte den Tatort immer noch nicht freigegeben. Das war schlecht für die Menschen, die hier früher Hilfe erhielten, aber gut für ihn, um sich zu verstecken. Mit den Bildern der Bodycam würden die Cops ihn binnen Sekunden identifizieren. Die würden daher bereits an seinem Apartment auf ihn warten. NYPD-Cops reagierten bekanntlich ungemütlich, wenn man ihre Kollegen durchlöcherte.

Mit einem Daumenabdruck auf dem biometrischen Eingabefeld öffnete er die Tür – die Zugangsrechte waren nicht geändert worden –, sah sich um und ging in den Waschraum. Erst dort schaltete er das Licht an. Er legte die Waffe des Cops auf den Tisch, zog sich aus und wusch sich George Bonnets Blut vom Körper.

In der Kleiderkammer fand er frische Klamotten, nicht sonderlich modern, aber sie passten ihm. In der Küche machte er sich einen Kaffee und nahm sich etwas Essbares aus dem Schrank. Sein Leben oder das, was davon übrig blieb, war nun endgültig vorbei. Detective Seiran würde jetzt allen erzählen können, dass er es von Anfang an gewusst hatte.

»Fuck you!« Es spielte eigentlich keine Rolle mehr, was andere von ihm dachten. Interessanter war die Frage, wer George Bonnet getötet hatte und ihn damit belasten wollte? Lee Hastings sicherlich nicht. Hoffentlich ging es ihr gut. Wusste HFP bereits, was er vorhatte? Hatten die auch die Polizei und andere Sicherheitsbehörden infiltriert? Genau davon musste er ausgehen. Die hatten ihm den Pad-Computer abgenommen. Zum Glück befanden sich keine Daten auf dem Gerät, und an der Verschlüsselung seiner Cloud würde sich selbst die NSA ein paar Tage lang die Zähne ausbeißen. Damit kannte er sich aus, die von ihm gewählten Codecs hielten auch massiven Brute-Force-Attacken stand.

Travis ging in Susans Büro und öffnete den Schrank, in dem sie weitere Pad-Computer für die Besucher des Centers lagerte.

»Leute ... nicht mit mir.« Den Behörden sollte es zwar bisher nicht gelungen sein, seine Daten zu lesen, aber die dürften den Provider seines Cloud-Speichers lokalisiert haben. Damit würden weitere Zugriffsversuche in einer Falle enden, bei der sie ihn lokalisieren konnten.

Travis schickte über zwei ausländische Proxys ein spezielles Computerprogramm auf den Weg, das, sobald es seine Cloud erreichte, mit einem Kill-Kommando alle Inhalte löschen würde. Hayden besaß eine Kopie der Daten, die er ihr gegeben hatte. Das genügte ihm. Sein Wurm hatte zudem die Eigenschaft, bei den Sicherheitsbehörden alle Kopien seiner Cloud zu löschen. Ein echter Plagegeist, der damit auch versteckte Sicherheitskopien angreifen konnte.

Travis rief über das Pad verschlüsselt Hayden an, die bereits nach einem Piepton abhob.

»Ja.«

»Die sind mir auf den Fersen.«

»Du bist der Star der zwölf-Uhr-Nachrichten. Nach dir wird gefahndet. Sei vorsichtig.«

»Ich habe meine Cloud gelöscht.« Während er sprach, richtete Travis sich eine neue, ähnlich stark geschützte Cloud ein. Die Benutzerdaten dachte er sich aus. »Ich lege jetzt eine neue gespiegelte Datenablage an und sende dir den Link zu einem Proxy aus Kiew.« Gott sei Dank gab es außerhalb der Staaten noch unregulierte Server, auf die die Behörden bisher keinen Zugriff hatten.

»Hab ihn erhalten.«

»Du kannst die Daten dort sichern.«

»Upload läuft.«

»Wie sieht es bei dir aus?«

»Dein Analysecomputer lag richtig. Die DNA-Marker im Blut sind definitiv nicht menschlich.«

»Und?« Travis lachte. »Willst du mir jetzt erzählen, dass wir es mit Aliens zu tun haben?«

»Ja.«

»Oh ...« Hayden hörte sich nicht so an, als hätte sie einen Scherz gemacht.

»Die Veränderungen im Blut der Jugendlichen stammen von einem Virus. Ein Virus, der nicht von der Erde stammt. Er wird durch Blutkontamination oder Geschlechtsverkehr übertragen.«

»Also reden wir von einer extraterrestrischen Virusinfektion?«

»Deine Messdaten der Jugendlichen haben das fehlende Glied geliefert. Jetzt ist die Beweiskette lückenlos. Ironheart hatte bereits zuvor herausgefunden, dass wir es mit einem intelligenten Virus zu tun haben.«

»Ironheart, also Glen?«

»Ironheart war nie *sein* Name, es ist der Name unserer Gruppe.«

»Wie viele sind wir?«

Hayden räusperte sich. »Nur noch wir beide.«

»Was bedeutet ›intelligenter Virus‹?« Travis konnte sich darunter nichts vorstellen.

»Die veränderten Blutwerte verbessern das menschliche Immunsystem. Eigentlich eine gute Sache, da die betroffenen Personen unter keinerlei Symptomen zu leiden haben. Das Motiv des Alienvirus ist dabei weniger selbstlos. Er ist auf sich allein gestellt fragil und würde ohne ein derart gestähltes Immunsystem bereits wegen einer einfachen Erkältung absterben.«

»Und was ist daran außergewöhnlich?« Travis hatte die Pointe noch nicht verstanden, ein opportunistisches Verhalten zwischen Organismen gab es in der Natur öfter zu beobachten.

»Der Alienvirus breitet sich im gesamten Nervensystem des Menschen aus. Davon bemerken Infizierte nichts, genauso wenig wie sie bemerken, dass sich ihr Charakter verändert. Das war der Ansatzpunkt, den Glen und ich verfolgt haben, wir sind wegen Verhaltensänderungen von Freunden über diesen Sachverhalt gestolpert und dann bei der Recherche auf HFP gestoßen.«

»Wie viele Infizierte gibt es?«

»Glen hat versucht, die Frage mathematisch zu untersuchen. Er kam auf Schätzungen von vierzig bis sechzig Prozent der gesamten Weltbevölkerung.«

»So viele?« Travis wollte es nicht glauben. Diese Schätzung war eine Katastrophe. »Wie konnte das passieren? Wieso hat über die Jahre niemand etwas bemerkt?«

»Sie riechen gut ...«

»Bitte?«

»Pheromone ... wir sind nicht besser als Tiere. Um uns zu manipulieren, strömen vom Alienvirus infizierte Menschen starke Sexualduftstoffe aus. Pheromone, die jeden Gegner zu willigen Dienern machen.«

»Und warum sind wir beide ihnen nicht hörig?« Travis hatte Probleme, Hayden zu folgen. Ihn hatte noch nie der Duft einer Frau dazu bewegt, seine Selbstkontrolle zu verlieren.

»Ich gehe davon aus, dass ungefähr fünf bis zehn Prozent aller Menschen eine natürliche Immunität aufweisen. Vermutlich gehören wir dazu. Leider habe ich bisher keine Beweise, um die Theorie zu belegen. Ich müsste im Institut Testreihen aufsetzen ... etwas, was ich im Moment aus verständlichen Gründen nicht tun kann.«

»Dann wäre ein Gegenmittel denkbar?«

»Ja ... aber ich kenne es nicht.«

»Was ist mit der Polizei, der Regierung und dem FBI? Es muss doch eine Handhabe geben?«

»Sind unterwandert ... Glen hat vor drei Monaten einen vertrauensvollen Kontakt beim FBI involviert. Die Aktion war erfolgreich, wir konnten gemeinsam mit dem FBI, Homeland Security und der NSA eine Ermittlungsgruppe aufbauen.«

»Und dann?«

»Dann flog die Gruppe auf ... die Leute sind einfach verschwunden. Keiner von denen ist mehr da. HFP hat überall Freunde. Ich denke, es gibt inzwischen auch Infizierte, bei deren Sozialverhalten man keinerlei Unterschied feststellen kann.«

»Wer schon zuvor ein Arschloch war, bleibt auch danach eins.«

»So ähnlich …«

»Wie konntest du unentdeckt bleiben?«

»Die haben bereits alle Schaltzentralen in Wirtschaft, Politik und Gesellschaft übernommen. Glen war mein einziger Kontakt … wir waren vorsichtig. Inzwischen dürfte er nicht mehr leben.«

»Bitte … warum?« Glen zu verlieren, wäre ein herber Verlust gewesen.

»Sie haben ihn geschnappt … mich nicht. Wenn er geredet hätte, wäre auch ich in Haft.«

Travis und Hayden befanden sich im Krieg. Er wusste jetzt, gegen wen Glen gekämpft hatte, und auch wenn er bereit war, seinen Platz im Widerstand anzunehmen, wusste er nicht, wie er gegen die extraterrestrische Bedrohung vorgehen sollte.

»Wir brauchen einen Weg, das Immunsystem der Menschen zu schwächen, wir brauchen eine weltweite Schnupfen-Pandemie!«

»Ja … das wäre die Lösung.« Hayden lachte. »In den Genen des Virus liegen zugleich seine Stärken und Schwächen. Ich habe mir auch bereits Gedanken über eine mögliche Schwachstelle gemacht. Leider bin ich bisher noch zu keinem Ergebnis gekommen.«

»Später …« Travis wollte noch nicht über mögliche Gegenstrategien sprechen, solange er nicht die ganze Geschichte verstanden hatte. »Hayden, du redest von einem intelligenten Virus, der in der Lage ist, sich zu schützen, sich auszubreiten und seinen Wirt hörig zu machen.«

»Ja.«

»Hörig wem?«

»Wem?« Sie stutzte. »Wie meinst du das?«

Travis sah aus der Kaffeeküche, in der er telefonierte, in den mit einer breiten Fensterfront versehenen Aufenthaltsraum des Centers, in dem es zum Glück weiterhin dämmerig war. Von draußen drang nur wenig Tageslicht durch die Scheiben. Er glaubte, etwas gehört zu haben, war aber nach wie vor allein. »Viren und Intelligenz sind zwei Dinge, die nicht zwingend zusammenpassen. Intelligenz folgt Motiven, ich würde lieber über hochfunktionale Virenorganismen sprechen. Aber das Verhalten der Infizierten, der Aufstieg HFPs und die Unterwanderung sämtlicher Sicherheitsbehörden sehen für mich wie eine von langer Hand geplante Aktion aus. Wer steckt dahinter?« Travis war sich sicher, dass es jemanden gab, der den Virus als Waffe gegen sie einsetzte.

»Ich weiß es nicht … unser FBI-Kontakt hat erzählt, dass es ein weltweites Problem ist. Er war sich sicher, dass wir es nicht mit einer biologischen Waffe einer irdischen Organisation, Terroristen oder feindlichen Regierung zu tun haben.«

»Also nicht der Griff der Nordkoreaner nach der Weltherrschaft?«

»Nein … davon war der Agent überzeugt.«

»Dann erleben wir vermutlich gerade die Vorhut einer extraterrestrischen Invasion auf die Erde.« Eine plausible, wenn auch sehr abenteuerliche Vermutung. Travis schüttelte sich innerlich, früher hatte er sich nicht einmal, wenn er betrunken war, so einen Blödsinn ausgedacht.

»Auch Glen hat diese Option in Betracht gezogen. Deshalb hat er mich angesprochen. Ihn führte dieselbe Logik zu mir wie dich, auch er brauchte die Hilfe einer Biologin. Wir haben die Idee lange Zeit für völlig abstrus gehalten, mussten aber mit jedem neuen Indiz erkennen, diesem Szenario einen Schritt näherzukommen.«

»Die Aliens, wenn es sie denn gibt, könnten Terraforming auf ihre eigene Art betreiben. Man könnte es Humanforming nennen, die verwandeln uns in ein Heer von Idioten.« Als ob es davon auf der Erde nicht bereits genug gab. Travis hörte wieder ein Geräusch aus dem Vorraum.

»Der Gedanke macht mir Angst.«

»Nicht nur dir.« Auch jetzt war in der Dunkelheit nichts zu erkennen. Travis griff nach der Waffe und überprüfte, ob sich eine Patrone im Verschluss befand. »Hayden, ich melde mich in genau zehn Minuten. Wenn nicht, bist du allein.«

Travis trennte die Verbindung und sah auf die Uhr. Da war jemand, er musste wissen, wer. Er schlich mit der Waffe in der Hand durch das unbeleuchtete Center.

»Hallo?«, flüsterte er. Keine Antwort. Ein SWAT-Team der Polizei würde garantiert nicht schüchtern sein. Da war es wieder. Ein leises Klopfen. Das kam von draußen, da stand jemand neben dem Fenster. Er konnte ihren linken Arm sehen. War das Lee? Wo kam sie her? Er ging zur Tür und öffnete sie.

»Hallo«, sagte sie mit gesenktem Kopf. »Darf ich bitte reinkommen?«

»Natürlich.« Travis schloss die Tür wieder. Hoffentlich hatte sie niemand gesehen. »Wie hast du mich gefunden?«

»War so eine Ahnung …«

ALAN

Am nächsten Morgen stand Jake vor seinem Spind und suchte nach den Unterlagen für den Geschichtsunterricht, als plötzlich Alan neben ihm auftauchte und, ohne ihn zu beachten, den eigenen Spind aufschloss.

»Hi Alan.«

»Hi.«

»Bist du noch sauer auf mich?«

»Was?«

»Na, wegen dem Training.«

»Ach das …« Alan runzelte die Stirn. Er schien nachzudenken. »Nee, ist schon in Ordnung.«

»Hast du was? Ist etwas mit dir?«

Alan sah ihn verwirrt an. »Was soll sein? Alles okay.«

»Du bist komisch.«

»Wie meinst du das?«

Jake wusste keine Antwort. Etwas stimmte nicht mit seinem Freund, aber er wusste nicht, was. Alan war ein sehr lebendiger Mensch, meist gut gelaunt und hatte immer einen Spruch auf Lager, aber heute wirkte er regelrecht apathisch.

»Hast du was genommen?«

»Drogen?«

»Nicht so laut«, zischte Jake. »Also?«

»Nein. So ein Blödsinn.« Zum ersten Mal an diesem Morgen zeigte Alan eine emotionale Reaktion. »Was soll die Scheißfrage?«

Hoppla, dachte Jake. *Da habe ich wohl einen empfindlichen Punkt getroffen.*

»Mann, ich frage doch nur.«

»Kümmere dich um deinen eigenen Mist.«

»Was regst du dich jetzt so auf?«, versuchte Jake ihn zu beschwichtigen. »Jetzt komm mal wieder runter.«

»Du Arsch hast mir nicht zu sagen, was ich zu tun habe«, fuhr ihn Alan an. Seine Augen glühten vor Wut.

Jake kam überhaupt nicht mehr mit. Zuerst reagierte Alan kaum, und dann drehte er komplett ab.

»Alan …«

»Echt, fick dich ins Knie. Du hast uns beim Training hängen lassen. Sanchez hat getobt und dich aus der Mannschaft gestrichen, und weißt du was, diesmal habe ich mein blödes Maul gehalten. Du hast es nicht anders verdient.«

Jetzt wurde auch Jake sauer. »Klar, und danke noch, dass du Robertson auf mich gehetzt hast.«

»Das hast du ganz allein dir zu verdanken, also schieb's nicht auf mich.«

»Was ist los mit dir? Sag schon …«

Alans Augen funkelten wütend. »Hat dich doch bisher auch nicht interessiert. Es dreht sich ja immer alles nur um dich, wen du triffst, um den Ball, den du haben willst.«

»Das ist unfair.«

»Ach ja, neulich nach Serenas Party habe ich dir erzählt, dass ich jemanden kennengelernt habe. Es war mir wichtig, dir das zu sagen, du hast nicht mal nachgefragt.«

Ja, Jake erinnerte sich. Verdammt, den Moment hatte er verpasst.

»Sorry. Bei mir ist gerade viel los. Ich bin ein wenig durcheinander, aber vielleicht sagst du mir jetzt, wie die Glückliche heißt.«

»Es ist Serena.«

»Was?« Jake spürte, wie alles Blut aus seinem Gesicht wich. Seine Knie begannen zu zittern. »Das ist nicht dein Ernst.«

Der falsche Satz. Jake wusste es bereits in dem Augenblick, als die Worte seine Lippen verließen.

»Passt dir das nicht?«, zischte Alan. »Euer Hochwohlgeboren ist mit meiner Wahl wohl nicht einverstanden. Wahrscheinlich bist du selbst auf sie scharf. Du warst ja auch auf der Party, bist aber frühzeitig abgehauen. Wohin eigentlich?«

»Ich hatte etwas zu erledigen.«

»Ach ja, was denn? Was war so wichtig, dass du eine geile Party frühzeitig verlässt?« Jake wollte etwas sagen, aber Alan ließ ihn nicht zu Wort kommen. »Vielleicht weil Serena ebenfalls die Party verlassen hat? Benny hat gesehen, wie du ihr nachgefahren bist, und Serena hat mir später, als sie wieder auf der Party aufgetaucht ist, erzählt, dass du sie im neuen Jugendclub gestalkt hast. Ich dachte, du hast ein anderes Mädchen gefunden. Willst du nun doch was von Serena?«

»Alan, es ist ganz anders, als du denkst ...«

»So, wie ist es denn?«

»Serena ist gefährlich. Irgendetwas stimmt nicht mit ihr.«

»Ich glaube eher, dass mit dir etwas nicht stimmt. Und jetzt hör mal gut zu: Serena ist mein Mädchen, wir sind jetzt zusammen, und du wirst dich ab sofort von ihr fernhalten, oder ich poliere dir die Fresse.«

»Alan, lass mich bitte erklären ...«

Alan zeigte ihm den Mittelfinger. Irgendetwas in Jake explodierte in diesem Moment. All die Sorgen und Ängste der letzten Tage fanden ihr Ventil. Seine Hände schossen vor. Er packte Alan am T-Shirt und rammte ihn gegen den Metallspind.

»Du machst das nicht. Nicht bei mir. Ist das klar?«

Alans Gesicht war nun feuerrot angelaufen. Seine Pupillen wurden ganz klein. Er starrte Jake finster an.

»Lass mich los! Sofort!«

Plötzlich wurde Jake die Stille um ihn herum bewusst. Er drehte den Kopf und sah, dass die anderen Schüler im Gang ihn anstarrten. Niemand sagte ein Wort, man hätte die berühmte Stecknadel fallen hören können.

Und dann kam der Geruch. Aus Verwirrung über Alans seltsames Verhalten hatte er ihn nicht beachtet. Eine Woge aus Zorn rollte über ihn hinweg.

Warum?

Das hier war eine Auseinandersetzung zwischen zwei Jungs, die sich gut kannten. Niemand war verletzt worden. Eine kleine Handgreiflichkeit unter Freunden. Alltag. Passierte ständig.

Also, warum dieser Zorn?

Wie eine Wand umschlossen ihn die Gefühle der anderen. Jake spürte, wie ihm der Schweiß ausbrach. Noch immer hatte er Alan fest im Griff, aber der rührte sich nicht, sah ihn nur wütend an.

Was sollte er jetzt tun? Die Sache mit Alan war noch nicht geklärt, aber keinesfalls konnte er ihn weiter festhalten. Langsam öffnete Jake seine Hände.

Anstatt zurückzuweichen, kam ihm Alan jedoch näher. So nahe, dass sich ihre Nasenspitzen fast berührten.

»Hör zu, Jake, halte dich in Zukunft von mir fern. Rede nicht mit mir. Versuch nicht, dich bei mir zu entschuldigen, denn ich werde deine Entschuldigung nicht annehmen. Ich will nichts mehr mit dir zu tun haben.«

Jake blickte ihn an. Er spürte, er roch, dass es Alan absolut ernst war. Er trat einen Schritt zurück.

In ihm war plötzlich nur noch Traurigkeit. Er und Alan waren Freunde, schon immer. Seit er denken konnte.

Nun war das nicht mehr so, und es fühlte sich schrecklich an.

Alan wandte sich ab, suchte in seinem Spind herum. Jake stand da und wusste plötzlich nicht mehr, was er jetzt tun sollte.

Der Schulgong ertönte.

Jake drehte sich um und ging zum Klassenzimmer. Als er durch den Gang schritt, nahm der Geräuschpegel um ihn herum wieder die übliche Orkanstärke an. Niemand beachtete ihn mehr. Keiner sah ihn an oder sprach mit ihm. Schlagartig war das Interesse an ihm und dem Vorfall erloschen. Als hätte jemand einen Schalter umgelegt.

Während er den Blick auf den Boden gerichtet hielt, strömten unzählige Gerüche auf ihn ein. Die üblichen Deos und Parfüms, aber darunter hatte sich auch ein schwerer süßer Duft gemischt. Es war der gleiche Geruch, den auch Alan nun verströmte. So wie Serena und die anderen im Jugendclub.

Wie viele seiner Mitschüler gingen inzwischen zu HFP?

Der Gedanke machte ihm Angst. Das Ganze war wie eine Epidemie, die außer ihm niemand wahrzunehmen schien.

Er brauchte Antworten. Fragen hatte er genug.

»Kommt rein«, sagte William und hielt Amy und Jake die Tür auf. Sein Zuhause lag im Westen von Vernon, fast schon am Stadtrand. Ein zweistöckiges Haus, sehr gepflegt mit Vorgarten und Doppelgarage. In der Einfahrt standen keine Fahrzeuge, aber das war auch nicht anders zu erwarten gewesen, denn William hatte ihnen gesagt, dass seine Eltern ausgegangen waren.

»Hier wohnst du also«, grinste Jake. »Nicht schlecht.«

»Na ja«, sagte William. »So besonders ist das nun auch wieder nicht.«

Er blickte Jake und Amy an. »Lasst uns in den Keller gehen. Da habe ich mir ein Computerzimmer eingerichtet. Von dort aus versuche ich täglich, die Weltherrschaft an mich zu reißen.«

Was für ein Spinner, dachte Jake mit einem Grinsen auf dem Gesicht.

Über eine Holztreppe ging es nach unten. Das Zimmer, von dem William gesprochen hatte, war eigentlich der gesamte Kellerbereich. Dort standen ein Sofa, zwei bequem aussehende Sessel, ein altmodischer Fernseher und ein Schreibtisch mit einem vierundzwanzig-Zoll-Bildschirm, aus dem Kabel in einen PC führten, von dem William die Abdeckung abmontiert hatte. An den Wänden hingen Kinoplakate von *Blade Runner* und *Star Wars*.

Genau so stellt man sich die Bude eines Hackers vor, dachte Jake.

»Hockt euch hin«, sagte William. »Coke? Sprite? Dr. Pepper?«

»Hast du einen Getränkehandel?«, fragte Amy lächelnd.

William grinste. »Meine Mom versorgt mich mit allem. Sie hat ständig Angst, dass ich zu wenig trinke.«

»Und dann kauft sie dir Softdrinks?«, lachte Amy.

William zuckte mit den Schultern.

»Ich find's auf jeden Fall klasse!«, fügte Amy hinzu. »Ich steh total auf Dr. Pepper, hab ich früher immer heimlich zusammen mit meiner besten Freundin getrunken.«

Bei »beste Freundin« zuckte Jake automatisch zusammen. Sofort musste er wieder an seinen Streit mit Alan denken. Höchstwahrscheinlich hatte er die längste Zeit einen besten Freund gehabt.

»Ist was mit dir?«, riss Amy ihn aus seinen Gedanken, während ihr William eine Dose Dr. Pepper reichte. »Du guckst auf einmal so komisch.«

Jake verzog den Mund. »In der Schule gab es Probleme mit Alan, meinem besten Kumpel.« Er stockte kurz, weil er es immer noch nicht richtig fassen konnte. »Und ihr werdet es nicht glauben: So wie es aussieht, hat Serena ihn sich gekrallt, er riecht wie sie und die anderen im Club und benimmt sich merkwürdig. Ich habe versucht, mit ihm zu reden, ihn vor Serena zu warnen, aber er will mir nicht mal zuhören. Ganz im Gegenteil, er hat mir die Freundschaft gekündigt, und fast hätte es zwischen uns geknallt. Ich war kurz davor, ihm eine reinzuhauen.«

»Serena, dieses Miststück! Das hat sie mit David auch gemacht … Seid ihr schon lange befreundet?«, fragte Amy.

»Seit dem Kindergarten. Ich konnte mich immer auf ihn verlassen. Er war wie ein Bruder für mich, und jetzt hat Serena einen Menschen aus ihm gemacht, den ich kaum wiedererkenne.«

»Das tut mir leid, Mann«, sagte William und klopfte Jake auf die Schulter.

»Mir auch«, meinte Amy. »Glaub mir, ich weiß, wie beschissen sich das anfühlt. Umso dringender müssen wir herausfinden, was es mit Serena und dieser komischen Organisation auf sich hat. Wir müssen diese Gehirnwäsche stoppen!«

»Ja, da bin ich ganz deiner Meinung. Aber es gibt noch mehr. Alan ist nicht der Einzige an der Schule, der sich seltsam verhält. Viele meiner Mitschüler riechen ebenfalls wie Serena und verhalten sich wie ferngesteuert.«

»Du meinst so eine Art Nestgeruch?«

»Ja genau, das beschreibt es am treffendsten.«

Langsam wurde es so richtig unheimlich. Eine Weile saßen sie in Gedanken versunken einfach nur da und schwiegen vor sich hin.

»Wenn ich genauer darüber nachdenke«, unterbrach Amy schließlich die Stille, »fällt mir auch auf, dass sich manche meiner Mitschüler seit Kurzem ziemlich strange verhalten. Heute zum Beispiel gab es bei mir an der Schule eine Schlägerei. Da sind zwei Typen komplett ausgeflippt und mit allem aufeinander losgegangen, was gerade greifbar war. Der ganze Mob ist rumgestanden und hat zugeschaut, anstatt etwas zu unternehmen. Erst als die Lehrer dazwischengegangen sind, hatte der Spuk ein Ende.« Jake hörte ihr gebannt zu. »Einer der Kerle musste mit einer gebrochenen Nase ins Krankenhaus. Die Cops waren da und haben die Schüler befragt, aber fast war es so, als hätten die meisten bereits nach einer Stunde das Interesse an der ganzen Sache verloren. Niemand wollte eine Aussage machen, und man weiß immer noch nicht, was den Streit ausgelöst hat.«

»Schlägereien gibt es immer mal wieder«, meinte William.

»Nicht an meiner Schule«, sagte Amy erregt. »Die Leitung legt viel Wert auf Präventivarbeit. Wir haben Streitschlichter und offene Gesprächsrunden, in denen jeder sagen kann, was ihm stinkt. Dass da zwei komplett abdrehen und aufeinander losgehen, war schon ungewöhnlich, aber die Heftigkeit, mit der sie sich geprügelt haben, hat mich erschreckt.«

Jake dachte an Alan. Er fühlte sich schlecht und hätte alles dafür gegeben, die Sache mit ihm aus der Welt zu schaffen.

»Das ist ja alles schön und gut, aber eine Sache kapiere ich immer noch nicht ganz«, setzte William an. »Wieso glaubst du, Gefühle riechen zu können? Okay, dein Heuschnupfen ist verschwunden, aber deswegen bist du doch noch lange nicht Superman?!«

»Ich weiß es doch auch nicht. Plötzlich konnte ich es.«

»Riechen, was Leute fühlen?«

»Ja«, seufzte Jake.

»Okay, okay. Test! Nach was rieche ich?«

»William …«

»Nein, ernsthaft. Sag es mir.«

Jake zögerte. »Du glaubst mir nicht, danach riechst du.«

William lachte. »War nicht gerade schwer. Hast du nicht mehr drauf?«

Langsam nervte ihn dieser Computerfreak. Jake schnaubte. »Alles klar! Du hast zum Abendbrot ein Sandwich gegessen, mit kaltem Huhn, Mayonnaise und Senf. Ekelhaft. Dazu hast du eine Cola getrunken. Zum Mittagessen gab es Spaghetti aus der Mikrowelle, Tomatensoße, ein Fertiggericht, nichts Aufgewärmtes. Du nimmst Tabletten vor jeder Mahlzeit. Wahrscheinlich etwas für den Magen, denn ich kann riechen, dass er übersäuert ist.«

William starrte ihn fassungslos an. »DU BIST EIN VERDAMMTES WUNDER. Wenn du später nicht weißt, was du beruflich machen sollst, schlage ich dir die Drogenfahndung vor, du toppst garantiert jeden Deutschen Schäferhund. Wahnsinn!«

»Und jetzt riechst du nach Begeisterung«, sagte Jake.
»Mann, so was gibt's doch gar nicht!«
»Also, ich finde es eher ein wenig gruselig«, meinte Amy.
Jake sah sie an. »Was soll ich machen?«
»Ich weiß, du kannst nichts dafür, aber normal ist das nicht.«
Jake roch Amys Verwirrung, aber auch ihre Zuneigung für ihn. »Vielleicht geht es wieder weg. Ich bin auch nicht gerade begeistert von dieser Fähigkeit. Ehrlich, setzt euch mal bei der Hitze in den Schulbus, und ihr wisst, was ich meine.«
William klopfte ihm auf die Schulter. »Alter, du bist mein Held. Ich wünschte, ich könnte so was, aber an mir ist alles irgendwie langweilig.«
Jake sah ihn an. »Du bist ein Computergenie.«
»Zwangsläufig. Nerds sind immer Computergenies, ist so was wie eine Bestimmung, kann man in jedem Kinofilm sehen.«
»Und deswegen trägst du auch diese merkwürdige Brille, die dir viel zu groß ist und dauernd von der Nase rutscht ...«
»Yeah! Mein ganzer Stolz. Wenn schon Nerd, dann aber richtig.«
»Okay, genug gequatscht, lasst uns endlich anfangen«, sagte Jake. Seit der Sache mit Alan fühlte er, dass sich die Lage zuspitzte. Serenas Einfluss weitete sich aus und war inzwischen in sein engstes Umfeld vorgedrungen. Amy, William und er mussten so schnell wie möglich etwas dagegen unternehmen, bevor sie womöglich selbst an der Reihe waren und zu gehirnlosen Zombies mutierten. »Hast du etwas Neues über HFP herausgefunden?«
William wurde ernst. »Eigentlich nicht ...«
»Mist«, fuhr Jake dazwischen, das ging ja schon mal gut los.

»... aber ich habe jemanden im Dark Web getroffen, der uns helfen kann.«

Jake sah ihn an. »Ich hoffe, du hast nicht zu viel verraten. Wir müssen vorsichtig sein. Wen hast ...«

»Jetzt lass mich halt erzählen.« William schob sich eine Haarsträhne aus dem Gesicht und die Brille die Nase hoch. »Ich habe versucht, die Firma zu hacken, die mit dem Bau des HFP-Hauptquartiers in New York beauftragt war. Ich wollte mal in deren Unterlagen stöbern und nach der Materialliste sehen, von der wir das letzte Mal gesprochen haben. Ihr wisst noch? Was haben die für eine Infrastruktur, und was leiten wir daraus ab? Die Firewall war aber mächtig hart, und ich bin nicht weitergekommen. Und jetzt kommt's ...«, er machte eine theatralische Pause, »... ich wollte schon aufgeben, als ich bemerkt habe, dass ich nicht der Einzige bin, der gerade einen Hackversuch gestartet hat. Irgendjemand war gerade dabei, das zu schaffen, was mir nicht gelungen ist. Da dachte ich, ich schaue mir das mal an, und wenn er es packt, schleiche ich mich durch das gleiche Tor hinein, aber der Typ hat mich entdeckt, und dann ging das übliche Spiel los.« William grinste. »Ich habe geschrieben – Wer bist du? Er hat gefragt, wer ich sei? Ich habe gesagt – Du zuerst. Er – Was machst du hier? Ich – Sag mir, was du da machst?« Er seufzte, was Jake nur noch ungeduldiger werden ließ. »So ging das hin und her. Schließlich habe ich ihm verraten, dass ich glaube, hinter HFP stecke etwas ganz anderes, und dass ich dieser Organisation nicht traue. Da wurde er plötzlich ganz redselig und hat mir erzählt, dass seine Schwester in die Fänge dieser Leute geraten ist, ihr Studium geschmissen hat und jetzt nur noch in einem Jugendcenter mit komischen Leuten herumhängt. Da wurde ich hellhörig. Ich habe ihn gefragt, ob er das Center in Vernon meint?« William hielt inne.

»Und?«, fragte Amy.

»Volltreffer. Der Kerl kommt von hier. Nennt sich *Public Enemy*. Ich habe schon von ihm gehört, in der Hackerszene ist er eine Legende. Man sagt ihm nach, er habe sich schon zweimal in die Rechner des Pentagons gehackt, aber das kann natürlich ein Gerücht sein. Wie auch immer, der Typ hat was drauf. Ich habe es nicht geschafft, bei der Baufirma einzudringen, für ihn war das ein Kinderspiel. Als ich ihm gesagt habe, wonach ich suche, hat es nicht einmal zehn Minuten gedauert, bis er die Aufstellung gefunden hat.«

Jake sprang erregt auf. »Dann haben wir die Liste!«

Plötzlich wirkte William wieder unsicher. »Nicht ganz. *Er* hat sie.«

»Was soll das heißen?«

»Keine Panik. Er gibt sie uns, aber er will uns kennenlernen. Wissen, was wir wissen.«

»Und du hast zugestimmt?« William nickte. Jake spürte, wie sein Gesicht zu glühen begann. »Spinnst du? Der Typ könnte vom FBI sein oder von HFP selbst!«

»Ich glaube das nicht, und mal ehrlich, was für eine Wahl hatte ich denn? Ich bin nicht an die Liste rangekommen, er schon, und wir brauchen sie, wenn wir herausfinden wollen, was diese beschissene Organisation vorhat.«

Amy stand ebenfalls auf. Sie legte ihre Hand auf Jakes Schulter. »Lass uns …«

Das Klingeln an der Haustür unterbrach sie.

»Das ist er«, sagte William kleinlaut.

Jake starrte ihn entsetzt an. »Er kommt *hierher*?« Das durfte doch nicht wahr sein! Glaubte William, das alles war bloß ein Spiel? Eines von denen, die er täglich am PC zockte? Der Trottel hatte keine Ahnung, in welche Gefahr er sie mit solchen Aktionen bringen konnte. Jake starrte ihn wütend an.

William schwieg. Mit hochrotem Kopf ging er die Kellertreppe hinauf. Jake konnte hören, wie die Haustür geöffnet wurde, dann Gemurmel. Schließlich kam William wieder herunter. Hinter ihm trat eine hochgewachsene Gestalt ins Licht der Kellerlampe.

Robertson!

DER COUNTDOWN LÄUFT

Lee hatte Travis erzählt, dass sie sich in einer Öffnung in der Wand versteckt hatte. Ein Drecksloch, feucht und kalt, aber ein guter Platz, um alles zu beobachten und selbst nicht gesehen zu werden. Mister B. hortete dort sein Dope, der Idiot hatte immer gedacht, sie wüsste das nicht.

Mister B. war jetzt tot, er wurde vor ihren Augen abgestochen. Sie hatte sich gerade noch rechtzeitig verkrochen, versteckt vor den Typen, die ihn skrupellos töteten. Einfach so, sie hatten nicht mit ihm gesprochen, ihn noch nicht einmal angesehen und ihm auch keine seiner Fragen beantwortet. Drei Männer und eine Frau in dunkler Kleidung, sie waren schweigend in das Apartment gekommen, hatten nach ihm gegriffen und ihn, ohne ihm auch nur den Hauch einer Chance zu lassen, mit seinem eigenen Messer abgestochen. Der Stich in die Brust hatte ihn augenblicklich zum Schweigen gebracht. Juan, der ihm helfen wollte, hatten sie kommentarlos niedergeschlagen und später mitgenommen.

Mister B. hatte anscheinend gewusst, wie es für ihn ausgehen würde, er jammerte, bettelte und flehte um sein Leben. Zehn Sekunden lang, dann nicht mehr. Lee dachte über ihn nach, versuchte sich an ihn zu erinnern und stellte fest, dass sie ihm nicht eine Träne nachweinen konnte. Nicht weil er ein Arschloch war, auch nicht weil er sie wie ein Stück Dreck behandelt hatte, sondern weil sie nichts mehr empfinden konnte. Als ob jemand ihr Mitgefühl mit einem Messer aus ihrem Herzen herausgeschnitten hätte. Da war nur ein vernarbtes, dunkles Loch. Sie wusste nicht mehr, wer sie früher gewesen war.

»Kommst du?«, fragte Dr. Jelen – Travis –, er hatte gesagt, dass sie ihn mit Vornamen ansprechen sollte. Er war nur Minuten später hereingekommen und wurde ebenfalls niedergeschlagen. Sie war davon ausgegangen, dass er den Schlag nicht überlebt hatte. Als sich dann die Chance bot, war sie abgehauen. Sie lief weg und ließ Mister B. und Travis zurück. Sie hatte zu viel Angst gehabt, um nach dem alten Mann zu sehen, den die Killer neben Mister B.s Leiche liegen ließen. Warum half er ihr? Warum tat er das alles? Was bewegte ihn ... sie wusste es nicht.

»Ja.« Lee verließ das Center. Travis hatte erzählt, dass sie hier nicht bleiben konnten, die Cops wären hinter ihnen her. Ein merkwürdiger Mensch, so einen wie ihn kannte sie nicht. Sie hatte ihm geholfen, seine grauen Haare zu färben. Pechschwarz, genau wie sein Dreitagebart, der jetzt dunkel wie ein Bärenfell war. Eine Veränderung mit großer Wirkung, man erkannte ihn kaum wieder.

Auch Lee hatte auf seinen Rat hin ihr Äußeres verändert. Ihre Haare waren jetzt drei Millimeter kurz und wasserstoffblond. Der neue Look war ihr nur recht, jetzt konnte niemand mehr die Stellen sehen, an denen früher die Sensoren angeklebt waren. Die Haare waren dort bereits nachgewachsen. Die Erinnerungen daran waren allerdings genauso unscharf wie die an ihr Kind. Als ob jemand ein Stück aus ihr herausgerissen hatte.

Travis hatte ihr auch neue Kleidung gegeben, die gut roch, eine Jeans, einen Pulli, Turnschuhe und eine Steppjacke mit Pelzkragen.

»Wohin fahren wir?«

»Eine sichere Wohnung ... nicht weit von hier.« Travis ging vor, jeder von ihnen trug zwei schwere Reisetaschen. Lee hatte nicht den blassesten Schimmer, worauf sie sich eingelassen hatte. Vertraute sie ihm? Ja, sie wusste nicht, warum, aber sie vertraute dem alten Mann.

Vier Stunden später hatten sie sich in der neuen Wohnung eingerichtet. Lee saß mit einem Kissen vor dem Bauch auf einem Sofa und sah zu, wie Travis diverse technische Geräte aufbaute. Von solchen Dingen verstand sie nichts, sie verstand aber, schon lange nicht mehr in einem Raum gesessen zu haben, in dem es nicht durch die Ritzen pfiff. Das Badezimmer war blitzblank, es gab frisch gewaschene Handtücher, und im Kühlschrank standen Lebensmittel, die man bedenkenlos essen konnte.

»Bist du reich?«, fragte Lee, sie hatte keine Ahnung, wie er in so kurzer Zeit in New York ein neues Apartment auftreiben konnte. Die Lage hier war nicht günstig. Hier wohnten nur Typen mit Kohle. Irgendwie hatte der alte Mann bisher einen eher abgefuckten Eindruck auf sie gemacht.

»Nein.« Travis steckte Kabelverbindungen von Computern zusammen. Es hätten aber auch diese ›scary‹ modernen Küchenmaschinen sein können, die Lee in Werbespots beim Schwarzfahren in der Subway gesehen hatte. »Wir haben eine Freundin. Sie hilft uns. Das Apartment gehört ihr, sie nutzt es, wenn sie in der Stadt ist, sie lebt aber in Boston.«

»Deine Freundin?«

»Nein ... nur jemand, der uns hilft.« Travis wich ihr aus, das war nicht schwer zu merken.

»Und was tue ich hier?«

»Wie wäre es mit leben?« Er lächelte. »Ruh dich aus, du kannst dir auch Streams im Netz ansehen.«

»Warum hilfst du Mädchen wie mir?« Lee wurde nicht schlau aus ihm. Er machte keinerlei Anstalten, sie anzupacken, er hielt ihr auch keine Standpauke oder pisste sie mit anderem Blödsinn an. Sie konnte sich nicht daran erinnern, dass jemand etwas für sie getan hatte, ohne eine Gegenleistung einzufordern.

»Das tue ich nicht.«

»Aber ...«

»Ich helfe mir.«

»Warum?«

»Weil du mich an jemand erinnerst.«

»Deine Tochter?« Lee versuchte einen Zipfel zu finden, um ihn zu packen.

»Ja.«

»Wo ist sie?«

»Sie lebt nicht mehr.«

»Oh ... das tut mir leid.« Damit hatte Lee direkt ins Schwarze getroffen. Sie vermochte es immer schon, andere zu treffen. Nein, damit würde sie nicht weitermachen. Er behandelte sie gut. Themenwechsel, egal was er tat, sie würde ihm helfen.

»Die Verschlüsselung steht, kannst du mich verstehen?«, fragte Travis, der eine Videokonferenz mit einer jungen Wissenschaftlerin startete. Lee staunte nicht schlecht, die Frau auf dem Bildschirm saß im Rollstuhl in ihrer Küche.

»Ja.«

»Hayden, dass ist Lee. Lee, das ist Hayden, unsere Freundin.«

»Hallo Lee.« Hayden gab sich freundlich, Lee fand sie auf Anhieb sympathisch. Ihre Frisur sah toll aus, sie trug ihre Haare als dicht am Kopf anliegende Zöpfe.

»Wir sind jetzt zu dritt«, erklärte Travis. »Danke für die Wohnung.«

Lee sah ihn an, dann zu Hayden auf dem Display und wieder ihn. Hatte sie etwas verpasst? Wobei waren sie jetzt zu dritt?

»Keine Ursache ... solange ich hier in Sicherheit bin, seid ihr es auch in New York.«

»Wie ist die Lage bei dir?«

»Ich habe mich heute krankgemeldet und meine jährliche Grippe genommen ... den Rechnern im Institut traue ich nicht mehr.« Hayden bewegte ihre Hände über einer holografischen Tastatur. »Ich wollte dir etwas zeigen ... lief vor drei Wochen in den Nachrichten und war der Kracher am MIT, meine Kollegen haben sich vor Lachen die Hosen nass gemacht. Warte, ich starte den Clip.«

»Lass sehen«, antwortete Travis. Lee saß direkt neben ihm, sie beobachtete jeden seiner Handgriffe. Unglaublich, was der alte Mann alles konnte, dieser ganze technische Mist war etwas für Superhirne.

»*Dr. Weinstein, Sie sind Physiker, bitte erklären Sie unseren Zuschauern Ihre sensationelle Entdeckung.*« Im Hintergrund lag gefrorener Raureif auf einer Wiese im Central Park. Die Reporterin eines Kommunalsenders schien ihren Interviewpartner nicht ernst zu nehmen. Nicht ganz ohne Grund, Prof. Dr. Peter Weinstein, sein Name wurde am Bildschirmrand eingeblendet, ein Mann um die vierzig mit unruhigen Augen und schmalen Lippen, wirkte deplatziert. Seine schulterlangen blonden Haare hingen leblos wie ein toter Fisch an den Wangenknochen herab. Lee kannte diesen Spinner sogar.

»*Ja, also, wissen Sie ... Wurmlöcher waren bisher eher theoretische Gebilde, die sich aus speziellen Lösungen der Allgemeinen Relativitätstheorie ergeben. Erstmals wurden sie im Jahre 1935 von Albert Einstein und Nathan Rosen beschrieben und deshalb auch ursprünglich Einstein-Rosen-Brücke genannt.*«

»Und Sie haben ein Wurmloch gefunden?« Die Reporterin zeigte sich amüsiert. »Ich meine ... im Central Park gefunden?«

Travis lächelte, Lee verstand kein Wort, Einstein-Rosen-was-für-ein-Mist?

»Ja, also, wissen Sie ... Kip Thorne ging davon aus, dass für ein stabiles Wurmloch exotische Materie benötigt wird.«

»Dr. Weinstein, wie müssen unsere Zuschauer daheim sich exotische Materie vorstellen? Kommt die aus dem Ausland?«

Travis schlug sich die Hand vor den Kopf. Lee sah auf ihre abgekauten Fingernägel, auch eine Sache, womit sie aufhören würde.

»Nein, nein, wir kennen bisher eine solche Materie nicht.«

»Etwa aus Nordkorea?« Okay, entweder verarschte die Reporterin den Professor oder er sie oder beide zusammen Lee. Auch Travis wirkte bei dem Videoclip gut unterhalten. »Also noch weiter weg?«

»Sehr weit weg ... es gibt keine exotische Materie auf der Erde oder in unserem Sonnensystem.«

»Verstehe ... aber Sie haben welche im Central Park entdeckt?«

»Ja, also, wissen Sie ... ja, das habe ich. Ich habe eine Messung am Central Park durchgeführt, die auf die Existenz von Rückständen exotischer Materie hinweist. Es ist eine Art Gegenmaterie ... man könnte sie auch als negative Energie bezeichnen.«

»Leuchtet exotische Materie denn im Dunklen, also so wie Schwarzlicht?« Die Reporterin lächelte, während Weinstein die Augen verdrehte und mit der Hand abwinkte. Travis hörte ihm mittlerweile konzentriert zu. Am Bildschirmrand stand, dass er früher am MIT gelehrt hatte. Lee verstand zwar nicht, was das komische Materie-Scheiß-Zeug zu bedeuten hatte, aber immerhin kannte sie den Typen.

»Ist der von euch?«, fragte Travis.

Hayden stoppte den Clip. »Vor zwei Jahren entlassen. Weinstein war ein guter Mann, der sich mit der exotischen-Materie-am-Central-Park-Geschichte komplett verrannt hat.«

»Wirklich? Hat er das?«

»Damals wusste ich noch nicht, was ich heute weiß.«

»Ich würde ihn gerne sprechen.«

»Dachte ich mir ... ich schicke dir seine Adresse. Sag aber besser nicht, dass du erstens am MIT studiert hast oder zweitens für eine Zeitung arbeitest.«

»Warum?«

»Er hat die Reporterin später ins Ohr gebissen und ihr versprochen, sie in Streifen zu schneiden, wenn sie ihm weiterhin dämliche Fragen stellen würde.«

»Echt?«

»Ist ein schwieriger Typ ... er hat auch versprochen, das MIT und ganz Boston in einem Schwarzen Loch verschwinden zu lassen.«

»Wir werden uns gut verstehen.«

»Dachte ich mir ... bis später.« Hayden trennte die Verbindung.

»Der Central-Park-Spinner ist verrückt!« Zumindest dessen war sich Lee sicher. »Aber eigentlich ist er ganz in Ordnung.« Dieser durchgeknallte Professor war für sie kein Unbekannter. Letzten Sommer war er ständig mit einem seltsamen Kasten in den Händen durch den Park gerannt.

»Du kennst ihn?«

»Flüchtig.« Na ja, wirklich gut kannte sie ihn natürlich nicht.

»Sehr gut ... dann kannst du mir helfen. Wir werden ihn besuchen.«

Lee nickte. Warum nicht, die verrückte Geschichte mit dem Wurmdingens versprach spaßig zu werden. Falls Travis noch weitere Central-Park-Spinner brauchte, sie kannte einige von denen.

»Hallo«, Lee klopfte an Peter Weinsteins Apartmenttür, sie hatte Travis überzeugt, zuerst mit ihm zu sprechen. Ob der Spinner deswegen zugänglicher sein würde, wusste sie nicht, ihr war es nur wichtig, nicht länger das fünfte Rad am Wagen zu sein.

Travis stand schweigend neben ihr.

»Peter, hier ist Lee.« Hoffentlich wusste er überhaupt noch, wer sie war. Sie hatten sich im Sommer nur zweimal getroffen und nett über Bäume geredet.

»Wer?«, klang es durch die Tür. Travis nickte, Peter war zu Hause.

»Lee, Lee Hastings, wir kennen uns aus dem Central Park.« Ob das reichte?

»Kenne ich nicht.«

Sie schüttelte den Kopf. »Wir haben uns über Bäume unterhalten.«

»Bäume?«

»Du mochtest Erlen und ich ...«

»Eichen.« Peter Weinstein öffnete die Tür, er sah noch wilder als im Videoclip aus. »Arbeitest du für eine Zeitung?«

»Nein.«

»Fernsehen?«

»Nein.«

»Einen Blog im Netz?«

»Nein ... bitte, dürfen wir hereinkommen?« Lee sah Travis an, der mit dunklen Haaren, tiefen Falten im Gesicht und Bart aussah wie Heisenberg aus *Breaking Bad* kurz vor dem Finale. Ein alter Stream, den sie sehr mochte.

»Wer ist das?«

»Mein Freund. Travis, das ist Peter. Peter, das ist Travis.« Peter war nicht der Schnellste, Lee drängte sich an ihm vorbei und zog Travis an der Hand hinterher.

»Er ist zu alt für dich.«

»Hab einen Vaterkomplex ... du hast also Chancen bei mir.« Als ob es Peter interessieren würde, mit wem Lee ins Bett ging. Seine Bude sah genauso aus wie seine Frisur. Auf diesem Schlachtfeld stand nichts am richtigen Platz.

»Ähm ...« Peter schloss die Tür. »Ich hatte keine Zeit zum Aufräumen ...«

»Sieht man gar nicht.« Lee schob einen Stapel Pizzakartons zur Seite und setzte sich an den Tisch. Das Apartment bot ansonsten nur einen mit Büchern und leeren Pappbechern überfüllten Schreibtisch und ein nicht gemachtes Bett.

»Was wollt ihr überhaupt hier?«

»Ich möchte ein Wurmloch kaufen!« Lee hatte das Eis gebrochen, jetzt war Travis an der Reihe.

Travis erzählte seine Geschichte, die Lee bisher noch nie komplett gehört hatte. Während er sprach, verstand sie, in welcher Situation sie sich befanden. Sie verstand auch, in welcher Gefahr sich ihr Kind befand und wer sie in der HFP-Klinik gequält hatte. Langsam kamen alle Erinnerungen zurück, die sie verdrängt hatte. Sich vorzustellen, was diese Monster jetzt mit ihrem Kind taten, war schrecklich. Ein Mensch, egal in welchem Alter, war doch kein lebendes Testobjekt!

Peter redete über eine Einstein-Rosen-Brücke, ein Wurmloch, eine direkte Verbindung zwischen zwei möglicherweise sehr weit entfernten Punkten im Universum. Das hatte sie sogar kapiert. Er erklärte weiterhin, dass man dafür in der Theorie eine sehr, sehr große Menge Energie benötigte. Exotische Materie, eine negative Energieform, die es auf der Erde nicht gab.

Der Witz war nun, dass Peter ausgerechnet im Central Park Rückstände einer unbekannten Energiesignatur festgestellt haben wollte, die er als exotische Materie identifiziert hatte. Zu dieser schrägen Erkenntnis war er vor drei Jahren gekommen, die ihm verständlicherweise niemand glaubte, und wegen der er am MIT, eine Universität in Boston, gefeuert wurde.

Zwei absolut bescheuerte Geschichten, die erst zusammen betrachtet Sinn ergaben. Aliens waren im Begriff, die Erde zu überrennen, und sie saß in der ersten Reihe. Cool.

»Es ist also möglich?«, fragte Travis, der an Peters Lippen hing.

»Mehr noch ... Wurmlöcher können neben dem Raum auch die Zeit biegen.«

»Eine Zeitmaschine?« Travis hob die Augenbrauen. Lee hustete, man konnte Zeit verbiegen? Das war zu viel für sie. »Man könnte in die Vergangenheit reisen?«

»In der Theorie ... ich liebe dieses Gedankenspiel, man könnte in der Geschichte zurückreisen. Beispielsweise in das Jahr zweitausendundeins ... also über hundert Jahre in die Vergangenheit. Unglaublich, oder?«

»Eine irre Vorstellung«, sagte Travis. Lee strich die Segel, die Superhirne hatten sie abgehängt.

Peter lächelte und zeigte stolz seine Berechnungen auf einem Pad-Computer. »In der Praxis wüsste ich noch nicht einmal im Ansatz, wie das funktionieren könnte ... aber ich bin auch nur theoretischer Physiker und kein Ingenieur.«

»Und dafür braucht man diese beschriebene exotische Materie?«

»Ja, gemäß meinem mathematischen Modell sogar eine

ganze Menge davon. Um ein Raumschiff durch ein Wurmloch schicken zu können, würde man mehr Energie benötigen, als unsere Sonne während der nächsten fünf Milliarden Jahre abgibt.«

»Das ist viel.«

»Sehr viel!«

»Und was hast du genau gemessen? Wie viel Rückstände dieser exotischen Materie konntest du feststellen?«, fragte Travis. Lee eierte den beiden immer noch hilflos hinterher.

»Ein Bruchteil davon.«

»Stell dir vor, du hättest eine Wurmloch-Apparatur. Was könntest du mit der gemessenen Energiemenge auf die Beine stellen? Mit einem Schritt auf den Mond reisen?«, fragte Travis.

»Nein, nein ... das ist der Witz dabei, die Energiemenge begrenzt weniger die Entfernung, es ist die realisierbare Transportlast. Es wäre denkbar, mit der festgestellten Energie eine massenlose Datenverbindung mit einer fünfzig Lichtjahre entfernten Welt herzustellen. Alternativ könnte man auch mit derselben Energiemenge nur die Zeit biegen und einen Menschen am selben Ort in die Vergangenheit schicken. Theoretisch zumindest. Leider hat das MIT mein Forschungsprogramm gestoppt, bevor ich belastbare Ergebnisse hatte.«

»Peter, ich denke, dass wir beide etwas gefunden haben, das sehr gefährlich ist. Ich brauche deine Hilfe und würde dich gerne in das Ironheart-Netzwerk einbinden. Du darfst ab heute außer uns niemand anderem trauen. Hast du verstanden?«

»Ich bin dabei.« Peters Augen leuchteten wie kleine Feuerbälle. Er zögerte keine Sekunde. Und Lee hatte heute gelernt, dass ihre persönlichen Probleme gegenüber dieser Bedrohung lächerlich waren.

»Wurm-was-bitte?« Vermutlich hätte Lee die Frage auch geschickter stellen können, aber die beiden hatten studiert. Sie nicht.

»Ist ganz einfach … siehst du dieses Bild?« Peter riss die Titelseite eines Technikmagazins ab, auf dem zwei Planeten nebeneinander abgebildet waren.

Sie nickte.

»Was meinst du, wie lange es dauert, von der Erde zu einem Planeten in einem fremden Sonnensystem zu fliegen?« Peter hielt ihr die Titelseite vor die Nase.

»Ähm … sehr, sehr lange.« Dass eine normale Rakete für den Weg ewig brauchen würde, hatte Lee verstanden.

»Und jetzt?« Peter faltete die Titelseite und steckte an den Enden einen Kugelschreiber hindurch, der die Erde und den anderen Planeten aufspießte.

»Geht es vermutlich schneller …«

Peter zog den Kugelschreiber wieder heraus und streckte ihn Lee entgegen. »Für den Stift brauche ich nur eine Bewegung aus dem Handgelenk, für das Wurmloch, das den Raum krümmt, braucht es allerdings eine unvorstellbar große Menge Energie. Negative Energie.«

»Okay …« Lee glaubte das mit dem Wurmloch verstanden zu haben.

»Die benötigte Energiemenge ist sogar so groß, dass es auf eine derart enorme Entfernung nur zu einer besser ausgestatteten Telefonverbindung reicht. Auf kurzer Distanz würde eine solch gewaltige Stauchung des Raumes hingegen die Zeit direkt mitverbiegen.«

»Lee, Peter … unsere Zeit ist knapp. Die Schulstunde muss ein anderes Mal fortgesetzt werden.« Travis ging dazwischen. »Wir haben Arbeit. Haydens Aufgabe ist es, den Virus auszuschalten. Ich kümmere mich um die HFP-Rechner. Lee hilft mir, und du wirst nach einem Weg suchen, dieses beschissene Wurmloch zu zerstören, damit nicht noch mehr von dem Alienvirus auf die Erde gelangt.« Travis zeigte auf seinem Pad-Computer ein Bild des HFP-Towers. Genau dort lag das Zentrum von Peters Messungen. Das Wurmloch musste sich im Gebäude befinden.

»Es gibt noch eine Sache … die ich dir sagen sollte. Verrückt, ich hatte es während der letzten drei Jahre nie beachtet.« Peter kratzte sich an seinen fettigen Haaren.

»Welche?«, fragte Travis.

»In denke, dass wir noch sehr viel weniger Zeit haben, als du annimmst.«

»Warum?« Travis stutzte.

»Ich habe in der Signatur der Aliens auch ein alternierendes Subsignal feststellen können … ein Signal, das ich mir bisher nicht erklären konnte.«

»Das wäre?«

Peter presste die Lippen zusammen. »Da tickt ein Countdown, der in Kürze abläuft. Ich habe keine Ahnung, was dann passiert.«

VERBÜNDETE

»Du?«, sagten Amy und Jake wie aus einem Mund. Robertson war offensichtlich ebenso überrascht, denn er stand regungslos mit heruntergeklapptem Kiefer da.

»Ihr kennt euch?«, fragte William verblüfft.

»Das ist Michael Robertson, der Wichser, der mir eine auf dem Schulparkplatz reingehauen hat. Ich habe dir von ihm erzählt.«

»Hey, nenn mich nicht Wichser«, knurrte Robertson. »Oder es gibt gleich noch eine.«

»Diesmal nicht, Michael. Versuch es und ich brech dir den Scheißarm.«

»Okay, Mann, du willst es also wirklich wissen.« Robertson trat einen Schritt vor, packte Jake mit beiden Händen am T-Shirt und zog ihn an sich heran. »Ich reiß dir den Arsch auf, Weißbrot.«

Jake schlug die Hände des anderen weg. Mit lautem Geräusch zerriss sein Shirt. Er wollte sich gerade auf Robertson stürzen, als sich Amy und William dazwischenwarfen und die beiden voneinander trennten.

»Los, Robertson. Lass uns rausgehen!«, brüllte Jake. »Klären wir das ein für allemal.«

Robertson schob unwillig Amys Hände zur Seite. »Du Penner hast doch nichts drauf, habe ich doch beim Spiel gesehen. Große Worte, nichts dahinter, und wenn ich dich ordentlich durchgeprügelt habe, rennst du zu deiner Mami, die mir dann die Cops auf den Hals hetzt.« Er wandte sich an William. »Sorry, Mann, aber ich bin raus. Ich verschwinde …«

Robertson wandte sich um und ging die Kellertreppe hinauf. Jake sah ihm zornig hinterher. »Blödes Arschloch!«, keuchte er.

»Beruhig dich mal, Jake«, sagte Amy und nahm seinen Kopf zwischen ihre Hände. Er war so aufgebracht, dass er aufpassen musste, nicht auch sie wegzuschubsen. »Ich kann ihn auch nicht leiden, aber überleg doch mal: Robertson will uns helfen. Er hat die Materialliste, die wir brauchen, wenn wir wissen wollen, was da läuft. Und ein bisschen verstehen kann ich ihn auch, nach allem, was du mir erzählt hast. Du hast ihm sein Stipendium versaut, seine Zukunft ist im Nichts zerflogen, dass er sauer ist, kann man nachvollziehen. Aber es geht hier nicht nur um dich, sondern auch um meinen Bruder, deinen besten Kumpel und so viele mehr. Lass dein verletztes Ego links liegen und reiß dich zusammen!«

Jake ließ den Kopf sinken. Amy küsste ihn auf die Stirn, sie hatte recht. Mit jedem Wort. Aus ihm hatte die ganze Zeit nur Stolz gesprochen. Er hatte es ja nicht mal geschafft, sich aufrichtig bei seinen Mitspielern, seinem Trainer, aber vor allem bei Robertson zu entschuldigen.

Er blickte auf. »Ich biege das wieder hin.«

Ohne ein weiteres Wort ging er die Treppe hinauf.

Robertson stand neben William auf der Straße, der immer noch auf ihn einquatschte. Jake trat heran, legte William die Hand auf die Schulter. »Lässt du uns mal kurz allein?«

Der Junge blickte ihn neugierig an.

»Keine Sorge, ich will nur mit ihm reden.«

»Ich bin unten, okay? Aber ich kann euch hören.«

Jake grinste ihm nach, als er ging, dann wandte er sich an Robertson.

»Hör zu …« Puh, das würde nicht einfach werden. »Ich … ähm, ich möchte mich bei dir entschuldigen. Ich weiß, ich hab Scheiße gebaut und kann das wahrscheinlich niemals wieder gutmachen, aber du sollst wissen, dass es mir ehrlich leidtut.« So, jetzt war es raus …

Jake streckte seine Hand aus. Robertson starrte sie lange an, dann griff er zu und schüttelte sie. »Ich mach das nur für meine Schwester, verstanden? Wenn du mir noch ein Mal die Tour vermasselst, steig ich aus der ganzen Sache aus, capito?«

»Geht klar …« Jake war augenblicklich erleichtert. Schließlich hätte er auch wieder mit einer Faust im Magen auf dem Boden landen können. »Kommst du wieder mit ins Haus?«

Robertson verzog die Mundwinkel zu einem Lächeln. »Klar.«

»Danke, Mann.«

Jake entspannte sich ein wenig. »Du bist *Public Enemy*?«

»Ja, was dagegen?«

»William gibt große Stücke auf dich. Er sagt, du wärst ein brillanter Hacker.«

Robertson grinste. »Schwarze können eben doch mehr, als Football spielen, Stoff verticken und Autos klauen.«

»Davon bin ich ausgegangen«, grinste Jake zurück.

Als sie wieder in den Keller kamen, schauten Amy und William besorgt auf.

»Alles okay. Wir sind jetzt so«, sagte Jake und kreuzte Zeige- und Mittelfinger.

»Übertreib mal nicht«, knurrte Robertson, lächelte aber.

»Willst du 'ne Coke?«, fragte William offensichtlich erleichtert.

Robertson verzog das Gesicht. »Bist du irre? Der ganze Zucker und so. Hast du ein Mineralwasser?«

William schüttelte den Kopf. »Sprite? Dr. Pepper?«

Robertson stöhnte. »Egal jetzt, gib mir irgendwas. Draußen ist es so heiß wie in den verdammten Arabischen Emiraten.«

William ging zum Kühlschrank und kam mit einer Dose Sprite wieder, die Robertson aufriss und in einem Zug austrank.

»Wahrscheinlich sterbe ich gleich an Nierenversagen«, meinte er trocken. Er wandte sich an Jake. »Dann klär mich mal auf, was ihr über HFP herausgefunden habt.«

Jake erzählte ihm die ganze Geschichte. Vom Morgen, als er feststellte, dass er plötzlich außergewöhnlich riechen konnte, und dem Hausbrand. Robertson sagte nichts dazu, riss aber die Augen erstaunt auf. Als Jake zum Jugendclub kam, beugte sich Robertson im Sessel vor. Sein Blick wurde hart, aber er unterbrach ihn nicht.

Nachdem Jake fertig erzählt hatte, starrte Robertson auf seine Hände, die noch immer die leere Dose hielten. Dann schaute er auf. »Ich kenne diese Serena nicht, aber meine Schwester hängt ständig in diesem Club ab. Seitdem ist sie nicht mehr derselbe Mensch. Wir hatten immer ein gutes Verhältnis, sie ist nur ein Jahr älter und war immer so etwas wie meine beste Freundin, aber nun herrscht Funkstille zwischen uns. Sie läuft rum wie bekifft, hängt Tag und

Nacht in diesem Center ab und hat jetzt sogar das College geschmissen.« Er breitete hilflos die Arme aus. »Von heute auf morgen. Hat meinen Eltern erklärt, dass sie nicht mehr hingeht. Gründe hat sie keine genannt. Mom und Dad sind komplett ausgetickt … Zuerst dachten sie, das Ganze habe etwas mit ihrem Exfreund Lincoln zu tun, der sie vor einem Monat wegen einer anderen verlassen hat, aber der Arsch ist selbst überrascht davon, was Amanda in letzter Zeit so alles abzieht …«

»Wie hast du dich verhalten?«, wollte Amy wissen.

»Ich habe sie beobachtet. Bin ihr nachgegangen. Bis zu diesem Club, aber die haben mich nicht reingelassen. Da stand ein zwei Meter großes, fettes Monster an der Tür und hat mich aufgehalten.«

»Wir waren drin«, sagte Jake. »William sogar mehrfach.«

»Das ist ein öffentlicher Jugendclub, eigentlich kommt da jeder rein«, meinte William.

»Ach ja? Privat finanziert? Mit Hausrecht und so? Was hätte ich machen sollen? Zum Anwalt gehen und mein Recht einklagen?«

»Merkwürdig, dass sie deine Schwester reingelassen haben, aber dich nicht«, sagte Jake.

»Ich habe es noch zweimal versucht und einmal sogar beinahe geschafft, aber dann ist da wieder dieser Koloss aufgetaucht. Wir haben uns ganz schön in die Haare bekommen, aber da war einfach nichts zu machen. Seitdem versuche ich im Netz herauszufinden, wer oder was hinter diesem Club steckt. Zuerst dachte ich an eine Sekte, so etwas wie Scientology, aber nichts da. HFP ist scheinbar eine saubere Organisation, die sich dem Wohl der Menschen verschrieben hat, aber wenn ihr mich fragt, da ist was faul. Amanda würde sich nicht so verhalten, wenn sie nicht jemand massiv beeinflusst hätte.« Robertson zuckte mit den Schultern. »Gestern habe ich die Baufirma gehackt, die das HFP-Gebäude errichtet hat. Ich habe nach einem Zugang gesucht, von dem ich auf die Server der Organisation zugreifen kann, als der da …«, Robertson deutete auf William, »… plötzlich aufgetaucht ist und das Gleiche versucht hat. Er hat mir von euch und von einer Liste erzählt. Also habe ich die Liste gesucht, gefunden und heute mitgebracht.«

»Du hast sie dabei?«, fragte Jake.

Robertson zog mehrere gefaltete Blätter aus seiner Hosentasche und breitete sie auf dem Tisch aus.

»Hättest du die nicht in einen Hefter stecken können?«, fragte William. »Ist ja alles ganz verknittert.«

»Willst du mich verarschen? Wir sind nicht das verdammte FBI. Du wirst doch lesen können.«

»Ganz schön lange Liste«, meinte Jake. Er schob das erste Blatt beiseite. Das zweite war ebenso uninteressant. Da ging es um Deckenpaneele, Bodenbeläge und Farben für die Wände. Erst auf Blatt fünf wurde er fündig.

»Was ist denn das für Zeug?«, warf er in die Runde.

»Habe ich mich auch schon gefragt«, sagte Robertson. »Seltsame Materialien. Keine Ahnung, wofür man das braucht. Klimaanlagen?«

»Lasst mal sehen.« William schnappte sich das Blatt und las. »Keramische Hochtemperatursupraleiter aus Yttriumbariumkupferoxid … von dem Zeug habe ich noch nie gehört. Flüssiger Stickstoff in gigantischen Mengen, Unmengen von Starkstromkabeln, Transistoren und noch Tausend Sachen mehr. Seht euch mal die Menge an Computern an. Wollen die der NSA Konkurrenz machen?«

Jake antwortete nicht, auch sonst niemand. Offenbar wusste keiner von ihnen, was sie mit diesen Infos hätten anfangen sollen. Auffordernd blickte er William an.

»Das werden wir gleich herausfinden.« William setzte sich an den Computer und begann, wild darauf einzuhacken. Die anderen sahen ihm schweigend zu. Fünf Minuten vergingen. Dann noch mal fünf.

Jake wurde langsam ungeduldig. »Und?«, fragte er. »Wofür braucht man das Zeug?«

»Ehrlich, Leute, wenn man alles zusammenaddiert …«, erklärte William, »… ergibt das wenig Sinn. Der geplante Anschluss an das Energiesystem würde ausreichen, um Büros mit dreihunderttausend Menschen zu unterhalten. Die aufgeführten Materialien, die ich gefunden habe, benötigt man im normalen Gebäudebau nicht. Eigentlich sind die für den Bau einer starken Sendeanlage, aber dazu bräuchte es eine gigantische Antenne, und die findet man in New York nicht.«

»Eine Sendeanlage?«, wiederholte Jake. »Wie bist du denn da drauf gekommen?«

»Hat eine Weile gedauert«, erklärte William. »Ich habe die interessantesten Materialien bei Google als Kombination eingegeben. Da kam natürlich jede Menge Unfug heraus, aber es waren auch seriöse Artikel dabei. Unter anderem von einem astronomischen Labor in der Schweiz, das erst vor Kurzem eine neue Sendeanlage in Betrieb genommen hat.«

»Okay«, sagte Amy. »Du sagst, mit den Materialien könnte man eine Sendeanlage bauen …«

»Ja, ein Hammerteil. So etwas gibt es auf der ganzen Welt nicht. Ich habe mal die Sendeleistung abgeschätzt. Wenn es das Ding wirklich gäbe, also, wenn jemand so etwas bauen würde, könnte es ein Ping abstrahlen, das du in Haiti mithilfe deiner Amalganfüllungen empfangen würdest.«

»Das ergibt tatsächlich keinen Sinn«, meinte Amy. Sie blickte Jake fragend an, aber auch er konnte nur mit den Schultern zucken.

Robertson hatte sich inzwischen wieder die Liste vorgenommen. »Habt ihr mal gesehen, wie viel Metall die in dem Gebäude verbauen? Wenn man das mal überschlägt, dann ist fast das ganze Hochhaus aus Metall gebaut.«

Jake sprang vom Sofa auf. »Was hast du da gesagt?«

Robertson starrte ihn verwirrt an.

»Ein Haus aus Metall.« Erregung durchflutete Jake. Endlich hatte es Klick bei ihm gemacht. »Seht ihr es nicht?«

»Was?«, fragte Amy.

»Das verdammte Haus *ist* die Antenne, von der William gesprochen hat. In Wirklichkeit baut HFP keine Firmenzentrale, sondern eine Sendeanlage, getarnt als Gebäude, und das mitten in New York.« Auch wenn es sich total beknackt anhörte, was da eben aus ihm heraussprudelte, war er stolz auf sich, diese Verbindung gezogen zu haben.

»Ich komm da nicht mehr mit«, sagte Robertson. »Wozu braucht eine Wohltätigkeitsorganisation so eine Anlage? Glaubt ihr, die wollen ihren eigenen Rundfunk- oder Fernsehsender aufmachen?«

»Dazu braucht es andere Materialien, die in der Liste nicht vorkommen«, stellte William fest. »Nein, wenn ich mir das so anschaue, hat diese Anlage zwar eine gigantische Leistung, aber nur für eine einfache Signalübertragung.«

»Und du bist dir sicher mit der Sendeanlage?«, hakte Jake nach.

»Alles andere macht keinen Sinn. Allerdings macht es auch

keinen Sinn, so eine Anlage zu bauen, nur um ein einfaches Ping um die Welt zu senden.«

Jake schüttelte wild den Kopf. »Nein, dafür ist das Ding nicht gedacht.« Da war er sich plötzlich sicher.

Alle schauten ihn an.

»Was ist, wenn das Signal nicht für die Erde gedacht ist? Sondern in den Weltraum gestrahlt werden soll? Denkt doch mal nach, fast identische Materialien, wie sie HFP verwendet, hat dieses Schweizer Forschungslabor benutzt, um eine astronomische Sendeanlage zu bauen.«

»Was?«, keuchte Amy.

»Hey, du spinnst doch«, sagte Robertson.

»Wartet mal.« William rutschte aufgeregt auf dem Bürostuhl herum. »Lasst mich das mal checken. Nur für einen Moment. Ich will …« Der Rest ging in Gemurmel unter, während seine Finger über die Tastatur flogen. »Jake hat womöglich recht. Es gibt auf dem Planeten schon zwei Sendeanlagen, die Signale ins All senden. Wir lauschen nicht nur nach Botschaften aus dem Weltraum, wir schicken sie auch hinaus. Das ist also nichts Ungewöhnliches … Allerdings übertrifft die von HFP geplante Anlage alles bisher von Menschen Gebaute, das in diese Richtung geht.«

»Von Menschen Gebaute …«, wiederholte Jake leise. Nach seinen nächsten Worten würden sie ihn hoffentlich nicht als total durchgeknallt abstempeln. »Was, wenn es *nicht* von Menschen gebaut wurde?«

»Ach Mann, jetzt übertreibst du es wirklich«, ächzte Robertson.

»Zählt doch mal eins und eins zusammen. Serena und ihr merkwürdiges Verhalten. Wie sie Leute auf nicht erklärbare Weise unter ihren Einfluss bringt. Leute, die danach nicht mehr sie selbst sind. Klingt das menschlich für euch?« Ja, ganz eindeutig, er war komplett durchgeknallt. Aber er musste einfach weiterreden. »Dann diese geheime Organisation. Taucht aus dem Nichts auf. Gegründet von zwei jungen Typen, die innerhalb kürzester Zeit ein riesiges Vermögen angehäuft haben, ohne dass sie irgendwelche besonderen Fähigkeiten hätten. Und jetzt das! HFP baut mitten in New York einen gigantischen Funkturm! Wollt ihr mir erzählen, die machen das zum Spaß?«

Alle starrten ihn an.

Als Erster traute Robertson sich zu fragen: »Meinst du das ernst?«

Jake nickte.

»Willst du damit sagen, wir haben es mit *Aliens* zu tun? Wie abgefahren wäre das denn?«, war alles, was William hervorbrachte.

Jakes Blick wanderte weiter zu Amy, die ihn als Einzige nicht anschaute, als wäre er verrückt. Stattdessen lag etwas Bestärkendes in ihren Augen.

»William, kannst du die Sendeleistung abschätzen?«, sagte er als Nächstes.

»Hey, das ist höhere Mathematik«, grinste der. »Dem Himmel sei Dank bin ich ein Genie, und es gibt Tabellen im Internet, mit denen sich so etwas im Nullkommanichts berechnen lässt.«

Wieder hackte er auf seine Tastatur ein. Schließlich rollte er mit dem Stuhl zurück und drehte sich um.

»Leute, haltet euch fest. Dieses Signal wäre in der Lage, nicht nur unser Sonnensystem zu verlassen. Einmal abgestrahlt, wäre es sogar Lichtjahre später auch sonst wo in der Milchstraße empfangbar.«

»So ein gigantischer Aufwand für ein einfaches Signal?«, überlegte Jake laut. »Was soll das für ein Signal sein?«

Amy schaute ihn an. »Wie jedes Signal ist es ein Ruf. Nur ein Wort. ›Kommt.‹ Mehr muss es nicht sein.«

»Das glaube ich nicht. Das sind doch Hirngespinste. Science-Fiction. Es gibt keine Aliens, sonst wüssten wir längst davon, hätten Spuren und Beweise gefunden«, meinte Robertson.

»Und wenn doch?«, widersprach Amy. »Wenn es gerade jetzt passiert. Was wir gefunden haben, spricht eine eindeutige Sprache und führt direkt zu dieser These, die in meinen Augen absolut logisch ist, auch wenn es unfassbar klingt.«

»›Wenn man das Unmögliche ausgeschlossen hat, muss das, was übrig bleibt, die Wahrheit sein, so unwahrscheinlich sie auch klingen mag‹«, mischte sich jetzt auch William ein.

»Wer sagt das?«, fragte Robertson.

»Sherlock Holmes.«

»Mann, jetzt wird es aber echt albern.«

»Michael, ganz ruhig«, sagte Jake. »Lass uns mal für eine Sekunde davon ausgehen, dass es so sein könnte, wie wir vermuten. Was wäre die Konsequenz?«

Robertson zögerte, dann gab er nach. »Eine Invasion oder ein Angriff stünde bevor.«

»Richtig. So wie sich die Sache darstellt, läuft alles heimlich ab. Ein als Gebäude getarnter Hochleistungssender. Eine neue Jugendorganisation, die mit fragwürdigen Methoden neue Mitglieder anwirbt. Jugendliche, die sich rasend schnell verändern. Das alles weist auf einen geheimen Plan hin. Allerdings sind das meiner Meinung nach nur Vorbereitungen. Der geplante Angriff hat noch nicht begonnen.« Auf einmal passte alles so furchtbar gut zusammen. Dabei drängte sich ihm immer mehr eine einzige Frage auf, vor dessen Antwort er Angst hatte: Was hatte seine eigene Veränderung mit der ganzen Sachen zu tun?

»Ich denke, Jake hat recht«, sagte William. »Die eigentlichen Aliens sind noch gar nicht hier. Serena und die anderen, die komisch riechen und sich seltsam verhalten, sind eindeutig Menschen. Also sind die Außerirdischen in ihnen drin, oder sie werden irgendwie ferngesteuert. Über Serena wissen wir nicht viel, aber die HFP-Gründer waren ganz normale Typen, sind zur Schule gegangen und haben wie wir gelebt, aber dann muss mit ihnen etwas geschehen sein. Sie haben sich verändert. So, wie sich Amanda, David und Alan verändert haben.« Wieder machte er eine seiner dramatischen Pausen. »Und wir haben herausgefunden, dass HFP vorhat, ein Signal ins All zu senden. Sicher nicht nach China oder Nordkorea, nein, irgendwo im All wird dieses Signal erwartet. Das kann nur bedeuten, irgendetwas oder irgendjemand macht sich danach auf den Weg zu uns. Alles andere ergibt keinen Sinn.«

Eine Weile herrschte sprachloses Schweigen. Schließlich sagte Robertson: »Kann das wirklich sein? Reden wir tatsächlich von Außerirdischen? *Aliens?* Einer möglichen Invasion?«

»Es ist die einzig logische Erklärung«, meinte Jake.

»Vielleicht übersehen wir etwas«, widersprach Robertson.

»Sag mir, was?«

»Keine Ahnung … aber Außerirdische?«

»Bleibt die Frage, was die hier wollen?«, sagte William.

»Wir sollten das FBI einschalten«, sagte Jake.

»Ach ja.« Robertson lachte. »Was willst du denen sagen? *Hallo, da ist ein komisches Mädchen und ein komisches Jugendcenter, und dahinter steckt eine Organisation, die von*

Aliens betrieben wird, die versuchen, mitten in New York einen gigantischen Sender zu bauen, um ein Signal ins All zu schicken. Wir glauben, der Erde steht eine Invasion bevor. Die würden uns nur auslachen ...«

»HFP würde uns wegen Rufschädigung bis auf den letzten Cent verklagen«, sagte William.

»Wir schicken dem FBI einen anonymen Hinweis. Die Liste packen wir dazu«, beharrte Jake.

»Mit der Liste der Baumaterialien brauchen wir gar nicht erst anzutanzen. Erstens haben wir sie uns illegal besorgt und uns somit strafbar gemacht, und zweitens ist das immer noch ein freies Land, in dem man verbauen kann, was man will«, sagte Robertson, der sich offenbar Sorgen machte, weil er die Liste besorgt hatte.

»Tja, und wir haben ein weiteres kleines Problem«, meinte William. »Während ihr beratschlagt habt, habe ich mir mal die Gästeliste für die feierliche Eröffnung des Gebäudes angesehen. Ihr wisst schon, da rückt jede Menge Prominenz an. Und jetzt ratet mal, wer da ebenfalls eine Einladung bekommen hat ...«

»Sag schon«, knurrte Robertson.

»Ein gewisser Elroy Mahon, seines Zeichens Direktor des FBI.«

»Was?«, ächzte Jake.

»Es ist so, wie ich es sage. Nein, schlimmer noch, seine Frau Karen sitzt im Vorstand von HFP. Sie wird auf der Gästeliste ebenfalls aufgeführt. Ich denke, ihr Mann begleitet sie nur.«

»Fuck!«, stöhnte Jake.

»Tja, ich denke nicht, dass das FBI gegen die Frau des Direktors der eigenen Behörde ermitteln wird«, fuhr William fort. »Diesen Weg können wir knicken.«

Plötzlich summte Jakes Handy. Er zog es aus seiner Tasche und hob ab.

»Ja, Mom?«

»Jake, wo bist du gerade?«

»Bei Freunden. Warum fragst du?«

»Die Polizei ist bei uns zu Hause. Zwei Officer. Ein Junge namens Thomas Meller wird vermisst. Du bist anscheinend einer der Letzten, der ihn gesehen hat.«

»Was?« Jake hätte beinahe sein Smartphone fallen gelassen.

»Laut einer gewissen Serena warst du am Montag auf ihrer Party und bist ihm begegnet. Jemand hat beobachtet, dass du diesem Thomas in irgendein Gartenhaus nachgeschlichen bist. Jetzt ist der Junge verschwunden, und die Polizei hat Fragen an dich.«

Jakes Magen zog sich zusammen. Vor seinen Augen tanzten silberne Flecken.

Schlagartig und lebhaft tauchten die Bilder vor ihm auf. Sein nerdiger Klassenkamerad Thomas, Lindas Exfreund. Wie er sich gegen Serena gewehrt hatte. Und was zwischen den beiden in der Hütte vorgefallen war.

Eine kurze Pause trat ein. Dann sagte seine Mutter: »Du musst sofort heimkommen.«

Nachdem er das Gespräch beendet hatte, starrten ihn die anderen an.

»Was ist los?«, fragte Amy.

Jake berichtete kurz und knapp, dass Thomas Meller vermisst wurde und zu Hause die Cops auf ihn warteten.

»Ich muss sofort los, aber ich komme wieder. Wir müssen unbedingt noch besprechen, was wir jetzt unternehmen.«

Alle nickten.

»Gib uns Bescheid, wenn die Sache länger dauert«, meinte Robertson.
»Alles klar.«
Jake stürmte zur Tür hinaus.

A.D. 2118

NICHT IN DAS LICHT SCHAUEN

Lee schlenderte am nächsten Tag durch einen Supermarkt und kaufte ein: frisches Obst, Milch, Brot und andere Dinge, die in den letzten Monaten nicht unbedingt auf ihrem Speiseplan gestanden hatten. Travis hatte ihr Geld gegeben. Er und Peter arbeiteten in Haydens Apartment an einem Plan, die Aliens zu bekämpfen. Ein Plan, bei dem sie bisher keine Rolle spielte. Sie hatte sich deshalb zum Nachschuboffizier befördert und war einkaufen gegangen.

Sir! Lieutenant Hastings meldet sich zum Dienst. Lee hatte Spaß an dieser Fantasie, schon immer wollte sie jemand Wichtiges sein. Jemand, dessen Aufgabe eine Bedeutung hatte. Nur wusste sie auch, dass sie in der Vergangenheit noch nicht einmal in der Lage gewesen war, auf sich selbst zu achten.

»Ma'am, der Einkauf macht einundachtzig Dollar und zwanzig Cent. Ich hoffe, Sie hatten eine angenehme Einkaufserfahrung«, tönte es aus dem Kassencomputer, sie hatte den Einkaufskorb nur unter den Scanner halten müssen.

»Einen Moment.« Lee kramte den Benjamin Franklin aus der Hosentasche, strich ihn einigermaßen glatt und stopfte ihn in die Geldeingabe. Man hätte dort auch ein altes Wurstbrot hineinschieben können.

»Ma'am, Ihr Wechselgeld. Danke sehr. Besuchen Sie uns wieder.« Musik ertönte. »Wir würden uns sehr freuen, wenn Sie eine Bewertung über uns abgeben.«

»Wenn ich Zeit hab ...«

»Wussten sie schon, dass Sie im G-Mart auch online einkaufen können? Ab einem Warenwert von sechzig Dollar liefern wir ohne Mehrkosten im gesamten Stadtgebiet von New York. Ab einhundert Dollar gibt es zusätzlich ein kostenfreies E-Book im Wert von neunzehn Dollar für gesunde Ernährung.«

»Super!« Genug Werbung für heute, das Kassensystem packte ihre Einkäufe automatisch in zwei Tüten. Mission erfolgreich beendet. Lieutenant Hastings würde jetzt zur Basis zurückkehren.

Lee drehte den Kopf auf die Seite, da stand eine Frau, die ebenfalls im Supermarkt einkaufen war. In ihrem Einkaufskorb befanden sich zwei in Folie eingeschweißte Äpfel. Grün und glänzend, war sie auf Diät? Na ja, die Äpfel sahen zumindest gesund aus, aber das war es nicht, was sie irritierte. Lee kannte sie. Die Bitch hatte Mister B. auf dem Gewissen, sie trug dunkle Kleidung, hatte ein blasses Gesicht und eine langweilige ich-föhne-mir-meine-Haar-selbst-Frisur. In ihrer Miene war von all dem nichts zu sehen, sie beachtete Lee nicht. Zum Glück, oder war die Killer-Lady hinter ihr her?

Verdammt, dachte Lee, ihr Herzschlag nahm zu, was würde Lieutenant Hastings in ihrer Lage tun? Cool bleiben? Ja, und sie würde eine dicke Wumme ziehen und der Alten das Gesicht zwischen den Ohren wegschießen. Yeah! Das würde wehtun!

Lee hätte sie leider nur mit einem Liter fettarmer Milch bewerfen können. Wenn sie Veganerin gewesen wäre, eine vermutlich tödliche Waffe. Also Plan B, lässig aussehen, sich nichts anmerken lassen und verschwinden. Außerdem hatte die Killer-Lady nichts davon mitbekommen, dass Lee sie in Mister B.s Bruchbude aus dem Versteck in der Wand beobachtet hatte. Sie machte bestimmt nur eine Lunch-Pause – das mussten auch böse Menschen tun.

Ab durch die Mitte, dachte Lee und drückte nach dem Aufzug, der sie direkt zur Subway bringen sollte. Nur eine Station, dann würde sie in der Nähe von Haydens Stadtwohnung aussteigen. Ihre Gedanken überschlugen sich, und wenn die doch hinter ihr her war?

Die Killer-Lady zahlte mit Kreditkarte und Handabdruck wie alle reichen Leute in Downtown, und kam auf sie zu. Zufall? Ja, es musste ein Zufall sein, ansonsten wäre Lee jetzt vor Angst gestorben. Lee blickte auf die Anzeige des Aufzugs, der immer noch nicht da war. Die Killer-Lady packte einen ihrer Äpfel aus und sah Lee an. Sie stand direkt neben ihr.

»Die sind gesund …« Sie lächelte freundlich. Richtig freundlich.

Lee nickte, es piepte, der Aufzug öffnete sich, vier Menschen verließen ihn, und nur die apfelverschlingende Killerin und sie stiegen ein. Die Doppeltüre schloss sich. Das war ein Fehler, Lee hätte nicht einsteigen dürfen. Die Kabine bewegte sich abwärts. Die Reise dauerte sieben Etagen lang, genug Zeit, um Lee dreimal zu töten, sie wollte nicht sterben.

Es piepte erneut, die Aufzugtüre ließ sie wieder frei. Lee lebte noch, und die Lady ging wortlos kauend an ihr vorbei. Alles nur ein falscher Alarm? Lee schnappte sich ihre Tüten und folgte ihr einige Schritte. Blödsinn! Nein, Lieutenant Hastings würde vorsichtig bleiben und sich nicht vom Feind in eine Falle locken lassen.

Die Missionsziele hatte sie nicht vergessen, sie musste zurück, ihre Kameraden an der Front waren auf ihre Nachschublieferung angewiesen. Lee blieb stehen und entschied sich, auf die Subway zu warten, die in einer Minute einfahren würde. Das zehn Meter breite Display an der gegenüberliegenden Tunnelwand zeigte die Zeit an. Noch achtundfünfzig Sekunden. Daneben liefen die Nachrichten. Sie ging auf die Kante zu und stellte die Tüten ab.

»*Die Polizei gibt die landesweite Fahndung nach dem verurteilten Totschläger und mutmaßlichen Medikamenten-Dealer Travis Jelen bekannt. Ihm wird der Mord an dem Jugendlichen George B. und der versuchte Mord von Officer Chris M. zur Last gelegt. Der frühere Arzt wurde vor sieben Jahren bekannt, als er unter Alkoholeinfluss seine Tochter erschlagen hatte.*« Der Sprecher zeigte ein wenig schmeichelhaftes Bild von Travis, das vermutlich damals nach der Verhaftung aufgenommen worden war. Hatte Lee das eben richtig verstanden, Travis hatte seine Tochter getötet?

Noch dreißig Sekunden. Die Zeit an der Anzeigenwand blinkte kurz auf. Lee überlegte, jetzt verstand sie, warum er ihr half. Mist ... auch er hatte etwas getan, was er nicht mehr rückgängig machen konnte. Sie dachte an ihren Sohn, den sie nicht kannte, den sie schon vergessen hatte. Vergessen war wie töten, sie war nicht besser als er. Zwei Verlierer, die ihre Seele dafür verkaufen würden, Geschehenes ungeschehen zu machen.

Noch zehn Sekunden. Auf dem Bahnsteig wurde es unruhig. Links und rechts drängten Menschen auf die Subway zu. Lee konnte sie bereits hören, Lichtkegel zeichneten sich in der Röhre ab. Jemand drückte sie nach vorne. Sie drängte dagegen.

»Hey!« Dann schubste sie jemand über die Kante. Ein Pfeifton erklang, Lee konnte eine Frau schreien hören, sie war es nicht. Schlechtes Timing! Ganz schlechtes Timing! Plötzlich bewegte sich alles wie in Zeitlupe. Im Fallen sah Lee die Frau mit dem Apfel in der Hand. In ihren Augen schimmerte es golden wie bei einem Sonnenaufgang. Miststück! Die Subway fuhr ein, und Lee schlug hart auf den Gleisen auf. Ihr Rücken schmerzte. *Beweg dich*, schrie sie sich in Gedanken an. Ein Mann reichte ihr die Hand. Sie wollte danach greifen, konnte es aber nicht. Ihr ganzer Arm zitterte. Die Bewegung ging daneben. Der Triebwagen fuhr ein. Lee konnte die grellen Lichter sehen. Menschen schrien. Die Bremsen pfiffen. Der Mann, der ihr die Hand entgegenstreckte, rief ihr etwas zu, das sie nicht verstehen konnte. Sie zog sich auf die Knie. Nicht in das Licht schauen. Nicht in das Licht schauen! Ihr fehlte die Kraft, um aufzustehen. Sie sah in das Licht. Zu starr, sich auch nur einen Zentimeter zu bewegen. Eine Hand packte sie am Nacken. Zog sie herauf. Sie schloss die Augen.

»Das war knapp, Kleine!«, sagte der Mann, der sie gerettet hatte. Gerade noch rechtzeitig vor dem Triebwagen, der erst dreißig Meter später zum Halten kam. Die Räder hätten sie um ein Haar in Stücke geschnitten.

Lee öffnete die Apartmenttür und trug die Tüten in die Küche. Verstört zog sie ihre Jacke aus. Sie war, ohne auf die Cops zu warten, in der Subway verschwunden. Der Typ, der ihr geholfen hatte, wollte sie noch in eine Klinik bringen.

»Lee, wie siehst du denn aus?«, fragte Travis, der vom Esstisch, auf dem vier Computer standen, zu ihr hersah. Peter arbeitete wie eine lebende Mensch-Computer-Maschine weiter, ohne von ihr Notiz zu nehmen.

»Ich bin gestürzt.« Lee hatte das Gefühl, sich die Schulter, den Rücken und sämtliche Rippen verrenkt zu haben.

»Wie ... lass mich sehen.« Travis kam auf sie zu, natürlich hatte er bemerkt, dass sie sich bewegte wie eine alte Frau.

»Aua ...« Jedes Zucken schmerzte wie Hölle.

»Was ist passiert?«

»Jemand hat mich vor die Subway gestoßen ...« Irgendwann würde Lee die Apfel-Lady dafür zur Rechenschaft ziehen!

»Wer?«

»Eine Frau, ihren Name kenne ich nicht ... sie war mit drei Männern bei Mister B. in der Wohnung, als er getötet wurde. Ich dachte, sie hätte mich nicht gesehen ... da lag ich wohl daneben.«

»Komm mit ins Badezimmer ... ich muss mir das genauer ansehen.«

Sie nickte und humpelte Travis hinterher.

Lee hatte Riesenglück gehabt, nichts gebrochen, so Travis über ihre Verletzungen. Klasse, dachte sie, zum Glück tat es nur höllisch weh. Sie überlegte, ob sie ihn auf seine Tochter ansprechen sollte? Danach fragen, was vorgefallen war? Es interessierte sie brennend. Nein, sie entschied sich, die Klappe zu halten.

Nachdem Travis sie verarztet hatte, sprachen er und Peter mit Hayden, die in ihrer Küche in Boston saß und über ein Display zugeschaltet war. Die Diskussion ging jetzt schon ewig. Lee versuchte, ihnen zu folgen. Sie musste zugeben, dass es ihr immer besser gelang, auch wenn sie noch nicht alles verstand.

»Ich denke, wir können von dem Sachverhalt ausgehen, dass die Aliens die Erde nicht physisch besuchen können. Ihre Heimat ist einfach zu weit entfernt«, erklärte Peter, den Lee inzwischen mit anderen Augen sah. Das war nicht mehr der Spinner aus dem Central Park, er hatte sich seit ihrer letzten Begegnung stark verändert. Er und Travis schienen sich sehr gut zu verstehen. Ein Wort ergab das andere, einer sagte etwas, und der andere führte den Satz fort. Das beeindruckte Lee, die auf dem

Sofa saß und leise litt. Sie biss die Zähne zusammen. Jammern wollte sie nicht, Lieutenant Hastings würde auch nicht rumheulen.

»Der Virus verändert die Menschen, wir werden mental und körperlich konditioniert. Es ist ein Szenario denkbar, in dem Aliens von Menschen Besitz ergreifen. Sie können damit unsere Körper wie Avatare steuern und wären vor Krankheitserregern sicher, die für sie in ihren eigenen Körpern gefährlich sind. Die Evolution hat die Menschheit binnen Jahrtausenden an die Erde angepasst. Diesen Vorteil können sich die Invasoren zunutze machen«, führte Hayden aus. Das hatte sogar Lee kapiert, die Aliens schienen nicht blöde zu sein. In eine andere Haut zu schlüpfen, wäre auch auf den Straßen von New York manchmal keine schlechte Idee gewesen.

»Okay, was haben wir, ich versuche mal, unseren Stand zusammenzufassen«, sagte Travis. »Wir haben einen Virus, der mittels Pheromone Menschen kontrolliert und die Persönlichkeit verändert. Wir wissen auch, dass die Viren nicht von der Erde stammen. Wir wissen zudem, wie die Aliens reisen, der Virus in der Holzklasse, dazu ist er auf Meteoriten im All unterwegs, und die Aliens in der ersten Klasse, einem Wurmloch, mit dessen Hilfe sie ihren Geist in Echtzeit auf fremde Planeten bringen können.«

»Ich habe alle dokumentierten Meteoriteneinschläge auf der Erde in den letzten zweihundert Jahren überprüft und eine Querreferenz aufgestellt. Im Dezember 1999 stürzte ein Meteorit in der Größe eines Baseballs in das Trinkwasserreservoir von Guyra in Australien. Der Stein schlug ein vierzig Zentimeter breites Loch in die zwölf Meter starke Betonwand und blieb danach mehrere Meter tief im Erdreich stecken. Ein dreißig Kilometer entfernter Seismograf hatte den Aufprall dokumentiert.

Der Meteorit wurde geborgen und 2016 auf einer Auktion in New York versteigert. Ratet mal, an wen?« Hayden machte es spannend.

»An den Weihnachtsmann?«

»Besser!«

»Erzähle es uns ...« Travis lächelte.

»Glen McMorain, der Vater des HFP-Gründers Ian McMorain, schenkt den Guyra-Stein seinem achtzehn Jahre alten Sohn und BWL-Studenten.«

»Woher weißt du das?«, fragte Lee.

»Es steht auf der HFP-Website, Ian McMorain hatte ihn immer als seinen Glückstein bezeichnet. Dank ihm machte er ein Vermögen, so heißt es zumindest im Netz. Die haben ihn heute noch als Heiligtum in einer Vitrine im Penthouse im HFP-Tower liegen.«

»Abgefahren.« Ein Stein, der die Welt verändert hatte. Lee würde ihn gerne demjenigen in den Arsch schieben, der ihren Sohn entführt hatte.

»Gekauft!« Travis machte weiter. »Wir wissen weiterhin, dass es im HFP-Tower ein Wurmloch geben muss.«

»Das vermutlich noch nicht fertig ist«, warf Peter dazwischen.

»Sehr richtig!« Travis nickte.

»Ein Wurmloch, dessen Aufbau siebenundvierzig Jahre benötigt hat und das gemäß eines festgestellten Countdowns in dreiundzwanzig Stunden fertig ist ... was immer dann auch passieren mag.« Peter lehnte sich in seinem Stuhl nach hinten. »Die haben für das Wurmloch so lange gebraucht, weil sie die benötigte Energiemenge nicht schneller aus dem öffentlichen Stromnetz ziehen konnten. Dabei haben sie eine uns nicht bekannte Technologie genutzt, um die für den Aufbau des Wurmlochs benötigte exotische Materie herzustellen.«

Lees Mund stand offen.

Peter war noch nicht fertig. »Der erste Bauabschnitt des HFP-Towers wurde 2018, also vor hundert Jahren, fertiggestellt. Ich gehe davon aus, dass damals als Erstes eine sehr starke Antenne errichtet wurde, um ein Signal an ihre Heimat zu senden. Dieses Signal war offensichtlich dreiundfünfzig Jahre lang unterwegs, was den Schluss nahelegt, dass diese sich dreiundfünfzig Lichtjahre weit entfernt befindet. Erst dann konnten sie, ich habe keinen blassen Schimmer, warum, mit dem Aufbau des Wurmlochs beginnen. Eine interessante Form zu reisen, dauert eine Weile, aber das Design ist genial.«

»Auf diese Art verteilen sich die Aliens im Universum ... die Viren bilden die Vorhut. Wenn sie auf eine bewohnbare Welt treffen, übernehmen sie dortige Lebewesen mithilfe der Pheromone und fangen an, die nächste Busstation zu errichten«, sagte Travis.

»Also sind die Aliens noch nicht hier?« fragte Lee, so hatte sie es zumindest verstanden.

»In dreiundzwanzig Stunden ist es so weit«, sagte Hayden.

»Das müssen wir verhindern!« Daran gab es für Lee keinen Zweifel. Egal was die Aliens vorhatten, die Menschheit würde dabei die Arschkarte ziehen.

»Nun ... Lee bringt unsere Überlegungen auf den Punkt. Wir müssen deren Ankunft verhindern. Sonst glaube ich, sieht unsere Zukunft nicht gerade spaßig aus.«

»Zur Polizei können wir nicht«, sagte Hayden. »Das ging letztes Mal mächtig schief.«

»Wir müssen kämpfen!« Lee stand auf. Das war Lieutenant Hastings' Moment.

»Ähm ... ich bin Physiker, und wie soll ich das tun?«, fragte Peter.

»Ich habe eine Pistole ... aber mit der kommen wir nicht weit. Ich bin auch nicht sonderlich gut zu Fuß.« Hayden tippte mit dem Finger auf den Rollstuhl.

»Ich kenne Typen, die Waffen verkaufen.« Lee hatte zwar noch nie eine in den Fingern gehabt, aber das würde sie lernen.

»Wir brauchen auch Sprengstoff ... Semtex, C4, damit könnten wir etwas reißen.« Zumindest Travis ging mit, der mehr Eier in der Hose zeigte als Peter. Lee würde ihn bei dem Himmelfahrtskommando begleiten.

»Ich kann Geld stellen ...«, sagte Hayden.

»Ich kenne eine Menge Typen auf der Straße ... ich werde auch Sprengstoff besorgen.« Lee störte sich nicht daran, den Mund zu voll zu nehmen.

»Ich kann einen Zeitzünder bauen«, erklärte Peter und startete auf dem Bildschirm eine Suchanfrage. Das System antwortete umgehend. »Wusstest ihr, dass es am Tag der Fertigstellung vor hundert Jahren einen Bombenanschlag auf den HFP-Tower gab?«

»Spielt das heute eine Rolle?« Travis wirkte zu allem entschlossen. »Ich werde mit der Bombe in den Tower gehen und das Wurmloch zerstören!«

COPS

Jake betrat das Haus mit einem mulmigen Gefühl. Er war, so schnell er konnte, nach Hause gefahren. Die wenigen Minuten im Auto hatten seine Aufregung noch gesteigert.

Wurde er verdächtigt, etwas mit Thomas' Verschwinden zu tun zu haben?

Okay, Serena und Thomas nachzuschleichen, erschien in diesem Licht tatsächlich seltsam, und er musste sich einen guten Grund überlegen, wie er es den Beamten erklären konnte.

Einer Sache war er sich allerdings sicher: Serena musste ihre Hände mit im Spiel haben. Schließlich hatte sie erst den Verdacht auf ihn gelenkt.

Es waren zwei Männer. Einer weiß, der andere Afroamerikaner. Jake hätte Officer in Uniform erwartet, aber die beiden trugen Zivilkleidung. Beide erhoben sich von der Couch im Wohnzimmer, als er den Raum betrat. Seine Mutter schaute ihm besorgt entgegen. Jake nickte ihr kurz zu, dann reichte er den Männern die Hand, die sich als Detective Miller und Detective Loren vorstellten. Jake nahm ihnen gegenüber im Sessel Platz, und die beiden setzten sich wieder. Vor ihnen auf dem Wohnzimmertisch standen zwei Gläser mit Mineralwasser, die unberührt waren.

Der Mann, der sich als Detective Miller vorgestellt hatte,

zückte sein Handy aus der Tasche und fragte: »Ist es für Sie in Ordnung, wenn ich die Befragung aufzeichne?«

Jake blickte in das gerötete Gesicht mit dem wuchtigen Doppelkinn und den feisten Wangen. Der Haaransatz des Mannes war kaum noch vorhanden. Über die breite Stirn rann Schweiß die Schläfen hinab. Sein schwarzer Kollege war wesentlich schlanker, mit kurz gehaltenen Haaren und einem gut aussehenden Gesicht. Er schwieg, blickte Jake nur an.

»Denken Sie etwa, dass ich etwas mit dem Verschwinden von Thomas zu tun habe?«, fragte Jake ohne Umschweife.

»Nein«, meinte Miller. »Die Aufnahme dient lediglich zur späteren Verwendung, wenn wir den Bericht über die Befragung verfassen.«

»Dann habe ich nichts dagegen«, sagte Jake.

»Sollten wir einen Anwalt hinzuziehen?«, hakte seine Mutter leicht hysterisch nach.

»Das ist nicht nötig. Wir befragen Ihren Sohn als Zeugen. Thomas Meller verließ die Party mit einer unbekannten Person, danach wurde er nicht mehr gesehen. Wir versuchen diese Person zu ermitteln und befragen daher alle Gäste der Party.«

Er wandte sich wieder an Jake. »Darf ich dich Jake nennen?«

»Ja.«

»Du warst auf dieser Party, das wissen wir, und wir wissen auch, dass du vor Thomas gegangen bist. Wer hat dich eingeladen?«

Jake war sich sicher, dass die Beamten diese Information längst hatten, trotzdem antwortete er auf die Frage.

»Serena Naden.«

»Eine Freundin von dir?«

»Wir kennen uns von der Schule. Es waren ziemlich viele Leute da.«

»Dort hast du Thomas getroffen?«

»Ich habe ihn gesehen, aber nicht mir ihm gesprochen. Er geht in meine Klasse, aber wir haben nichts miteinander zu tun.«

»Ein gewisser Benny Malura hat bei seiner Befragung angegeben, dass du Thomas und Serena in den Garten gefolgt bist.«

Der Benny, der ihm seinen Cocktail gemixt hatte? Mist.

»Das ist richtig.«

»Die beiden sind zu einem Gartenhaus gegangen, und du bist ihnen hinterher.«

Oje, jetzt wurde es ernst. Nun hieß es höllisch aufpassen, was er von sich gab. Keinesfalls durfte er etwas sagen, das ihn noch verdächtiger erscheinen ließ, als es ohnehin schon der Fall war.

»Warum hast du das getan?«

»Ich war neugierig.«

Jake stieg die Hitze ins Gesicht. Das klang verdammt nach Stalking. Er war dabei, sich so richtig in die Scheiße zu reiten.

»Worauf warst du neugierig?«

Millers Blick bohrte sich in seine Augen. Jake versuchte, ihn zu erwidern, aber das fiel ihm schwer. Gleichzeitig spürte er, dass der andere Detective ihn aufmerksam musterte.

Am besten, ich mache einen auf typisch Jugendlicher. Arrogant und etwas dämlich, dachte Jake. *Anders komme ich aus der Nummer nicht wieder raus.*

»Sie war eine echt heiße Braut, und ich habe mich gefragt,

was sie von so einem Typen wie Thomas will. Er sieht nach nichts aus, trägt total uncoole Klamotten und ist langweilig wie ein Stück Brot.«

Miller starrte ihn an. Jake probierte ein Lächeln, wusste aber nicht, ob es ihm gelang.

»Was hast du beobachtet?«

»Sie sind in das Gartenhäuschen gegangen. Ich wollte wissen, was da abgeht. Als sie angefangen haben zu knutschen, hab ich mich verzogen.« Er hob die Schultern an. »Wurde mir dann zu peinlich.«

»Warum bist du nicht länger geblieben?«, fragte plötzlich Detective Loren. »Es sah doch aus, als würde es heiß werden. Ein Junge und ein Mädchen gehen in ein Gartenhaus, da weiß man doch, was passiert. Und wenn diese Serena so sexy war, wie du behauptest, hattest du doch die Chance, sie nackt und in Aktion zu sehen. Erst gehst du ihnen nach, und jetzt willst du uns erzählen, dass es dir, als die ganze Sache interessant wurde, plötzlich zu peinlich geworden ist?«

Schweiß lief ihm den Nacken hinab und rann unter das T-Shirt.

»So war es«, beharrte er schwach. Jake zog für einen Moment in Erwägung zu erzählen, was er tatsächlich beobachtet und gehört hatte. Serenas aufdringlichen Verführungsversuch und Thomas' Widerstand dagegen. Noch während er darüber nachdachte, nahm er den Geruch der beiden Männer wahr. Durch die Aufregung einer Polizeibefragung und Thomas' spurloses Verschwinden hatte er nicht darauf geachtet, aber jetzt roch er eine schwere Süße, die ihn verwirrte.

Die beiden Detectives hatten den gleichen Geruch wie Serena. Sicher, nicht so stark, aber wahrnehmbar. Jakes

Blicke wanderten über die Männer hinweg und blieben an den Revers ihrer Anzüge hängen. Beide trugen identische Ansteckenadeln auf der rechten Seite. Ein roter rechteckiger Untergrund, auf dem drei weiße Buchstaben standen.

HFP.

Jake zuckte innerlich zusammen. Die Beamten vor ihm bekannten sich offen zu der Organisation, die Serena und ihren Jüngern eine Basis bot.

Was geht eigentlich ab? Was wollen die Typen? Sind sie wirklich hier, um Thomas' Verschwinden aufzuklären?

Thomas fühlte sich ganz offensichtlich von Serena bedroht, und die beiden Beamten vor mir interessieren sich dafür, was ich in der Hütte beobachtet habe? Warum fragen sie nicht einfach Serena, die weiß wahrscheinlich am besten, was mit Thomas passiert ist, immerhin hat sie tatsächlich mit ihm gesprochen.

Jake war bereit, etwas zu riskieren. Er musste Gewissheit über die beiden Polizisten haben, die ihn befragten.

»Haben Sie schon mit Serena gesprochen?«, fragte er. »Vielleicht kann sie Ihnen weiterhelfen.«

Beide starrten ihn an, dann sagte Miller: »Sie hat die Party verlassen, lange bevor Thomas und der Fremde gegangen sind. Zu diesem Zeitpunkt hast auch du die Party verlassen.«

Eine Feststellung, keine Frage.

»Ja.«

»Wohin bist du gegangen?«

»Nach Hause.«

»Du bist ihr nicht gefolgt?«

»Warum sollte ich?«

»Ja, warum?«, wiederholte Miller. »Vielleicht weil du ihr

schon einmal nachgestellt hast.« Jeder Ansatz von Freundlichkeit war aus seiner Stimme verschwunden.

»Es ist, wie ich es sage.«

»Ich kann das bestätigen«, erklärte seine Mutter. »Wir haben gemeinsam zu Abend gegessen.«

Jake spähte aus dem Augenwinkel zu seiner Mom. Sie log. Er wusste es, und die Detectives wussten es auch.

»Um wie viel Uhr ist Ihr Sohn zu Hause eingetroffen?«, fragte Loren unvermittelt.

»Das klingt jetzt aber doch, als verdächtigten Sie ihn, etwas mit dem Verschwinden des Jungen zu tun zu haben. Versuchen Sie gerade, sein Alibi zu überprüfen?«

»Ma'am, das ist unser Job. Wir müssen diese Fragen stellen«, sagte Miller.

»Aber nicht hier und nicht heute und nicht ohne das Beisein unseres Anwaltes.« Seine Mom war sauer, und dann war mit ihr niemals gut Kirschen essen, das würden die beiden Typen auf dem Sofa gleich herausfinden. Jake musste sich ein Grinsen verkneifen.

»Sie können uns gern einen Termin auf dem Polizeirevier nennen, zu dem wir dann in Begleitung unseres Rechtsbeistands erscheinen werden. Dann dürfen Sie …«

»Ich denke, dass wird nicht nötig sein«, sagte Loren und erhob sich. Er strich seine Anzugsjacke glatt. »Wir haben alles, was wir brauchen, und danken Ihnen für Ihre Zeit.«

»Sehr gern«, meinte seine Mutter sarkastisch. »Ich bringe Sie zur Tür.«

Als sie gegangen waren, stellte sich seine Mutter vor ihn.

»Was ist los? Was hast du mit dem Verschwinden von diesem Jungen zu tun? Und wer ist diese Serena?«

»Mom, es ist so, wie ich es zu den Beamten gesagt habe. Ich war auf der Party, alles war okay, dann ist mir dieses Mädchen aufgefallen.«

»Warum, was hat sie gemacht?«

»Sie war irgendwie merkwürdig. Sah unglaublich gut aus und hat sich ausgerechnet an Thomas, diesen Freak, rangemacht.«

»Warum bist du den beiden nachgegangen?«

»Ich dachte, sie will ihm Drogen verticken«, log Jake.

»Was?«

»Na, es war seltsam, dass sie die Party verlassen haben und zu dem Gartenhaus gegangen sind. Ich bin ihnen nach, weil ich wissen wollte, was da abgeht.«

»Und jetzt ist dieser Junge verschwunden«, stellte seine Mutter fest. »Hast du etwas gesehen?«

Jake schüttelte den Kopf. »Die haben nur rumgeknutscht, da bin ich gegangen.«

»Mehr steckt nicht dahinter?«

Er konnte die Sorge seiner Mutter riechen. Jetzt galt es, sie zu beruhigen.

»Nein. Wahrscheinlich taucht Thomas bald wieder auf und erzählt allen von seiner tollen Zeit in Vegas. Weißt du, er hat nicht viele Freunde. Vielleicht hatte er einfach keinen Bock mehr, nur vor dem Fernseher rumzusitzen, und ist mit einem Kumpel losgezogen.«

»Ich hoffe, dass es so ist. Es wäre schrecklich …«

»Mom, auf der Party waren nur Leute in meinem Alter, und er ist von dort mit jemandem weggegangen. Es ist bestimmt alles in Ordnung.«

Sie seufzte. »Ich muss jetzt zur Nachtschicht. Essen steht im Kühlschrank.«

»Danke.« Er gab ihr einen Kuss.

»Was machst du heute noch?«

»Ich schreibe Amy, ob sie Lust hat rüberzukommen.« Er sah ihr Lächeln. »Mom, nicht was du denkst, nur ein wenig abhängen.«

»Okay, aber morgen ist Schule. Lass es nicht zu spät werden.«

»Alles klar. Kann ich das Auto haben? Vielleicht unternehmen Amy und ich später noch was.«

Sie nickte. »Ich nehm den Bus.«

»Du bist die Beste.«

»Dann sind sie wieder abgezogen«, beendete Jake seine Erzählung.

»Und du bist dir sicher, dass die beiden Detectives wie Serena gerochen haben?«, fragte Amy.

»Ja, außerdem hatten beide HFP-Anstecker an den Anzügen.«

»Echt eigenartig. Das Verschwinden dieses Jungen macht mir Sorgen«, gab Robertson zu.

»Mir auch. Thomas tickt zwar ein wenig anders, aber im Grunde ist er ein netter Kerl.«

»Ihr wisst, was das bedeutet?« Amy schaute sie der Reihe nach an. »Die Sache wird ernst. Serena und ihre Leute gehen jetzt aktiv gegen mögliche Gegner vor. Thomas hat sich ihr widersetzt und ist nun verschwunden. Die Polizei kommt in Jakes Haus und versucht herauszufinden, was er über Serena weiß. Ich habe nicht das Gefühl, dass die beiden Typen sonderlich an Thomas interessiert waren. Für mich sieht es eher so aus, als suchten sie Leute, die etwas beobachtet haben könnten, und da war Jake natürlich ihre erste Wahl.« Amy hatte sich so richtig in Fahrt geredet, dann war sie nicht mehr zu stoppen. Jake schmunzelte. »Und was soll das bitte heißen, Thomas wäre mit einem Unbekannten verschwunden? Auf so einer Party kennt doch jeder jeden. Wir leben in Vernon, nicht in Chicago. Da kann man sich nicht so einfach auf einer Party einschleichen und Leute entführen. Nein, ich denke, dahinter steckt Serena.«

»Glaube ich auch«, stimmte Jake ihr zu.

»Klingt ja gruselig«, meinte William mit großen Augen. »Wahrscheinlich bin ich der Nächste, den Serena aus dem Weg räumen will. Ihre Gehirnwäsche hat bei mir ja auch nicht funktioniert …«

»Und jetzt?«, fragte Jake. »Was machen wir mit all dem, was wir herausgefunden haben?«

»Ist doch klar«, sagte William entschlossen. »Wir jagen den Laden in die Luft, bevor sie uns hochgehen lassen!«

Alle starrten ihn an.

»Das Jugendcenter?«, fragte Amy entsetzt.

»Quatsch, dass HFP-Hauptquartier. Eine andere Möglichkeit gibt es nicht.«

»Sag mal, spinnst du?« Jake konnte sehen, wie Amys Wangen erröteten.

»Ernsthaft, was könnten wir sonst tun?« William beugte sich auf seinem Bürostuhl vor und faltete die Hände. »Wir können nicht zum FBI, nicht zur Polizei. In drei Tagen eröffnet das neue HFP-Hauptquartier, spätestens dann wird auch die Sendeanlage einsatzbereit sein. Ich denke, dass die Leute, oder was auch immer dahintersteckt, die Eröffnungsfeier benutzen, um das Absenden des Signals zu tarnen. Da wird jede Menge los sein, alle Lichter werden brennen, Bands spielen, da fällt es nicht so auf, wenn eine Hochenergie-Sendeanlage in Betrieb genommen wird. An jedem anderen Tag wäre das durchaus der Fall, aber so wird niemand Verdacht schöpfen, wenn der Stromverbrauch im Gebäude abrupt ansteigt. Wir haben also eine konkrete Deadline und müssen etwas bis dahin unternehmen.«

Alle schwiegen.

»Es wird Tote und Verletzte geben«, sagte Jake schließlich. Er war nicht bereit, zu einem Mörder zu werden.

»Nicht wenn wir die Sache nachts steigen lassen. Wir können die Menge des Sprengstoffs berechnen und maximalen Schaden anrichten, ohne dass das Gebäude ernsthaft beschädigt wird. Irgendwo in dem Haus muss sich die Sendeanlage befinden, es reicht, wenn wir die zerstören. Niemand muss zu Schaden kommen.«

»Das HFP-Gebäude ist doch sicherlich nicht unbewacht«, warf Robertson ein. »Wenn etwas schiefgeht und man uns erwischt, wandern wir in den Knast.«

»Was wollt ihr? Eine Hundertprozentgarantie gibt es nicht. Wenn es so ist, wie wir glauben, steht die Menschheit vor einer großen Bedrohung, der vielleicht größten Bedrohung überhaupt. Dass die Aliens nicht in Frieden kommen, sollte auch jedem klar sein, denn hier findet eine stille Invasion statt, die in eine sehr laute und gewalttätige Auseinandersetzung übergehen kann. Mal ehrlich, wenn man uns schnappt, ist Knast unser kleinstes Problem. Dann haben wir versagt, und die Welt ist am Arsch.«

»Aber für all das haben wir keine handfesten Beweise«, sagte Jake. »Es sind immer noch bloß Vermutungen.« Auch wenn er in seinem Innersten wusste, dass das alles Realität war, bekam Jake es mächtig mit der Angst zu tun. Er wünschte sich sein früheres unspektakuläres Leben zurück.

Mit Heuschnupfen, Kontaktlinsen und schlechten Noten in Mathe.

»Jake, denk doch mal an Serena, was mit einem in ihrer Gegenwart passiert. Du hast es doch live erlebt«, sagte William. »Und an deinen eigenen Geruchssinn, keine Ahnung, was das damit zu tun hat, aber normal ist das nicht! Alles, was wir bis jetzt herausgefunden haben, lässt keinen anderen Schluss zu. Und uns bleibt keine Zeit mehr, nach hieb- und stichfesten Beweisen zu suchen. Entweder wir handeln jetzt, oder wir laufen Gefahr, die letzte Chance zu verlieren, etwas zu unternehmen. Ich will auch nicht, dass jemand stirbt oder verletzt wird, aber es ist ein Risiko, das wir eingehen müssen.«

Jake blickte den Jungen an. Er hatte William noch nie so aufgeregt gesehen, aber was er sagte, war richtig. Sie hatten keine Wahl. Nicht mehr. Es waren schon zu viele Dinge passiert, als dass sie sie einfach ignorieren konnten.

»William hat recht. Wir müssen etwas unternehmen – wir werden diese ominöse Sendeanlage sprengen und versuchen, niemanden zu verletzen. Seid ihr dabei?«

Robertson nickte. Amy zögerte, dann nickte sie ebenfalls.

»Bleibt die Frage, wie wir das anstellen sollen?«, sagte sie.

William schaute in die Runde. »Das ist mein Part. In der Firma meines Vaters gibt es einen abgesicherten Lagerraum, in dem sie den Sprengstoff lagern, den sie für die Arbeit brauchen. Ich weiß, wie man da reinkommt, und ich weiß auch, wie man eine Sprengung vornimmt. Ich habe euch ja erzählt, dass ich das schon mal gemacht habe.«

»Ja, ja«, sagte Robertson. »Alles Mathematik. Und wenn du etwas falsch machst, jagst du uns mit in die Luft.«

»Nein, keine Sorge ... ich gehe allein in das Gebäude, bringe die Sprengladungen an und zünde. Ihr müsst nicht dabei sein. Ihr wisst ja, zu viele Köche verderben den Brei ...«

»Spinnst du?«, zischte Amy. »Wir lassen dich das nicht allein machen!«

»Mal ehrlich«, sagte William. »Dabei könnt ihr mir nicht helfen, ihr würdet nur im Weg rumstehen. Allerdings muss jemand mit zur Firma meines Vaters kommen. Ich kann das Zeug nicht allein schleppen.«

»Ist das tatsächlich so easy, wie du sagst?«, fragte Robertson misstrauisch.

William grinste. »Wie man es nimmt. Nachts streunen auf dem Gelände zwei Deutsche Schäferhunde rum, die es mit einem Rudel Löwen aufnehmen könnten. Es gibt bewaffnete Wächter, und der Lagerraum ist durch eine komplizierte Alarmanlage gesichert, für die es nur einen Schlüssel gibt.«

»Bist du bescheuert?«, ächzte Robertson. »Da willst du rein?«

William stand auf. Sein Grinsen wurde noch breiter, als er Robertson eine Hand auf die Schulter legte.

»Bleib cool, Mann. Die Hunde kenne ich. Sie sind hier im Haus aufgewachsen. Beide Wächter sind Trinker und pennen die meiste Zeit in ihrem Aufenthaltsraum. Und der Schlüssel für den Raum, in dem der Sprengstoff aufbewahrt wird, befindet sich im Safe meines Vaters, dessen Kombination ich seit meinem sechsten Lebensjahr kenne. Mein Geburtstag.«

Er lachte schallend.

Obwohl Jake gar nicht danach war, musste er mitlachen. Dann schlossen sich auch die anderen an, und die Anspannung entlud sich in einem wilden Gelächter.

Als sich alle wieder beruhigt hatten, sagte Jake: »Wann gehen wir die Sache an?«

»Jake Merdon, mir gefällt dein Zuhause, aber ich hoffe, du hast nichts Unsittliches vor«, sagte Amy und kuschelte sich noch enger an ihn. Sie lagen auf seinem Bett. Im Hintergrund lief leise Musik. Jake hatte eine Kerze angezündet.

»Ich weiß noch nicht«, sagte er.

Amy knuffte ihn. »Du bist sicher, dass deine Mom nicht plötzlich auftaucht?«

»Sie hat Nachtschicht, die geht bis sieben Uhr morgens.«

»Gut.«

Eine Weile sagte keiner etwas.

Wirre Gedankenfetzen schwirrten durch Jakes Kopf. Was wäre, wenn sich Amy und er unter »normalen« Umständen kennengelernt hätten? Würde er sich dann genauso zu ihr hingezogen fühlen wie jetzt? Wäre er ihr überhaupt begegnet? Sosehr er sich auch wünschte, nicht in diese ganze Sache hineingerutscht zu sein, er würde nicht tauschen wollen, Amy war es allemal wert. Sie war der einzige Mensch, der ihm im Moment Sicherheit gab. Er wollte sie festhalten und nie wieder hergeben. Und er hatte Angst vor dem, was ihnen bevorstand. Er hatte Angst um Amy.

»Was wir vorhaben, ist Wahnsinn«, meinte Amy schließlich, als hätte sie seine Gedanken gelesen.

»Lass uns jetzt nicht davon reden.« Jake wollte sich aufs Hier und Jetzt konzentrieren. Auf die Zeit, die er mit Amy hatte, bevor der Sturm losbrach.

»Nicht?«

»Eigentlich möchte ich überhaupt nicht reden.«

»Aha. Was willst du dann, Jake Merdon?«

»Das«, sagte Jake und verschloss ihren Mund mit seinen Lippen.

Der Kuss war zart und voller Hingabe. Ihre Hände erforschten einander. Jake spürte, wie ihn Erregung erfasste. Zunächst war es ein Hitzegefühl, das in seinem Körper von unten nach oben stieg, aber das hielt nicht lange, denn bald glaubte er, in Flammen zu stehen.

Amys Lippen glitten über seine Haut, ihre Hände waren überall, und ihre Küsse raubten ihm den Atem.

Jake fiel. Und genoss es.

In seiner Leidenschaft zog er Amy mit sich in diese andere Welt. Er berührte, streichelte sie, bis ihr leises Keuchen, ihr schwerer Atem ihm verriet, dass auch sie brannte.

Ewig währte dieser Moment, dann löste sich Amy kurz von ihm und sah ihm tief in die Augen.

»Sag mir eines, Jake«, fragte sie atemlos.

»Was?«

»Wonach rieche ich?«

Er lächelte. »Nach Liebe.«

»Ernsthaft?!«, echote sie.

»Nach Liebe«, wiederholte er.

»Dann liebe mich«, flüsterte sie leise. »Jetzt.«

A.D. 2118

HALT DIE KLAPPE

Was hatte sie sich dabei gedacht? Sie hätte besser die Klappe halten sollen. Lees Hände zitterten wie Espenlaub, dieser Job war mindestens drei Nummern zu groß für sie.

Der Mensch wächst mit seinen Aufgaben, hatte ihr einmal ein Lehrer an der Highschool gesagt. So ein dämlicher Spruch. Dieser Idiot hatte nicht den Hauch einer Ahnung, worüber er sprach, denn nicht er, sondern Lee stand mit weichen Knien am Abend vor einem Liquor Store und wartete auf den Waffenhändler.

Den Deal klarzumachen, war keine große Sache gewesen. Sie hatte einem Typen, den sie kannte, nur die Dollars zeigen müssen, der dann den Rest erledigte. Coole Leute in der Szene kannten sich. Bei dem Barmann hatte Mister B. früher immer Gras gekauft. Nicht der günstigste in der Gegend, aber er stand dafür ein, dass in seiner Bar keine verdeckten Cops herumlungerten und man sein Zeug rauchen konnte, ohne Fußpilz zu bekommen.

Wo blieb der Typ?

Es regnete, Lee fror, sie hatte keine Lust, sich bei dem Wetter die halbe Nacht um die Ohren zu schlagen. Hayden hatte ihr fünfundzwanzigtausend Dollar gegeben. Verdammt viel Kohle, sie musste aufpassen, sich nicht wie ein Anfänger ausnehmen zu lassen. In New York wurden schon Leute wegen weniger

Geld mit eingeschlagenen Schädeln in Mülltonnen aufgefunden.

Ein Gleiter setzte von oben zur Landung an. Schwarz und flach, ein ziemlich heißes Teil. Ein Fuß über dem Boden kam die Flunder schwebend zum Stillstand. Die Turbine lief nach, während sich die Flügeltüre öffnete.

»Amber?«, fragte der Typ, der jünger aussah, als sie es erwartet hatte. Höchstens zwanzig. Hatte ein ärmelloses Shirt an. Bart, kurz rasierte Haare, durchtrainierte Arme und ein Tattoo am Hals. Sicherlich ein mieser Kerl, aber Lee stand auf Sixpacks.

»Ja.« Amber war ihr Deckname.

»Scheine dabei?«

Sie nickte.

»Zeig her ...«

»Zeig du mir die Nudelhölzer ...« Ohne die Ware gesehen zu haben, würde sie ihm sicherlich nicht das Geld zeigen. Um sich zu schützen, hatte Hayden ihr nicht nur die Kohle anvertraut, sondern auch ihre Beretta gegeben.

»Steig ein.«

Sie fuhren los.

Etwas später stiegen sie an einer Baustelle an der Lower East Side aus. Achtzig Stockwerke über dem Boden. Der Gleiter stoppte inmitten des Rohbaus auf einer halb offenen Etage. Der Wind pfiff an ihr vorbei, und es war arschkalt. Gute Platzwahl. Um sie bei dem Waffen-Deal zu stören, mussten die Cops entweder mit Einsatzgleitern anfliegen oder Spiderman persönlich das nicht vorhandene Treppenhaus hochschicken.

»Hier wären wir, Kleine ... gefällt dir die Location?« Er lächelte. Lee rief sich in Erinnerung, mit einem gefährlichen Hehler zu verhandeln, sie war nicht zum Flirten hier.

»Zwei AK-47, vierundzwanzig Magazine, zwanzig Kilogramm C4 … dafür gebe ich dir fünfundzwanzig große Scheine!« Lee hatte die Hand hinter dem Rücken an der Beretta, die schussbereit in der Jeans steckte. Sie würde nicht zögern.

»Du hast Biss … wie alt bist du? Siebzehn, achtzehn … was hast du mit dem Zeug vor? Willst du in deiner Schule die Aula renovieren?«

»Das geht dich nichts an!« Der Typ sollte ihr endlich die Waffen zeigen.

»Hey, ich bin Geschäftsmann … ich sorge mich um das Wohl meiner Kundschaft.«

»Willst du mich verarschen?« Lees Augen wurden schmaler, sie war nicht hergekommen, um sich verarschen zu lassen. Sie wollte endlich die Ware sehen.

»Hey, locker bleiben. Die AKs sind easy … für den Sprengstoff brauche ich noch zwei Tage. Du kannst heute bezahlen, und ich liefere frei Haus. Ich pack sogar eine Pizza drauf!«

»Sehe ich so bescheuert aus?« Lee zog die Waffe und zielte auf seinen Kopf. Ihr Herz raste. Etwas in ihr übernahm die Kontrolle. Sie redete, ohne nachzudenken. Impulsiv, schnell und ohne Reue.

»Hey, hey, kleine Lady … sachte, wir wollen doch Geschäfte machen. Wenn du mich erschießt, wäre das schwierig …« Er lächelte und sah auch noch gut dabei aus, während er sie anlog.

»Ich wiederhole es ganz langsam für dich: zwei AK-47, vierundzwanzig volle Magazine, zwanzig Kilogramm C4, und du bekommst fünfundzwanzig große Scheine!«

»Ja, ja … das habe ich verstanden, du solltest aber bedenken …«

»Ich denke gerade darüber nach, dir ein Loch in den Kopf

zu schießen und dir den Gleiter zu klauen … hast du das Zeug, oder hast du es nicht?«

»Ähm …«

»Du hast für die richtige Antwort einen Versuch.« Lee würde den Deal durchziehen. Hier und jetzt, es gab keine zweite Chance. Der Alien-Countdown lief mit oder ohne sie weiter.

»Geht klar, alles in Ordnung, bleib locker … ich habe alles dabei.« Er drückte an seinem Handgelenk auf einen Knopf, der an seinem Gleiter die Heckklappe öffnete.

»Zeig mir das Zeug!«

Honey – sie fand, der Name passte zu ihm – hob eine schwere Textiltasche heraus und öffnete den Reißverschluss. »Hier … zwei AK-47, geputzt und geölt, jede Menge Munition, und da ist der Sprengstoff. Militärstandard … nicht der billige Mist, den die Abrissfirmen benutzen.«

»Mach wieder zu.« Lee wollte so schnell wie möglich von der windigen Baustelle verschwinden. Mit einer Hand zielte sie auf ihn, mit der anderen warf sie einen Briefumschlag in den Kofferraum. »Die Kohle ist abgezählt.«

»Alles cool … willst du nicht die Waffen checken?« Honey begann, sie zu nerven.

»Nein.«

»Deine Beretta? Neun Millimeter Vollmantel?«

»Ja.« Was sollte die Frage?

»Hey, ich mag dich … hier, ich hab noch ein Magazin für dich. Geht aufs Haus. Magnesium-Titan-Vollmantel, die gehen auch durch einen Truckmotor durch.« Honey reichte ihr ein Pistolenmagazin, dessen Projektile rote Köpfe hatten. »Sind echte Höllenteile!«

Das Magazin fiel auf den Beton. Lee griff ins Leere. Sie sah nach unten. Ein Fehler. Er ging einen Schritt auf sie zu, packte ihr Handgelenk und drehte sie um die eigene Achse. Ein Schuss löste sich. Vorbei. Das würde hier oben niemand hören. Einen Moment später hatte er sie entwaffnet, auf den kalten Beton geworfen und drückte ihr die eigene Waffe in den Nacken.

»NYPD! Sie sind verhaftet!«

»Du Arsch bist doch nie im Leben ein echter Bulle!« Lee hatte es versaut.

»Oh doch, kleine Lady ... die Party an deiner Schule wird ohne dich stattfinden müssen!« Der Cop zeigte ihr die holografische Marke auf seiner Hand. Ein Implantat, das konnte man nicht fälschen. Detective A. Rain, so sein Name.

»Du hast keine Ahnung!« Lee hatte nicht vor, sich erneut verhaften zu lassen.

Detective Rain presste ihre Hand auf einen mobilen Scanner. »Oh ... Amber heißt in Wirklichkeit Lee Hastings. Schön, Sie kennenzulernen. Wie es scheint, kennen Sie bereits die Räumlichkeiten des NYPD.« Er startete ein Aufnahmegerät. »Mrs Hastings, mein Name ist Detective Andrew Rain, ich nehme Sie wegen des versuchten Erwerbs von illegalen Kriegswaffen fest. Sie haben das Recht zu schweigen. Alles, was Sie sagen, kann und wird vor Gericht gegen Sie verwendet werden. Haben Sie Ihre Rechte verstanden?«

»Du kannst mich mal!«

»Jederzeit ...« Andrew deaktivierte das System wieder. »Das war für die Akten. Wirst du Ärger machen, wenn ich dich loslasse?«

»Ja.« Lee würde ihm die Augen auskratzen.

»Dachte ich mir ...« Er steckte die Waffe in seinen Gürtel und zog einen Kabelbinder aus der Tasche. »Sieh es als kostenfreie Erziehungsmaßnahme ... es ist zu deinem Besten.«

Eine bessere Chance würde Lee nicht bekommen, sie riss sich

los, griff ihm zwischen die Beine und drückte zu. Das würde jetzt wehtun.

Er schrie, ging zu Boden und krümmte sich vor Schmerzen. Es tat weh.

»Aua!«

Lee nahm ihm die Waffe ab und schlug ihm mit dem Pistolenknauf gegen den Kopf. Jetzt sagte er nichts mehr.

Lee hatte den Detective mit Kabelbindern gefesselt und mit größter Mühe in den Kofferraum des Gleiters gepackt. Die Tasche mit den Waffen lag neben ihr in dem zweisitzigen Gleiter, hinter dessen Steuer sie sich gesetzt hatte. Eine ganz schlechte Idee, da sie so ein Ding noch nie geflogen hatte. Sie würde es lernen. Die Flügeltüren schlossen sich, während die Turbinen anliefen.

»Geiles Teil ...«

»*Autopilot aktiv, bitte Ziel eingeben*«, erklärte eine synthetisierte Stimme.

»Times Square!«

»*Ziel bestätigt. Die Flugzeit wird voraussichtlich vier Minuten betragen.*«

War doch gar nicht so schwer, der Gleiter setzte sich in Bewegung. Hoffentlich trackten die Cops das Ding nicht, ansonsten würde das ein sehr kurzer Flug werden. Am Times Square konnte sie, ohne aufzufallen, in der Menge verschwinden.

»Lee, du machst einen Fehler!«, rief Andrew aus dem Kofferraum, der Cop hatte anscheinend einen dicken Schädel.

»Halt die Klappe!« Als ob sie sich bei dem, was sie mit dem Sprengstoff vorhatte, jetzt noch vor der Polizei fürchten würde.

»Mache es nicht noch schlimmer, als es ist ... ich kann dir helfen, das wird ansonsten böse für dich ausgehen.«

»Du, mir helfen?«

»Ja.«

»Wirklich helfen?« Lee hatte eine Idee. »Meinst du das ernst?« Andrew war ein Bulle, aber offensichtlich nicht infiziert. Und er wusste vorher nicht, wer sie war. Hätte er es gewusst, wäre er besser vorbereitet aufgetaucht und würde jetzt nicht gefesselt im Kofferraum seines eigenen Gleiters liegen.

»Ja.«

»Ich will ein Gebäude in die Luft jagen.« Sie wollte ihn provozieren.

»Du bist verrückt!«

»Ja … das bin ich!« Und Honey würde ihr dabei helfen, er wusste es nur noch nicht.

Travis verschluckte sich an seinem Kaffee, als Lee in Haydens Wohnung ankam. Andrew ging vor, sie folgte ihm in zwei Meter Entfernung. Sie hatte ihm die Hände mit Kabelbindern hinter dem Rücken an den Gürtel gebunden und die zwei schweren Waffentaschen um den Hals gehangen. Eine links, eine rechts, damit konnte er kaum aus der Reihe tanzen. Neben dem Zeug, das er ihr verkaufen wollte, hatte er weitere Waffen in seinem Gleiter. Sie hatte einfach alles mitgenommen.

»Wer ist das?«, fragte Peter, nicht weniger überrascht.

»Das ist Andrew Rain!« Lee lächelte. »Er ist Detective und wird uns helfen.«

»Hi …« Honey blieb mitten im Raum stehen. Sie liebte die hervorstehenden Adern auf seinem Bizeps.

»Lee, was soll das?«, fragte Travis. »Warum ist er gefesselt?«

»Er wollte mich hochnehmen … da habe ich ihn eingepackt. Wir müssen noch ein wenig an unserer Beziehung arbeiten, aber ich glaube an ihn.«

Stille.

»Ähm ...«

»Travis ... du bist der Überzeugendste von uns. Erzähl ihm, wofür wir das C4 benötigen!« Lee brauchte jetzt eine Pause.

Einen Polizisten zu entführen, war verrückt. Darauf zu bauen, dass dieser sich dann aus Dankbarkeit an einem Sprengstoffanschlag gegen eine weltweit renommierte Hilfsorganisation beteiligte, war sogar völlig krank. Aber Travis brauchte keine fünf Minuten, um Andrew umzudrehen. Mehr noch, er erzählte Geschichten über HFP und das NYPD, die Lee nicht glauben wollte.

Andrew war dreiundzwanzig und arbeitete die letzten vier Jahre undercover in Chicago. Wegen seines jugendlichen Aussehens hatte man ihn in eine Jugendgang eingeschleust. In New York war er erst seit zwei Wochen, zwei Wochen, in denen er schon gedacht hatte, in einem Überwachungsstaat gelandet zu sein. Achtzig Prozent seiner Kollegen trugen diesen dämlichen HFP-Sticker. Ihn selbst hatte vor zwei Tagen eine ziemlich heiße Kollegin bei einem Date nach Dienstschluss vernascht, um danach beleidigt abzuziehen. Einen Grund dafür kannte er nicht. Er hatte sich noch gefragt, weshalb sie sich plötzlich so seltsam benahm. Hayden erklärte ihm dann, warum: HFP wollte ihn rekrutieren, aber er war ein Paradebeispiel dafür, dass es Menschen gab, die über eine natürliche Immunität gegenüber dem Virus verfügten.

Schlimmer war aber der Bericht über den Tod von George Bonnet und die Großfahndung nach Travis Jelen. Andrew erzählte, dass es beim NYPD eine neue Abteilung gab, deren Mitarbeiter sich selbst »Hunter« nannten und damit kokettierten, Verbrecher riechen zu können. Über diesen Joke hatten sie alle im Präsidium gelacht. Auch Andrew, bis ihm heute das Lachen im Halse stecken geblieben war. Jetzt wusste er es besser. Diese Abteilung, die Hunter, war alles andere als eine Witznummer.

Er erzählte auch von der Chefin dieser Einheit, Elvira Laszlo, eine blasse Frau mit dunkelblonden Haaren, die Äpfel liebte und deren Augen einen markanten goldenen Schimmer hatten.

Lee erkannte aus seinen Erzählungen sofort die Frau, die Mister B. auf dem Gewissen hatte, den Mord Travis anhängen wollte und sie vor einen einfahrenden Zug geschubst hatte. Haydens Erklärung, dass HFP vermutlich Kinder züchtete und manipulierte, um Menschen mit Elviras unnatürlichem Geruchssinn hervorzubringen, machte die Sache nicht besser. Lee dachte an ihren Sohn, er sollte kein Hunter werden!

»Leute, wir haben noch vierzehn Stunden!«, sagte Travis während der Diskussion. »Wir haben Waffen und wir haben einen Plan! Wir müssen handeln!«

Hayden meldete sich: »Ich habe noch etwas ... ich konnte ein synthetisches Pheromon isolieren, das unseren Eigengeruch überdeckt. Infizierte werden uns damit kurzzeitig für einen der ihren halten.«

»Hast du das in deiner Küche hergestellt?«, fragte Travis.

»Frag nicht.« Hayden lächelte.

»Ich bin dabei!« Andrew nickte. Lee wusste, dass sie sich auf Honey verlassen konnte. Der Typ hatte etwas an sich, das sie magisch anzog.

»Sehr gut!« Travis klopfte ihm auf die Schulter. Jeder im Raum und Hayden am Bildschirm wirkten froh, jemand an Bord zu haben, der auch mit einer Kalaschnikow umgehen konnte.

»Andrew ...« Lee öffnete die Waffentasche, zog eine AK-47 heraus und strich mit der Hand über das zerkratzte Holz des Schulterstücks.

Er kam zu ihr. »Das Gewehr ist hundertdreißig Jahre alt, die Dinger halten ewig.«

»Zeig mir, wie man damit umgeht!« Lee nahm die Waffe ohne Magazin in den Anschlag und zog den Spannhebel nach hinten.

»Du machst alles richtig ... fest an die Schulter ziehen und kurze kontrollierte Feuerstöße abgeben. Das AK ist ein Gasdrucklader mit Drehverschluss. Kaliber 7,62 Millimeter x 39. An dem Hebel sicherst du die Waffe. So steht sie auf Einzelschuss, so auf Dreier-Salven und so auf Dauerfeuer. Wenn das Magazin leer ist, bleibt der Verschluss offen. Magazin lösen, neues anlegen, durchladen, weiterschießen.«

»Verstanden.« Das war nicht schwer.

»Zur Munition ... es sind zwei Typen der M43-Patrone in der Tasche. Die normale ...«, Andrew zeigte ein gebogenes Magazin, in dem Patronen mit grauen Projektilen zu sehen waren, »... und die mit den roten Köpfen. Die sind vom Militär ... die dürfte ich eigentlich nicht dabeihaben. Habe sie erst am Vortag bei einem Einsatz konfisziert und noch im Kofferraum liegen gehabt.«

»Was können die?« Andrew brachte Lee in Stimmung.

»Die machen richtig große Löcher. Da spielt es auch keine Rolle, ob Gegner eine Kevlarschutzweste tragen oder in einer gepanzerten Limousine sitzen. Die Projektile durchschlagen auf hundert Fuß zehn Zentimeter starke Panzerplatten. Das Militär setzt diese Munition bei leichten Bordwaffen ein, um feindliche Fahrzeuge zu stoppen.«

»Okay.« Lee berührte beiläufig seine Hand. »Was ist das?« Sie zeigte auf einen kastenförmigen Tornister, aus dem ein breites Metallband heraushing. Der Inhalt der zweiten Tasche.

»Das Monster hat sich ein Spinner aus der Bronx selbst gebaut ... er wurde vor zwei Tagen von seiner Freundin tot in seinem Apartment gefunden. Herzschlag, war laut CSI-Team ein natürlicher Tod. Ich habe keine Ahnung, was er mit dem Tornister vorhatte. Er ist uns aufgefallen, weil er die Cop-Killer-Munition auf der Straße angeboten hat.«

»Was macht man damit?« Lee sah, dass man sich den Tornister auf den Rücken schnallen konnte.

»Die Führung passt in die Magazinaufnahme der AK. Damit hast du zweitausend Cop-Killer auf dem Rücken. Ich habe keine Ahnung, ob die alten Sturmgewehre diese Feuerleistung überhaupt länger als zehn Sekunden aushalten. Ein Dreißig-Schuss-Magazin ist bei Dauerfeuer in drei Sekunden leer geschossen. Dann musst du nachladen, und die Waffe kann abkühlen. Mit dem Tornister kannst du über drei Minuten draufhalten, sechshundert Schuss in der Minute ... wie gesagt, ich würde es nicht am Stück ausprobieren wollen.«

»Woran merkt man, dass die Waffe zu heiß wird?«, fragte Lee.

»Neben der Tatsache, dass die Haut deiner Finger am Lauf kleben bleiben kann?«

»Ja.« Wenn es nur das wäre, würde Lee Handschuhe anziehen.

»Metall wird weicher, wenn es heiß wird. Die Munition könnte dir im Verschluss explodieren. Keine gute Sache, dabei können dich die Splitter der Waffe schwer verletzen.«

»Hilft dagegen eine Kevlarweste?«, fragte Lee, die auch eine Schutzweste in der Tasche sah.

»Kleine, du bist verrückt!«

Lee küsste ihn auf die Wange. Sie war nicht verrückt, das war Entschlossenheit. Waffen waren nicht die Lösung aller Probleme, aber sie boten eine Alternative. Die Alternative, um für das

Überleben der Menschheit zu kämpfen. Hoffentlich würde es nicht so weit kommen, aber wenn sie kämpfen müsste, würde sie es tun.

NACHTGESTALTEN

»Wo bleibt Robertson?«, fragte Jake zum dritten Mal. »Wir waren hier um Mitternacht verabredet, und jetzt ist der Typ nicht da.«

Seit ihrem letzten Treffen am Tag zuvor hatten sie nichts mehr von ihm gehört. Jake presste sich an die Mauer, um nicht in den Lichtkegel des Scheinwerfers zu geraten, der diesen Teil der Straße beleuchtete. Neben ihm atmete Amy flach und gepresst. Etwas weiter entfernt kauerte William am Maschendrahtzaun und spähte das Firmengelände aus.

»Ich habe keine Ahnung, wo er steckt«, sagte Amy. »Spielt auch keine Rolle, wir müssen das jetzt durchziehen.«

»Was hast du deinen Eltern erzählt, wo du bist?«, fragte Jake.

»Ich schlafe bei einer Freundin. Und du?«

»Meine Mom hat Nachtschicht.«

William kam zu ihnen gehuscht. »Die Hunde streunen wahrscheinlich im hinteren Teil bei den Hallen rum. Von den Nachtwächtern ist nichts zu sehen, das hab ich mir schon gedacht. Habt ihr eure Rucksäcke?«

Jake nickte im Halbdunkel. Er und Amy hatten ihre Wanderrucksäcke mitgenommen, William trug eine mittelgroße Sporttasche unter dem Arm.

»Dann los. Bleibt dicht hinter mir.«

Sie hasteten zum Zaun. »Da müssen wir rüber«, sagte William. »Wenn ihr auf der anderen Seite seid, bleibt sofort stehen und rührt euch nicht. Ich muss die Hunde rufen.«

»Du willst die verdammten Biester rufen?«, keuchte Amy. »Ich dachte, wir schleichen uns an denen vorbei?«

»Vergiss es. Das sind ausgebildete Wachhunde, selbst wenn Siegfried und Roy uns nicht sehen, werden sie früher oder später unsere Fährte aufnehmen. Das Gekläffe will ich uns ersparen, es würde sofort die Wächter auf den Plan rufen.«

»Sag jetzt nicht, dass ihr die Köter nach den beiden Magiern aus Las Vegas benannt habt«, ächzte Jake. »Das muss ein Witz sein.«

»Klar ist das ein Witz«, grinste William. »Aber sie heißen trotzdem so, und jetzt Schluss mit dem Gequatsche, wir müssen uns beeilen. Irgendwann gehen die beiden Penner, die das Gelände bewachen, ihre Runde, und ich weiß nicht, wann das ist.«

Es könnte ebenso gut jetzt sein, dachte Jake, sagte aber nichts.

Der Maschendrahtzaun surrte, als sie hochkletterten und sich hinüberschwangen. Als sie wieder festen Boden unter den Füßen hatten, zischte William: »Pssst!«

Dann hörte Jake es. Pfotengetrappel auf Asphalt. Leises Hecheln. Vor ihnen tauchten wie aus dem Nichts zwei kniehohe Schemen auf und blieben statuengleich stehen. Weder bellten die Hunde, noch knurrten sie, und das machte das Ganze so richtig unheimlich.

»Hallo Siggi. Hallo Roy«, flüsterte William. »Schaut mal, was ich euch mitgebracht habe.«

Die Deutschen Schäferhunde kamen langsam näher. Dann schienen sie William zu erkennen, denn sie wedelten mit dem Schwanz. Der Junge kniete sich zwischen sie und kraulte beide kräftig hinter den Ohren, was mit leisem Fiepen quittiert wurde.

»Bewegt euch nicht«, sagte er nach hinten.

Einer der Hunde kam zu Jake, schnupperte an seinen Chucks, aber da zog William den Reißverschluss seiner Sporttasche auf, und der Geruch von geräuchertem Fleisch drang daraus hervor. Sofort wandte sich der Hund von Jake ab und stürmte zu William hinüber, der in jeder Hand eine Wurst hielt. Die beiden Tiere schnappten sich die Leckerbissen und rannten damit davon.

»Das sollte sie eine Weile beschäftigten«, erklärte William. »Hartwurst … Hunde müssen die Dinger erst weichkauen. Falls sie wiederkommen, habe ich noch mehr dabei.«

Jake atmete laut aus. Die verdammte Sache war aufregender, als er gedacht hatte. So etwas zu planen, war easy, es dann aber umzusetzen, eine ganz andere Nummer.

»Ich hätte fast einen Herzinfarkt bekommen«, meinte Amy. »Die Viecher sind mir nicht geheuer.«

»Ach was«, sagte William. »Sind doch nur Hunde. Wir müssen da lang.«

Hintereinander schlichen sie an einem Gebäude entlang, von dem Jake vermutete, dass darin die Verwaltung untergebracht war. Sie überquerten einen asphaltierten Parkplatz und erreichten einen Flachbau.

»In dieser Halle wird der Sprengstoff aufbewahrt«, sagte William. Er deutete auf weitere Bauten. »Da drüben ist der Maschinenpark. Weiter hinten kommen die Lagerhallen für das Baumaterial.«

Er trat vor eine Stahltür, neben der ein schwarzes Kästchen angebracht war, auf dem eine rote Leuchtdiode blinkte.

»Die Alarmanlage«, erklärte William und leuchtete mit einer kleinen Taschenlampe darauf. »Macht euch keine Sorgen, das Licht kann man vom Wächterhaus aus nicht sehen.«

Er zog aus seiner Hosentasche einen flachen Sicherheitsschlüssel und schob ihn in die dafür vorgesehene Öffnung. »Jetzt wird's spannend. Man muss den Schlüssel erst um neunzig Grad nach rechts drehen und dann um einhundertachtzig Grad nach links. Oder andersherum, ich bin mir da nicht mehr ganz sicher.«

»Was passiert, wenn du es falsch machst?«, fragte Amy aufgeregt und griff nach Jakes Hand.

»Der Alarm geht los«, meinte William lapidar.

»Willst du mich verarschen?«, keuchte Jake.

William grinste ihn an. »Ja.«

Boah, der Typ hat sie doch nicht mehr alle!

Dann drehte William den Schlüssel nach rechts und fertig. Ein leises Klacken ertönte. Er zog die Tür auf.

»Du hättest dein Gesicht sehen sollen«, sagte er.

»Du bist so ein Idiot!«

William drückte die Tür auf, und sie schlüpften hinein. Im Schein der Taschenlampe offenbarte sich ein Regalsystem, in dem alle möglichen Gerätschaften, aber auch eine Vielzahl von Kabeln aufbewahrt wurden. William ging hinüber und leuchtete die unterste Reihe ab. Schließlich schien er gefunden zu haben, wonach er suchte.

»Brennmomentzünder, brauchen wir für die Sprengung.«

Er packte die Sachen in seine Sporttasche. Dann ging er zu einem Metallcontainer hinüber, der vollkommen deplatziert in dem großen Raum wirkte.

»Kommt her!«

Das Tastenfeld der Türsicherung schimmerte in einem

blassen Grünton, als das Licht der Taschenlampe daraufﬁel. William tippte eine achtstellige Zahl ein. Diesmal war nichts zu hören, aber die Tür ließ sich öffnen. Auch dahinter erwartete sie ein Regal.

»Das ist C4-Sprengstoff in Stangenform. Effektiv und sicher.«

»Was stinkt da so?«, fragte Jake.

»Dem Sprengstoff werden stark riechende Stoffe beigemischt, damit Spürhunde ihn besser wahrnehmen können. Auch Metallstaub ist eingearbeitet, damit man das Zeug nicht durch Detektoren schmuggeln kann.«

William fasste ins Regal, griff sich die ersten Stangen und warf sie achtlos in seine Sporttasche. Jake machte instinktiv einen Schritt nach hinten.

»Kannst du nicht vorsichtiger mit dem Zeug umgehen? Du jagst uns noch alle in die Luft!«

»Das Zeug ist sicher. Hab ich doch gesagt. Da kannst du mit einem Hammer draufschlagen, und nichts würde passieren. Nur starke Druckeinwirkung kombiniert mit Erhitzung kann zur Explosion führen.«

Jake stöhnte. »Mann, das ist echt nichts für meine Nerven.«

»Na, dann warte mal ab, wenn wir die Sendeanlage im HFP-Gebäude sprengen. Das wird ein Spaß. BUUUU-MMMMMS! Den Knall wird man noch in Toronto hören.«

Amy schaute ihn an. »Hat dir schon mal jemand gesagt, dass du einen echt schrägen Humor hast?«

»Ja, meine Mom«, sagte William. »Und mein Dad. Eigentlich alle.«

»Du hast echt 'nen Knall.«

»Packt das Zeug ein, stopft, so viel ihr könnt, in die Rucksäcke. Wir wissen noch nicht, wie viel wir davon brauchen.«

»Ich dachte, du hast die benötigte Sprengkraft berechnet?«

»Mann, das war nur ungefähr. Ich kenne doch die Sendeanlage nicht. Besser, wir haben mehr als zu wenig dabei.«

»Und was machen wir mit dem Rest?«

William grinste schon wieder. Im Licht der Taschenlampe sah er wie ein Dämon aus. »Wir haben da noch ein Jugendcenter, um das wir uns kümmern sollten. Auch wenn unser Vorhaben in New York gelingt, sind Serena und ihre Jünger immer noch hier.«

»Die sich aber bestimmt nicht davon abhalten lassen weiterzumachen, auch wenn ihnen die Basis fehlt.«

»Wir werden sehen.«

Als die Rucksäcke und die Sporttasche gefüllt waren, gab William das Zeichen zum Aufbruch. Sie verschlossen zunächst den Container, dann huschten sie aus der Lagerhalle, und William sperrte die Tür zu.

Von den Hunden war nichts zu sehen. Auch nichts von den Nachtwächtern. Ohne Probleme verließen sie das Firmengelände, so wie sie gekommen waren.

William packte den Sprengstoff in den Kofferraum des Civics.

Jake sah ihm misstrauisch dabei zu. »Und du bist sicher, dass da nichts passieren kann? Was ist, wenn uns wer hinten drauffährt?«

»Alter, entspann dich.«

Plötzlich erklang ein melodischer Ton. Williams und Jakes Kopf ruckte zu Amy herum, die verlegen grinsend ihr Handy aus der Jeans zog.

»Das Ding war die ganze Zeit an?«, fragte William entsetzt.

»Sorry, habe vergessen, es abzuschalten. Die Aufregung, ihr wisst schon.«

»Und ihr macht euch Sorgen wegen dem Sprengstoff«, knurrte William.

Amy verzog den Mund, als sie auf das Display ihres Smartphones blickte.

»Eine Nachricht von Robertson«, sagte sie. »Er ist im Vernon Hill Medical Hospital. Wir sollen sofort kommen.«

Es war schon nach zwei Uhr nachts, als sie im Krankenhaus eintrafen. Der Geruch in den kühlen Fluren war überwältigend. Jake hatte das Gefühl, seine Nasenwände implodierten.

Amy lotste sie zur Unfallstation, wo sie Robertson auf einem Plastikstuhl sitzend fanden. Er hatte die Ellenbogen auf den Knien abgestützt und hielt sein Gesicht hinter den Händen verborgen. Seine Schultern zuckten. Er weinte.

William, Amy und Jake gingen zu ihm hinüber. Amy legte dem schwarzen Jungen eine Hand auf die Schulter. Robertson blickte auf. Seine Augen schwammen in Tränen und waren gerötet.

»Was ist passiert?«, fragte sie leise.

Er schluchzte. »Amanda. Sie ist da drin.«

Alle sahen zu der verschlossenen Tür der Intensivabteilung.

»Gestern Nachmittag, ich bin gerade vom Training heimgekommen, hat die Polizei bei uns angerufen. Ein Angler hat sie bewusstlos am Ufer des Creek River gefunden, offensichtlich ist sie von der Brücke gesprungen. Sie konnte noch nicht lange dort liegen und war noch am Leben.« Robertson hielt kurz inne, um tief einzuatmen. »Der Typ hatte Gott sei Dank ein Handy dabei und hat sofort den Rettungsdienst verständigt. Sie hat innere Verletzungen und ihre Wirbelsäule ist gebrochen. Amanda wird überleben, aber ... aber sie ist querschnittsgelähmt.« Robertson schluchzte laut auf. »Habt ihr gehört? Meine Schwester wird nie wieder laufen können. Nie wieder tanzen. Sie wird ihr restliches Leben im Bett oder im Rollstuhl verbringen!« Er schrie fast. »Sie ist doch erst achtzehn!«

»Das tut mir so leid, Michael. Wo sind deine Eltern?«, sagte Amy.

»Auch da drin. Amanda wird gerade operiert. Kurz bevor man sie reingeschoben hat, ist sie zu Bewusstsein gekommen. Ich habe ihre Hand gehalten, mit ihr gesprochen und gefragt, warum sie das getan hat.« Er schaute auf. Sein Blick wurde hart. »Amanda sagte wortwörtlich: ›Serena hat es mir befohlen. Ich konnte nicht anders.‹«

Jake hielt entsetzt die Luft an. Neben ihm stöhnte William auf.

»Oh Mann«, seufzte Amy. »Verflucht.«

Das war *der* Beweis, den Jake gebraucht hatte, um HFP anzugreifen. Serena hatte Amanda beinahe auf dem Gewissen. Das bedeutete, dass auch Alan und Amys Bruder David in großer Gefahr schwebten. Nicht auszudenken, wenn ihnen etwas passierte. Es war ein Wettrennen gegen die Zeit, und sie mussten so schnell wie möglich handeln.

Robertson schüttelte Amys Hand ab, als wäre sie ein lästiges Insekt. Er stand langsam auf. »Ich will, dass sie alle sterben«, sagte er. »Habt ihr den Sprengstoff?«

Jake nickte.

»Sie sollen verrecken. Ich komme mit nach New York. Wir zünden die Bombe während der Eröffnung und begraben die ganze Brut unter Schutt und Asche.«

Eine Weile sprach keiner ein Wort, dann sagte Amy: »Das können wir nicht tun, Michael. Wir sind keine Mörder. Wir sind nicht wie sie. An diesem Abend werden jede Menge unschuldige Menschen beim Empfang sein, wir dürfen niemanden verletzen oder töten.«

Robertsons Gesicht verzog sich zu einer Maske aus reinem Hass. »Es ist mir egal, wer sich da rumtreibt. Wer mit HFP zu tun hat, gehört für mich dazu, so wie dieser Scheiß-FBI-Direktor und seine Frau. Sie sollen alle in der Hölle schmoren.«

»Nein«, sagte Jake entschieden. »Auf keinen Fall.«

»Gebt mir das Zeug.« Robertson wandte sich an William. »Du zeigst mir, wie das geht.«

William schüttelte wild den Kopf.

»Dann stellt ihr euch also gegen mich?«, zischte der schwarze Junge.

»Michael ...« Amy streckte die Hand nach ihm aus, aber Robertson drehte sich weg. »Verschwindet von hier.«

»Sie werden ihre Strafe bekommen«, sagte Jake. »Wir ...«

»Verpisst euch!«

SIE SIND KEINE MENSCHEN

Travis, Peter und Lee waren mit Hayden über einen Videolink verbunden. Damit niemand auf Andrews Dienststelle dumme Fragen stellte, arbeitete er wieder auf der Straße. Als Undercover-Cop hatte er zum Glück einige Freiheiten. Er würde später die NYPD-Einsatzkräfte mit gezielten Falschmeldungen in die Irre leiten. Erst dann würde er sich mit Travis und Lee am HFP-Tower treffen, um das Gebäude anzugreifen. Ein Plan, bei dem trotz ihrer Vorbereitungen unendlich viele Dinge schieflaufen konnten.

Ein Paketbote hatte vor einer Stunde eine Lieferung aus Boston gebracht. Ein kleiner Flakon mit einer geruchlosen blassgelben Flüssigkeit, mit der man vortäuschen konnte, angeblich vom Alienvirus infiziert zu sein. Pheromone, von denen Hayden einige wenige Tropfen hergestellt hatte. Lee traute dieser merkwürdigen Plörre nicht. In sieben Stunden war es so weit, dann wüsste sie es besser.

»Hayden, du solltest vor dem Angriff offline gehen, alle Hinweise vernichten und dir ein Alibi besorgen«, erklärte Travis.

»Nett von dir.«

»Das meine ich ernst!«

»Ich auch ... Travis, ihr operiert aus meiner Wohnung. Diese Beweise kann ich nicht verschwinden lassen. Ich hänge mit drin. Scheitert ihr, werden sie mich holen. Aber auch wenn ihr erfolgreich seid, sobald ihr das Wurmloch vernichtet habt, werden die Cops bei mir auftauchen.«

»Das möchte ich nicht …«

»Es ist unvermeidbar, ich komme damit klar. Macht ihr euren Job, ich mache meinen.«

»Mir wird es nicht besser ergehen …«, sagte Peter, der noch am Fernzünder für die Sprengladung arbeitete. Travis und er wollten ausschließen, dass die Zündvorrichtung durch einen elektromagnetischen Störimpuls deaktiviert werden konnte.

»Wir werden da wieder heil rauskommen!«, sagte Lee. Das Himmelfahrtskommando würde vermutlich niemand von ihnen unbeschadet überstehen, aber deswegen durften sie sich jetzt nicht hängen lassen.

Andrew meldete sich über eine Audioverbindung, bei ihm waren im Hintergrund zahlreiche Geräusche und Stimmen zu hören. »Könnt ihr mich verstehen?«

»Nicht sehr gut … aber rede, was ist los?«, fragte Travis.

»Ich bin auf dem Präsidium … die drehen hier alle am Rad. Sobald der Wurmloch-Countdown abgelaufen ist, soll es eine landesweite Bekanntmachung des Präsidenten auf allen TV-Stationen geben. Natürlich redet niemand über die Rolle von HFP oder den Aliens. Zudem sucht ein Typ von der Dienstaufsicht nach mir, noch gehe ich ihm aus dem Weg.«

»Pass auf dich auf!« Lee wollte nicht den ersten Typen, den sie nett fand und der kein Junkie war, bereits wieder abschreiben.

»Passt ihr lieber auf euch auf. Die Hunter sind vor dreißig Minuten verschwunden, die haben ein SWAT-Team dabei … ich weiß nicht, wen Laszlo im Visier hat. Der Einsatz ist Verschlusssache! Ihr solltet die Wohnungen sofort verlassen!«

»Andrew, ich sitze im Rollstuhl!«

»Hey, das interessiert die einen Scheiß!«

Lee schnallte sich den Tornister auf den Rücken und warf Travis die zweite AK zu. Das war das Signal zu verschwinden. »Wir gehen!«

Peter schluckte und strich sich mit zittrigen Fingern eine Strähne aus dem Gesicht. Travis nickte und lud die Waffe durch. Lee half ihm, den Sprengstoffrucksack zu schultern. Andrew hatte ihr den gut gemeinten Ratschlag mit auf den Weg gegeben, nicht auf Travis zu schießen. Cop-Killer-Munition und C4 waren Dinge, die nicht gut miteinander konnten. Ein Treffer, und von dem alten Mann würde nichts übrig bleiben, was nicht in eine Streichholzschachtel passte.

»Hayden … Lee und ich gehen los!« Travis küsste zwei seiner Finger und hielt sie vor die Kameralinse. Lee sah Hayden weinen. Verdammt! Bitte jetzt keine Tränen, Lee verspürte gerade einen fetten Kloß im Hals. Sie war nicht so hart, wie sie gerne sein wollte, dann gaben sich die beiden Männer die Hand. Peter steckte den fertigen Zünder in Travis' Rucksack.

»Hier ist jemand!«, rief Hayden überrascht. Einen Moment später klirrten bei ihr Fensterscheiben. »Wer ist da? Ich bin bewaffnet und werde nicht zögern zu schießen!« Ein Bluff, Haydens Beretta steckte in Lees Hosenbund.

Travis tippte geistesgegenwärtig ein Kommando am Computer ein. »Wir können sie sehen und hören, sie uns nicht mehr.«

»Dr. Muller, haben wir Sie etwa beim Kochen mit Freunden gestört?«, fragte eine weibliche Stimme, die Lee sofort erkannte. Es war die Apfel-Lady, Elvira Laszlo, die Hayden hochgehen ließ. An ihrer Seite ein Rudel SWAT-Polizisten, die mit Körperpanzern und automatischen Waffen eine junge Frau im Rollstuhl bedrohten.

»Das ist der Hunter!«, rief Lee und zeigte mit dem Finger auf sie.

»Ja ... sie ist nicht zu übersehen.« Travis machte keine Anstalten zu gehen.

»Die Schweine sind in Boston!«, rief Andrew, der ebenfalls alles hören konnte. Bei ihm im Hintergrund wurde es lauter.

»Wir müssen los!« Lee zog an Travis' Arm, sie wollte so schnell wie möglich Haydens Stadtwohnung in New York verlassen.

Der alte Mann blieb stehen. »Du hast es gehört ... die sind in Boston, nicht in New York, ich möchte hören, was sie sagt.«

»Was soll das, wer sind Sie?«, fragte Hayden, die hörbar erregt war.

»Die Zukunft.« Die Apfel-Lady lachte. »Eine Zukunft, die Sie nicht mehr erleben werden!«

»Verlassen Sie sofort mein Haus!«

»Wer hört uns alles zu?«

»Niemand!«

Lee litt mit Hayden, die diese Tortur wehrlos über sich ergehen lassen musste. Die Cops würden sie verhaften, einsperren und danach den Schlüssel wegwerfen.

»Sie lügen ... wissen Sie, ich kann es riechen, und ich weiß, dass Sie zu den wenigen Menschen gehören, die ganz genau verstehen, wovon ich spreche.«

»Nein, das weiß ich nicht!«

»Ihr Menschen stinkt nach Angst! Es werden sehr bald sehr viele mehr von mir auftauchen, dann werden wir auch die letzten von euch finden!«

»Sie sind verrückt!«

»Dr. Jelen?« Elvira Laszlo blickte direkt in die Linse des Displays, über dessen Kamerafunktion sie den Ereignissen folgten. Lee konnte den goldenen Schimmer in ihren Augen sehen.

»Die weiß ganz genau, wer wir sind«, sagte Peter. »Die hat uns ausgetrickst!«

Travis griff sich ans Kinn. »Nicht ganz ... sie kennt unseren Standort nicht.«

»Woher willst du das wissen?«, fragte Peter.

»Wir haben Waffen und wollen den HFP-Tower angreifen. Wenn Laszlo darüber Bescheid wüsste, hätte sie zuerst unsere Fenster eingetreten.«

»Wer soll das sein?« Hayden stellte sich dumm. Lee war sich sicher, dass die Tour nicht funktionieren würde.

»Sie stinken wie ein verfaulter Apfel, wenn Sie lügen. Dr. Travis Jelen ... klingelt es? Dr. Muller, Sie wissen sehr genau, wer das ist!«

»Etwa der Arzt, der in New York einen jungen Mann erstochen haben soll ... jetzt, wo Sie es erwähnen, ja, ich habe etwas darüber gelesen.«

Ein SWAT-Polizist schlug Hayden nieder, die durch den Schlag aus dem Rollstuhl fiel. Lee stockte der Atem, das würde nicht gut ausgehen. Die Tischkante war im Weg, von Hayden konnte Lee nichts mehr sehen.

»Dr. Jelen, möchten Sie Dr. Muller wiedersehen?«

Travis presste die Lippen zusammen.

Er schwieg.

»Öffnen Sie die IP-Maskierung und geben Sie mir Ihren Standort bekannt. Sie können es freiwillig tun, eine Geste, die ich Ihnen zu Ihren Gunsten anrechnen würde, oder Sie widersetzen sich und schaffen es, damit Ihre Verhaftung kurze Zeit hinauszuzögern.«

Travis zögerte, seine Hand schwebte über einem Eingabefeld.

»Tu's nicht!«, rief Andrew.

Ein weiterer SWAT-Polizist ging zu Laszlo und flüsterte ihr

etwas ins Ohr. Sie nickte und sah dann wieder in die Kamera. »Wissen Sie, es spielt eigentlich gar keine Rolle, was Sie tun.« Dann zog sie ihre Waffe und schoss, ohne zu zögern, dreimal auf den Boden.

Lee zuckte zusammen. Travis' Schultern sackten ab. Die SWAT-Cops verließen Haydens Küche, ohne sie mitzunehmen. Stille.

»Die haben sie erschossen!«, sagte Andrew. »Scheiße, ich muss Schluss machen. Der Bulle von der Dienstaufsicht hat mich entdeckt!«

»Travis, geht jetzt! Sofort! Ich habe fünfhundert Gramm C4 behalten. Sobald der erste Cop seinen Fuß in die Wohnung setzt, werde ich hier alles klarmachen!«, sagte Peter, dann öffnete er die IP-Maskierung, die Travis zuvor zum Schutz aktiviert hatte. Peter hätte auch mit einem Megafon über die Straße brüllen können: *Hey, hier bin ich. Kommt her und holt mich!* Die Cops wussten nun, wo sie sich befanden. »Ihr solltet besser gehen!«

Lee glaubte zu schweben, nichts von dem, was sie heute erlebt hatte, konnte wirklich passiert sein. Das war alles nur ein Traum!

»Lee?«

Sie schwieg.

»Lee!« Travis rüttelte sie wach. »Wir müssen den Plan ändern. Wir schlagen sofort los. Ich habe Andrew bereits eine Nachricht geschickt!«

»Ja ...«

»Bist du noch bei mir?«

»Ja!«, knurrte sie. Hayden hatte es nicht verdient, wie ein Straßenköter abgeknallt zu werden.

Sie hatten die Wohnung verlassen. Durch den Korridor, in den Aufzug, hinab auf die Straße, in die Subway und ab zum Central Park. Ob die Cops sie am HFP-Tower erwarten würden?

»Alles in Ordnung?«, fragte Travis und berührte sie an der Wange.

»Ja.« Lee hatte sich dem Leben niemals ferner gefühlt. Was sie heute erlebte, passierte höchstens in Filmen, in denen der Held am Schluss über die Bösen triumphierte und, während die Sonne langsam im Meer versank, die Frau seiner Träume küsste. Travis und sie würden hingegen elendig verrecken.

»Möchtest du aussteigen?«

»Nein.« Dann würde Lee nie mehr in den Spiegel sehen können.

»Ich kann das allein tun.«

»Ich helfe dir!« Daran hatte sich nichts geändert. Lees altes Leben war so oder so vorbei. Game over. Sie wäre als Junkie auf der Straße ohnehin nicht viel älter als zwanzig geworden.

»*BREAKING NEWS! Bei einem NYPD-Einsatz in Manhattan wurden vor wenigen Minuten sieben Officer bei der Verhaftung eines mutmaßlichen Terroristen durch eine Sprengfalle getötet!*«, erklärte der Nachrichtensprecher in der U-Bahn, während Luftbilder die brennende Etage eines Hochhauses zeigten. Peter hatte die Cops, die ihn verhaften wollten, kalt erwischt.

»Das hätte ich ihm nicht zugetraut.« Lee musste zugeben, Peter unterschätzt zu haben. »Und wenn das ganz normale Menschen waren?« Siedend heiß spürte sie die Erkenntnis den Rücken aufsteigen, jetzt zu einer terroristischen Gruppe von Polizistenmördern zu gehören.

»Tu dir das nicht an ... du hast gesehen, was sie mit Hayden gemacht haben. Die oder wir ... leben oder sterben, die Welt in binär ist einfacher zu ertragen!«

»Clay, wie konnte es zu dieser gewaltigen Explosion kommen?«, fragte die Kollegin des Nachrichtensprechers erschüttert.

»NYPD-Experten vermuten eine Kombination aus Gas und Plastiksprengstoff. Ein Unfall kann nahezu ausgeschlossen werden, das war ein brutaler Terroranschlag!« Die Bilder zeigten, wie die Flammen aus der zerborstenen Fassade schlugen.

Die Subway stoppte am Central Park. Lee nahm die Tasche, in der sich die beiden AK-47 befanden. Travis folgte ihr. An dem selbst gebauten Tornister auf ihrem Rücken störte sich niemand. In der Stadt liefen Leute mit verrückteren Outfits herum.

»Gemäß Peters Messungen zu Rückständen exotischer Materie müssen wir in die hundertachtzigste Etage. Wir werden reingehen, die Bombe deponieren und mittels Fernzündung auslösen.« Travis ging die Treppe an der Subway-Station hoch. Eine Frau, die ihnen entgegenkam, sah sie nur verstört an.

»Und wenn sich uns jemand in den Weg stellt?«, fragte Lee, deren Entschlossenheit gerade Aussetzer hatte.

»Wir werden versuchen, möglichst niemandem zu begegnen, aber wenn es passiert, werden wir kämpfen.«

»Einverstanden.« Lee nickte.

»Andrew wird vorgehen, ich trage die Bombe, du sicherst unseren Rücken.«

»Ja.«

»Es könnte sein, dass wir auf Hunter treffen.« Travis sah sie an.

»Hunter?« Lee verstand ihn nicht.

»Hunter, genetisch gezüchtete Menschen wie Elvira Laszlo. Sie sieht aus wie Mitte zwanzig, aber ich denke, sie ist erheblich jünger.«

»Okay.«

»Diese Hunter sind keine Menschen, deshalb wirst du sie erschießen!«

Lee schluckte.

»Wirst du das tun?«

»Ja«, antwortete Lee kleinlaut. Sie dachte an ihren Sohn, Travis konnte doch nicht von ihr verlangen, ihren eigenen Sohn zu töten. Ein Baby, nein, das konnte er nicht von ihr verlangen.

»Gut.« Travis zeigte auf Andrew, der zwanzig Meter vor ihnen auf sie wartete. Wie geplant, hatte er binnen der letzten Stunde Tausende automatisierte Notrufe abgesetzt, denen das NYPD folgen durfte: Banküberfälle, Entführungen, Schießereien, Schlägereien, einen Gefängnisausbruch, Hochwasser und einen Bombenanschlag auf die Brooklyn-Bridge. Die Masse machte den Unterschied. Damit das NYPD sich dabei nicht langweilte, gehörte es auch zum Plan, gleichzeitig die Medien mit identischen aber auch falschen Informationen zu versorgen. So oder so, während der nächsten Stunden würde in New York das Chaos regieren.

Lee schwitzte, sie litt, die Vorstellung, Kinder angreifen zu müssen, drohte sie um ihren Verstand zu bringen. Andrew lächelte sie an, sagte aber nichts. Sie wusste nicht mehr, wo sie war. Wie ein Roboter lief sie den beiden Männern hinterher.

Andrew hatte auch einen Einbruch im HFP-Tower gemeldet. Sachbeschädigung, Diebstahl und Vandalismus auf der hunderteinundachtzigsten Etage. Passenderweise hatte er sich selbst zur Klärung an den Tatort geschickt. Wenn es gleich losging, hätten sie einen Vorsprung von fünf bis sieben Minuten, hatte Andrew bei der Planung gesagt. Dann würde auch der dämlichste HFP-Security verstanden haben, was sie wirklich vorhatten. Lee erlebte den schlimmsten Tag ihres Lebens.

NEW YORK

Sie standen auf dem Parkplatz vor dem Krankenhaus. William hatte seine Hände in den Hosentaschen vergraben und ging unruhig auf und ab. Jake hielt Amy im Arm, die leise weinte.

»Ich kann nicht glauben, dass das passiert ist«, schluchzte sie. »Das arme Mädchen. Michael tut mir so leid, er muss unendlich verzweifelt sein und sich fragen, ob er es nicht hätte verhindern können.«

»Niemand konnte das«, sagte Jake. »Wir haben es mit einem Feind zu tun, der uns weit überlegen ist. Wenn man einen Menschen dazu bringen kann, von einer Brücke zu springen, dann ist schlichtweg alles möglich.«

»Glaubst du, diesem Thomas von Serenas Party ist auch etwas zugestoßen?«, fragte Amy.

»Ja, ich denke schon. So wie seine Ex Linda ihn mir beschrieben hat, ist er nicht der Typ, der einfach so verschwindet. Wir müssen vom Schlimmsten ausgehen.«

William kam zu ihnen herüber. »Ihr wisst, dass wir sofort handeln müssen. Noch in dieser Nacht.«

Jake sah ihn lange an, dann nickte er stumm.

»Was ist mit dir, Amy?«, fragte William.

»Fahren wir.«

»Spätestens morgen in der Schule wird man uns vermissen«, sagte Jake. »Wir haben nichts vorbereitet.«

»Lasst uns darüber auf der Fahrt nachdenken. Vielleicht können wir jemanden anrufen, der uns mit irgendeiner Ausrede entschuldigt.« William sah sie an. »So oder so, es spielt keine Rolle. Morgen Nacht entscheidet sich ziemlich viel, und ich glaube, unsere Eltern oder die Schule sind danach unser kleinstes Problem.«

»Wie meinst du das?«, fragte Amy.

»Angenommen, es gelingt uns, die Sendeanlage im HFP-Gebäude zu zerstören, dann haben wir nicht nur die Aliens auf dem Hals, sondern auch die Polizei und das verdammte FBI. Wir wissen ja schon, dass der Direktor der Bundesbehörde irgendwie mit drinsteckt, aber selbst wenn nicht, ein Sprengstoffanschlag mitten in New York ist ein terroristischer Akt. Ich vermute mal, dreißig Jahre in einem Hochsicherheitsgefängnis sind uns sicher, da wird uns auch unser Alter nicht retten.«

Amy schwieg. Jake konnte ihr ansehen, dass Williams Ausblick sie erschrocken hatte. Im Licht der Straßenlampe sah ihr Gesicht bleich und hager aus. Der sonst so volle Mund war zu zwei schmalen Strichen zusammengepresst. Ihre Kiefer mahlten.

Ihm selbst ging es auch nicht besser. Der Gedanke, vielleicht ins Gefängnis zu müssen, schockierte ihn. Aber hatten sie eine Alternative?

Nein!

Sie konnten niemandem von der bevorstehenden Alieninvasion erzählen, denn niemand würde ihnen glauben. Selbst wenn sie jemanden fanden, der bereit war, ihnen zuzuhören, half ihnen das nicht weiter. Im Hintergrund lief ein Countdown, den nur noch sie unterbrechen konnten. Sie mussten handeln, die Sendeanlage zerstören, bevor sie in

Betrieb genommen wurde und einen Ruf abschicken konnte. Und sie mussten das jetzt tun! Innerhalb der nächsten vierundzwanzig Stunden, danach würden sie keine Gelegenheit mehr bekommen, irgendetwas dagegen zu unternehmen.

In was für eine Scheiße bin ich da bloß geraten? Und Amy und William, ja, selbst Robertson habe ich da mit hineingezogen.

Aber jetzt war keine Zeit für Selbstmitleid, und außerdem wäre er allein niemals so weit gekommen, ganz im Gegenteil, er würde ohne Williams und Robertsons Fähigkeiten immer noch im Dunkeln tappen. Hinzu kam der Umstand, dass Amys Bruder und Alan ebenfalls in großer Gefahr schwebten. Wer wusste schon, wann Serena keinen Bock mehr auf die beiden hatte.

Nein, wenn ich genau darüber nachdenke, stehe ich hier, weil ich die Möglichkeit habe, etwas zu ändern. Ich bin der Einzige, der die Fremden riechen kann. Nur ich kann sie identifizieren und mich ihnen stellen. Ich muss das für all die anderen tun, die nichts von dieser Bedrohung wissen. Sie können die Aliens nicht aufhalten, Amy, William und ich sehr wohl, und ich will verflucht sein, wenn wir es nicht wenigstens versuchen.

Mit neu gewonnenem Selbstvertrauen gab er Amy einen Kuss auf die Stirn. Dann löste er sich von ihr, ging zu William und klopfte ihm auf die Schulter.

»Gehen wir es an!«

»Was machen wir, wenn wir in New York sind?«, fragte Amy. »Wie finden wir heraus, wo die Sendeanlage ist? Wie kommen wir in das Gebäude?«

»Amy, wir haben fast achthundert Meilen und elf Stunden Fahrt vor uns. Genug Zeit, sich einen Plan auszudenken.«

Das hoffte er zumindest …

Die Fahrt war zäh und anstrengend. Obwohl sie sich abwechselten, mussten sie mehrfach anhalten und Kaffee trinken, um einigermaßen fit zu bleiben. An Schlaf war nicht zu denken, sie waren viel zu aufgeregt. Mehr als ein wenig vor sich hinzudämmern, war einfach nicht drin.

Irgendwann ging die Sonne auf, und es wurde besser. Nun konnten sie wenigstens zum Fenster hinausschauen und sich etwas ablenken, aber auch das half nur kurzfristig. William, Jake und Amy waren in ein brütendes Schweigen verfallen, in dem jeder seinen eigenen Gedanken nachhing.

Sie folgten der Interstate 80 und sprachen kein Wort, bis schließlich William sagte: »Wir brauchen einen Plan.«

Amy beugte sich von der Rückbank nach vorn. »Hast du eine Idee?«

Jake rappelte sich im Beifahrersitz auf und fuhr sich mit den Händen übers Gesicht.

»Ich muss ins Gebäude, so viel ist klar«, erklärte William. »Das geht nur tagsüber, wenn da Betrieb ist. Nachts ist bestimmt abgeschlossen, und jeder, der versucht reinzukommen, würde hundertpro auffallen. Ich nehme an, so kurz vor der Einweihung des Gebäudes sind noch viele Arbeiter und Techniker im Haus. Es wird ein einziges Kommen und Gehen sein, und man kann nicht jeden kontrollieren, also werde ich diesen Umstand nutzen und mich reinschleichen.«

»Du bist zu jung«, warf Jake ein. »Das fällt auf.«

»Nicht wenn ich die richtige Kleidung trage. Viele Studenten arbeiten auf dem Bau und verdienen sich damit etwas dazu. Ich besorge mir Arbeitsmontur, setze einen Bauarbeiterhelm auf und tue so, als gehöre ich dazu. Wird schon klappen.«

»Okay, und dann?«

»Ich gehe rein und verstecke mich irgendwo. Dann heißt es warten. Wenn alles still ist, suche ich die Sendeanlage.«

Den Rest ließ er unausgesprochen.

»Du riskierst eine Menge.«

William zuckte mit den Schultern, so wie er es oftmals tat.

»Lass mich mitgehen.«

»Darüber haben wir schon gesprochen. Ich ziehe das allein durch. Es bringt nichts, wenn sich mehrere von uns in Gefahr bringen. Ihr könnt mir mit dem Sprengstoff nicht helfen, also bleibt es dabei.«

»Kann ich dich mal was fragen?«, sagte Jake.

William runzelte die Stirn. »Klar.«

»Ich weiß, du willst nicht einfach nur rumstehen und nichts gegen HFP tun. Aber warum machst du das alles wirklich?«

»Hä? Was ist das denn für eine Frage?«

»Nein, ernsthaft. Bei Robertson ist es die Schwester. Bei Amy der Bruder, und ich hänge irgendwie direkt mit drin. Zwischen mir und Serena gibt es eine Verbindung, und na ja, ich weiß auch nicht … ich habe das Gefühl, ich muss das tun. Aber du, du könntest dich aus allem raushalten, einfach nicht mehr zum Club gehen …«

»Und darauf warten, dass unsere Welt nicht mehr unsere Welt ist?«, fragte William aufgeregt.

»Du könntest uns die Sache überlassen, stattdessen gehst du das größte Risiko ein.«

William sagte eine Weile nichts. »Ich muss das tun. Für mich. Für euch. Ihr seid meine Freunde. Ich lasse euch nicht hängen.«

»Das …«

»Akzeptier es einfach, okay?!«, unterbrach ihn der Junge unwillig.

»Wie willst du den Sprengstoff überhaupt reinschmuggeln?«, fragte Amy ganz offensichtlich darum bemüht, die Situation zu beruhigen.

»Gar nicht. Ich habe mir das so gedacht, dass das Zeug draußen bleibt, bis ich es brauche. Erstens, wenn mich jemand erwischt, kann ich behaupten, ich hätte nur einen Platz zum Schlafen gesucht, und zweitens wäre es viel zu auffällig, damit am Pförtner vorbeizumarschieren. Welcher Handwerker kommt mit Rucksack und Sporttasche?« Er grinste. »Mein Plan sieht vor, euch auf dem Handy anzurufen, ein Fenster im ersten Stock aufzumachen, und ihr werft mir das Zeug zu.«

»Und wenn es keine Fenster gibt?«

»Ich habe Fotos vom Gebäude gesehen, und ja, sie lassen sich öffnen. Sie haben Fenstergriffe.«

»Aber du weißt es nicht sicher«, meinte Amy.

»Bitte, was ist schon sicher im Leben? Wenn die verdammten Fenster nicht aufgehen, fällt mir etwas anderes ein.«

»Okay«, sagte Jake. »Was, wenn der Teil des Gebäudes abgesperrt ist, in dem sich die Sendeanlage befindet?«

»Ist das jetzt echt dein Ernst?«

»Klar, was dann?«

»Mann, dann sprenge ich die verdammte Tür auf!«

»Und hast danach alle an der Backe.«

»Anders wird es auch nicht sein, wenn der Anschlag klappt. Oder dachtest du etwa, die Sicherheitsbeamten verstecken sich und warten auf das Eintreffen der Polizei? Natürlich werden die hinter mir her sein, aber ich habe vor, mehrere Sprengungen gleichzeitig zu zünden, damit sie nicht sofort herausbekommen, wo im Gebäude ich mich befinde. Bei dem ganzen Chaos, das dann herrscht, schaffe ich es bestimmt unbemerkt wieder nach draußen.«

»Wie?«

»Ganz einfach, ich springe aus dem Fenster.«

»Du bist verrückt«, ächzte Jake. Ihm gefiel es ganz und gar nicht, dass er nicht mehr tun konnte. William hatte recht, nur er kannte sich mit dem Sprengstoff aus, es nützte also gar nichts, wenn Amy und er dumm im Weg herumstanden. Aber trotzdem …

»Hast du eine bessere Idee?«

Schweigen trat ein.

»Steht alles auf sehr wackligen Füßen und ist sehr gefährlich«, sagte Amy schließlich. »Es gibt jede Menge unbekannte Faktoren. Wir wissen nicht, ob du es schaffst, unbemerkt ins Gebäude zu kommen, ob es dir gelingt, dich so lange zu verstecken, ohne entdeckt zu werden. Dann müssen wir dafür sorgen, dass du den Sprengstoff bekommst, und du musst erst einmal herausfinden, wo sich die Sendeanlage befindet. Dann die Sprengung selbst, du könntest dabei draufgehen, und selbst wenn dir das alles gelingt, weißt du noch nicht, wie du wieder aus dem Haus rauskommst.«

»Vergiss nicht die Überwachungskameras«, lächelte William. »Es wird in jedem Fall Aufzeichnungen von mir geben, das lässt sich nicht verhindern, und dann werde ich von allen gejagt.«

»Klingt nach einem tollen Plan«, meinte Amy sarkastisch.

»Ich finde auch, aber weißt du was? Genau deswegen wird es klappen.«

»Und was machen wir die ganze Zeit?«, fragte Jake.

»Ihr seid bereit, wenn ich wieder draußen bin. Wir müssen da so schnell wie möglich weg.«

»Du wirst was zu essen und zu trinken brauchen«, sagte Amy.

»Ganz sicher nicht.« William schüttelte den Kopf. »Ich kann es mir nicht leisten, da drin aufs Klo zu gehen. Wenn ich eine Ecke finde, in der ich mich verstecken kann, dann muss ich da ausharren, bis es so weit ist.«

»Mann, ist mir schlecht«, sagte Jake. »Ich darf gar nicht darüber nachdenken, was da alles schiefgehen kann.«

William klopfte ihm auf die Schulter. »Das wird ein Spaß.«

NOCH ZEHN SEKUNDEN

Travis hatte Angst. Jeder Mensch, der nur über einen Funken Verstand verfügte, wäre besser zu Hause geblieben, anstatt mit zwanzig Kilogramm Semtex auf dem Rücken und einer AK-47 in der Tasche in einen Wolkenkratzer voller Aliens einzudringen. Wer es dennoch tat, war ein naiver Idiot.

Das ist der erste Tag vom Rest meines Lebens, rief er sich in Gedanken zu. Immer wieder. Lee, Andrew und ihm würde nichts passieren. Das war die einzige Wahrheit, an die er glauben wollte. Leben und Tod, richtig oder falsch, jetzt oder nie, er reduzierte sämtliche Überlegungen auf binäre Muster. Anders hätte er keinen Schritt weitergehen können.

»Hast du die Kevlarweste an?« Andrew sah Lee an. Die beiden mochten sich, das war nicht schwer zu erkennen.

»Ja.« Sie klopfte auf ihre Jacke. Es war Wahnsinn, einem sechzehnjährigen Mädchen ein nicht erprobtes Waffensystem auf den Rücken zu schnallen, das in Krisengebieten gepanzerte Gleiter abschießen konnte. Aber es gab keine Alternative.

»Travis, alles klar?« Andrew sah ihn an.

»Frag nicht …« Er nickte, er würde es sich nicht anders überlegen. »Wartet einen Moment.« Die beiden blieben stehen. Er öffnete den kleinen Pheromone-Flakon und verpasste jedem am Hals einen Tropfen. »Ich hoffe, das Zeug war Haydens Leben wert.«

Der Weg, den Travis eingeschlagen hatte, führte ihn in Regionen, die er niemals für möglich gehalten hätte. Zuerst war es Susan, die beinahe erschlagen worden war. Er hatte keine Ahnung, wie es ihr im Moment ging. Es waren einfach zu viele Dinge in letzter Zeit passiert, und jetzt, da die ganze Stadt nach ihm fahndete, wäre sicher kein guter Zeitpunkt, zu ihr ins Krankenhaus zu spazieren. Er wollte sie nicht noch einmal in Gefahr bringen und ihr Leben erneut aufs Spiel setzen. Dennoch hoffte er, sie irgendwann wiederzusehen. Dann war es Hayden, die kaltblütig erschossen wurde, und zuletzt Peter, der sich für sie geopfert hatte.

»Go!« Andrew ging vor und steuerte zielstrebig durch den Haupteingang auf die ihn bereits verstört anblickenden Mädels am Tresen zu.

»Sir?«, fragte die Häuptlingstochter, seine brünette Kollegin, die während der ersten Tage bei HFP Travis gegenüber immer freundlich gewesen war. Der Gedanke, sie als Erste zu erschießen, drehte ihm den Magen auf links. Menschen mit Worten zu töten, war einfacher, als es in die Tat umzusetzen.

»NYPD! Uns wurde ein Überfall gemeldet! Wir müssen sofort in die hunderteinundachtzigste Etage!« Andrew zeigte die holografische Polizeimarke auf seiner Hand.

Die junge Frau mit indianischen Wurzeln schluckte. Sie sollte also ein virenverseuchtes Alienmonster sein? Diese Vorstellung war absurd.

Hör damit auf, schrie Travis sich in Gedanken an, er hatte genau gewusst, auf was er sich eingelassen hatte. Jetzt war sicherlich nicht der richtige Augenblick zum Zweifeln.

»Sir ... wir wurden darüber informiert, und unser Sicherheitsdienst hat diese Meldung auch sofort überprüft ... allerdings gibt es in der betreffenden Etage keinen Zwischenfall.

Ehrlich gesagt, haben wir im gesamten Gebäude keinen Vorfall, der die Unterstützung des NYPDs erfordert.«

»Das muss ich checken!« Andrew blieb am Ball. Travis stellte sich bereits vor, wie er die junge Frau tötete, um dem Team den Weg freizuschießen. Ein schrecklicher Gedanke.

»Sir … ich habe Mr Caruana gerufen. Er ist Chief of Security. Ich denke, er kann das Missverständnis aufklären … vermutlich gab es seitens des NYPDs einen Fehler bei der Datenübertragung.« Sie sah Travis an. »Dr. Jelen, sind Sie das?«

Die dunklen Haare hatten Travis verändert, ihm aber kein neues Gesicht beschert. Da halfen auch die Pheromone nicht. Carmen, so hieß die aufmerksame HFP-Kollegin, hatte ihn trotzdem erkannt. Wie sollte er reagieren, wie sollte er erklären, warum er gemeinsam mit der Polizei in das Gebäude eindrang?

Die Option, sie zu erschießen, schloss er aus. Keine Chance, jede andere, aber nicht sie.

»Carmen, ich gebe Ihnen für den Rest des Tages frei! Gehen Sie! Jetzt!«

»Wie bitte?«

Travis zog die Waffe aus der Stofftasche. »Das ist kein Spaß! Hauen Sie ab!«

Sie zuckte zusammen und lief dann mit offenem Mund zur Tür hinaus. Das hatte gesessen. Eine ihrer Kolleginnen fing hektisch zu plappern an, aber nicht mit ihnen, sondern mit jemand anderem, mit dem sie über das Netzwerk verbunden war.

»Runter mit dem Headset! Und verzieht euch alle!« Auch Lee zeigte ihre Waffe. Andrew schüttelte nur den Kopf. So viel zum Versuch, unter falschem Vorwand ins Gebäude zu kommen. Der Plan hätte nie funktionieren können. Jetzt gab es nur noch eine Richtung und die ging nach vorne!

Travis zeigte auf die Personenschleuse, die sich entweder freiwillig oder mit Gewalt öffnen würde. Seine ID war gültig. Sie konnten passieren. Zum Aufzug. Sie durften keine Zeit verlieren.

»Los!« Travis folgte Andrew und Lee. Die Kabine fuhr nach oben. Das war nur eine Frage des Tempos. Sie mussten lediglich schneller sein als die Idioten von der HFP-Security.

»Können die uns nicht im Aufzug stecken lassen?«, fragte Lee, ein kluges Köpfchen.

»Können schon ... das setzt aber voraus, dass sie bereits wissen, was läuft.« Travis sah nervös auf die Etagenanzeige, die stetig aufwärts zählte. Die Tür öffnete sich wieder. Geschafft. Die Fahrt mit dem Expresslift hatte nur Sekunden gedauert. Etage hunderteinundachtzig. Vor dem Aufzug stand niemand.

»Okay ... sie wissen es nicht.« Andrew sah sich mit der Pistole im Anschlag um. An seinem Rücken befand sich noch eine Schrotflinte. Auch er trug zum Selbstschutz eine Kevlarweste.

»*Alarm. Das ist keine Übung. Alarm. Das ist keine Übung. Bitte verlassen Sie umgehend das Gebäude!*«, erklärte eine synthetische Stimme über die Lautsprecher im Flur.

»Jetzt schon ... auf dem Rückweg werden wir die Treppe nehmen müssen.« Travis setzte sich in Bewegung. Verdammt, weiter reichte ihr toller Plan nicht. Niemand wusste, was sie ab jetzt erwarten würde.

»*Alarm. Das ist keine Übung. Alarm. Das ist keine Übung. Bitte verlassen Sie umgehend das Gebäude!*«

»Das nervt ...« Lee zielte nach hinten, es folgte ihnen aber niemand. Sie waren allein. Weder im Korridor noch in den offen stehenden Büros konnten sie jemanden auf der Etage ausmachen.

»Halt! Stehen bleiben!«, schrie plötzlich ein Wachmann. Ein Schuss fiel. Die Waffe des Wachmanns polterte zu Boden.

Travis sah zur Seite, zu langsam, Andrew hatte den Wachmann bereits niedergeschossen. In die Brust, der Typ regte sich nicht mehr. »Weiter!« Andrew ging vor.

»Alarm. Das ist keine Übung. Alarm. Das ist keine Übung. Bitte verlassen Sie umgehend das Gebäude!«

Die nächste Tür war gesichert. Eine blickdichte Tür aus Sicherheitsglas, die äußerst robust wirkte. Andrew zeigte auf vier Punkte der Aufhängung. »Lee! Du bist dran, da müssen wir durch. Einzelfeuer. Vier Schuss, gezielt auf diese Punkte!«

»Wie …« Lees Stimme zitterte. Sie sah verunsichert auf die Waffe.

»Lee, du musst schießen!«, rief Travis. Es ging nicht anders. Er wusste genau, was er von ihr verlangte.

»Aber …« Lee legte die AK an. Sie schoss. Der Rückstoß schlug den Schaft in ihre Schulter. Sie schoss erneut. Gezielt. Achtmal insgesamt. Sie hob die Sicherheitstür aus den Angeln. Die Munition, die Andrew ihr gegeben hatte, durchschlug nicht nur das armdicke Sicherheitsglas und die massive Aufhängung, sondern auch die Stahlbetonwand an den Seiten.

»Sehr gut!«, rief Travis. Lee rang nach Luft. Alles war voller Betonstaub. Sie schwitzte. Andrew ging vor. Jemand schoss auf sie. Die Securities lernten dazu, die fingen jetzt keine unnötigen Gespräche an. Der Raum dahinter schien ein Überwachungsraum zu sein. Andrew riss es nach hinten, jemand hatte ihn getroffen.

»Andrew!«

»Nur auf die Weste …« Er stand wieder auf, rannte los und sprang durch den Staub in den Raum. Travis sah nicht, was er dort tat. Mehrere Schüsse fielen. »Gesichert!« Das war seine Stimme. Für solche Stunts war Travis definitiv zu alt.

»Alarm. Das ist keine Übung. Alarm. Das ist keine Übung. Bitte verlassen Sie umgehend das Gebäude!«

Travis und Lee folgten ihm. Als der Dreck sich gelegt hatte, sahen sie zwei Wachleute und zwei Techniker leblos am Boden liegen. Andrew hatte alle erwischt. Erstaunlich war allerdings etwas anderes, vor ihnen befand sich eine Reihe unter dicken Glasscheiben verborgener Betten. Das hätten Särge sein können. Särge mit Kindern darin.

»Die scheinen alle zu schlafen …«, rief Lee verwundert, Travis konnte die Tränen in ihren Augen sehen. Wahrscheinlich musste sie an ihren eigenen Sohn denken.

Wie konnten die Kinder schlafen, der Schusswechsel hatte einen Höllenlärm gemacht.

»Das müssen Dutzende sein …«, rief Andrew, der nach weiteren Gegnern Ausschau hielt.

»Vierundvierzig«, sagte Travis.

»Und jetzt?« Andrew wirkte ratlos, sie waren auf der Suche nach dem Alien-Wurmloch auf einen Kindergarten gestoßen.

»Wir müssen weiter … wir müssen das Wurmloch finden und zerstören!« Travis wollte das Ziel nicht aus den Augen verlieren.

»Das ist nicht notwendig«, sagte eine Mädchenstimme, die Travis nicht kannte. Er drehte sich herum. Wer zur Hölle war das?

»Wer bist du?« Travis hob instinktiv die Waffe. Diese Augen, kein Kind dieser Welt hatte solche Augen. Dunkel, unnatürlich und leer. Das Mädchen, dessen Körper vielleicht fünf Jahre alt war, kam aus einem Nebenraum auf sie zu. Ein kleiner Raum, vielleicht zwei mal zwei Meter, den eine getönte Glasscheibe vom Rest der Anlage trennte. Sie war allein.

»Ich trage keine Waffe.«

»WER BIST DU?«

»Wir können Freunde sein.«

»WER BIST DU?«, brüllte Travis, Speichel lief an seinem Kinn herab, das Wesen dort war sonst was, aber sicherlich kein fünfjähriges Mädchen.

»Ein Besucher …«

»Travis!«, rief Andrew von der Seite. Er stand vor einem Display. »Das solltest du sehen! Weinstein hat einen Fehler bei seinen Berechnungen gemacht … wir kommen zu spät. Um Stunden zu spät. Der Countdown ist bereits seit neun Stunden abgelaufen.

»Das ist richtig«, bestätigte der Alien in Gestalt eines Kindes. »Gewalt ist keine Lösung … es muss niemand sterben.«

»Das hättest du deinen Schergen sagen sollen, die Hayden getötet haben!« Travis zielte mit der AK-47 auf ihren Kopf.

»Du mochtest sie?«, fragte das Ding.

»Ja!«

»Möchtest du nicht wissen, warum?«

»Warum was?« Travis würde sie am liebsten sofort für Haydens Tod bezahlen lassen.

»Travis, ich nehme an, das ist dein Name. Möchtest du nicht wissen, warum wir hier sind? Bitte entschuldige, mein Name ist Xen'dal. Ich bin die Erste, die auf eurer Welt angekommen ist. Ich bin der Botschafter. Du musst verstehen, Reisen über große Entfernungen ist eine Herausforderung. Nur ein starker Geist kann die Brücke überschreiten. Ihr nennt es Wurmloch, wir nennen es Auge im Sturm der Zeit. Es hat viele Jahre eurer Zeitrechnung gedauert, diese Brücke zu errichten.«

»Alarm. Das ist keine Übung. Alarm. Das ist keine Übung. Bitte verlassen Sie umgehend das Gebäude!«

»Ich denke, das brauchen wir nicht mehr …« Das Mädchen Xen'dal lächelte. Ihre gesamte Mimik, die Art, wie sie sich bewegte, ihre Stimme, nichts davon passte zu einem Kind.

»Travis, ich glaube, ich habe das Wurmloch gefunden! Wenn ich nicht danebenliege, befindet sich das Zentrum genau hinter der getönten Glasscheibe. Es ist aktiv, ein Transfer läuft … die schicken Daten. Unmengen von Daten«, rief Andrew. Lee hatte die Waffe gesenkt und starrte Xen'dal an.

»Lee, pass auf den Eingang auf!« Travis zeigte auf die zerschossene Sicherheitstüre. Sie nickte und bezog an der Seite Stellung. Trotzdem hielt sie die zahlreichen Kinderglaskisten im Blick.

»Ich kann deinen Zorn spüren … deine Entschlossenheit und dein Herz. Du weißt, was richtig und was falsch ist. Du bist kein tollwütiger Hund … du bist nicht hergekommen, um zu zerstören. Du bist ein Beschützer … ich kann das alles riechen, wie auch die künstlichen Pheromone, mit denen du uns täuschen wolltest, und den Sprengstoff auf deinem Rücken.«

»Warum die Viren? Sie machen uns Menschen krank! Warum habt ihr zuerst die Viren geschickt?«

»Weil ihnen Zeit, Kälte und Einsamkeit nichts anhaben können. Der Meteorit war über siebzigtausend Jahre lang unterwegs. Für euch sind sie Viren, für uns sind sie Diener, sie entdecken neue Welten und helfen, Brücken zu errichten.«

»Und die Menschen, denen ihr das Leben nehmt?« Travis wollte nicht länger mit dem Alien diskutieren.

»Wir töten nicht … wir machen euch besser, dank unserer Berührung schützen wir euch vor den Krankheiten eurer Welt.«

»Und nehmt uns unsere Persönlichkeit!« Das konnte er nicht akzeptieren.

»Persönlichkeit?« Xen'dal hatte anscheinend ein Problem mit diesem Begriff. Das war genau der Punkt, die Aliens hatten keine Ahnung, was sie auf der Erde für ein Unheil angerichtet hatten. Sogar wenn sie mit guten Absichten gekommen waren, was er bezweifelte, würde die Menschheit ihre Fürsorge nicht überstehen.

»Travis, ich störe ja nur ungern ... ich habe Zugriff auf das Überwachungssystem im Gebäude. HFP hat sechs bewaffnete Securities, von denen wir drei erschossen haben. Die anderen warten im Foyer, wo sie gerade Unterstützung von verdammt vielen schwer bewaffneten SWAT-Polizisten bekommen.« Andrew schaltete eine Kameraansicht auf ein Display: Die Kavallerie war unterwegs.

»Das Ding verarscht uns! Sie lügt und spielt auf Zeit!«, rief Lee, die sich an einem der Kinderglasbetten zu schaffen machte.

»Lee, was machst du da?« Dafür hatten sie jetzt keine Zeit.

»Der Kleine hier in dem Kinderbett hat eine Halskette, er heißt Jake.«

»Das spielt keine Rolle!« Travis sah wieder nach Xen'dal. Er konnte sie nicht mehr sehen. »Wir müssen das Wurmloch sprengen.«

»Die haben alle Halsketten, der hier heißt Skagen!« Lee begann, an den Glaskästen der beiden Jungs Knöpfe zu drücken. Sie sollte sofort damit aufhören.

»Lee!«

»Travis, wir müssen sofort handeln! Die Zeit rinnt uns durch die Finger! Die werden uns ausräuchern, wir können nicht gegen die SWAT-Einheit kämpfen!« Auch Andrew sah sich um. »Wo ist die Alien-Zombie-Göre?«

»Ich weiß es nicht ...« Travis sah wieder zu Lee. »Lee, was tust du da? Wir können den Kindern nicht helfen! Sobald die Bombe zündet, wird hier nichts mehr übrig bleiben!«

»Das Mädchen heißt Madison, der Junge Caleb, und hier ist Hannah!«

»Egal! Travis, die Bombe! Sofort scharfmachen! Zeitzünder auf zwei Minuten! Jetzt!« Andrew ging in Stellung, um den Ansturm des SWAT-Teams zu verteidigen.

»Lee!« Während Travis ihren Namen rief, zog er sich den Rucksack ab. Er brachte die Bombe in den gläsernen Nebenraum, in dem ein diffuses Licht sämtliche Geräusche verschluckte. So sah also ein Wurmloch von innen aus? Das alles wirkte völlig unspektakulär. Das Licht variierte langsam zwischen Gelb, Rot und Blau. Jede Kellerbar war im Vergleich dazu interessanter. Er hatte keinen blassen Schimmer, was er sah, aber knapp zwanzig Kilogramm Semtex würden hier ein verdammt großes Loch in die Tapete reißen.

Enter. Travis startete die Sprengungssequenz. Die Polizei würde sie kaum unbehelligt vorbeimarschieren lassen. Niemand würde hier lebend herauskommen. »Lee! Hör auf damit!«

»Es sind Kinder! Sie können nichts dafür! Egal was HFP später mit ihnen macht, noch sind sie unschuldig. Sie brauchen nur liebevolle Eltern und können ein ganz normales Leben führen!«

»Du hast recht«, sagte Travis mit ruhiger Stimme. Natürlich hatte sie das.

»Aber …« Ihre Stimme flatterte nervös.

»Die Bombe geht in weniger als zwei Minuten hoch. Wir sind eingeschlossen! Das war's! Unsere Mission ist ein Erfolg!«

»Wir sterben?«

»Wir sterben …« Es gab keinen Grund, Lee anzulügen. Travis nahm sie in den Arm. Zeit, Frieden zu schließen. Frieden mit seiner Tochter. Er glaubte, sie riechen zu können. Da war Wärme, Vertrauen und Liebe. Er war sich sicher, dass sie ihm vergab.

»Sie sind da!«, schrie Andrew und begann zu schießen. »Lee, du musst mit deiner AK draufhalten!«

Gegenfeuer. Die Polizei schoss mit automatischen Waffen durch die zerfledderte Sicherheitstür. Andrew zog den Kopf ein. Da konnte er nicht mithalten. Rückzug. Er robbte über den Boden.

Travis hörte mehrere Babys schreien. Fünf von den Glaskisten waren jetzt offen. Natürlich schlief keines der Kinder mehr. Vor ihm lag Jake, ein Junge mit braunen Haaren, der sich bei dem Höllenlärm die Seele aus dem Leib brüllte.

Noch dreißig Sekunden. Travis schoss auf die Tür, ob er bei dem Chaos jemanden traf, wusste er nicht. Überall schienen Geschosse einzuschlagen, ohne dass er dazu einen Schützen ausmachen konnte. Glas zersplitterte. Da war Blut. Auch die Opfer sah er nicht.

Noch zwanzig Sekunden. Andrew stand genau vor ihm. Er schoss, er suchte Deckung, er lud nach und kämpfte weiter. Kugeln trafen ihn. In das Bein, den Arm und den Kopf. Er wurde durchlöchert.

Noch zehn Sekunden. Die Kinder weinten nicht mehr. Jake, Skagen, Hannah, alle tot. Überall waren nur Glas und Blut. Auch Cops lagen erschossen am Boden. Travis' Waffe klemmte, ein Schlag an der Schulter riss ihn zu Boden. Er wollte sich aufrichten, stellte aber fest, dass sein Arm zwei Meter neben ihm lag.

Lee kämpfte noch. Sie schrie. Mit der modifizierten AK und dem Tornister Cop-Killer auf dem Rücken, schoss sie auf alles, was sich vor ihr befand. Die Garben trafen ihre Opfer durch Betonwände hindurch.

Klick, klick, klick. Ihre Munition war verbraucht. Lee bemerkte anscheinend nicht, leer geschossen zu sein. Sie schrie immer noch. Dann wurde sie von Polizeikugeln weggerissen.

Noch Zeit für einen Gedanken. Wieso bedeutete Wurmloch in Xen'dals Sprache »Auge im Sturm der Zeit«?
Dann detonierte die Bombe und riss Travis in die Dunkelheit.

DIE NACHT

»Ich halte das nicht mehr aus«, sagte Jake, der neben Amy auf der Rückseite des HFP-Gebäudes hinter einem Müllcontainer kauerte. Sie hatten sich dort bei Einbruch der Nacht versteckt und warteten nun schon seit Stunden darauf, dass William sich bei ihnen meldete.

Am frühen Nachmittag waren sie in New York eingetroffen, hatten in einem kleinen Secondhandladen für William gebrauchte Arbeitsklamotten gekauft. So, hofften sie, würde er noch weniger auffallen.

In dem Laden gab es keine Bauarbeiterhelme, aber ein Baseballcap würde es auch tun. Der Rest war einfacher gewesen als gedacht. Sie hatten eine Weile das Gebäude beobachtet und dabei festgestellt, dass ein sechsköpfiges Elektrikerteam mit ihrem Lieferwagen direkt davor parkte. Daraus holten die Männer immer wieder Werkzeuge und Kabeltrommeln, mit denen sie das Haus betraten und wieder verließen. In einem geeigneten Moment hatte Jake eine Kabelrolle aus dem offenen Kastenwagen gestohlen, die sich William unter den Arm klemmte und am Pförtner vorbei in das Gebäude schleppte. Seitdem hatten sie nichts mehr von ihm gesehen oder gehört. Das war gegen vier Uhr nachmittags gewesen, nun – fast acht Stunden später – war Jake drauf und dran, die Nerven zu verlieren.

»Da ist etwas schiefgegangen«, widerholte er zum tausendsten Mal.

»Nein«, widersprach Amy. »Dann wären längst die Cops aufgetaucht, das hätten wir mitbekommen.« Sie drückte fest seine Hand, es war gut, dass sie bei ihm war. Obwohl er Amy lieber in Sicherheit gewusst hätte.

»Vielleicht ist er tot. Vielleicht haben ihn die Aliens umgebracht.«

»Was? Einen harmlosen Jungen, unbewaffnet, und das kurz vor der Einweihung des Gebäudes? Niemals, zu viel Publicity.«

»Wie kann man nur immer so optimistisch sein?«

Jake konnte ihr Gesicht nicht sehen, ahnte aber, dass sie ihn anlächelte.

»Na ja, es muss eben einfach klappen. Alles. Das hier darf nicht schiefgehen. Immerhin halten wir das Schicksal der Welt in unseren Händen.«

»Gut, dass du mich daran noch mal erinnerst. Verdammt!«

»Jetzt beruhig dich, William ist clever, der lässt sich nicht erwischen. Wahrscheinlich wartet er, bis es sicher ist, oder er sucht gerade nach der Sendeanlage.«

»William glaubt, dass das Mistding im Keller ist«, sagte Jake.

»Würde ich auch vermuten. In jedem anderen Stockwerk könnten die Geräte auffallen, aber welcher Fremde kommt schon in den Keller? Amy überlegte für einen kurzen Moment. »Denkst du, unsere Eltern haben die Ausreden geschluckt, die wir ihnen aufgetischt haben?«

»Ich hoffe es.«

Jake hatte seiner Mom eine Nachricht gesandt, dass er nach Schule und Footballtraining mit Alan und den anderen im Diner abhänge. Da sie für den Rest der Woche noch Nachtschicht hatte, würde er damit wohl durchkommen.

Bei Amy war es etwas schwerer gewesen, sich eine Ausrede auszudenken. Schließlich hatte sie behauptet, abends zu einer Schulaufführung der Theatergruppe zu gehen. Aber spätestens ab elf Uhr nachts würden sich ihre Eltern Sorgen machen, dagegen konnten sie nichts tun. William hatte eine SMS nach Hause geschickt. Auf die Frage, was er geschrieben habe, hatte er grinsend geantwortet: »Dass ich in New York bin, um ein Gebäude in die Luft zu jagen, in dem ich Aliens vermute. Da sie mir den Mist sowieso nicht glauben, kann ich auch die Wahrheit sagen. Und falls man mich heute Nacht erwischt, habe ich einen Beweis für meine Unzurechnungsfähigkeit.«

Jake wollte gerade etwas dazu sagen, als sein Handy vibrierte. Er drückte die Hörertaste.

»Wo zur Hölle bist du?«, zischte er ins Telefon.

»Na, rate mal«, kam es flüsternd zurück.

»Was hat so lange gedauert?«

»Eine Zeit lang habe ich mich im ersten Stock in einem Büroraum versteckt, aber als die Putzfrauen kamen, musste ich mich verziehen.«

»Wieso Putzfrauen?«, fragte Jake. »Was gibt's denn da zu putzen?«

»Woher zum Teufel soll ich das wissen? Vielleicht wollen sie, dass hier alles picobello aussieht, bevor die Eröffnung über die Bühne geht.«

»Weißt du, wo der Sender ist?«

»Ja, wie vermutet im Keller. Da war ich gerade.«

»Kommst du an die Anlage ran?«

»Kein Problem, war nicht abgesperrt. Diese Leute fühlen

sich ziemlich sicher, aber das werden wir gleich ändern. Habt ihr irgendwelche Nachtwärter gesehen?«

»Ja, die zwei Typen vom Nachmittag wurden von zwei anderen Kerlen abgelöst. Wir haben ein paarmal nachgeschaut, so wie es aussieht, bewegen die sich nicht vom Empfang weg und behalten bloß den Eingang im Auge. Ob sie später eine Runde laufen, wissen wir natürlich nicht, aber wenn es losgeht, schleichen wir nach vorn und behalten alles im Blick. Wenn einer von den Typen den Empfang verlässt, rufen wir dich an. Ich hoffe, du hast dein Handy auf Vibration gestellt.«

»Sag mal, hältst du mich für bescheuert? Ich komme jetzt zum Fenster. Amy soll mit der Taschenlampe leuchten, und du wirfst mir die Sporttasche hoch.«

»Du meinst, das reicht?«

»Ja. Die Anlage sieht zwar mächtig kompliziert aus, aber sie ist nicht so groß, wie ich dachte. Auf keinen Fall will ich etwas riskieren und versehentlich das Gebäude zum Einsturz bringen. Die Kellerdecke wirkt massiv und wird von mehreren Stützpfeilern getragen, aber von der Statik habe ich natürlich keine Ahnung. So, genug gequatscht. Ich mache das Fenster auf.«

Es gab ein leises scharrendes Geräusch. Jake schaltete die Taschenlampe an und gab sie Amy. Er entdeckte William, der sich in drei Meter Höhe aus dem Fenster lehnte.

»Wirf das Zeug hoch«, kam es aus dem Hörer.

Jake steckte sein Handy in die Jeans, schnappte sich die Sporttasche und huschte zur Hauswand unter dem Fenster. Er richtete sich auf und schwang die Tasche in die Luft.

Zu weit rechts. Sie klatsche mit hörbarem Geräusch gegen die Mauer und fiel direkt vor Jakes Füße. Ihm brach der Schweiß aus. William hatte zwar gesagt, ohne Hitze und großen Druck könne man die Ladung nicht zünden, aber als der Scheiß ihm buchstäblich auf die Zehen fiel, bekam er schwache Beine.

»Ist das alles?«, zischte William von oben. »Du wirst doch in der Lage sein, mir die Tasche hochzuwerfen! Und so etwas spielt Football …«

Jake antwortete nicht, sondern versuchte es erneut. Diesmal war der Wurf perfekt, aber William gelang es im schwachen Licht der Taschenlampe nicht, die Tasche festzuhalten. Erneut fiel sie zu Boden. Jake knirschte mit den Zähnen und schwang die Sporttasche hoch.

Es klappte. William fing den Sprengstoff, hob den Daumen und verschwand im Inneren des Gebäudes.

Amy schaltete die Taschenlampe aus und huschte zu Jake. Gemeinsam schlichen sie zur Vorderseite des Hauses. Dem Gebäude etwas schräg gegenüber hatten sie den Civic von Jakes Mutter geparkt. Vor hier aus konnte man die Lobby des HFP-Gebäudes gut einsehen. Ab jetzt hieß es warten.

»Was meinst du, wie lange es dauert?«, fragte Amy, nachdem sie beide eingestiegen waren.

»Keine Ahnung. William muss die Sprengladungen bereit machen, das braucht Zeit.«

Schweigen kehrte ein.

Nach einer Weile blickte Jake auf sein Handy. Zehn Minuten waren erst vergangen. Er hätte schwören können, dass es mehr waren.

Nach weiteren zwanzig Minuten rutschte er unruhig auf dem Beifahrersitz herum und trommelte mit den Fingern auf das Armaturenbrett.

»Hör auf damit«, zischte Amy. »Du machst mich ganz nervös.«

»Sorry, aber diese Scheißwarterei …«

»Schau mal da«, unterbrach ihn Amy.

Jake blickte durch die Windschutzscheibe. Ein schwarzer Van war vor den Eingang des Gebäudes gefahren und hielt dort trotz Halteverbot an. Die Fahrzeugtüren wurden geöffnet. Eine schlanke Gestalt mit raubtierhaften Bewegungen stieg aus. Vollkommen in Schwarz gekleidet.

Serena.

Neben ihr mühte sich ein menschlicher Koloss aus seinem Sitz. Aus dem hinteren Teil des Fahrzeugs traten zwei weitere Personen auf den Gehweg. Zwei Männer. Jake zuckte zusammen. Miller und Loren.

»Das sind die beiden Detectives, die mich befragt haben«, ächzte er. »Was machen die denn hier? Und was will Serena in New York?«

»Vielleicht wollen sie an der Einweihung teilnehmen oder sie …«

»… wissen von unserem Vorhaben und sind hier, um das zu verhindern«, vollendete Jake den Satz.

»Nein.« Amy schüttelte wild den Kopf. »Davon können sie nichts wissen. Niemand außer uns … Michael. Meinst du, sie haben Robertson geschnappt?«

»Weiß ich nicht«, antwortete Jake verzweifelt. »Wie auch immer, William muss sofort da raus.«

»Ruf ihn an!«

Während Jake die Nummer wählte, beobachtete er, wie einer der Nachtwärter den Empfang verließ und hinaus auf die Straße trat, um die Neuankömmlinge zu begrüßen. Vor Serena blieb er stehen und legte seine Stirn an ihre. Ein komisches Bild, da der Typ über einen Kopf größer als sie war und sich stark nach unten beugen musste. Drei Sekunden vergingen, dann richtete er sich wieder auf, wandte sich um und ging ins Gebäude zurück. Die anderen folgten ihm wortlos.

»Was ist?«, meldete sich William leise am Telefon.

»Serena ist mit ein paar Typen aufgetaucht. Sie gehen gerade ins Haus.«

»Fuck!«

»Du musst sofort von dort verschwinden.«

»Nein, auf keinen Fall. Ich bin gleich so weit, könnt ihr die nicht irgendwie ablenken? Mir Zeit verschaffen?«

»Zu spät, sie sind schon drin.«

»Ich beeile mich. Warte hinten am Fenster. Amy soll den Wagen starten.«

Dann unterbrach er die Verbindung.

Amy starrte Jake an. »Was hat er gesagt?«

»Er will es durchziehen.«

»Oh mein Gott.«

»Lass den Wagen an, ich gehe noch mal zur Rückseite des Gebäudes und helfe ihm, wenn er rauskommt.«

»Alles klar.«

Sie fasste nach dem Zündschlüssel und drehte ihn. Nichts geschah. Ein leises Klacken erklang.

Jakes Kopf ruckte herum. Er starrte auf die Armaturen, während Amy erneut versuchte, den Wagen zu starten. Kein Mucks.

»Das darf nicht wahr sein«, stöhnte sie verzweifelt. »Oh mein Gott. Bitte, bitte …«

Jake blickte fassungslos auf die dunklen Anzeigen. Kein Lämpchen leuchtete. Die Batterie war tot. Warum in aller Welt versagte die Karre ausgerechnet in diesem Moment?

Wut stieg in ihm hoch. Am liebsten hätte er auf das Lenkrad und sonst etwas in diesem Scheißauto eingeprügelt, aber dann sah er die Tränen, die über Amys Gesicht rannen.

»Komm«, sagte er. »Wir holen William.«

»Und dann?«, schluchzte sie.

»Hauen wir zu Fuß ab.«

»Das schaffen wir niemals«, sagte sie. »Und du weißt das. Gleich wird es hier vor Cops wimmeln.«

Ja, er wusste es. »Wir müssen es versuchen.«

Er stieg aus und ging zur Fahrertür hinüber. Als Amy sich aus dem Fahrzeug schob, fasste er nach ihrer Hand und zog sie mit sich.

Noch während sie über die Straße hasteten, ertönten zwei dumpfe Schüsse aus dem Inneren des Gebäudes. Amy riss entsetzt den Mund auf, aber Jake drängte sie vorwärts.

Wenige Sekunden später flammte hinter den Fensterscheiben des zweiten Stockes ein gleißender Blitz auf. Eine Detonation zerriss die Stille. Fensterscheiben explodierten, jagten Glassplitter in die Nacht hinaus.

William war also noch am Leben. Er hatte die erste Sprengladung gezündet, mit der er seine Verfolger ablenken wollte.

Eine weitere Explosion erklang. Diesmal tief im Inneren des Gebäudes. Der Boden unter Jakes Füßen erzitterte. Irgendwo begann eine Alarmsirene zu jaulen.

Amy und Jake rannten weiter. Sie erreichten die Ecke des Hauses, als eine weitere Detonation sie fast von den Füßen riss.

Wieder hörten sie Schüsse.

Als sie die Rückwand des Hauses vor sich sahen, wurde im ersten Stock das Fenster aufgerissen. William sprang, ohne zu zögern, hinaus, aber irgendwas stimmte nicht an der Art, wie er es tat. Unbeholfen und ungelenk. Er drehte sich in der Luft und schlug direkt vor ihnen auf den harten Boden auf. Verkrümmt zusammengekauert blieb er liegen.

Jake dachte schon, er hätte sich das Genick gebrochen, aber da hörte er Williams pfeifenden Atem. Vorsichtig rollte er den Jungen herum. Im Haus flammte nun die Beleuchtung auf, und im Schein des Lichtes blickte Jake in Williams schmerzverzerrtes Gesicht. Dann entdeckte er die Schusswunden. Williams Arbeitermontur war an der Brust zerfetzt. Blut sickerte aus zwei großen Wunden hervor. So viel Blut. Noch während er fassungslos darauf starrte, fasste Williams Hand nach seinem Arm.

»Ich ... habe es nicht geschafft«, keuchte er. »Der Zünder ... hat ... nicht funktioniert. Keine Ahnung, warum. Vielleicht war ... die magnetische Strahlung in dem Raum zu groß ... aber ich habe ihnen ...«, er hustete, »... mächtig eingeheizt.«

»Wir müssen ihn hier wegbringen«, meinte Amy. »Er muss ...«

»Nein«, widersprach William, und sein Blick erstarrte.

Jake blickte auf seinen Freund hinab und spürte, dass er tot war. Eben hatte William noch mit ihm gesprochen, und im nächsten Moment war er nicht mehr da. Sein Kopf sackte nach unten. Jake weinte. Amy legte ihre Hand auf seine Schulter, aber er schüttelte sie ab. Alles war egal. William war tot. Und er wollte auch sterben.

Amy sagte etwas zu ihm, aber in seinen Ohren rauschte das Blut so laut, dass er kein Wort verstand.

Plötzlich wurde er von zwei kräftigen Händen gepackt und auf die Füße gerissen. Ein großer Schatten schob sich in sein

Sichtfeld. In der Dunkelheit unnatürlich glänzende Augen blickten ihn eindringlich an. Er wurde geschüttelt, dann ein brennender Schmerz in seinem Gesicht.

Das verschwommene Bild vor ihm klärte sich.

»Robertson?«

»Ihr müsst mit mir kommen«, sagte dieser und schleifte ihn davon.

TANZ MIT DER ZEIT

Lee kämpfte und schoss auf alles, was sich bewegte. Sie hielt einfach voll drauf und wollte auch gar nicht so genau wissen, wen oder was sie hinter den Betonwänden traf.

Die Polizei wich deswegen nicht zurück. Andrew wurde mehrfach getroffen und blieb blutüberströmt am Boden liegen. Lee schrie, ohne dass sie ihre eigene Stimme hören konnte. Der Kampflärm übertönte alles. Sie sah zu Travis, dem einen Moment später der gesamte rechte Arm fehlte.

Klick, klick, klick, Lee verstand nicht, warum ihre Waffe klemmte. Sie musste weiterkämpfen! Dann riss sie etwas nach hinten.

Feuer! Lee sah Flammen, spürte aber keine Hitze. Die Zeit schien stillzustehen. Sie konnte Staubkörner erkennen, die wie festgefroren in der Luft verharrten. Als ob jemand die Explosion mit einer Kamera aufgezeichnet und auf die Stopp-Taste gedrückt hätte. Die Szenerie wurde von Feuer gesäumt, aber sie verbrannte nicht. Das ergab keinen Sinn, sie verstand nicht, was um sie herum passierte.

Bevor sie sich über die unerklärliche Situation weitere Gedanken machen konnte, griff etwas nach ihr. Packte sie und zerrte sie, ohne eine Gegenwehr zuzulassen, weg. Sie bewegte sich mit unglaublicher Geschwindigkeit durch eine gleißend helle Röhre. Als ob ihr jemand die Seele mit einem glühenden Schüreisen aus dem Körper zog. Lees Vergangenheit verlor sich im Licht. Nein, nein, ihre Wahrnehmung täuschte sie!

Stille. Alles in Lees Kopf war jetzt klar zu erkennen. Sie wusste genau, was passiert war. Die Ohnmacht und dieser unbändige Zorn, den sie eben noch gespürt hatte, waren weg. Als ob der Kampf mit dem SWAT-Team bereits Jahre zurücklag.

Da war Bewegung, aber nicht Lee, sondern Xen'dal bewegte sich. Für den Bruchteil einer Sekunde hatte die Explosion ihren Geist mit dem des Aliens verschmolzen. Das Wesen, das sich in Gestalt eines Mädchens im Labor rechtzeitig vor Beginn der Schießerei versteckt hatte.

Dieser Kontakt eröffnete eine neue Welt: Lee sah, was Xen'dal sah, wusste, was sie wusste, und fühlte, was sie empfand. Lee sah Xen'dals komplette Existenz. Aber die Reise in die Erinnerung Xen'dals ging gerade erst los.

Lee konnte das Universum sehen. Die Erde, die Sonne, von der sich einen Moment später nur noch ein kleiner Punkt im unendlichen Meer der Sterne verlor. Ein wunderbares Bild.

Sie raste durch das Wurmloch, reiste in Xen'dals früheres Leben und sah ihre Heimat: dreiundfünfzig Lichtjahre entfernt, eine Welt, von der inzwischen nicht mehr als ein lebloser Wüstenplanet existierte. Lee konnte alles sehen. Ein Volk, von dem nicht mehr blieb, als ein großes Raumschiff, das auf Signale einer Rettungsinsel gewartet hatte.

Aber auch wenn die Aliens noch leben würden, hätten sie die enorme Entfernung nicht mit ihrem Raumschiff überbrücken können. Die Reise hätte mehrere Tausend Jahre gedauert. Die Aliens verfügten nicht über die Technologie, mit Lichtgeschwindigkeit zu reisen, dafür brauchte es mehr Energie, als eine Sonne im gesamten Zeitraum ihres Lebens zu leisten vermochte.

Lee konnte jetzt sehen, wer Xen'dal war und woher sie kam. Ein Wesen aus Fleisch und Blut war sie nicht. Weder auf der Erde noch in ihrer Heimat. Xen'dal war eine künstliche Intelligenz. Eine KI. Ein Programm. Das geistige Erbe eines Aliens, das vor vielen Jahren gestorben war und sich in einem Computer unsterblich gemacht hatte.

Wie Xen'dal existierten daher auch die anderen Aliens auf einem Raumschiff nur in gigantischen Computern. Von dort hatten die Aliens mithilfe von Viren und Meteoriten bereits lange Zeit nach einer neuen Welt gesucht. Eine Suche, die nun erfolgreich war.

Xen'dal verfügte wieder über einen Körper, aber ihre Seele blieb kalt, leer und funktional. Mitgefühl, Hingabe oder Leidenschaft, diese Emotionen hatten sie vergessen. Die Dominanz des Wissens. Von ihnen blieb nicht mehr, als die Gier zu existieren, und die Unfähigkeit, ihren Niedergang zu akzeptieren.

Xen'dal wusste nicht mehr, was es bedeutete, geboren zu werden, aufzuwachsen, zu leben, zu lieben, Nachkommen zu zeugen und, wenn die Zeit gekommen war, auch zu sterben. Das war eine Tragödie für deren gesamte Zivilisation: Die Sehnsucht nach Unsterblichkeit hatte sie blind für die Schönheit der Vergänglichkeit gemacht.

Xen'dal bemerkte Lee nicht, auch in ihrem Verstand schien die Zeit stillzustehen. Lee konnte sich ungestört alles ansehen. Keine Lügen, keine Täuschung. Was sie sah, waren Xen'dals eigenen Gedanken.

Diese Aliens durften niemals von der Erde Besitz ergreifen. Sie war die Erste, deren Geist durch das Wurmloch auf HFP-Systeme übertragen wurde. Der Körper des Kindes war für sie nicht mehr als eine Hülle. Ähnlich eines neuen Kleidungsstücks. Auch wenn Travis' Explosion sie töten würde, könnte Xen'dal sich einen neuen Kinderkörper nehmen. Die beiden toten HFP-Techniker hatten herausgefunden, dass sich Kinder für diese Art des Transfers am besten eigneten. Kinder lernten Sprachen, ohne sich anzustrengen. Sie waren leicht zu übernehmen und auf der Erde in großen Mengen verfügbar.

Nach Xen'dal würden andere kommen, deren Übertragung durch das Wurmloch nur wenige Stunden benötigte. In den Massenspeichern der Aliens warteten viele darauf, wieder einen Körper zu besitzen. Lee bezweifelte, dass andere Aliens ehrenwertere Motive verfolgten. Einmal auf der Erde angekommen, würden sie Menschen nach Belieben benutzen. Immer mit dem Wissen, einen beschädigten Körper bei einer Fehlfunktion durch einen neuen ersetzen zu können.

Lees Wahrnehmung änderte sich, das Wurmloch, die Verbindung zwischen der Erde und dem Raumschiff begann zu kollabieren. Travis' Plan funktionierte, zwanzig Kilogramm

Plastiksprengstoff an der richtigen Stelle gezündet, zeigten Wirkung. Xen'dal war nicht nur die Erste auf der Erde, sondern würde auch die Einzige bleiben.

Die Zeit begann sich zu bewegen. Noch unendlich langsam, aber Lee registrierte durch Xen'dals Augen blickend die Veränderungen. Sie waren jetzt wieder in dem Labor, in dem die Explosion gerade im Begriff war, alles in Stücke zu reißen.

Lee glaubte zu träumen, die Zeit bewegte sich zwar, aber nicht in die Zukunft. Sie bewegte sich rückwärts. Die Zeit lief in die Vergangenheit. In Xen'dals Wissen sah sie auch den Grund für diesen Wahnsinn. Kollabierende Wurmlöcher setzten große Energiemengen frei, die in der Lage waren, für unkontrollierbare Zeiteffekte zu sorgen.

Peter hatte darüber gesprochen. Lee erinnerte sich: Die benötigte Energiemenge sei sogar so scheißriesig, dass es auf große Entfernungen nur zu einer Telefonverbindung reichen würde. Auf kurzer Distanz hingegen würde diese Energiemenge die Zeit und den Raum verbiegen. Das alles war nun eine verdammte Zeitmaschine! Die Physik dahinter war Lee egal, sie sah eine Chance und wollte sie nutzen.

Die Zeit bewegte sich. Langsam und in die Vergangenheit. Lee sah immer noch durch Xen'dals Augen. Sie war in dem Kinderkörper. Ob Lee in der Lage war, sich mit Xen'dals Körper zu bewegen? Warum nicht, ihr Geist war viel, viel schneller als der des Aliens, der die Zeit in natürlicher Richtung und Geschwindigkeit wahrnehmen sollte.

Lee ging los, langsam, aber sie war in der Lage, sich mit dem Kinderkörper zu bewegen. Die Zeit war tückisch, auch wenn Lee nur in Zeitlupe vorankam, war sie immer noch viel, viel schneller als die Realität, die zudem in der Zeit rückwärts lief.

Lee konnte sogar die Projektile in der Luft stehen sehen, bevor sie in den Lauf der Waffen zurückkehrten. Sich selbst mit einer AK-47 schießend zu beobachten, war eine surreale Erfahrung, vor allem da die roten Kugeln wieder im Mündungsfeuer der Waffe verschwanden. Lee wartete. Um Sekunden in die Vergangenheit zu reisen, benötigte sie Minuten.

Sie sah Jake, den eine Kugel getötet hatte. Einen Moment später entwich die Kugel aus seinem Körper. Lee nahm den Jungen auf den Arm und brachte ihn aus der Feuerzone heraus.

Die Zeit war ihr Verbündeter, in der Vergangenheit konnte sie alle retten, die heute gestorben waren. Nein, der Gedanke war falsch, *gleich sterben werden*. Auch nicht, dafür hätte sich die Zeit wieder umkehren müssen. Egal, sie machte einfach weiter und brachte Hannah, Skagen, Madison und Caleb in Sicherheit.

Im Labor gab es ein unsagbar lautes Geräusch, das nicht zu dem verlangsamten Rückwärtslauf der Zeit passte. Lee glaubte für einen Moment keine Luft mehr zu bekommen, aber dann ging es weiter. Auch wenn das Licht jetzt anderes aussah. Was war passiert?

Jetzt konnte sie es sehen, das kollabierende Wurmloch hatte den Zeitablauf verdreht. Alles lief wieder vorwärts, immer noch sehr, sehr langsam, aber Dinge, die zuvor passiert waren, würden sich erneut ereignen. Bis auf den Tod der fünf Kinder, die Lee bereits aus dem Spiel genommen hatte.

Jetzt galt es, Andrew, Travis' und auch ihren eigenen Körper zu retten. Keine einfache Aufgabe, da die Kugeln der SWAT-Polizisten wieder in ihre Richtung flogen.

Lee, die immer noch in Zeitlupe Xen'dal kontrollierte, stand hinter ihrem eigenen Körper. Erneut erklang dieses unsägliche Geräusch und ließ sie einige Momente der Ereignisse in der doppelten Geschwindigkeit erleben. Eine Horrorshow, alles ging so schnell, sie konnte gerade noch den Kopf einziehen. Dann verlangsamte sich alles erneut. Das musste ein Zeitsprung gewesen sein.

Hey, was soll das, rief sie in Gedanken, ohne etwas gegen die unberechenbaren Zeiteffekte tun zu können. Für einen Atemzug hatte sie auch Xen'dals Reaktion spüren können, die nicht verstand, was Lee mit ihrem Körper machte, und darüber wütend war. Sehr gut, das Alien musste nicht alles wissen.

Nein, nein, nein, Andrew starb zum zweiten Mal, auch Travis wurde gerade wieder der Arm abgerissen. Sie hatte es im zweiten Anlauf nicht verhindern können. Lee griff mit Xen'dals Kinderhänden nach ihrem eigenen Körper, zerrte ihn nach hinten, gerade noch rechtzeitig, bevor mehrere Polizeikugeln ihn treffen konnten. Dass ein Betrachter denken musste, dass Xen'dal sie gerettet hatte, empfand sie nur als schwachen Trost für den Verlust ihrer Freunde.

Lee schaffte ihren Körper zu den Kindern in den Nebenraum, der durch seine Lage nicht von Polizeikugeln durchlöchert wurde. Das Wurmloch klang wie ein alter Dachstuhl in einem Orkan. Die Abstände der auftretenden Zeiteffekte wurden immer kürzer.

Das Licht veränderte sich. Alles löste sich auf. Lee verspürte Angst. Diese Höllenmaschine würde jeden töten. Als Nächstes versetzte es Lee in Xen'dals Körper, Lees echten Körper und die Kinder durch den Raum, durch die Zeit in den Vorgarten eines typischen amerikanischen Einfamilienhauses. Nicht gerade modern, sie mussten sich Jahrzehnte in der Vergangenheit befinden. Aber jeder Ort war besser als das Inferno im HFP-Tower.

Lee musste handeln, sie griff nach Jake, küsste ihn auf die Stirn und legte ihn weinend auf die Veranda. Der gläserne Raum des Wurmlochs wirkte dabei wie eine fliegende Untertasse, die hell beleuchtet mitten im Blumenbeet stand.

Hier wollte sie alle Kinder abladen, aber dazu kam Lee nicht mehr. Im nächsten Moment befand sie sich schon mit Skagen auf dem Arm auf einem Parkplatz.
»Sie lieben doch Kinder, oder?«, sagte Lee zu einer Frau mit Kinderwagen, die sich nicht bewegte. Wie auch, die Zeit lief nicht synchron.
Die Vergangenheit bewegte sich viel, viel langsamer als sie. Beim Tempo ihrer selbst erlebten Zeit würde niemand die kurzzeitig auftauchende Untertasse bemerken, die für einen Beobachter aus der Vergangenheit nur für den Bruchteil einer Sekunde zu sehen war. Der Frau mit dem Kinderwagen überließ sie Skagen, hoffentlich eine gute Wahl.

Dann ging es auch schon weiter. Lee lieferte Caleb vor einer Bar ab, Madison an einer Bushaltestelle und Hannah an einer Kirche. Ihren eigenen Körper warf sie wegen der immer kürzer werdenden Sprünge auf dem Autodach mitten auf einer Kreuzung ab. Dabei wurde ihr klar, dass – auch wenn ihr Körper lebendig in der Vergangenheit ankommen würde – die gerettete Lee-Version nicht über ihr Wissen verfügte.

Die Lee auf dem Autodach würde sich wohl daran erinnern können, gekämpft zu haben, um dann einen Moment später in der Vergangenheit aufzuwachen. Sie hatte keine Ahnung, wie ihr zweites Ich mit dem Schrecken klarkommen würde. Die zurückgelassene Lee-Version wusste noch nicht einmal, dass sich auch fünf HFP-Kinder in ihrer Zeit befanden.

Im nächsten Moment zerrte sie das Wurmloch aus der Vergangenheit zurück in die Zukunft. Die verlangsamte Zeit beschleunigte wieder, Xen'dal, die von Lee während der Reise dominiert wurde, begann sich zu wehren.

Lee sah andere Orte, ob diese in der Vergangenheit oder Zukunft lagen, konnte sie nicht sagen. Sie wusste ab einem Punkt nicht einmal mehr, was sie sah. Es ging viel zu schnell. Die Zeitsprünge fanden in unendlich rasanter Folge statt.

Stopp. Es hatte aufgehört. Lee befand sich erneut im Labor. Direkt vor der Explosion. Sie hatte es geschafft. Die Aliens konnten nichts mehr an den Ereignissen ändern. Ironheart – also Hayden, Peter, Travis, Andrew und sie – hatte die Invasion gestoppt.

Lee war sich darüber bewusst, dass Xen'dal sich nach der Zerstörung einen neuen Körper nehmen konnte. Sie hatte gesehen, wie ihr Verstand auf einem gesicherten HFP-Server gespeichert worden war. Trotzdem würde das gesamte Wissen über diesen Vorgang mit der Explosion verloren gehen.

Niemand in der Zukunft würde je erfahren, dass heute fünf Kinder und eine junge Frau erfolgreich in die Vergangenheit gereist waren. Leider war es ihr nicht gelungen, ihr eigenes Kind wiederzufinden.

Es würde auch niemand auf der Erde von dem zerstörten Wurmloch erfahren, für dessen Reparatur Jahre notwendig gewesen wären. Jahre, die die Aliens in der Zukunft nicht mehr haben würden, weil Lees zeitversetztes Ich in der Vergangenheit alles dafür tun würde, die Eroberung der Erde zu verhindern.

Weiter kam Lee mit ihren Überlegungen nicht, das Wurmloch war verschwunden, und Xen'dals gestohlener Körper wurde im nächsten Augenblick von Travis' Bombe zerrissen.

FREMDE

Jake stolperte hinter Robertson her, der ihn unbarmherzig mit sich zog. Neben ihnen versuchte Amy Schritt zu halten.

An der nächsten Straßenecke blieb er stehen. Schweiß glänzte auf seinem Gesicht, als er Jake mit beiden Fäusten am T-Shirt packte.

»Reiß dich zusammen, Jake. Wo ist euer Auto?«

Jake öffnete den Mund, aber es kam kein Ton heraus.

»Die Karre ist Schrott, fährt keinen Meter mehr«, meinte Amy. Jake konnte hören, dass ihre Stimme zitterte, aber er hatte Probleme damit, ihr Gesicht zu fixieren. Immer wieder zerfielen ihre Züge in bleiche Schlieren.

Was ist mit mir los?, dachte er dumpf.

»Dann müsst ihr so abhauen. Nehmt die U-Bahn, kein Taxi. Schlagt euch bis zur Central Station durch und dann mit dem Zug nach Hause.«

»Was machst du hier?«, fragte Amy.

»Ich wollte Serena aufhalten. Sie ein für alle Mal stoppen, also habe ich die Knarre meines Dads geklaut und bin zum Jugendcenter gefahren. Leider zu spät, denn Serena ist gerade mit ein paar anderen Typen in ein Auto gestiegen. Ich dachte mir, die will abhauen. Nach Amandas Selbstmordversuch ist es ihr zu heiß geworden und sie verpisst sich jetzt.« Robertson blickte sie kämpferisch an, bevor er weiterredete. »Also bin ich ihr nachgefahren. Von Vernon bis hierher. Gottverdammte zehn Stunden, fast ohne Pause. Die haben nur einmal zum Tanken angehalten, ohne dass Serena ausgestiegen wäre. Dabei habe ich sie fast verloren, weil der Idiot von Tankwart kein passendes Wechselgeld hatte. Ich bin ihnen also bis hierher gefolgt, aber als Serena ausgestiegen ist, war sie die ganze Zeit durch andere Personen verdeckt, und es gab keine Gelegenheit für mich zu schießen. Dann habe ich euch beide gesehen. Ihr seid praktisch an mir vorbeigerannt, und danach ging die Show los. Schüsse. Explosionen. Ihr habt es also durchgezogen.«

»Ja, aber es hat nicht geklappt. William konnte den Sender nicht zerstören.«

Robertson schwieg einen Moment. »Tut mir leid, dass es ihn erwischt hat.«

»Mir auch«, sagte Amy leise.

Jake hatte Robertsons Erzählung zugehört und das meiste davon verstanden. Langsam zogen sich die Schlieren aus seinen Gedanken zurück, und er begriff, was geschehen war und in welcher Gefahr sie schwebten. Die Wucht dieser Erkenntnis raubte ihm fast den Atem.

»Können wir nicht mit deinem Auto abhauen?«, fragte er Robertson.

Der schüttelte den Kopf. »Steht direkt vor dem HFP-Gebäude. Da wimmelt es gleich von Cops und Feuerwehr. Ihr könnt nicht zurück.«

»Ihr?«, fragte Jake nach. »Du kommst nicht mit?«

Irgendwo ertönten Sirenen, die heulend näher kamen.

»Nein«, sagte Robertson. »Ich habe noch etwas zu erledigen.«

»Michael, tu das nicht«, flehte Amy.

»Ich muss es tun. Für Amanda.«

»Bitte«, flehte Amy.

Er grinste. »Das wird sie ablenken, und ihr könnt verschwinden. Geht nach Vernon zurück, mit etwas Glück erfährt niemand, dass ihr hier wart. Das FBI wird meine Hackervergangenheit unter die Lupe nehmen und auf die Verbindung zu William stoßen. Sie werden denken, wir haben das allein durchgezogen. Von euch weiß niemand etwas.«

»Michael ...«

»Nein, Jake.«

Robertson wandte sich um und ging in die Richtung, aus der sie gekommen waren.

Als er um die nächste Straßenecke verschwand, sagte Amy: »Wir müssen ihn aufhalten.«

Jake schüttelte Kopf. Er wollte gerade zu Amy sagen, dass nichts und niemand Robertson aufhalten könne, als plötzlich zwei Personen aus der Dunkelheit auf sie zutraten. Eine Frau, Mitte Dreißig, mit kurz geschnittenen blonden Haaren und ein Junge in seinem Alter. Um die Mundwinkel der Frau hatten sich tiefe Linien eingegraben, die sich zu einem Lächeln verzogen, als sie auf ihn und Amy zukam. Der Junge trottete ihr hinterher. Er hielt den Kopf gesenkt und trug einen dunkelblauen Hoodie, aus dem lange schwarze Haare fielen.

Jake starrte die Frau an. Er war überrascht über ihr plötzliches Auftauchen, aber das war es nicht allein. Irgendetwas an ihr kam ihm vage vertraut vor, ohne dass er sagen konnte, was es war. Neben ihm fasste Amy nach seiner Hand und drückte sie ängstlich.

Der leichte Geruch der Frau wehte an seine Nase. Fremdartig und dennoch bekannt, ohne dass er wusste, warum das so war. Darin lag Vertrauen, Sorge, aber auch Angst und Schmerz. Der Junge hingegen strömte einen Duft von Kraft und großem Zorn aus. Von Wut, die ihn zu verschlingen drohte. Jake spürte, dass die beiden ihm und Amy nicht feindlich gesinnt waren, aber ihre Fremdartigkeit beunruhigte ihn.

Wer ist das? Warum tauchen sie hier wie aus dem Nichts auf? Warum ausgerechnet jetzt? Stellen sie eine Gefahr für uns dar?

Nein. Er wusste, dass es nicht so war. In dem, was er riechen konnte, schwang Neugierde mit. Und Hoffnung.

Hoffnung worauf?

Amys leiser Atem drang an sein Ohr. Er fühlte ihre Angst, um sie zu beruhigen, drückte er ihre Hand. Ihn selbst hatte jede Unruhe verlassen. Hier geschah etwas. Etwas, das für ihn wichtig war. Etwas, das Bedeutung hatte.

Vor ihm standen zwei Fremde und wirkten vertraut, dennoch hatte er sie niemals zuvor in seinem Leben gesehen. Nein, er wusste nicht, wer sie waren, aber der Geruch, der seine Nase umströmte, flüsterte von einer Verbindung über Raum und Zeit hinaus.

»Ich bin Lee«, sagte die Frau. Ihre Hand deutete auf den Jungen, der mit ihr gekommen war. »Und das ist Skagen.«

Der Junge hatte schlanke Hände mit schmalen Fingern, die nun die Kapuze seines Hoodies zurückschlugen.

Die schwarzen Haare glänzten im Licht der Straßenlampe wie die Flügel eines Raben. Die Gesichtszüge waren hager, wirkten fast ausgemergelt, und die bleiche Haut spannte sich über den hohen Wangenknochen.

Jake sah Skagen an, und dann veränderte sich etwas. Goldene Augen schimmerten in der Dunkelheit.

»Wir haben dich gesucht«, sagte der Junge mit leiser Stimme. »Lange schon.«
»Wer bist du?«, fragte Jake.
»Ein Hunter.« Der Junge lächelte. »Wie du.«

Rainer Wekwerth & Thariot:
Pheromon
Sie riechen dich
ISBN 978 3 522 50553 6

Umschlaggestaltung: Frauke Schneider
Satz und Innentypografie: Tanja Haaf
Druck und Bindung: CPI books GmbH, Leck
Reproduktion: Digitalprint GmbH, Stuttgart

Copyright © 2018 by Rainer Wekwerth und Thariot
Copyright Deutsche Erstausgabe © Planet!
in der Thienemann-Esslinger Verlag GmbH
Alle Rechte vorbehalten
6. Auflage 2020

EIN HACKER-THRILLER
DER EXTRAKLASSE

Gerd Ruebenstrunk
Soul Hunters

304 Seiten · Gebunden
ISBN 978-3-522-50549-9

Hackerin Hannah hat eine neue Partnerbörse entwickelt, basierend auf einem Algorithmus, der Seelenverwandte findet. Doch das Programm ruft machtgierige Feinde auf den Plan. Haben es ihre Verfolger auf das Programm abgesehen? Oder steckt mehr dahinter? Nur Jona, ihrem Seelenverwandten, kann sie trauen. Wenn sie mit dem Leben davonkommen wollen, müssen sie die ganze Wahrheit herausfinden – bevor es zu spät ist ...

www.planet-verlag.de